隽峰文化

季凉川，爱了你这么多年

3

甜婚篇

左瞳 著

ZUO TONG
WORKS

江苏凤凰文艺出版社
JIANGSU PHOENIX LITERATURE AND
ART PUBLISHING, LTD

图书在版编目（CIP）数据

季凉川，爱了你这么多年. 甜婚篇 / 左瞳著. -- 南京：江苏凤凰文艺出版社，2018.11

ISBN 978-7-5594-2641-3

Ⅰ. ①季… Ⅱ. ①左… Ⅲ. ①长篇小说－中国－当代 Ⅳ. ①I247.5

中国版本图书馆CIP数据核字(2018)第173060号

书　　名	季凉川，爱了你这么多年. 甜婚篇
作　　者	左　瞳
责任编辑	丁小卉　姚　丽
总 策 划	调　调
出版监制	唐　昕
特约编辑	册　子
责任监制	刘　巍　江伟明
出　　品	隽峰文化
出版发行	江苏凤凰文艺出版社
出版社地址	南京市中央路165号，邮编：210009
出版社网址	http://www.jswenyi.com
印　　刷	长沙鸿发印务实业有限公司
开　　本	880mm × 1230mm　1/32
字　　数	308千字
印　　张	10
版　　次	2018年11月第1版　2018年11月第1次印刷
书　　号	ISBN 978-7-5594-2641-3
定　　价	36.80元

（江苏凤凰文艺版图书凡印刷、装订错误可随时向承印厂申请调换）

目录
Contents

目录
Contents

第一章 律政界的新女神

“自从我有了孩子，身材完全走了样，气色也大不如从前了，没想到，他非但不照顾我的心情，还对我越来越冷淡，以前总说公司忙，很晚才回家……现在……现在他根本就不回家了啊！你说他在外面是不是有女人了啊？”

闻言，沈檬的心“咯噔”一跳，不是吧！她怎么好像看到了她惨淡的未来啊？

对面的女人把沈檬昨天才从超市买的一大包纸巾刚好用完，然后继续哭诉：“沈律师，这官司我打定了！你一定要帮我做主啊！他这根本就是抛妻弃子！他没钱的时候我跟他过苦日子，现在公司发展好了，我们又好不容易有了孩子，可没想到，他对我们母女俩不闻不问！要是你不帮我，我……我就不活了！”

说着，对面的女人站起来就跑到沈檬办公室的窗口，作势要开窗直接这么下去。

沈檬一阵头疼，连忙过去拉住女人说：“周太太，你别冲动啊！这是钢化玻璃……打不开的……”

那女人满脸泪痕地转过头看着沈檬说：“美依说你是她的好朋友我才来找你的，你不能不管我！这案子你到底接还是不接？”

“我压根就没说我不接啊！周太太，你先坐下来冷静一下，你这样寻死寻活的，我没办法了解案件情况还怎么帮你打官司啊？”沈檬急得一头汗，她到底什么时候说过不接了啊？

那姜一菲这才冷静下来，重新坐在椅子上，又打开了一包新的纸巾……

“结婚这么久我才发现，当一个全职太太根本就是不现实的事情，就算男人当初说的誓言多好听都不能信，什么‘我在外负责赚钱养家，你在家天天负责貌美如花’，根本就是放屁！你要是没有自己的事业，男人根本就看不上你！就算你给他生了孩子又怎样？”

姜一菲的这句话又让沈檬心头一震，自从有了小闹闹，她生怕秀云照顾得不好，还真有过在家当全职太太的打算，幸好……这么不成熟的思想没有暴露在闹闹他爹面前……

“那你们夫妻俩有没有坐下来心平气和地谈过，问问他为什么总不回家？是不是你们之间有什么误会？”沈檬企图先用和解的方式开导姜一菲。

姜一菲说着又要哭起来：“还心平气和地谈？我现在连他的人影都见不着，上哪儿跟他谈去？自从有了孩子，他就对我冷冷淡淡的，这分明就是家庭冷暴力嘛，我还不上法院告他？！”

“这样吧，你给我一个你先生的联系方式，我这几天找他谈谈？”沈檬道。

姜一菲看了她一眼：“也好，你去问问他吧。”

沈檬刚送走姜一菲，张美依的电话就打了过来，连忙问情况：“怎么样了？我表姐都跟你说了？”

“哎哟，姑奶奶啊！你表姐的性格怎么跟你差那么多啊？说着说着就要寻死，可吓死我了！幸好是钢化玻璃，她要是真跳下去了，我这儿可就成命案现场了。”沈檬抱怨道。

“啊？那她现在怎么样了？没事吧？”张美依立刻慌了神。

“现在没事了，我跟她要了你姐夫的电话，明天我约他出来谈谈，先看看能不能和解吧。”沈檬叹了口气。

“好的好的，总之我表姐的案子就交给你了，你用点心啊亲爱的。好了，先不说了，我去帮我爸忙工作了啊！”

“好吧，快去吧。”

看看时间刚好到了下班时间，她一边背着包走到电梯口，一边给季凉川发短信：“少爷，用不用等你一起回家啊？”

她还没等到季凉川的回复，迎面却看到了刚好走过来的贺总。自从她和季凉川复婚后，这老东西又开始对她献殷勤，殷勤得有时候她都想辞职了，要不是因为翔日是天域的专属律师团，她真的早就拍拍屁股走人了。

贺总将一份档案袋递到她手上，满脸堆笑：“沈檬啊，这是公司最新接到的案子，这原告可是个‘土豪’啊，合作条约上清清楚楚地写着所追回的经济损失的百分之二十将作为律师代理费。你看，我谁都没给，就留着给你呢。”

看着贺总那一脸虚假的笑容，沈檬顿时觉得反胃，笑眯眯地回道：“不好意思啊，贺总，我最近接了一个朋友的案子，实在分不过神来，您还是把案子给别人吧。”

说着她刚要走，贺总又绕过去拦住她说：“同时接两件案子对你来说也不是什么大事儿啊！别的律师想抢这个案子我都不给呢！”

沈檬冷冷一笑，又换上温和的笑脸说：“贺总，我这个人呢，平时不好给别人打小报告，也不好在别人面前说好话，您那点心思就别浪费在我身上了哈！”

说完，她头也不回地进了电梯，直接按了一楼。

等气冲冲地走到停车场后，她才震惊地发现一个问题，她把她老公给忘了！

正想着，季凉川一个电话就打了过来，沈檬立刻接听：“喂？”

“怎么不回我短信？”那边的人声音里还带着点抱怨。

沈檬一笑：“不好意思啊，刚刚遇到了一个讨厌的人，就把你的短信给忽略了。我在停车场等你？”

“嗯？谁会让你这么讨厌，居然让你把我给忘了？我去会会他。”

那边的人轻轻一笑。

“别闹了你，都多大的人了，到底要不要我等你啊？”

沈檬还没等到回复，身后忽然一股猛力把她拥紧。她一愣，身后人的下巴就搁在她的肩膀上，然后他在她耳边轻轻吹了口气，整得她浑身酥软。

“说吧，谁欺负你了？”季凉川身穿一袭黑色风衣，扣子都没扣好，就紧紧地抱住她，开始每日的调戏工作。

沈檬是不喜欢借着自己的身份让别人难堪的，更何况贺总那个人虽然人品不怎么样，但论经验和专业知识，当天域律师团的老总实在再合适不过了，她也希望能有这么一个人来给天域助阵并保护好天域。想到这里，她自认为嫁给季凉川之后，自己还是变得比较会顾全大局了。

她扒拉开季凉川的魔爪，阴森森地扭头一笑：“没什么，我刚才经过休息室，听见里面有几个女人在议论你。”

季凉川含笑的目光立刻飘向远方的车子，他拉着沈檬的手问：“今晚吃什么？咱们带闹闹去超市逛逛？”

你就给我转移话题吧你！

沈檬扯着嘴角，一边跟着他上车，一边学那几个女人：“哇，季总今天穿的风衣是纪梵希新款吗？好酷！他到底什么时候跟他老婆离婚啊？”

季凉川一脸无辜：“与我无关。”

“什么叫与你无关啊？她们说的不是你啊？”

“你不能因为她们提到‘季总’就觉得她们说的一定是我，是不是？每天穿纪梵希的已婚男士也很多，是不是？”季凉川一边开车，一边淡淡地笑着。

“好你个季凉川，别跟我来律师那一套，你都是从我这儿学的！”沈檬愤愤道。

“明明是我本来就各方面都略知一二。”

不要脸啊！不要脸啊！

“那要不这样，你把总经理职位辞了，来跟我们混律师界吧？有姐姐带你，你不用怕被同行排挤哈！”沈檬伸出小白手拍了拍季凉川的肩膀，笑嘻嘻地道。

季凉川用那妖孽的四十五度完美侧脸对着她如春风拂柳般一笑，吐出句话：“我哪能跟我老婆抢饭碗？大逆不道。”

她就知道他鄙视她各方面都不如他！姜一菲的话真是给她敲了一记警钟。沈檬赌气一般扭过头，心里却暗自思忖着，虽然一直有某个想法，但她毕竟有了小闹闹，这么做是不是不太好？算了，还是等她和她家小红豆商量一下再做决定吧！

到了家，沈檬的嘴巴还是翘着的，季凉川闷声一笑，捏了一下她的面颊说：“好了，别气了，你是我见过最好的律师，这一点我从未否认过。”

沈檬抬起眼皮看他：“真的假的？糖衣炮弹？”

“全是糖，哪来的炮弹？”

“扑哧！”沈檬笑笑下了车，挽着季凉川的胳膊走进家门。

刚一进家门，沈檬就差点因为低血糖晕过去，幸好有季凉川在后面扶着她。沈檬放眼望去，满地的玩具、图画纸、小袜子、小裤子，还有吃了一半的糖果、奶油……秀云坐在沙发上嘤嘤地哭着。这到底是发生了什么……谁来告诉她……

这时，从厨房后面跑过来一个小屁孩，嘴里喊着："爸爸！妈妈！"

然后他一个飞跃式入怀，就飞进了沈檬的怀里。沈檬一把托住闹闹，扯了扯嘴角，轻轻捏了一下闹闹的小屁股，说："你是不是又把秀云阿姨给气哭了？妈妈不是让你乖乖的吗？"

她和季凉川复婚之后，很快就有了这个淘气鬼，因为打在娘胎里开始这臭小子就不怎么安分，经常在肚子里踢来踢去，害得沈檬辛苦了好久，季凉川就取了"闹闹"当小名叫着。

她怀疑闹闹这屁大点的小孩是不是有些早熟，不满三岁就已经这么调皮捣蛋了……想想她就一个头两个大。

"秀云阿姨都不会唱歌，我不喜欢她了！"

这小子……脾气还挺大……

"所以你就把阿姨给气哭了？"季凉川从沈檬怀里接过捣蛋鬼，皱皱眉头看着他。

闹闹一看他爸眉头一皱，立刻有点招架不住了，张开两只小手，扑进季凉川怀里，委屈地嘤嘤出怪声，一副自己受了极大委屈的样子。

虽然季凉川平时很宠闹闹，但从小的良好教育一点都不松懈，这也是让沈檬惊叹了许久的事情。她是对她家的小宝贝一点办法都没有了，一骂他，他就一脸委屈的样子。每到这时，沈檬别说继续骂了，光看着他跟他爸神似的小脸蛋露出那种表情，她立刻整颗心都化了，哪还骂得下去！

季凉川拍拍闹闹的背，走近秀云，神色有些严肃地对闹闹说："闹闹，以后不许欺负秀云阿姨。爸爸妈妈平时要上班，没时间陪你，都是阿姨在精心照顾你，你应该心怀感激，赶紧给阿姨道歉。"

闹闹噘着嘴，一脸不乐意地张口就来了一句："爸爸不爱我了！我也不爱爸爸了！"

这都哪儿跟哪儿啊，她家的小祖宗啊！沈檬扶额无语。

"好啊，你不爱爸爸，爸爸以后就带别的小朋友去买好吃的。"季凉川又换上一副笑脸逗他道。

闹闹大眼睛一亮，立刻抿抿嘴看着秀云，小声嘟囔了一句："秀云阿姨，我错了。”

沈檬大喜，还是她家老狐狸厉害啊！

秀云立刻站起身来，一副唯唯诺诺的样子：“少爷、少奶奶，我没事的，快别让闹闹跟我道歉了。”

季凉川和煦地一笑，一边夸闹闹做得好，一边对秀云说：“你照顾闹闹确实辛苦，就不要和我们见外了，都是一家人，以后闹闹还得麻烦你照顾呢。”

秀云看着季凉川，脸一红，眼中泪光更盛，抿着嘴狠狠地点了点头。

“来，为了奖励闹闹懂事，爸爸带你去买好吃的好不好？”季凉川把闹闹托得老高，哄着他。

那小鬼头立刻喜笑颜开，张牙舞爪地叫唤：“好吃的！好吃的！我要棉花糖！”

“好，爸爸先带你上楼换新衣服，你以后可不许再把衣服扔到地上。”季凉川眉眼弯弯地道。

沈檬跟在他的身后，嘴角抽搐着小声说：“真不愧是老狐狸……连收买人心都是一箭双雕……我看秀云都快美哭过去了。”

季凉川假装没听见，留给她一声：“呵呵。”

闹闹一边牵着季凉川的手，一边牵着沈檬的手，蹦蹦跳跳地在前面走着。

沈檬忽然想起自己还没跟姜一菲的丈夫约明天见面的时间，就从口袋里掏出手机拨了一串数字。

季凉川侧目看着她，问道：“怎么了？有急事？”

“嗯，工作工作。”

季凉川笑着拉着闹闹的手继续往前走。

“喂，您好，请问您是周秉颜先生吗？”沈檬礼貌地问道。

“我是。你是？”周秉颜问道。

“我是您太太姜一菲请来的代理律师沈檬，请问您明天有时间吗？我想和您见面谈谈。”

“你说什么？律师？她请律师干什么？要跟我打离婚官司？可笑！你大可转告她，她休想从我这儿拿走一分钱！”周秉颜怒气冲冲地把电话给挂断了。

沈檬僵在原地，她也不是什么脾气很好的善类，立刻闭上眼深呼吸，企图平息一下自己的怒火，省得给闹闹一个不良的示范。现在有了这个小捣蛋鬼，她再也不敢随随便便没形象地发脾气了，万一让他学走了可怎么办？

季凉川一眼就能读懂她的心思，连问都没问就柔声说道：“每个找你打官司的人，都是在生活中碰到不如意的事情，需要得到你的帮助和调解的，人在气愤和悲伤的时候最容易把这些负面情绪散播到周围的人身上，潜意识里若是获得对方的认同，就可以得到自己心灵上的某种舒缓。”

“是啊是啊，心理大师，我差点忘了，有你这么好的免费心理咨询师，我还有什么好生气的？对不对啊，闹闹？爸爸是不是很厉害？”沈檬甜甜一笑，刚才不好的心情顿时消失得无影无踪。

小闹闹还挺配合的，也不知道是真的听懂了，还是只因为他爸今天带他去超市买好吃的，总之他小脸一抬，十分干脆地说：“嗯！爸爸最厉害！”

说到底，最后还是没能和周秉颜约好时间，她“啧啧”两声，决定明天直接到他公司面谈好了，反正姜一菲把他的所有联系方式都告诉她了。

第二天一大早，沈檬一个人找到周秉颜的公司，正要进去的时候，前台小姐问她有没有预约。

她想了想，还是很直爽地说：“没有，我是律师，来这边和周总有很重要的事情要谈，麻烦你转告他一声。”

对方一听她是个律师，不敢怠慢，立刻对她说：“请问您贵姓？我去帮您问一下。”

沈檬想到自己昨天已经把自己的名字报给周秉颜了，万一他听到她的名字，不肯见她可怎么办？还是让他以为是另一个不认识的律师比较好。这样想着，沈檬便道：“我姓季。”

“好的，请您稍等。”

她等了一会儿，果然，前台小姐放下电话后就冲她笑着说：“周总请您上去，您跟我来吧。”

她被前台小姐带到总经理办公室，远远地就看见办公室门口倚着三四个女人，在那儿窃窃私语——

“喂！你刚才看见了吗？那个帅哥！”

“看见了看见了，长得是真不错！是咱们老大的私人律师？”

“是啊，刚刚听到他们在谈打官司的事儿呢。他职业好，人又帅，你赶紧趁机拿下啊！”

“哎呀，我不行啦，人家肯定看不上我啊！”

前台小姐带着沈檬走过去，高冷地咳了一声，那几个正在花痴帅哥的人立刻从门口一溜烟地跑开。

沈檬刚一敲门，门就被打开了。周秉颜看着眼前的人一愣，转而问道：“你就是季律师？请问你找我什么事？”

“呃，我其实是……”

她的话还没说完，周秉颜身后的一个声音打断了她：“沈檬？”

沈檬一愣，何方神圣？

走进办公室后，两个人同时一愣。不是吧！这不是他们法律二班的学霸池骋吗？大学二年级的时候，学校有一个出国当交换生的机会，学习国际法律，这位学霸立刻被校领导推荐了过去。其实当时沈檬也想申请的，可那阵子她又放心不下沈睿思一个人在国内，就放弃了竞争机会。哎哟，话说回来，沈檬是打死都不想再和 S 大的人扯上任何关系了，她那点黑历史简直惨不忍睹，实在不愿想起。

池骋愣了老半天才找到话头：“你……你怎么会在这儿？”

话说，这小子相比大学的时候，看起来潇洒成熟了许多，穿上西装更是勾魂夺魄、气宇轩昂，怪不得刚刚那几个女人犯花痴呢！不过这小子那阵子在班里挺沉默寡言的，更是没跟她说过几句话，所以两人的交情并不深。

沈檬还没来得及和老同学叙旧，周秉颜已经黑了脸，目光带着审视地看着她：“原来你就是昨天给我打电话那个姜一菲的律师？你居然还敢冒充别人来我的办公室？你到底有何居心？”

沈檬一时哑口无言，想了想说：“周先生，你别误会，我其实是美依的好朋友，美依你知道吧？”

周秉颜果然一愣："美依？姜一菲的表妹？"

"对，对！美依听说最近你和她表姐闹离婚闹得挺厉害的嘛，就找我来了。我想着有什么误会大家能不能摊开来说，总比走司法程序要好不是？"沈檬尽量缓和着周秉颜的情绪。

"也就是说，我们老同学刚见面就成为对手了？"池骋愣了愣，忽然说道。

池骋，S大产物，学霸一枚，当年和沈檬是同班同学，两个人的成绩总是不相上下。据其他同学说，池骋当年是拿沈檬当竞争对手，激励自己努力往上爬的，大学还没毕业就考到了律师资格证，还是一次通过，实在是人才中的人才。但沈檬对自己被人当成竞争对手的事情完全不知道，那时候她正忙着游戏人间来着，哪有时间管这些乱七八糟的事情……

"什么叫'成为对手'？"沈檬刚一问出口，立刻反应过来。

"看你的表情，你好像已经明白了？姜女士说要打离婚官司，要求周先生把房子和一部分存款作为家庭冷暴力的精神损失费补偿给她，周先生拒绝这个要求，所以就把我请来了。"池骋露出一口小白牙，冲沈檬嘻嘻一笑。

这让沈檬很不能接受，不是她不能接受和老同学成为对手，而是这家伙有这么喜欢嬉皮笑脸吗？别说，上大学那会儿她没怎么关注过池骋，现在仔细一看，他笑起来还挺养眼……

不行不行，已婚女士的节操一定要牢牢守住！

她立刻轻轻摇头，换上一副职业的笑脸看向周秉颜，说道："周先生，我们可不可以单独聊一聊？"

池骋单手握拳，抵在嘴上闷声一笑："那可不行，你是原告的代理律师，万一企图诱导我当事人的思想怎么办？"

这池骋不愧是学霸，沈檬尴尬一笑，说："那好吧，池律师，你就待在这里也没关系。"

周秉颜见沈檬是张美依的朋友，又是池骋的老同学，也不好再对她有什么偏见，于是请她坐了下来，还帮她倒了一杯咖啡，然后和池骋并排坐在沙发上，对她说："你想问什么就问吧。"

沈檬刚要开口，对面的池骋眯眼一笑："沈律师，还请你把身上的录音设备之类的东西给关掉。"

沈檬吓得冷汗都出来了，幸好她够镇定，淡淡一笑，把手机和包包都放在桌上，还把包包里的东西都倒了出来，向他们俩证明自己并没有录音后，她才开口问：“现在我可以提问了吧？”

池骋颇为绅士地抿嘴点头。

“请问周先生和姜小姐结婚多久了？”

“三年。”

“那最近姜小姐刚生产完，你不是应该高兴才对吗？是不是因为姜小姐生的是女儿，所以……”

谁知提到孩子周秉颜立刻变了脸色，冷冷地说：“对，我重男轻女，行了吗？”

“可那毕竟是你的女儿，你这样成天不回家，是不想看到自己的女儿吗？”沈檬忽然变得有些咄咄逼人。她生完闹闹后，对那种母爱的体会很深，现在是完全见不得不好好疼爱自己孩子的人。

“我不回家是因为公司的事太忙，跟女儿没有关系。”周秉颜扭过头，冷冷地改口道。

“是什么样的工作比你的女儿还重要？”沈檬睁大眼睛，不可思议地看着他。

“你一个女人懂什么？你们女人不用赚钱，光待在家里花男人的钱，到头来还埋怨我们男人天天夜不归宿？不如你们出去赚钱啊！”周秉颜话里的锋芒尽显。

沈檬微微抽了抽嘴角，脾气差点又要上来。她深吸了一口气才心平气和地说：“你知不知道，因为重男轻女而构成家庭冷暴力，光凭这一点，我的当事人就可以起诉你，并且达成自己的诉求，到头来家产都是姜女士的也说不定。你就不怕净身出户？”

一听到“净身出户”这四个字，周秉颜的脸色又是一变，而后他板着一张脸对池骋说：“如果我们男人辛辛苦苦赚的钱，就因为离婚而全归女方了，那对男人而言，未免太不公平。”

池骋表示理解，点了点头说：“放心，我不会让你净身出户的。”

沈檬扯了扯嘴角，看来跟周秉颜也没什么好谈下去的了。这就是男人和女人的思想差异，仿佛永远隔着一道不可逾越的鸿沟。

沈檬刚出周秉颜公司的大门，身后一个声音叫住了她。沈檬回头一看，是池骋，不由得把刚才的气一股脑儿倒在他的身上。她站在那里拎着包，斜着眼睛看他：“你们男人都这么冷血无情吗？老婆刚生完孩子，周秉颜就因为重男轻女而对老婆女儿不管不顾，只知道忙自己公司的事，到最后还头头是道地跟我讲道理！”

池骋得体地一笑：“虽然你我是双方的辩护律师，不宜多接触，但是我们已经好几年没见了，不如找个地方坐下来聊聊？”

沈檬瞪了他一眼说：“还是不谈公事了，省得被你设陷阱。”

“好。”对面的人一笑。

两人来到一家市中心的高档餐厅，在靠落地窗的位置落座。池骋一直盯着沈檬看，好像想从她眼睛里看出些什么来。

沈檬完全没在意，正看着菜单研究哪些食物没那么多卡路里，万一身材真的走样，季凉川嫌弃了可怎么办？

“你现在在哪里上班？”池骋忽然问。

沈檬说：“一家小公司。”

池骋点了点头，一副了然的样子，然后又问她：“对了，原先你说要去澳洲学国际法律，你的成绩也一直不错，怎么最后没跟学校申请？”

沈檬也不知道大学那点事池骋知道多少，干脆含含糊糊地说：“后来我不太想去了，担心不习惯国外的生活。你什么时候回来的？”

“去年回来的。而且我在那边又修了一门心理学。”

沈檬一愣，不是吧？现在心理学有这么抢手吗？

“你不知道学心理学能给工作带来很多方便吗？像我们这种总要和各种各样的人打交道的，学好心理学更加重要。”池骋得意地仰仰下巴。

怪不得她家那位有时候遇到飞扬跋扈又故意找碴的客户，三两句就能把对方说得服服帖帖的，原来人家也是用了一定的专业技术啊。

“那你现在在哪儿上班呢？”沈檬问。

池骋撇撇嘴：“也是给别人打工，说真的，我想辞职。”

沈檬又一愣：“怎么了？你这种学历，应该是你们公司的一线律师吧？”

“你不知道，我们公司有一群资历老、实力却一般的大叔大婶，公司一有大单子，他们就变着花样地从我手底下抢走，我还得谦虚地恭维人家。到头来，轮到我手上的案子都是民事纠纷，收的那点律师费还不够我娶媳妇的。再这么被压榨下去，我连饭都快吃不上了！”池骋抱怨道。

沈檬忽然想到贺总那副嘴脸。说实话，她也早就有了自己开一间律师事务所的想法，这样的话，她的经济能更加独立，也能摆脱贺总。只不过她考虑到自己出来单干后会变得更忙，可能就没时间照顾她家小宝贝了，才迟迟未做决定。

可如今，外面的世界变化得这么快，她深深感觉到自己被季凉川养在家里，会渐渐与这个社会脱节，所以，为了自己，也为了闹闹，她不能总这么被季凉川宠在家里。不是她得了便宜还卖乖，而是女人总得自强才能让别人看得起。

“那你有什么打算？”沈檬问他。

“我想好了，等周秉颜这个案子结束后，我就辞职，自己出来单干。”池骋坚定地说。

“谁不愿意自己当老板？可开公司不是那么容易的。”沈檬冷静道。

池骋眼睛一亮，立刻激动起来：“难道你也有开公司的想法？那咱们要不要试试合伙？”

“啊？”沈檬愣住。

两个人还没聊完，旁边忽然响起一道熟悉的声音：“结了婚的女人可千万不要误入歧途啊！万一被自己的老公抓到，就等着后悔吧！”

沈檬身体一僵，扯了扯嘴角扭头一看，果然看到不远处红豆那张幸灾乐祸的脸，往旁边一看，红豆的未婚夫叶大少爷也正看着她，连表情都和红豆一样，真不愧是一对。

红豆和这位凯旋百货公司董事长叶念瑾相识是在一次缉毒行动中——几年前，这位年轻的贵公子曾担任本市警局的重案组组长一职，并在机缘巧合之下认识红豆，之后为了让红豆放心，再加上一些其他因素，便从警察局辞职，继承了家业。

她的好闺密红豆在经历几次虐恋后，终于找到自己的真爱，现在小日子过得还不错。

手机传来短信，沈檬低头一看，是红豆的八卦短信：“好你个不守妇道、红杏出墙的女人，敢和陌生男人坐在窗口，你生怕别人看不见是吧？说吧，他是谁？”

沈檬憋笑回复道：“你信不信我告诉叶念瑾你这八卦的本质，让他悔婚？”

红豆回：“他敢悔婚？借他四个胆儿他也不敢。”

沈檬回：“哎哟，长能耐了啊你！他收拾不了你，我就不信我也收拾不了你。”

她们正聊得高兴，池骋笑了笑，对着红豆和叶念瑾说：“你们是沈檬的朋友吗？坐过来一起吃吧？我请客。”

叶念瑾一笑：“不用了，我们想过二人世界。”

红豆脸一红，拿菜单挡住脸，凑到叶念瑾的耳边小声说：“为什么不去？咱们给他俩捣乱去！”

叶念瑾眉毛一挑，伸手掐住红豆的脸说：“你不是说今天要吃澳洲龙虾吗？你好意思让一个陌生男人请你吃那么贵的东西？”

红豆这才反应过来：“啊，对，我今天是来敲诈你的。”

叶念瑾嘴角一抽：“也就我忍得了你。你早点嫁给我吧，过了我这个村，绝对没我这个店了。”

“知道，你最好啦！”

红豆这个没良心的女人被叶念瑾哄得一愣一愣的，转眼就把她的挚友远远抛在脑后了。沈檬愤愤地瞪了她一眼，转过头继续跟池骋说：“你刚刚说到哪儿了？”

池骋一笑：“没什么，点菜吧，我都饿了。”

吃饭的时候，沈檬只和池骋聊了聊大学课堂上的趣事。可红豆一边吃龙虾，一边还时不时地往沈檬那边看过去，就跟全程监督她、防止她出轨一样。

“行了吧，差不多得了，别盯着了，人家要真出轨，还能这么光明正大地坐在落地窗边？被咱们俩看到了，还能面不改色地继续吃？”叶念瑾一边给红豆夹菜，一边对她道。

红豆被叶大少这么一提醒才反应过来，他们俩之间果然有着严重的智商差距吗？

叶念瑾看着红豆，不禁一笑：“能安心跟我约会了吗？”

“嗯！你说得很有道理，顶多我一会儿发短信给她，问问那男的到底是谁就好了。”红豆释怀道。

“我说，没几个月你就要嫁给我了，你不多关心你未婚夫跟哪个女人有一腿，却跑去关心你闺密跟哪个男人有一腿，你要干吗？当中国好闺密啊？”叶念瑾无奈地笑着。

这时，红豆阴险地一笑：“放心，我盯你的时候，只会比这次还要严密。”

“是吗？那我可得把我的那些小姑娘给藏好了。”

红豆瞪他一眼，懒得再理他，夹了一块生鱼片在旁边的小碟子里蘸了蘸，刚要往嘴里放，叶念瑾一筷子夹走那块生鱼片：“大姐，这碟子是烤肉酱，蘸烤肉吃的，你是不是傻啊？”

“我就是傻，你刚知道啊？”红豆还嘴硬。

见两人打情骂俏，简直甜死人不偿命，沈檬和池骋这边哪还聊得下去？她跟池骋吃完后，赶紧打个招呼就撤了。

池骋开车把沈檬送到她的公司门口，刚要拐进去，她立马道：“不用开进去，我自己走进去就行了。”

池骋还挺有绅士风度：“不行啊，不把你送到门口，岂不显得我很小气啊？”

“你别，就停在这儿吧！”

这万一让谁看见，再传到季凉川的耳朵里，那笑面虎又得拐着弯地盘问她三天三夜了。

见她坚持，池骋只好停下来，临走还向她要手机号码，说是方便以后联系。

沈檬想着合伙开律师事务所的事情，就把号码给他了。

回到办公室以后，她开始看周秉颜和姜一菲的相关资料，手机铃声忽然响起。她接通，是张美依打来的电话：“喂，沈大小姐，你家公子的宝宝健康教育课，我给你报上名了啊！”

沈檬闻言大喜：“真的啊？太谢谢了！什么时候开课啊？”

“明天早上九点开课，地址我一会儿发你。”

“好，好。”

市中心新开的一家育幼中心特别火，一个季度只有一个班，费用还特别高，有钱的家长都抢着报名，所以很难预订名额。那天她和张美依聊到的时候，才知道张美依的表姐姜一菲生了宝宝后就在那边提前预订了很多课程，还升级成了 VIP 会员，可以优先占名额，这才帮她弄到一个位置。

她挂断张美依的电话后，就打电话给姜一菲想感谢一下，可电话刚接通，就听见姜一菲哭喊道："沈律师，你能不能过来一下？可可哭个不停，可能是发高烧了，我现在整个人都慌了，给周秉颜那个浑蛋打电话他根本不接……"

姜一菲的声音急得都开始抖了，沈檬吓了一跳，立刻在电话里安慰道："好，我马上过去，你别着急。"

说着，她套上外套，拎起包就冲向门口，结果刚拉开门就撞上一个人。她吃痛地捂住鼻子刚想发火，来人镇定自若、居高临下地看着她，嘴角含着一丝笑意，伸手拉住她的胳膊，低头凑过去："磕疼了吗？"

沈檬一睁眼就看见季凉川这个混世魔王。他白天不去监督他手下的人，天天没事就来她的律师事务所瞎晃悠，这副恨不得二十四小时黏着她的心理是不是可以称为变态啊？

"哎呀，我现在没时间陪你，我得去救人！"沈檬撇开他就往外面冲。

季凉川笑了笑，也没拦她。

沈檬边跑边想，看见她这副风风火火的样子，他怎么也不问问出了什么事啊？算了，没时间理他们家魔王了，她得赶快去姜一菲那儿。

刚走到大门口，她猛地一拍脑门，她的车今天限号，早上去周秉颜那儿还是季凉川送她过去的，她一着急，就把这事给忘了！

她正要往回跑，忽然，一辆黑色的宝马车停在她面前。

季凉川摇下车窗，按喇叭："上来吧。"

沈檬瞪他一眼，上车报了姜一菲的住址，还命令他开快一点。

季凉川一副胸有成竹的样子："就知道你得回来找我。"

所以人家才那么淡定地没拦住她往外飞奔啊。

"好啦好啦，你最好啦，你半道出来，公司没事？"

"今天公司没什么事。你这是去见你的客户？"季凉川一边开车一边问她。

"就是美依的表姐姜一菲，她女儿病了，她那个丧心病狂的老公根本不管她们母女俩，简直气死我了，怎么会有这样的人啊？连自己的女儿都不关心？"沈檬提到周秉颜就气不打一处来，就算姜一菲不给她律师费，这案子她也接定了！

“哦，就是前几天你说的那个案子，你没跟她老公本人沟通过吗？”季凉川问。

“本来是要沟通的，可他请的律师也在场，我就没法问了。有律师在，他什么都不会说的。”沈檬道。

“你应该试着先了解她老公的个性再着手深入调查，如果她老公本来就是这样无情的人，你就可以搜索相关证据，以保护好姜一菲的财产为目的上庭。”季凉川帮她分析道。

沈檬脑子转了转，觉得挺有道理的，凑过去逗他：“你懂的东西还挺多啊？万一我也生了个女儿，你可要对我们母女俩好点啊！”

季凉川眼睛一亮，立刻扭头看她：“好！什么时候生？”

“那个……你好好开车！”

季凉川一脸忧郁：“你又骗我。”

看他这副委屈的样子，沈檬有点心软：“你要生二胎的话也得等闹闹长大点啊，不然照顾两个那么小的孩子很辛苦的。”

“秀云照顾不来，可以再请一个保姆的。”季凉川幽幽道。

见这人不死心，沈檬干脆转移话题：“对了，你下个月是不是要去美国陪你爸复查？能赶回来参加红豆的婚礼吗？”

季凉川沉吟道：“尽量吧。我现在还不知道那边的情况，得跟我妈在美国多住一段时间。他们什么时候结婚？”

“八月十号。”

“好，我知道了。”

说话间，车子开到了姜一菲的家。沈檬让季凉川在车里等着，自己一个人上去，刚进门就听见孩子的哭声。见姜一菲整个人都快崩溃了，只抱着怀里的孩子哭，沈檬二话不说，拉着姜一菲就出了门。

一路上，季凉川将车子开得飞快，好几次沈檬都怕出事，让他小心点，他却跟听不见似的，表情凝重地直视前方。

沈檬看着他的侧脸，这才想起来，闹闹一岁多的时候因为换季，受过一次风寒，当时闹闹没有哭得像可可这么厉害，可季凉川见了以后沉默得可怕，那种表情她从来没见过，她甚至都不敢和他说话。

当时，他二话不说就带着闹闹去最近的医院看病，不吃不喝地在旁边守着，直到闹闹打过针，不哭不闹、安安稳稳地在医院的小床上睡着了，他整个人才放松下来。沈檬在旁边看得心疼，她怕他这么大一个人在精神过度紧张再忽然松弛的那一瞬间昏过去。

还好闹闹没事，第二天醒过来之后，又活蹦乱跳地找他要抱抱。季凉川给闹闹举高高的时候表情才舒缓下来，恢复了平常的样子。

他一定是想起那次闹闹生病的事情，又不想别人家的孩子也受罪才沉默着不说话，车子开得极快，中间还闯了两个红灯。

到医院后，姜一菲立刻去挂急诊号，沈檬和季凉川陪她一起送可可进病房。折腾了一下午，打了针，可可才慢慢退烧。

沈檬忽然想起来什么似的，对季凉川说："我去打个电话，你看着点。"

季凉川没什么表情，点了点头。

她躲到走廊安静的地方给池骋打电话，那边明显没想到她会主动打电话过去，声音里有一丝惊讶："沈檬？"

"你现在传话给你们家周秉颜，他女儿病了，正在三叶医院接受治疗，让他赶紧过来。"沈檬不客气地道。

"什么叫我们家周秉颜啊？我们俩清白得很啊！"池骋蒙了。

"你帮他这种人渣辩护，你这澳洲海归高才生的脑子里装的都是些什么？粪吗？正好，以后我就这么称呼你了！"沈檬越说越气。

"喂喂！咱们怎么说也是老同学啊，不带这么羞辱人的！你怎么能把对周秉颜的不满宣泄在我身上啊？你这是不理智的行为，是作为一名律师不该有的负面情绪啊！"池骋愤愤道。

"你少在这儿跟我废话！我不管，估计我打电话周秉颜也不会接，你去给他打电话，立刻，马上！"

"好好好，我马上打。"

沈檬挂断电话就回了病房。

一直等到晚上，周秉颜的身影才在医院门口出现。他不紧不慢地走过来，眉头紧皱，有些不耐烦地看着姜一菲说："怎么……"

他那个"样"字还没说出口，姜一菲红着眼睛，突然像疯了一样站起来，甩手就是一巴掌。她绝望地看着他，声音似乎是从心底里呐喊出来一般，指着他的鼻子说："周秉颜！你怎么不去死呢？这么晚了，你还假惺惺地来这里干什么？我告诉你，这离婚官司我打定了！那些不动产、股票、基金，你一分钱也别想拿走！"

周秉颜抹了抹自己的嘴角，扭过头来一阵好笑：“姜一菲，你自己做的那些不要脸的事情，非让我给你说破吗？你每个月不赚钱，从我这儿免费提现，我对你说过一个‘不’字吗？你可别得寸进尺。”

“什么？我做什么不要脸的事情了，你给我说清楚！”姜一菲说着就要上前扯住周秉颜的领口。

沈檬注意到周围的人不满的目光，立刻拉住姜一菲，小声对她说：“姜小姐，你冷静点，这里是医院。”

姜一菲哪管这些，一把将沈檬推开。沈檬没站稳，往后一仰，脑门就磕在旁边咨询室的柜台上。

季凉川一把将她搂在怀里，皱着眉头，低头急切地唤道：“檬檬！”

沈檬明显感到额头上有股热流流下来，这下可好，劝人不成，自己先挂彩了。

姜一菲看到沈檬的额头开始流血，这才清醒过来，立刻扯着嗓子喊：“有没有人？来救人啊！”

几个护士匆匆围过来，把沈檬扶到了另外一间病房。季凉川跟着走进去，一脸心疼地抬手撩起她额前的头发：“疼吗？”

沈檬咧着嘴：“一点点疼。没事，你先去外面看着，别让他们俩在这儿打起来。”

季凉川哭笑不得，俯下身捏了她的脸一把：“自己都这样了，还关心别人呢？我就没见过你这样的律师。”

“先生，不好意思，我们要给这位小姐包扎一下。”旁边一个小护士红着脸看着季凉川，细声细语道。

沈檬对这种一见季凉川就脸红的姑娘简直快视觉免疫了，她一把揪过季凉川的领带，凶恶地说：“听见没有？这位先生。”

季凉川快速低头亲了亲她翘起的小嘴，然后起身给小护士挪地方。

沈檬脸一红，低声吼他：“你要不要脸啊？”

季凉川抿嘴笑了笑，对小护士说：“麻烦了，伤得严重吗？”

“不严重，包扎一下，暂时别碰水就行了。”小护士变得有点郁郁寡欢。

这时，周秉颜和姜一菲也进来了，姜一菲满脸歉意：“沈律师，不好意思，我刚才失态了。”

沈檬摆摆手：“我没事，姜女士你放心吧，你的案子我会尽心尽力的，到时候咱们再联系，你先接可可回家吧。”

姜一菲见她没事了，恶狠狠地瞪了周秉颜一眼后扭头就走。周秉颜站在那里，文质彬彬地说：“不好意思，沈律师，给你添麻烦了，医药费我刚才已经付了，还希望你不要跟姜一菲一般见识。”

听见他的话，沈檬倒是愣住了，这种连自己女儿都不疼的人会关心她一个外人？不行不行，她不能被这男人表面的斯文所蒙蔽了。

沈檬扫了他一眼，冷冷地说：“这都是小事，还请周先生做好准备上法庭吧。”

周秉颜抿抿嘴，没再说话，转身也离去了。

没多久，沈檬的额头包扎好了，她和季凉川听医生嘱咐了几句便离开了。

在医院附近的停车场，周秉颜坐在车里一直没走。这时，一辆车减速停在他的车子旁边。池骋从车子里下来后也没客气，钻进周秉颜的车里就问：“你去看孩子了吗？”

周秉颜有气无力地回：“看了，已经没事了，让她妈带回家了。”

“很好，从现在开始，关于你妻子和你女儿的事情，你都得告诉我。今天，要不是沈檬给我打电话让我通知你，你是不是不打算去看你女儿了？”

周秉颜沉默了一会儿，没说话，显然他是这么打算的。

池骋气得要发飙：“周先生，现在对方律师很可能控告你家庭冷暴力。你女儿出事了，你应该及时赶到医院，这样才不会被对方律师抓住你家庭冷暴力的把柄，不然如果你成了过错方，很可能你的财产都要判给姜一菲，到时候你只能净身出户了，你懂吗？”

周秉颜的表情很严肃，嗓音低沉：“知道了，以后就麻烦你了。”

“为了避免输掉官司，我还得跟你确认一下，关于你们离婚的事情，你有没有向我隐瞒什么细节？比如离婚的导火索、直接原因等。”

周秉颜缓缓闭上双眼，疲惫地说：“没有了。”

“那你到底有没有重男轻女？如果你用这个理由冷落你的妻子和女儿，也算过错方的。”

“不是，我只是最近接了一单八千万的工程，没时间陪她们而已。我不出去赚钱，又怎么照顾姜一菲和可可呢？”说这句话的时候，周秉颜竟然在冷笑。

池骋沉默了。

刚进家门，沈檬就听见家里的小宝贝这回真是要把房顶给掀了，大声哭喊着：“你骗人！爸爸妈妈肯定偷偷出去吃好东西了！”

“怎么会啊？他们是要上班赚钱给闹闹买好吃的，才晚回来的啊！”秀云不停地拿小玩具哄他。

原来，这小家伙是嫌他们俩今天回家太晚，还以为他们背着他出去吃好吃的了。

沈檬哭笑不得，谁知道她刚走过去，那小机灵鬼立刻就不闹了，还乖乖搂着秀云不撒手，奶声奶气地喊：“爸爸、妈妈。”

沈檬从秀云怀里接过闹闹，捏他的脸蛋：“刚才不是挺凶的吗？你可够坏的啊，看爸爸妈妈回来了，就立刻变成乖宝宝是吧？”

季凉川摸了摸他的头，笑着说：“闹闹，爸爸妈妈不会背着你出去吃好东西的，你得学会相信别人。”

小机灵鬼盯着他爹，半信半疑地问道：“真的吗？”

“当然了，我们就算吃好东西也得带着闹闹啊。”季凉川看着闹闹忽闪忽闪的大眼睛，心里一暖，将他搂过来亲了一口，又道，“你不是答应爸爸以后不欺负秀云阿姨的吗？男子汉要说话算数。”

闹闹点了点头：“好，闹闹不欺负秀云阿姨。”

这会儿又变乖了，他家的小宝贝啊……真是令人头疼。

“妈妈！你的头怎么啦？”忽然，小机灵鬼瞪大眼睛惊呼。

沈檬下意识地摸了摸额头上的伤口，立刻心里暖暖的，看着闹闹焦急的小脸说：“妈妈刚才调皮，不小心撞到了，以后闹闹不要调皮，要乖乖的，听到没有？”

那小机灵鬼却不信，居然用怀疑的目光看向季凉川。季凉川一愣，不禁笑出声来：“不是爸爸把妈妈弄疼的，别冤枉我啊！”

天哪，这哪是不到三岁的小孩啊！也太机灵了吧！

闹闹搂紧沈檬，小声地在她耳边念叨，那义愤填膺的样子别提多逗人了。季凉川在旁边笑得合不拢嘴，只听小机灵鬼小声说：“妈妈，你偷偷告诉我，我不告诉别人，是不是爸爸欺负你？”

沈檬蹭了蹭他的小脸："爸爸不敢欺负妈妈，有闹闹在呢！"

这小家伙说了半天才放过他爸，季凉川又是好笑又是心碎，哪有这样偏心的？

晚上，哄着闹闹吃完晚饭后，这小家伙就有点犯困了，沈檬搂着他坐在卧室的床上，轻声说："闹闹啊，明天妈妈带你去听育幼课，里面会有好多两三岁的小朋友，到时候你可要乖一点，不然别的小朋友会笑话你哦。"

闹闹半睁着眼睛，嘟着嘴含含糊糊地回应着，没多久就在她怀里睡着了。沈檬看着他的小脸、长睫毛、高鼻梁、薄唇，她家小宝贝怎么跟他爹一模一样？不都说儿子像妈妈多一些吗？

她低声浅笑一下，把他轻轻放进小床里，给他盖上了小被子。

沈檬走出卧室，刚想去浴室洗个澡，手臂被人猛地一拉，她吓了一跳，下一秒就落入了一个怀抱之中。

季凉川从身后搂住她，声音低柔："闹闹睡着了？"

沈檬倚在他怀里应了一声，又问："这么早就要睡了？不看文件？"

"今天不想工作，我们去客房……"他后面的声音渐渐软下来，充满了柔情蜜意。

沈檬哪会不知道他的心思，笑着拍了他一下："不行，我明天早上九点要带闹闹去上育幼课，要是起晚了，人家老师不等的。"

季凉川贼心不死，搂着她就往客房的方向带："我起得来，我叫你和闹闹。"

"你怎么这么色啊？"

没等她挣扎，季凉川干脆一把将她抱起来，直接进了客房。

刚进房间，某人就兽性大发，压得她动弹不得。她被他挠得浑身痒痒，却又挣扎不了，只好任他胡来。

等折腾够了，这人才心满意足地搂着她聊天："你说闹闹怎么那么偏心？我都说了不是我干的，刚教育他要学会相信别人。"

沈檬钻进他宽厚的臂弯里"咯咯"地笑："都怪你平时老当着闹闹的面一会儿掐我脸一下，一会儿拍我头一下的，这个时期的小孩子可敏感了，会把父母做的事情都记在脑海里，所以你以后要对我好一点，听到没有？"

季凉川苦笑：“公主，还要怎么对你好？哪次吵架不是我让着你？”

“你还说呢，要不是你公司那些女员工天天在那儿跟我示威，我能天天跟你闹啊？”

“是，是，她们有时候确实有点过分，可我也不能一气之下就把所有女性员工给开除了吧？那样让人怎么看咱们俩？一个妻管严，一个小心眼？”季凉川摸着她柔软的头发，哄着她，声音温和。

“就你会说话！”说着，她不甘心地凑上去，在季凉川的唇上咬了一口。

那人反咬住她，又狠狠地亲了她一口：“放心吧，你是我心目中唯一的女神。”

沈檬冲他翻白眼：“信你一次，睡啦！”

第二章 难以泯灭的回忆

第二天早上，季凉川负责把一大一小叫醒。

闹闹还有点起床气，半睁着眼睛冲他爸嚷嚷：“爸爸讨厌……”

季凉川昨晚碎掉的心这会儿又碎了，他一脸无奈地捏捏闹闹的小脸：“闹闹，你再不起来，妈妈可要生气了。”

然后这小家伙立刻就睁开眼睛，张开双臂找季凉川要抱抱。季凉川笑着将他从小床上抱起来，哄着他穿衣服鞋子。

沈檬收拾完毕才进主卧，一看父子俩都收拾得差不多了，匆匆吃过早饭后就直奔市中心的育幼中心。

到了育幼中心，停车场已经停了许多名车，看来都是有身份的人才带孩子来这里培训。

离开课还有十几分钟，季凉川拉着闹闹在前面走，沈檬紧跟在后面。那小机灵鬼走路也不好好走，非要跳着过去，旁边路过的几个中年妇女不由得都看向这边，还连连夸奖：“这孩子长得真好，你看那大眼睛、高鼻梁的，还那么白。”

“是啊，爸妈长得就好，也难怪。”

沈檬不好意思地对那些人笑笑，赶紧拉着这个小机灵鬼往前走，按他这个跳法，非迟到不可。

到了教室以后，其他家长和孩子已经到了，齐刷刷地望向他们，他们是最后一对。沈檬有点不好意思，谁知那小机灵鬼还特别自豪，在大家的注目下喜滋滋地傻笑。沈檬有点无语，赶紧抱着他找到空位，拉着季凉川坐下。

讲台上的老师明显对他们这一家有点不满，说道：“这孩子的事情可不能掐着点来，少听一点东西就是对孩子的一种不负责任，我希望在座的各位以后能提前几分钟来教室。”

见周围人都在看他们，沈檬当下就有点脸红，再看季凉川和季慕辰这两个姓季的男人，却完全没有一点自觉，正自顾自地低头细语。沈檬叹气，看来有时候脸皮厚也是一种幸福。

接下来，老师讲了一些很简单的生活小常识，比如家长要每天教育宝宝饭前洗手，吃饭的时候不可以随意走动，看动画片的时间一天不能超过四个小时之类的，后来就是教宝宝礼貌和道德规范，跟平时季凉川教他家小机灵鬼的差不多。事实上，沈檬觉得季凉川比这个老师讲得更生动，他能举出很多例子，还带着童趣，让闹闹能很快融入他的教育当中，效果自不用说。

沈檬正想着，耳边忽然传来一句奶声奶气的不满，顿时，她的冷汗都要下来了！

“老师！你说的这些，我爸爸都教过了！闹闹不想听！”

这小机灵鬼简直要把她给气死！

家长们发出哄笑声，老师有点尴尬，耐心说道：“闹闹小朋友，也许其他小朋友还不知道呢？”

季凉川哭笑不得地扶住闹闹的肩膀，小声说：“闹闹，打断老师讲话是很不礼貌的，安静，好好听。”

闹闹咬咬唇，点了点头，不再说话。关键时刻，这小机灵鬼还是很听季凉川的话的。

在那之后，闹闹果然一句话都没再说，全程认认真真听讲，这让沈檬欣慰不少。

她刚放下心来不到十分钟，就见坐在季凉川旁边的那个女人找他说话，她立刻凑过去偷听。

“你儿子真的太聪明了，也就三岁吧？我儿子四岁了，还做不到这种程度，顶多能明白大人在说什么，句子说得也挺利索，但没有自己思考的能力，更不会对外界信息做出自己的判断。”那女人说。

“是吗？四岁的孩子应该可以和大人做很多互动，也有自己独立思考的能力了。您的儿子是不是挺内向的？”季凉川耐心地问。

“唉，都怪我和我老公平时太忙了，回家后也就是哄他睡觉，很少陪他玩，可能他觉得太孤独了吧。”那女人忧心忡忡地道。

听到这儿，沈檬觉得两人应该只是交流一下带孩子的心得，也就没多想。谁知没过一会儿，旁边就传来一阵低低的笑声，那女人笑得花枝乱颤，还有点儿脸红。

沈檬愣了一下，随即一把拉过季凉川的胳膊，笑着对他说：“老公啊，我口渴，你帮我买瓶橙汁回来好不好？”

季凉川摸了摸她的头："行。"

而后，他很有礼貌地对旁边的女人说了声："不好意思，我出去一下。"

"好的，你去吧。"那女人特别温柔地回了这么一句。

见季凉川从后门离开，沈檬立刻坐到那女人旁边。那女人一怔，客气地一笑，沈檬也假惺惺地一笑，没理那女人。

片刻后，季凉川拎着一瓶橙汁和一罐牛奶回来，发现自己的座位貌似被人强行换掉了。他尴尬地看了一眼那位女士，那位女士也看了他一眼，没再说什么。

他坐下来后，把牛奶递给小机灵鬼。小机灵鬼听得还挺认真，见他爹给他买牛奶了，立刻"咯咯"一笑："谢谢爸爸！"

季凉川算是看出来了，这小家伙，谁给他吃的他就跟谁亲。

然后他又把橙汁递给旁边面色有些不悦的女王大人。沈檬瞪了他一眼，接过橙汁喝起来，也没理他。

课间休息的时候，季凉川在教室里带闹闹，沈檬去上洗手间，才刚进去就听见里面传来一道女人的声音："思檬啊，饿不饿，一会儿让爸爸带咱们去吃好吃的，好不好？"

这声音有点耳熟，沈檬却怎么也想不起来在哪里听过，而当那对母女转过身的瞬间，她整个人都愣在原地。许久以前的记忆忽然就钻进她的脑海中，那些开心的、愉快的、悲伤的、愤恨的，各种情绪几乎都在她的心间流过一遍，几乎要冲垮她本已平静的一颗心。

对面那人也注意到门口有个人愣在那里，于是抬起头，而后一愣，一时间两个人都说不出话来。女人怀里的宝宝正睁大眼睛看着沈檬，那五官、那眼神，太像了，太像她的爸爸了。

沈檬的心忽然就像被一条生猛的毒蛇咬了一口，针扎般疼了一下。

陈雅洁先打破了沉默，微微一笑道："沈檬姐，好久不见，其实刚才在教室我和……就看见你了，只是没机会打招呼。你最近还好吗？"

沈檬知道，他也一定看见她了，她和季凉川是最后到的，所以她根本就没注意教室里坐着哪些人，可早到的人一定都看见她了。一时间，她的心里竟然有些慌乱不安。

"我挺好的，我儿子挺调皮的，你……是女儿啊？我记得红豆跟我说是儿子呢！"沈檬也笑了笑。

之前，红豆曾卷入某个黑社会老大的绑架事件中，当时被绑架的人就是陈雅洁。最后红豆带着陈雅洁好不容易才逃脱那帮黑社会的纠缠，也是在那个时候，红豆才知道陈雅洁已经怀孕了。

陈雅洁大大咧咧一笑：“是啊，红豆还是我和思檬的救命恩人呢。上次我被人绑架，是红豆救了我们母女。后来她还来看过我一次，说当时背着我的时候感觉特别沉，所以我肚子里肯定是个大胖小子。你说她讲话多不科学，哈哈！”

沈檬也跟着笑，然后她就笑不出来了，看着小姑娘可爱的小脸，低声问陈雅洁：“她叫杜思檬？”

这真是个让人觉得悲伤的名字。

陈雅洁低头看了看怀里的小人儿，表情很温柔：“嗯，名字是他起的。他死脑筋啊，你又不是不知道。”

沈檬心里忽然觉得很难受、很对不起陈雅洁，却又不知道该怎么安慰她，因为无论说什么都像是在伤害她。

见她表情凝重，陈雅洁笑着说：“沈檬姐，你别想太多了，也别觉得对我愧疚什么，选择他我从来就没有后悔过。我是真心爱他的，也知道他这辈子都不可能忘了你，我尊重他内心保留一部分属于自己的小世界。其实我已经换来很多我想要的，他现在对我和思檬很好，我相信他对我虽然没有爱情，但已经有浓浓的亲情了，所以你就不要再自责了，好吗？”

沈檬心里酸酸的，走过去，把这对母女抱在怀里。陈雅洁知道她心里难受，拍了拍她的后背：“没事的，我们很好，你和你的爱人、儿子也很好。”

沈檬湿了眼眶，狠狠地点头。

等她的心情平复一些之后，她才问陈雅洁：“他人呢？在教室里吗？”

陈雅洁摇头：“没有，他刚才在教室里看见你之后就从后门出去了，说在停车场等我们。”

“雅洁，我想去见他一面，希望你不要介意。”沈檬低声道。

陈雅洁点点头：“没事，你去吧，我带着思檬继续去听课。”

“思檬，跟阿姨说再见。”陈雅洁哄着怀里的小人儿道。

小姑娘特别乖巧地说了声：“阿姨再见”。

沈檬忍不住摸了摸她的小脸："思檬真乖，再见。"

沈檬怀着一颗忐忑不安的心走进电梯，直接按了地下一层。看着电梯里跳跃的数字，她觉得自己的心也随着这些数字一起跳跃着，不安与慌乱交织在心间，让她的脚步都有些慌乱。

来到偌大的停车场，她环顾四周，搜寻着记忆里属于他的车子。她记得他们交往的那段时间，他为了每天接送她，用自己大部分的积蓄买了一辆高档车，只为了配得上她，只为了让她方便出入。也许因为那辆车有着他们之间的回忆，就算他现在比过去更有钱了，也不会换车，她就这样固执地搜寻着那辆车的影子。

找了一会儿，她果然看到了一辆很眼熟的车子，走近一看，车子、牌照，甚至连车里放的香薰都没有换。这人真的是一根筋，认定的东西就是一辈子。

车里没有人，她往四周看了看，只见一根柱子后面烟雾袅袅。她忽然就屏住了呼吸，声音几乎是从嗓子的最深处艰难地滑出来的："小肚子，是你吗？"

她明显感觉那阵烟雾猛地一震，柱子后的人把手里的烟猛地扔在地上，撒腿就跑。沈檬看到那个熟悉的背影，心念一动，追过去喊他："小肚子！"

他跑得太快了，沈檬穿着高跟鞋根本追不上，一下子就崴了脚。她倒在地上，发出一声惊呼。

那背影顿时就僵住了，他犹豫了一下，微微侧过脸来，想看却不敢看，声音低沉而沙哑："你怎么样？"

这么多年了，他还是这么关心她。

沈檬的脚扭得不轻，她试着站起来，可受伤的脚使不上力气，只能看着远处的杜晓航说："你别跑，我就想见见你，没别的意思。"

杜晓航痛苦地扭过头去，却没敢再走远，沉默了好一会儿才说："我答应过你，这辈子都不跟你见面……我已经伤害过你，至少，我不想再失信于你。"

他的一句话，让她心酸不已。

"我给你叫辆救护车。"杜晓航掏出手机。

"不用了，我没事。"沈檬阻止他，又问，"你这几年过得还好吗？"

杜晓航沉默了，好一会儿才回答："挺好的。"

"为什么非要叫'思檬'？何必呢？"沈檬低着头，声音沉沉的。

那边一阵沉默。

不知道从什么时候起，当年那个阳光开朗的大男孩就变成了如今沉默寡言、喜欢抽烟的男人，也许都是因为她。

"你的脚扭得严重吗？真的不用帮你叫救护车吗？"杜晓航依旧背对着她，问道。

看着他高大却清瘦的背影，她咬了咬牙想要自己站起来，刚要把重心转移到另一只脚上，胳膊忽然被人扶住，另一个冷漠的声音响起："不用你操心，我带她去医院。"

两个人都是一怔，是季凉川。

沈檬抬头看向季凉川，他眼里没有任何温度，直直地盯着前面的那个背影，语气凉凉的。

杜晓航不再说话，只沉默地站在那里。

旁边的闹闹才这么小就已经会察言观色了，见自己爸妈的脸色都不太好，他就拉着季凉川的另一只手，严肃地站在原地不动。

季凉川把沈檬扶起来，一直走到自己的车边，开门扶她坐进去。

车子发动，一阵刺耳的声音回旋在空荡的停车场里。车子经过杜晓航身边的时候，沈檬扒着窗口一个劲地往外看他，只匆匆一眼，她的心已经千疮百孔。

他瘦了，留了胡子，头发倒是剪得短短的，可精神一点也不好。为什么他是那样的表情，好像他也陷入回忆之中，无法走出来？

一直到了医院，季凉川都没跟她说一句话，闹闹更是不敢说话。

在医院开了一大堆外敷的药后，季凉川便带他们去吃饭。餐桌上，他对沈檬一直很照顾，一边给她夹菜，一边嘱咐她不能乱吃什么，还抽空哄闹闹玩，可她从他的眼里看不到丝毫温暖。她知道他生气了，他在努力调节自己的情绪。

晚上，把闹闹哄睡之后，沈檬去书房找季凉川。他正在敲打笔记本电脑，神情很专注。她走过去，把热好的牛奶放在他的桌子上说："把牛奶喝了吧，别工作太晚，我先睡了。"

季凉川没看她，淡淡地应了声："好。"

然后，她走回房间，索性爬上床睡了过去。

第二天，她走路仍一瘸一拐的，可姜一菲的案子她又不想再拖延。

这脑袋上的伤还没好，脚又扭伤了，她最近真是该小心点了。

临走前，季凉川接过她的包，干脆地说："我送你吧，你脚上有伤，开车不安全。"

沈檬心里暖暖的，乖巧地点了点头。

一路上，他都没跟她讲话，但是下车后，他把她送到事务所里面才走。她心里也是堵得慌，她不是不想跟他解释，她讨厌他们之间的这种气氛。可解释又有什么用？杜晓航永远是他们俩之间的心结，干脆就让时间去淡化吧。

过了几天，姜一菲的案子在法院进行调解，沈檬带着脚伤，一瘸一拐地上了法庭。这还是以前从来没有过的事情，她难免觉得有些失态。可事不宜迟，她并不了解池骋的底细，他很有可能会被周秉颜收买，在法庭上颠倒是非黑白，捏造一些虚无的证据，到时候让她百口莫辩，这样可就便宜那周秉颜了。

两边都坐下之后，沈檬看那法官的表情，很明显，他不太重视庭前调解，一副把事情全交给沈檬和池骋的样子。那边的周秉颜一脸严肃，神情淡淡的，宁愿一直看着别处也不愿多看一眼姜一菲。

姜一菲看着周秉颜那种冷漠的眼神，还是心痛地开了口："周秉颜，我问你，你是不是不喜欢可可？你是因为想要儿子，所以才冷落我们母女的，对吗？"

池骋立刻把目光投向周秉颜，用眼神提醒他谨言慎行。周秉颜来之前被池骋训练过，说话不敢太随意，只是语气平静地解释说："没有，我只是工作忙。"

"就算工作再忙，也不至于一个星期才回家两三次吧？你根本就不哄可可玩，对我更是爱理不理的，你是不是在外面有人了？"

周秉颜闻言，忽然皱紧眉头，瞪大眼睛看向她："你说什么？"

池骋立刻接话："姜女士，请您不要对我的当事人做出没有证据的猜测，我们可以告你诽谤的。"

姜一菲一愣，指着池骋的鼻子说："我诽谤？你没结过婚，又不是女人，怎么能体会我的不安？你是不是收了周秉颜很多钱？”

沈檬赶忙使劲拉了拉姜一菲的袖子，小声地提醒她：“姜女士，你冷静点，你这种态度在法庭上很容易引起法官的不满，而且这种话可不能乱说！”

姜一菲本不是那么没素质的泼妇，她是被周秉颜气糊涂了才一时间忘了分寸。她渐渐冷静下来：“沈律师，我不接受调解，我一定要跟这个人离婚。”

到最后，庭前调解失败，姜一菲铁了心要打离婚官司让周秉颜净身出户。

最后他们又是闹得不欢而散，沈檬无奈，只好开始备战开庭一审。

从法院出来后，姜一菲情绪低落地跟沈檬说了两句便走了。沈檬正在门口等车，就收到了季凉川发来的短信：“等我接你。”

她心里是很感动的，他明明心里有气，却还是在她脚有伤的时候舍不得让她一个人上下班。她抿抿嘴，觉得有必要跟他道个歉，毕竟两个人在一起，最重要的还是沟通。

忽然，她旁边慢慢停下一辆车子，池骋从车里探出头来，嬉皮笑脸地看着她说：“嘿！我送你啊？”

沈檬瞪了他一眼，她已经下意识地把池骋划为周秉颜的同类了，所以她对他原来的那点崇拜感也荡然无存。她理都没理池骋，扭头就走，打算换个地方等老公。

池骋见她好像不太高兴，立刻下车挡在她的面前：“哎，你不能把我跟周秉颜看成一种人啊，我是他的律师，当然要帮他说话了。姜一菲可以不理解我，你与我同为律师，不能也不理解我啊！”

沈檬冷哼着问他：“那我问你，周秉颜是不是有外遇了？”

池骋坚决否认：“没有。”

“你怎么知道他没有？”沈檬不信他的话。

见他说不出个理由，沈檬正跟他对峙时，季凉川的电话打了过来。她接起来一听，那边显得有些焦虑：“檬檬，我临时有一个美国那边的主治医师的视频电话，只能派司机过去接你了，你现在在哪儿？”

沈檬一听是关于季源康在美国那边治疗情况的视频电话，立刻对他说：“不用了，正好我朋友在这里，他有车，能送我。”

季凉川也没再推托："那好吧，你到家了告诉我一声。"

见他情绪焦急，她也不敢再耽误他，匆匆说了两句便挂了电话，转头对池骋说："送我。"

池骋"扑哧"一笑："你怎么还是一副大小姐脾气啊？算我倒霉，上车吧。"

沈檬也不知道怎么回事，对池骋竟然一点也客气不起来。按理说，读大学的时候两个人因为选修课不一样，公共课也是隔得老远地坐着，所以根本算不上熟悉。可这几次见面，她却总能毫无顾虑地跟他这样不客气，就好像认识了很久的老朋友一样，也许是他天生给人一种亲近的感觉吧。

池骋开着车，问她："对了，我们一起去吃顿饭吧，旁边有家不错的牛腩粉店，你吃过吗？"

沈檬摇头："没吃过。正好我也饿了，你请客。"

"好好好，我真服了你。"

两个人找到那家牛腩粉店后，进去要了两碗招牌牛腩粉。沈檬原本只是觉得肚子饿，却没什么胃口，谁知那一大碗牛腩粉一端上来，香味催得她立刻有了食欲，二话不说，拿起筷子就吃，毫无形象，把对面的池骋都给看愣了："你这么饿啊？"

"太香了，好吃，以后再推荐一些不错的店啊。"沈檬也不跟他客气，又要了一杯饮料。

池骋也不生气，反而笑了笑："真好养活，一碗粉都吃得这么香。"

沈檬瞪他，他忽然一怔，像想起什么大事似的把自己的手机递给她："你快给我拍张照片，拍好看点，一会儿再吃。"

沈檬疑惑地接过手机，将摄像头对准他："干什么？你一个大男人还拍照？再说，你不会自拍啊？"

"我每次自拍都特别不自然，还不如别人给我拍呢。你给我拍帅点啊！"池骋一边摆姿势一边说。

沈檬让他摆了几个造型，拍了几张照片后把手机递给他。池骋接过来一看，还挺满意，直夸她会选角度，拍出来的照片比他的自拍好看多了。

"你要干什么啊？"

"登录相亲网站啊！不然还能干什么？"池骋坦白道。

沈檬忍不住眯眼一笑，嘴角还沾着点酱，看着他说：“可别见到漂亮姑娘就瞎聊啊！要是被骗了，可就丢我们律师的脸了。”

池骋被她那个眼神看得有点不好意思，立刻转移视线，低声嘀咕：“兔子不吃窝边草，兔子不吃窝边草，兔子不吃窝边草……”

沈檬不解地看他：“你念叨什么呢？快吃啊！”

池骋“哦”了一声，没再说什么，闷头吃粉。

直到把沈檬送到家，池骋才说：“你这一瘸一拐的，能上庭跟我对战吗？”

沈檬白了他一眼：“咱们是用嘴皮子打架，又不是用脚。你就停在这里吧，我自己能上去。”

“你确定不用人扶？”池骋问她。

沈檬摆摆手，明显嫌他婆婆妈妈。

“哎，对了，合伙开事务所的事，你考虑考虑。实在不行，咱们六四分，你出四我出六，怎么样？”池骋又问她。

沈檬站在门口思考了一会儿：“我再考虑考虑，你先回去吧，咱们法庭上见。”

这句话一下子就把他打成了她的敌人。他坐在车里无奈一笑，看着她进去了才驱车离开。

沈檬进门后，闹闹正让秀云带着画画呢，一见她就立刻扔了画笔，活蹦乱跳地扑进她怀里跟她腻歪。沈檬亲亲他的脸，问他：“闹闹，今天乖不乖？”

“嗯！”小家伙点点头，又道，“爸爸不让我惹秀云阿姨不高兴。”

说到季凉川，沈檬倒是没看见他，忙问秀云：“他还没回家？”

秀云点点头说：“少爷打电话来说会晚点回来。”

沈檬心想，可能是视频会议很紧急，开的时间比较长。前些日子，季源康的病原本渐渐稳定了下来，可在住院观察期间突然复发了，现在他正在接受紧急治疗。想到这儿，她叹了口气，拉着闹闹上楼，陪他玩了一会儿积木，见他困了又给他洗了澡，哄他睡觉。

等忙完已经快十点了，季凉川还没回来。她本想给他打个电话问问，可又怕打扰到他，干脆去书房整理了一下他平时用的东西，再打扫了他办公的区域。

之后她坐在那里看自己的文件，等了好一会儿才听见屋外门响。她一个激灵，立刻站起来走出去迎他。只见季凉川风尘仆仆地进了门，面容疲倦。

沈檬接过他的文件包，本想就杜晓航的事情跟他解释一下的，却见他表情淡淡，明显心情不好，她只能先问视频会议的事情：“情况怎么样？”

季凉川皱了一下眉：“那边的医生正在研讨，说有可能要进行心脏移植手术。”

沈檬一听，立刻呆住了：“已经这么严重了吗？”

季凉川没再说什么，只是轻轻拍了拍她的肩膀，换好鞋进了客厅。

“吃饭了吗？”她小心翼翼地跟在后面问。

他径直走进浴室，说：“不吃了，没胃口，我先洗澡。”

她凑过去把毛巾递给他，又把浴衣放在门口的换洗篮里。季凉川将衣服脱了一半，忽然抬起眼皮看了她一眼，终是微微一笑：“今天怎么跟只小猫一样，这么乖？”

沈檬咬了咬下唇，觉得不该让他在他父亲病危的时候还要考虑自己那点琐碎的小事，犹豫了一下还是转移话题说：“你别不吃饭，你胃不好，再闹出什么毛病，我可真不理你了。”

季凉川一把将她拉进怀里，摸着她的头，跟她说话的语气就像平常哄闹闹那样：“好好好，那你帮我煮碗面，我乖乖地吃完。你不许麻烦秀云啊。”

沈檬能感受到他温暖的胸膛传来的热度，一下子就觉得无比安心，在他怀里甜甜一笑：“嗯，那你去洗吧，我去煮面。”

离了他的怀抱，她觉得心里空空的，拉着他的双手，抬头娇羞地看他：“今天还那个吗？”

季凉川点了一下她的鼻子，轻声一笑：“今天放过我吧，改天补给你，我有点累了。”

她有点失望，不过还是乖巧地点了点头。

沈檬给季凉川煮了一碗番茄鸡蛋面，怕他营养不够，就多放了两个蛋进去。季凉川倒从来不挑食，虽然是季家大少爷出身，但一般给他做什么他就吃什么。

季凉川洗好澡之后，一边擦着头发一边坐到餐桌旁吃面。沈檬坐在他对面，一动不动地看着他吃，他被看得有点不好意思："怎么了？"

"没事，就喜欢看你。"沈檬的眼神透着浓浓的爱意。

他一笑，继续吃起来。

等他吃完，她又起身把碗给洗了，然后才去浴室洗澡。她本以为季凉川早就睡了，可进卧室后才发现他还在等她。

季凉川拍拍被子说："来，过来。"

她一愣，这家伙不是说今天累了吗？难道又来劲了？

谁知她刚走到床边，就被季凉川拉过去把脚放平，然后他开始轻柔地揉她扭到的部位。她低着头，看着他白皙的手指灵活地动着，心里涌出一股浓浓的暖意。

揉了一会儿后，他抬头问她："比昨天感觉怎么样？好点了吗？"

沈檬点头："有您这位按摩大师，怎么敢不好啊？明天还得给我揉揉！"

季凉川伸出大手拍了拍她的侧脸，宠溺地笑着："好的，老婆大人。"

看得出他的心情好一些了，沈檬忽然扑进他的怀里，有点撒娇地说："对不起，我不该丢下你跟闹闹去看他……我一时没能控制住自己的情绪。"

季凉川一下又一下地抚摸着她柔软的头发，发出几不可闻的一声叹息："去年，他来找过我一次，可我没敢告诉你。"

沈檬立刻睁大眼睛，从他怀里起身，用不可思议的眼神询问他。

季凉川怕她误会，连忙说："是他不让我告诉你的。他承诺过不再见你，所以不想让你知道他还惦记着你。其实他也没说什么，就问了问你的近况，然后就走了。"

"你们俩动手了吗？"沈檬心急如焚地问道。

季凉川无奈地拧了她的鼻子一下："你老公是那种人吗？我是文明人，只讲道理不动手的好吗？再说了，打人也不需要我亲自动手啊，我可以找人。"

沈檬知道他又开始不正经了，连忙反过去拧了他的鼻子一下，气呼呼地说："行啊你，季凉川，瞒得够深啊？是不是这几年还有众多我的追求者都被你给拦下来了？"

谁知那人深沉地抿了一下唇，这表情，明显是被她说中了！这只老狐狸！

“若是还有给你制造麻烦的，随时通知我，我可以让他们一天之内就消失在你的视线里。”季凉川皮笑肉不笑地道。

这话说得她后背一凉：“你是要把人家弄死吗？你怎么这么阴暗啊？你给我阳光一点，正能量多一点，你还有儿子要教育呢！听见没？”

“不可能，我可是有素质的人，从不打打杀杀的，相信我。”

呵呵，她信了，指不定他在背地里对她那些追求者做过什么呢，她都懒得想了。

正逗着，季凉川表情一沉，拉着她的手，沉声道：“那天，他来办公室找我，我本来以为自己能克制住……”

沈檬立刻慌了：“你果然把人家打了，是不是？！”

季凉川按住她：“不是，我们没动手，我是说我本来以为我能释怀他对你、对我做过的那些事情，可看他问起你时那种深情的眼神，老实说，我觉得很恐惧，我怕有一天他会利用你的同情心，再次把你从我身边抢走。所以，我对这个人很避讳，只要是关于他的事情，我都需要很长一段时间来调节自己的情绪。檬檬，我希望你能多少理解我一点，我不是个圣人，我也会有脆弱的一面、害怕失去的东西、难以控制的情绪和不理智的思维。”

他要面子、自尊心强，沈檬再了解不过，如今他在她面前这么坦诚地倾诉着他那些脆弱的地方、狭隘的心思，她是真心感动得不行。她握紧他的大手，点头道：“我明白你。我跟他毕竟从那么小就认识，虽然后来发生了很多事情，但是要完全忘记一个从小就跟自己一起长大的人，真的挺难的。我理解你，请你也理解我，我们慢慢磨合吧，反正我们还有的是时间，对吧？”

季凉川看着她好看的眉眼，温柔一笑：“好了，这件事情我们就不提了，我得跟你通报一声，我准备尽快订去美国的机票，可以吗？”

她的心顿然下沉，虽然她早有心理准备他要离开，但没想到会这么快。她不敢在他面前表现出不高兴的样子，于是很干脆地说：“行，这次不用我陪着你吗？”

之前闹闹刚出生那会儿，季源康在美国也病危过一次。沈檬考虑到很多，以前她和季源康之间的恩怨自然也有，但更多的还是对季凉川的爱胜过了一切。她害怕季源康会在美国突然病逝，她不愿意让季凉川一个人面对那些，所以果断选择忘记过往的仇恨，陪着季凉川一起去美国探望了季源康。还好，那次之后，季源康的病情暂时稳定了一阵。

这次季源康的病情再次加重，她跟季凉川一样，心里并不好受。

季凉川摇摇头："闹闹渐渐懂事了，两个人都不在他身边，他会感觉不安的，而且他今年下半年就要进幼儿园了，你在这边跟老师多联络着点。"

听到这里，沈檬再也沉不住气，眼睛忽然就红了："你要去多久？现在才五月份，闹闹进幼儿园是九月份的事情，难道你在那之前都回不来吗？你不是答应八月份陪我参加红豆的婚礼吗？红豆和叶念瑾是闹闹的干爹干妈啊，你怎么可以不去呢？"

沈檬知道这些都是次要的，重要的是，她不想跟他分开这么久。季凉川偶尔去外地出差，两个星期不回来，那种程度她就已经很难承受了，更何况这回还是好几个月。

季凉川一脸心疼地看着她，揉了揉她的眼角："不会的，我既然答应陪你参加红豆的婚礼，就一定不会爽约。我只是不知道美国那边的具体情况，很有可能在配型上花很长时间，也可能很快找到匹配的心脏，做完移植手术就能立刻回来。檬檬……他是我爸爸。"

听到这里，她不敢再闹了，点了点头："我明白了。"

两个人睡下后，沈檬一直搂着他，贪婪地闻着他身上的香气，就好像这一夜过后，他们就再也不会相见一般。

过了几天，姜一菲和周秉颜的离婚诉讼案正式开庭了。

沈檬脚伤倒是完全好了，穿着一身职业套装，带上提前准备好的材料，和姜一菲一起进入审判庭。那边作为被告方的周秉颜穿着一身黑色西装，面无表情地坐在那里，旁边坐着辩护律师池骋。

池骋见了沈檬，微笑着点了一下头表示礼貌，她也点了点头，然后池骋便收回视线，专心而小声地跟周秉颜聊着什么，看样子很有职业素养。沈檬在心里倒是佩服起来，这池骋私底下跟她那么随便，没想到工作的时候却是这么严谨认真。

沈檬完全融入姜一菲的角色里，口齿伶俐地帮她辩护，言辞犀利：“尊敬的审判长，我的当事人姜一菲女士和被告周秉颜，在结婚三年零五个月后产下爱女可可，然而在可可出生的那一天，身为可可亲生父亲的被告周秉颜却并未到医院陪着我的当事人姜一菲女士生产，这是对我当事人一种极大的冷落，也未尽到身为人父的责任。所以我们有理由认为，被告周秉颜在孕检得知我当事人怀的是女儿之后，由于重男轻女的旧观念，对我的当事人造成了家庭冷暴力。”

对面的池骋也不甘示弱，立刻捕捉到关键点回击：“如控方律师所述，所谓父母的责任应该是指赡养、教育等一系列对于子女健康成长有益的帮助。这是姜一菲女士当时生产的医院所提供的资料，上面明确地显示了一张支付账单，支付的银行卡号经过核实，的确属于我当事人周秉颜所拥有。也就是说，我当事人在经济上承担了他妻子女儿的所有费用，至于为何当天我当事人没有到场陪伴姜一菲女士生产，是由于当天我当事人接下了一笔巨额工程项目，项目的签约时间和具体项目内容我们也有充分的资料来证实。而且据我所知，控方姜一菲女士在结婚后就辞职了，成为全职太太，所有的家庭开支都是依靠我的当事人，而我当事人在工作上忙不开也是情有可原的，我认为这在法律上并没有构成家庭冷暴力。”

池骋语毕，沈檬一愣，没想到池骋的水平可以到达这种地步，当下就有点蒙了。台上法官大人等着听她的陈词，她这才整理了一下，继续说：“审判长，这份笔录是我当事人以及被告周秉颜家的保姆的一份证词，请您听一下。”

法务人员过来把她的小型录音机收走后便开始公开播放，一道声音响起：“周先生回家后一般直接进书房办公，也不怎么跟姜小姐讲话，偶尔看几眼可可，剩下的时间就一个人关在书房里，吃饭都是我端进书房给他，他从来不出来吃……”

听完这段话之后，周秉颜的脸色有些不好，他不耐烦地看了一眼沈檬，明显是觉得她对他家的事情管得太多。

沈檬看了他一眼，有些嘲讽地继续说：“据姜女士本人说，自从可可出生以后，被告周秉颜先生几乎从来没有和我的当事人同过房，这已经构成严重的性冷暴力……”

“够了！你有病吧？这是我们夫妻俩的事，你瞎调查什么啊？”周秉颜忽然暴怒，站起来指责沈檬。

这件事明显戳中了周秉颜的软肋，法官立刻要求周秉颜肃静，池骋一个劲儿地把周秉颜拉下去重新坐好。

沈檬忽然觉得有点奇怪，按理说，这种事情在法庭上属于很正常的言论，周秉颜这种有自己的公司，天天和商务、法律、社交打交道的男人应该不至于失去理智才对。难不成，让周秉颜愤怒的不是她调查他们的隐私，而是跟他们俩之间的闺房之事有关？她脑子转了半天都没想明白。

而那边冷静下来后，池骋接话说："审判长，我想呈几组照片上去，请问可不可以？"

见审判长点头，他把资料交给法务人员。一番操作之后，正前方的幕布上便出现了几张照片。沈檬见姜一菲刚看到第一张照片就白了脸色，然后猛地扭头去看周秉颜。周秉颜此刻也正盯着她，那眼神中透着一股笃定和质问，明显不满的情绪已经要宣泄出来。

那几张照片是姜一菲和一个青年男子在咖啡馆面对面谈笑的情景，那男人论长相和气质，一点也不亚于周秉颜，甚至能让人第一眼就对他产生好感。沈檬忽然就愣住了，如果是姜一菲婚内出轨在先，成为过错方的话，那么她之前所做的努力就都白费了，这场官司必输无疑。这个池骋，没想到还真有两下子。想到这里，沈檬立刻提出异议："审判长，从照片上来看，姜一菲女士并不知道有人在拍这些照片，也就是说这些照片都是偷拍的，我怀疑对方辩护律师的取证手段不当。"

池骋立刻回击："审判长，这些照片并不是我或者我教唆他人拍下的，而是作为丈夫的我的当事人周秉颜先生因为过于关爱自己的妻子姜一菲女士，所以才找私家侦探跟踪，并要求私家侦探随时报告姜一菲女士的情况时拍下的。据我所知，在周先生和姜女士感情破裂之前，因为周先生公司的生意一直很好，有很多同台竞争的公司被迫放弃了几个利润颇大的项目，所以那阵子周先生曾收到过恐吓邮件，例如'立刻撤出你在某某公司的投资股，不然就对你家人不客气''放弃和某某公司同台竞标的机会，不然你等着收尸'等。这份资料是周先生收到的那几封恐吓邮件的纸质版本，还请审判长过目。"

沈檬越来越觉得头大，这次的对手实在是太强大了，说得有理有据、头头是道，而且还有确凿的证据。

审判长看过那些资料后，示意池骋继续。池骋接着说：“根据这些证据，我有理由认为我当事人是出于保护和关爱的目的偷拍了控方当事人的照片，并不算违背道德伦理。而这些照片能说明什么，我想应该不用我再陈述了吧。”

姜一菲脸色惨白，忽然捏了捏沈檬的手。沈檬一愣，立刻打起精神来，看着有点得意的池骋说：“那么请问对方辩护律师，如果在咖啡馆喝饮料的一对男女能够轻易被认为有不正当男女关系的话，那咱们前几天一起去吃牛腩粉又算什么呢？难道咱们俩也在谈恋爱？”

池骋一愣，没想到沈檬会把他们俩的事搬上来当论据说。而沈檬知道，这家伙不可能为了反驳她，硬说他们在谈恋爱。

见池骋那边沉默了，审判长又问沈檬：“控方还有什么要陈述的吗？”

沈檬抓住家庭冷暴力这一点，势必要打胜仗，于是拿出自己准备的资料呈给法务人员，说：“今年五月十号，我当事人和被告周先生抚养的女儿可可发高烧，病情很严重。可可才一岁多，这个年龄的孩子发起烧来后果不堪设想，我的当事人当天却怎么也打不通被告周先生的手机。我去电信公司查过，周先生的手机在同一时间接通过一个商务来电，也就排除了手机故障问题、会议静音问题，所以，是被告根本就不想接我当事人的电话。将孩子送到医院之后，我当事人又打了五通电话过去，被告周先生通通没有接听。通常一个人给另一个人拼命打电话，就证明有非常紧要的急事，更何况来电的还是自己的妻子，所以被告周先生是故意不接电话，从而可以证明被告对我当事人实施了精神上的冷暴力。而呈给审判长的资料，是电信公司的通话记录复印件。”

池骋立刻回击：“请问对方辩护律师，如果夫妻之间吵架了，其中一方没有消火，又怎么会接对方的电话呢？我当事人认为控方拼命打电话过来只是家庭琐事，而业务繁忙的他，就像你说的，需要接听一通商务电话。商务电话对一个商人的重要性，我们都能理解，所以我并不认为这是家庭冷暴力，只能说他们是在吵架，他暂时不想和好罢了。”

沈檬忽然自信地一笑，又说：“那么，请问可可被送到三叶医院之后，早上十点四十五分到晚上的六点十分这段时间，周先生在干什么？我刚才说过了，一岁多的小孩子发烧是很严重的事情，万一引起呼吸道感染，后果将不堪设想，可她的父亲居然隔了这么长时间才去医院看望她，这不是家庭冷暴力是什么？”

池骋继续反驳：“对方辩护律师刚刚也提到过，姜女士给我当事人打的关于女儿生病的电话并没有接通，也就是说我当事人一直不知道这个消息，我们又怎么能用这段时间来衡量是否存在冷暴力呢？”

说到这里，沈檬看着池骋，忽然浅笑了一下。池骋立刻反应过来，霎时有点尴尬。

“当时是由我亲自打电话给池先生，让他帮忙通知周先生的，那个电话的时间是上午十一点十五分，如果推断池先生打给周先生是十一点二十分左右的话，那之后的这几个小时，请问周先生又在哪里呢？”沈檬言辞犀利。

通知周秉颜的人正是池骋，而打电话通知池骋的人则是沈檬，通话时间是有记录的，是在十一点十五分。也就是说，池骋成了反驳他当事人的有力证人。

整个审判庭忽然变得寂静，沈檬这一下弄得池骋有些措手不及。如果他说实话，他确实是挂断沈檬的电话后便通知了周秉颜，并让他迅速赶去医院，而周秉颜没有听他的话，这就出现了问题，也让沈檬抓住了把柄。可如果他撒谎，说自己有事耽误，忘了通知周秉颜，沈檬那边铁定没有证据，这样他这场官司还是可以打下去。

就在这沉默的几分钟里，沈檬从池骋的眼里读到了一种苦楚，看着挺让人心疼的，可这是她的战场，不能让女人的柔情和同情在这里泛滥，他现在是她的对手。

过了一会儿，审判长问池骋：“被告辩护律师还有什么要陈述的吗？”

池骋紧抿了一下唇，深吸一口气说：“没了，审判长。”

沈檬瞬间愣住。

一审，她赢了。

从审判庭出来后，沈檬觉得浑身紧绷的那股力气瞬间从体内散开，整个人一下子就瘫在一边的柱子上。跟在她后面出来的姜一菲对她说：“沈律师辛苦了，你今天的表现很精彩。”

沈檬很不满地看着姜一菲说：“我不是跟你说了吗？你有什么关于

婚姻隐患的事情一定要跟我说。那个跟你喝咖啡的男人是谁？你为什么不提前告诉我？你知不知道律师面对没有准备的指证，很可能当场就会被判输？”

姜一菲立刻摇头：“那个男人是我的私人营养师，我跟他没有不正当的男女关系。”

“那你也得跟我说啊，这样我就能准备一份证明你们之间很清白的证据，也不至于像刚才那样措手不及。”沈檬抱怨道。

姜一菲磕磕巴巴地又说：“因为……因为他曾经追求过我，不过我拒绝了！我是有家庭的人，不可能答应他的。我怕节外生枝，所以就没跟你说……”

沈檬叹了口气，刚想说些什么，就见周秉颜和池骋也从里面走出来了，她们俩立刻提前出了大厅。

沈檬目送姜一菲离开后，看到池骋把车开过来冲她摇手。她见他心情还不错，也没怎么扭捏就坐进了车子里。

池骋见她神色有点疲惫，便道：“得，我带你去茶室喝一杯铁观音吧，瞧瞧你这脸色。”

沈檬看了他一眼，眼里满是敬佩的神色：“池骋，说真的，我从业这几年遇到的对手里，你算是最强的，也是最理智的。我现在特别相信你，就算周秉颜给你好处，你也不可能接受。”

池骋一边发动车子，一边不好意思地回话：“唉，让我昧着良心说谎来赢官司这种事，我实在做不到。不过你真的挺厉害的，能说会道。以前在 S 大的时候，我也听到过一些关于你不太好的传闻，不过我都没当一回事。”

“这还不算当一回事啊？都多少年了你还记得，而且还拿出来说！你是成心吐槽我是不是？”沈檬佯装生气地对他道。

池骋没再说话，憨厚地笑了笑。

沈檬仔细看他的右脸颊，那儿居然还有一个浅浅的酒窝。她今天见证了池骋的人品，心里考虑的事情终于有了定夺。

两人坐在茶室里，房间里回旋着古筝曲，配上这里的香茗之气，很有韵味。古铜色的桌椅和古香古色的壁画，让她觉得这个角落宁静得不似人间。

沈檬一边喝茶，一边提起之前谈论过的合开律师事务所的事：“我同意你的主意，不过先说好啊，你出六，我出四。”

池骋立刻大喜：“好啊，这些都不是问题，关键是我们能有自己的一方寸土。这几天我去查查地址，咱们选一个最合适的，之后申请营业执照，然后再验资。对了，你手里有钱吗？我准备把地址选在市中心，租金可能会贵一些，规模也不能太寒酸，你觉得呢？”

沈檬点头：“你说吧，大概要多少钱，我看看自己的钱够不够。”

池骋算了算：“怎么着也得一百万吧？那么你就出四十万，我出六十万。设立律师事务所需要三名以上合伙人，我再找两个律师朋友帮忙挂名一下。”

沈檬想了想，她开公司就是不想当姜一菲那种只花老公的钱的女人，想让季凉川大吃一惊，所以肯定不能拿季凉川的一分钱。可她刚入律师行没几年，不算资深律师，虽然贺总为了巴结她，平时给她拉了不少巨额官司，但是她都不屑一顾地拒绝了，如今手上的存款不到四十万。如果她找家里要钱的话，准把她爸妈给吓坏，不知道的还以为两个人要闹离婚呢，所以还是不要惊动家里人了。

沈檬不想让池骋看出自己有经济上的困难，干脆地说：“好，但我需要点时间，没办法马上给你这么大一笔钱。”

“不着急，我先选地址。”池骋道。

沈檬扫了他一眼，好奇地问：“不对啊，你跟我是同一届毕业的，也不算资深律师，你哪儿来这么多钱？”

池骋得意地吸吸鼻子说：“你是不知道，我在国外留学的时候，天天打工，每天就睡四个小时，其他时间都用来赚钱、学习，还发表过几篇关于国际法律的稿子，受到了学校的表扬和奖励，那些奖学金我都存着呢！”

他简直是模范好学生，说得她都感动了，学霸就是学霸啊……

接下来的几天，沈檬一直想着资金筹备的事情，季凉川的行程也终于定了下来，下个月初飞往美国。她仔细算了算，其实也没剩几天了，心里忽然感觉一阵失落。

沈檬正发愁不知道该从哪里弄那四十万呢，红豆的一个电话提醒了她！红豆啊红豆，你也太倒霉了！沈檬心里偷着乐。

“喂，你在哪里啊？我跟婚纱店老板约了时间要去试婚纱，你过来陪我啊。叶念瑾那倒霉蛋正陪一个大客户呢，目前抽不出空来。”红豆明显有点生气。

本来沈檬就打算陪她试婚纱的，这下正好连借钱的事情也一起了！想到这里，她应下来，挂断电话就往红豆说的那家婚纱店跑。

她刚推门进去，就见红豆正一脸甜蜜地看那些婚纱册子呢。红豆抬头见她来了，立刻招手喊她过去：“沈檬，你快过来看！这些婚纱都是最新款，我都挑花眼了！快帮帮我！”

结婚的女人最幸福了，尤其是选婚纱的时候，沈檬可是深有体会。她记得自己挑婚纱的时候，某人说让她选两套，怎么最后也没兑现啊？

沈檬坐在红豆旁边，陪她看起了照片。这些都是从欧洲直接空运来的纯手工、镶水钻的婚纱，一套就要十几万，有的还更贵。红豆这家伙有了她家有钱的未婚夫，完全都不用考虑价格了，只要看哪套漂亮就好。

两个人正挑着，红豆的电话响起来，沈檬离得近，能听见是叶念瑾打来的。

“丫头，我让你帮我买的书买到了吗？”

“还说呢，我今天逛了一天网上书店也没找到你说的那本书，你确定它是叫《那些危机这些商机》？”

那边的叶念瑾差点气乐了：“是叫《这些危机那些商机》！名字都错了，怎么可能找得到？我都告诉你三遍了，你怎么还是记不住啊？你偷偷告诉我，你到底是不是傻啊？”

红豆见沈檬捂着嘴在笑，有点尴尬地吼了过去：“去去去，还敢嫌弃我，你未婚妻在这边试婚纱，你居然去见什么破客户，是不是美艳动人的女客户啊？”

叶念瑾轻轻一笑：“是个五十岁的抠脚大汉好吗？我犯不着为了他不要你啊。我正往婚纱店赶呢，你先试着，一会儿我给你当参谋。”

红豆听说她未婚夫马上要过来，表情立刻绷不住了，喜滋滋地一笑，特别没有原则地立马原谅了叶念瑾会见抠脚大汉的事情，说：“好吧，那我在这儿等着你，你开车小心啊！”

沈檬还在那儿笑着呢，猛地反应过来，不对啊，叶念瑾要是过来了，她还怎么跟红豆说借钱的事情啊？于是她立刻把红豆拉到一旁的休息区，开口道：“红豆啊，最近有没有自己开小金库、赚外快呀？”

红豆赶忙摇头：“别说赚外快了！最近花了好多钱在网游上，心疼死我了！”

沈檬无语地瞪她：“你多大了还玩网游？我就不跟你兜圈子了，我是不是你最好的朋友？”

红豆眨眨眼睛看着她：“你抽什么风啊？我可不跟你演什么姐妹情深的戏啊！”

“我直接跟你说吧，我想找你借笔钱，你手头宽裕吗？”沈檬也不想跟她绕弯子，直接道。

红豆愣了两秒后，睁大眼睛看她，好像没有听懂一般反问她：“你刚刚说什么？”

沈檬皱眉：“干什么？别跟我说你不愿意啊！”

红豆立刻狠狠地拍了她的手一下：“沈大小姐，季夫人，您是在跟我开玩笑吗？您是千金啊，您是豪门贵妇啊！您跟我一个穷上班族借钱，你是不是故意羞辱我啊？”

沈檬这才反应过来，这件事站在红豆的角度去考虑确实有点违背常理，连忙跟她解释：“不是啦，情况是这样的：我不想在贺总那儿干了，总觉得我离开季凉川什么都干不了似的，所以我想自己出来单干。你也知道我的性格，既然是我自己的公司，那我就不想动季凉川的钱。昨天我算了算自己的私房钱，加起来也就三十万，还差十万呢。”

红豆这才听明白，想了想才道：“原来是这样啊，那你跟季王子商量了没？”

“我想给他个惊喜嘛！我准备把事情都办妥了，公司也装修好了，再直接领他过去！他还不得佩服死我啊！”说着，沈檬仰仰下巴，一脸得意。

“哎，我回家看看，没记错的话，我手里应该有几万，万一我自己的钱不够的话，你可别让我找叶念瑾借啊。”红豆道。

沈檬点头：“我明白，你们还没结婚，贸然向他借钱容易让他的家人反感。”

红豆撇撇嘴：“你也真是的，儿子都给他生了，安安心心在家享受荣华富贵不就好了，你老公又不会嫌弃你。”

“别提了，我最近接了个案子，女方结了婚就在家当全职太太，时间一长，老公都不怎么珍惜她了，我觉得肯定有这方面的原因在。”沈檬分析着。

红豆点了点头：“好啦好啦，我的钱全借给你，陪我继续挑婚纱吧。”

沈檬帮着选了几套款式比较新颖的婚纱后，红豆连忙抱着这几套进了试衣间。没一会儿，叶念瑾到了，沈檬坐在休息区冲门口挥手。

叶念瑾挥手跟她打了个招呼，走过来问道：“丫头呢？”

“在里面试婚纱呢。你坐下来，我问你点事。”沈檬神神秘秘地对叶念瑾道。

叶念瑾不解，坐在她对面，问道：“怎么了？”

“万一红豆跟你结婚以后当全职太太，在家相夫教子，你会不会瞧不起她啊？”沈檬问。

叶念瑾一笑：“不是吧？我家丫头这么跟你说的？”

“不是啊，我就是好奇，随便问问。”

“当然不会，无论她是出去工作还是待在家里，我都支持，关键看她自己喜欢哪种生活方式。”叶念瑾道。

沈檬思索了一会儿，她没问过季凉川这个问题，本能地觉得季凉川的回答应该和叶念瑾差不多，可她就是不喜欢自己被人看成嫁入豪门就不再拼搏努力的女人。算了，她还是按照自己的意志行动吧。

“怎么忽然问起这个了？”叶念瑾问。

沈檬摇头：“没什么，随便问问。对了，再问你个事，万一红豆生了一个女儿，你会不会有点失望，然后就不那么热情呢？”

叶念瑾被她的话逗乐了：“你别逗了，我巴不得她快点给我生个女儿呢！”

沈檬眨眨眼：“红豆难道不愿意生小孩，还想再等两年吗？”

这时，叶念瑾有点尴尬地耸耸肩，凑过去在她耳边小声说：“她一直不让我碰，我这都快憋出内伤了，你跟她要好，赶快帮我劝劝她。”

“扑哧”一声，沈檬一个没忍住就笑出声来，瞪了他一眼：“你怎么这么没用啊？直接把她按住，她还敢不从？”

叶念瑾哭笑不得：“你这也算闺密？”

两人正说着，红豆穿着一身闪着银光的纯白色长款婚纱从试衣间走出来，坐在休息区的两个人精神为之一振，特别是叶念瑾，简直看呆了。

这款婚纱是沈檬和红豆一眼看中的，欧式抹胸长款，胸口正中间有一个环形的镂空花纹，裙摆上还点缀着纱织蝴蝶，整体看上去极为优雅高贵。

叶念瑾笑眯眯地走过去，拉起她的手。红豆羞红了一张脸，等着他夸自己美若天仙呢，结果那腹黑鬼开口就说："所以说，人靠衣装马靠鞍啊！"

红豆甩开他的手，瞪他："叶念瑾！你一天不气我就心有不甘是不是？这种时候就得直接夸我是天生的美人坯子，穿什么都好看！你这人会不会聊天啊？"

叶念瑾拍拍她的脸，忙哄道："逗你玩呢，你最美了。真的，这套很漂亮，咱们就买这套吧？"

红豆撇撇嘴，见他一脸真诚，便说："我再试试别的款式，你帮忙参谋参谋。"

"好，去吧。"叶念瑾宠溺地捏了捏她的脸颊，笑道。

结果试来试去，后面的都不如第一套惊艳，三个人不约而同地决定买下第一套。趁叶念瑾在那边付定金，沈檬藏不住笑意地偷偷跟红豆咬耳朵："人家刚才可跟我哭诉了啊，你婚都跟人家订了，还不给人家肉吃啊？"

红豆脸一红，用胳膊肘顶了她一下："哎呀，你瞎打听什么啊？还不都是我妈改不了传统观念，非要我留到新婚之夜。"

沈檬了然，叹气道："你家母亲大人的威风，我早有耳闻，这下我是真的甘拜下风了。"

晚上，叶念瑾拉着两人去外面吃饭。沈檬一边吃一边聊自己准备开公司的事，本来都没有提到钱的，叶念瑾却突然说了一句："你要把公司开到市中心，估计要花不少钱。有需要尽管给我打电话。"

听见这话，沈檬和红豆都有点感动，但两个人都约好不找男人要钱，女人要自强！

沈檬笑道："叶念瑾，就冲你这句话，以后你就是我沈檬的铁哥们儿，有什么事打一个电话就行！"

说完，她豪气冲天地倒了杯啤酒跟叶念瑾干杯。

叶念瑾温和地笑笑，跟她碰杯："行啊。"

三个人聊得特别愉快，要不是季凉川催她回家的电话打过来，沈檬都恨不得今晚不回去了，一直聊到天明才过瘾。

沈檬叫了辆车回家，等红灯的工夫，手机收到了红豆的短信："叶念瑾这人会这么好心？我有点怀疑他的真诚度。"

沈檬忍不住低头一笑，回复道："你白痴啊？人家明面上是对我说的，其实是说给你听的啊。不知道男人追女人就要先搞定女人的闺密吗？说实话，你听完了是不是特别感动，恨不得扑进他怀里啊？"

红豆的短信秒速传来："天哪！原来是这样！怎么我的智商仿佛有点跟不上你们的节奏呢？"

沈檬回复："呆萌少女！"

红豆发了个表情："你们俩就天天嫌弃我吧！我要跟他分手、跟你绝交！"

沈檬低声一笑。

第三章 女孩子们的诱惑

“你还知道啊！那什么女人啊？三十多岁了，你难道没看到她脸上的皱纹吗？再说了，她都结婚了，为什么还勾搭你啊？”门里的人气呼呼的。

“人家没有勾搭我，只是觉得我比较会教育儿童，所以请教我一点事情。”季凉川耐心地解释。

“那种育幼中心可不是普通家庭能去的，既然有钱，她干吗不找个心理咨询师，非要找你呢？”

季凉川一笑：“你老公就是心理咨询师啊，你现在这种心理叫吃醋，你看我说得对吧？”

“你讨厌，我就不让你进来，就要让你睡书房。”

“你忍心吗？书房的床那么硬。”

“谁让你口味那么重，居然喜欢那个女人？”沈檬哼道。

季凉川温柔地说：“谁说我喜欢她了？我只喜欢你。”

沈檬忍不住轻轻一笑，但很快又恢复一脸生气的样子，刚想再逗逗他，却听见外面没了动静。不会吧，这傻瓜真去睡书房了？

她一急，赶忙打开门冲出去，刚出门身体就被拉入一个臂弯。季凉川这个狡猾的家伙从背后搂住她，亲吻着她的耳垂，喃喃说：“就知道你心疼我，你还不承认。”

沈檬面上绷不住，终是笑了出来，手握成拳捶了他的肩膀一下：“谁让你胡乱给陌生人留电话的？万一是骗子怎么办？现在骗子的手段那么高明，我这不是担心你吗？我得给你个教训，让你以后又想给哪个陌生人留电话时，脑海里立刻就能回想起在书房睡硬板床的痛苦经历。”

季凉川笑得眉眼弯弯：“好的，知道了，谢谢老婆。那我今天能不能不受罚了？”

沈檬扭过身子，凑过去在他唇上轻轻吻了一下：“下不为例。”

“嗯。”他轻声回应。

晚上，沈檬搂着他闭上眼睛，忽然觉得有点心酸，距离他离开的日子只有不到九天的时间，真想每天都能和他这样吵吵闹闹却甜甜蜜蜜地过下去。

自从沈檬跟红豆说了自己要创业这件事后，红豆仔细想了想，觉得沈檬说的话的确有道理，说不定她以后也要自己创业呢，总在别人手下打工也不是一回事，尤其像她这种已经一脚迈入豪门的人更是不能自甘堕落。

到家后，红豆便翻箱倒柜，左凑右凑，结果加起来才五万多。人家沈檬的私房钱有三十万，而她竟然只存了五万！她简直要哭晕过去，这几年自己到底是有多能花钱啊？她仔细算了算，自己平时虽然挺喜欢逛街的，可是根本就没买过几件名牌啊。脑子转了半天，她才想起来，她月薪的百分之六十都被她家母亲大人给拿走了，说是要帮她存起来，然后就没有然后了……

她拿出手机，想着先帮沈檬把这笔钱给凑齐，以后自己再慢慢还，结果翻遍了通讯录都没找到适合开口借钱的人。找她家母亲大人吧……可她母亲大人不从她这儿挖钱就已经很不错了。她走出卧室，发现母亲大人刚好出去会见牌友了，只剩下老爸在客厅看电视，她赶紧凑过去，抓着老爸的胳膊直接说："爸！借我五万块钱！"

红爸正看着戏、哼着小曲儿呢，闻言一愣，扭过头："闺女啊！你这是要干吗啊？"

"哎呀，你就别管了，先借给我，回头还你，但千万别让我妈知道！"

红爸快哭了，一脸苦笑地看着红豆："你觉得你老爸在你妈妈的监视下，能有私房钱吗？"

红豆第一次有了一种她老爸被她妈压迫数年实在不是什么好事儿的感觉。

苦着一张脸回到自己的房间，她叹了口气。这个时候，手机短信提示音响起来，她拿着手机趴在床上翻看，一条短信来自毒舌狂魔："睡了吗？"

她抿嘴一笑，回复过去："没有，你怎么还不睡？搂着哪个美人呢？"

毒舌狂魔："你明明知道我最想搂着睡的美人是你。"

红豆脸上一热："你就不能再等等吗？再说了，你没认识我之前是怎么解决的？"

毒舌狂魔：“我拒绝回答这个问题。”

红豆躲在被窝里偷笑，又回复说：“知道委屈你了，明天我请你吃大餐好不好？”

毒舌狂魔：“不好，我要吃你。”

叶念瑾的手机很快收到回复，一条短信来自臭丫头：“那……我们只能白天……偷偷地，在我晚上回家之前……因为不能让我妈知道……”

叶念瑾一愣，立刻回复过去：“你不想咱们的第一次发生在一个浪漫的夜晚吗？而且是在一个带泳池、有鲜花、有高级西餐的五星级酒店！”

这话说得某个臭丫头心动了，谁不想和心爱的人拥有一个这样的夜晚？

臭丫头：“想！可是我不能在外面过夜，我已经答应我妈了。那就等我们举行完婚礼以后再说，好不好？”

毒舌狂魔：“丫头，你对我太残忍了，我要去夜店。”

臭丫头：“你敢！”

叶念瑾一阵叹息，回复：“那好吧，我带你去五星级酒店，等到晚上再送你回去。”

红豆看着手机屏幕傻笑了半天，忽然表情严肃了，回复道：“哎，你跟我结婚到底是因为爱我还是因为我的身体啊？不给，万一给了以后你悔婚怎么办？”

叶念瑾又被她气笑了：“你知道我每天要听多少女人跟我说那种一听就知道她们要白送给我的话吗？我要是真为了解决生理问题，哪个女人不行啊？干吗非要找你这么个臭丫头，胸不大，臀也不翘，还不会说好听的话！”

红豆气势汹汹地回复：“你讨厌！我警告你，你跟公司里的那些美女保持距离！还有原来在警局工作时认识的警花们，你也不许再联系了！”

毒舌狂魔：“放心吧，就算她们全部站在我面前，我也不会有任何反应的。”

红豆心里美滋滋的，想了一下，要不要找叶念瑾借钱呢？本来答应沈檬不找他的，可除了他以外，她没人可找了。

她转了转眼珠，回复：“对了，跟你商量点事，我想买股票。”

毒舌狂魔：“股票？怎么突然玩股票了？”

臭丫头：“哎呀，心血来潮嘛！能不能先借点钱给我呀？以后还你。”

叶念瑾沉默了一会儿才回复，文字似乎都带了一点点笑意：“不用还了，明天给你一张卡，里面有十万，本来就是要给你的零花钱，拿去花吧，密码是你的生日。”

红豆一愣，这人还给她存零花钱了？怎么不早说？不过这样合适吗？算了，反正她也时不时敲诈他一个包、两双鞋的。

沈檬啊沈檬！为了你的创业之路，我竟然撒了一个连自己都不信的谎！红豆心想，还股票呢，她连钞票都数不利索！

臭丫头：“好的！爱你！么么哒！晚安！”

毒舌狂魔：“你给我等会儿，你的股票解决了，那我的事情呢？”

红豆一愣，这才想起那件事。她有点不好意思，浑身燥热地咬了咬下唇，回复道：“这周六白天！时间、地点你来定！”

毒舌狂魔：“好，你可别给我跑了。”

臭丫头：“不跑！烦人，我睡了！”

她怕叶念瑾磨人起来没完没了，干脆关机睡觉，因为跟他聊天导致第二天上班迟到已经不是一次两次了，她实在不想再被扣全勤奖了！

叶念瑾果然没放过她，又发了一条短信：“我有一个要求。丫头，准备一套兔女郎装好吗？我知道这有点为难你，不过你不答应，我就不让你玩股票。”

这是赤裸裸的威胁啊！

红豆第二天醒来看到短信的那一瞬间，脸都黑了，想不到这人还有这种癖好！她之前怎么不知道？

于是她回复：“变态！去死吧！”

沈檬正看着池骋找的几家租赁房屋的平面图呢，手机收到红豆的短信：“你的钱到手了！但作为条件，你得陪我去买一样东西！”

沈檬疑惑地问道：“什么东西啊？”

红豆：“兔女郎装！”

沈檬愣了半分钟，脑子才“嗡”的一声炸开，立刻回复过去：“你们要那个啥了？恭喜！”

红豆：“明天下班后，我在市中心的那家专卖店门口等你。”

沈檬看完这条短信后，脑子里一片嗡嗡声，再也看不下去那些平面图。季凉川不仅要准备去美国的事情，还碰巧接了一个资金投入比较高的项目，所以他这几天都在外面陪客户吃晚饭，十点多才回家，洗完澡累得不行，倒在床上就睡，大概有一个星期没履行夫妻义务了……

她一愣，某人该不会已经对她失去新鲜感了吧？明天她要不要跟着红豆凑个热闹，也买一套呢？

晚上回到家，把她家闹闹哄睡着以后，她才开始在书房看文件，季凉川也在旁边用笔记本电脑忙工作。其实她特别享受两个人一起在书房办公的时间，只是她有时候挺调皮的，看一会儿就会觉得烦，非要黏着季凉川聊天，每次他都不得不停下思路陪她，之后再重新投入工作。

明知有些事情是错的却还是忍不住想做，可能这就是任性吧？而季凉川就是那个让她可以肆无忌惮任性下去的人。

沈檬忍了一晚上，偷偷看了他好几眼后，终于忍不住，凑过去小声地问他：“凉川，兔子和猫咪，你比较喜欢哪一种？”

季凉川停下白皙修长的手指，眉眼一弯，看向她：“狗。”

有这种动物的情趣内衣吗？

“特别是喜乐蒂。”

他越说越离谱了，她干脆找厂家定制一套喜乐蒂的情趣内衣算了。

“我问的是兔子和猫，谁问你狗了？”

季凉川反问：“你不是想养宠物吗？”

“不是啦，我就随便问问，你快回答！”沈檬凶道。

季凉川想了想，沉思了一会儿才回答：“猫吧，苏格兰折耳猫。”

都跟你说不是要养宠物了！干吗还要把品种给说出来？沈檬简直快要被他弄疯了！

“你喜欢什么？我帮你弄一只来？”季凉川特别热情地问她。

都跟你说了不是要养宠物啊！

“我要大熊猫！”沈檬恶狠狠地道。

季凉川苦笑：“这个太困难了。要不我熬个夜，然后你再看我吧，喜欢的话还可以摸摸我的黑眼圈。”

沈檬“扑哧”一笑，搂住他的脖子：“你喜欢猫是吧？过两天我给你一个惊喜，你可不许加班，早点回来，听见没？”

季凉川不解，想了一会儿，摸摸她的手背，温柔地问：“你是想买只苏格兰折耳猫送给我吗？”

这个人为什么满脑子都是养宠物啊！

沈檬一气之下推开他，可又不能提前说破，只能说：“不告诉你，你就等着大惊喜吧！”

第二天，沈檬在办公室忙了一天也紧张了一天，她也不知道怎么回事，反正就是特别紧张。她记得自己和季凉川第一次结婚的时候，季母在新婚之夜给他们送过一套，当时她胡乱塞在房间的角落里，现在早就找不到了，也不知道当时季母送给他们的是什么样子。

沈檬到了约好的专卖店，发现红豆居然还戴了个口罩，像做贼一样。被红豆一把拉进店里后，沈檬惊魂未定地说：“你慌什么啊？你到底是来买东西的还是抢东西的？”

红豆进店后才把口罩摘下来，鬼鬼祟祟地小声说：“哎呀，我是个未婚人士！你怎么能明白我的心情呢？我都紧张死了！”

沈檬朝她翻了个白眼，自顾自地逛起来。

这家店面装修得挺漂亮的，整个店面的色调都呈暗粉色，有种浪漫魅惑的感觉。不过刚扫了一眼货架上的东西，沈檬这个已婚人士就有点不好意思起来。好多东西她压根儿不知道是干什么的，季凉川身为一位男士，居然也不给她普及这方面的知识。

一个穿着短裙工作服的导购笑脸迎上来：“您好，请问二位小姐需要什么？”

红豆红着脸低声说：“兔……兔女郎有吗？”

导购微笑着点点头：“有的，在这边，您看看哪款是您爱人喜欢的？”

瞧问的这话……

红豆也不知道某个变态喜欢哪款，干脆选了一套最保守的，立刻让导购包起来付了钱。

见红豆一副刚抢了银行的样子，沈檬差点笑出声，结果当她看见猫女郎的衣服，豹纹的、蕾丝的，居然也是老脸一红……最后她挑了一件最顺眼的衣服，付钱之后迅速拉着红豆出来了。

红豆站在门口鄙视她：“嘁，我还以为你是过来人呢，没想到也跟我似的。”

“去去去！烦人！我也是第一次买这种东西好吧？还不都是为了陪你，生怕你一个人买会不好意思！”沈檬愤愤道。

“哎哟，大小姐，谢了啊！对了，你的钱。”说着，红豆从包里拿出一张卡递给她。

沈檬大喜地接过来，一把搂住红豆：“谢啦！就知道你最好了！”

“等等，你这么一说我才想起来，那天跟你一起吃饭的人到底是谁啊，我怎么没见过？”红豆忽然想起上次碰巧看到沈檬和一个陌生男子吃饭的事情。

“他目前是我的对手，但美依表姐的这个案子结束后，他就会变成我的合伙人。”沈檬解释道。

红豆这才了然地点了点头说：“吓我一跳，我见他长得不错，还以为你变心了呢。行了，你快点回家给季王子一个惊喜吧！”

沈檬瞪了红豆一眼，聊了一会儿后便满怀期待地往家里赶。

她拎着袋子在门口晃悠了一会儿，心想：这个时候季凉川应该已经回来了吧？

当她平复了心情准备走进去，却看见季凉川正穿着外套焦急地往外走。她一愣，跑过去问：“怎么了？这么着急要去哪儿？”

季凉川正在系袖口的纽扣，皱着眉凑过来搂了她一下，声音有些焦虑：“薛凯出事了，我过去看看，你在家照顾闹闹，我尽快回来。”

薛凯是他的铁哥们儿，沈檬本想跟着他一起去看看，结果发现闹闹正噘嘴看着他们俩。

沈檬正要说话，小鬼头忽然大喊：“爸爸！等会儿！”

说完，他蹿到客厅，从茶几上拿起一块名表，“咚咚”地跑回来，像献宝一样把表往上举：“表忘了！”

季凉川刚刚还一脸愁容，瞬间就一脸感动，弯下腰接过手表，亲了一口小鬼头的脸蛋，搂着他说：“宝贝，爸爸出去一趟马上回来，你在家乖乖的，不能惹妈妈生气。”

闹闹点头：“爸爸慢走！”

沈檬欣慰地看了一眼她家的小宝贝，他真是人小鬼大，不到三岁就懂那么多，还知道体贴人了。

之后，季凉川便如风一般离开了家。

沈檬一转头，就见小闹闹低着头在那儿玩手指。她叹了口气，走过去把他搂在怀里，母子连心，她怎会不知道他的情绪：“宝贝，别不开心，爸爸很快就回家了。”

闹闹噘着嘴，伸出小手搂住沈檬的脖子，声音里透着委屈：“爸爸最近老是跟爷爷奶奶打电话，都不陪我玩了。”

“因为爷爷生病了啊，闹闹也得关心爷爷的病情，记得下次在电话里多问候爷爷，知道吗？”沈檬道。

闹闹有些担心地问：“爷爷病得很严重吗？是不是也像闹闹上次那样，头很痛，嗓子也痛，身上冷冷的？妈妈，爷爷也痛痛吗？”

沈檬摸摸他的头，心里忽然一紧。尽管以前她与季源康有过那么多不愉快，但她心里还是希望他没事。

“是啊，所以你要体谅爸爸，爸爸最近很忙，没时间陪你玩，你可不能生爸爸的气啊。”沈檬道。

闹闹想了想：“要是爸爸能拿闹闹上次在商场看到的模型飞机来换的话……”

沈檬一笑，点了点他的鼻子：“你怎么这么会算计啊？行吧，下次让爸爸买给你，你可不许生气了啊！”

小家伙这才咧嘴一笑。

她扫了一眼放在旁边的纸袋，苦涩地一笑。最近季凉川哪是不陪儿子啊，根本连她都没怎么陪过啊。

季凉川匆忙赶到医院后，看见一个熟悉的身影正在病房门口焦急地等待着。季凉川一愣，大步走过去问道：“美依，薛凯怎么样了？到底出什么事了？”

张美依见到季凉川，愣了一下，眼圈就红了，低下头说道：“是我爸让手下人动的手。”

季凉川眉头一皱，坐在她身边继续问：“你父亲不同意你和薛凯在一起吗？”

张美依眼里竟然带着一点狠意：“可我想接受薛凯的追求。”

季凉川愣了一下，没说话。

“这么多年来，咱们俩的情况其实差不多，自己喜欢的人总是遭到父亲的不支持，以前是你爸，现在是我爸。以前咱们俩在一起的时候，你爸爸反对，我也是为了你好才离开这里的。之后我爸就像得了病一样，不管什么男人靠近我，他都会用各种方法羞辱人家、打骂人家，让他们离开我，他觉得所有接近我的男人都是恶魔。你说他是不是病了？”张美依红着眼眶，瞪着一双大眼，转过头看着季凉川。

季凉川只能劝慰她：“他只是疼你……以前的事，我们家也有责任。”

张美依摇摇头：“那件事跟你和你爸没关系。你算算咱们三个认识多久了？高中三年、大学四年，又在社会上摸爬滚打了四年。十一年了，薛凯一直没有放弃我，我爸为什么就不能相信人家呢？以前他总跟我说，我找一个爱我的男人就好，可现在呢？他居然跟我说薛凯大学毕业四年还只混到组长职位，要是娶了我，会丢他张家的脸！你说可不可笑？”

季凉川沉默了一会儿，看她情绪还比较激动，便伸出手轻轻拍了拍她的肩膀：“你多和你父亲沟通一下，我不想看着你错过一个好男人。美依，你懂吗？”

张美依愣怔片刻，心里那根弦忽然微微颤动了一下，而后她微笑道：“是不是我幸福了，你就不觉得遗憾了？”

季凉川嘴角勾起一个勉强的笑容：“这算是男人的一种自私吧，我不能给你幸福，但我希望能有人代替我让你幸福。这样，我会过得比较心安。”

她看了看他多年如一日俊俏的侧脸，忽然一笑：“你放心吧，这次我愿意停下来，哪儿也不去，不为你，也不为沈檬，只为我自己，为了那个爱了我十一年的男人。”

季凉川轻闭双眼，点了点头。

等了一会儿，医生从病房里走了出来，两个人立刻跑过去询问病情。

“大多是皮外伤，不过右手的手肘有局部骨折，还需要住院观察一下。你们谁去办理一下住院手续？”医生说道。

张美依立刻拿起钱包就要走，季凉川按住她说：“还是我去吧，你进去看看他。”

张美依感激地看他一眼，转身往病房走去。走进病房后，她看见薛凯沉着一张脸，正面无表情地看着外面的黑夜，一言不发。她有点心疼，轻轻地走过去。

薛凯听见她的脚步声，扭过头来看见她，面色有些尴尬，又别过脸去，沉着嗓音说：“你出去吧，我不想让你看见我这样。”

张美依不管不顾地冲上去搂住他的腰，一头短发磨得他胸口微微发烫。他愣了一下，想挪走她，却没挪动，只能叹气道：“美依，你说，我为了跟你爸抗争到底，是不是得去报个跆拳道培训班之类的？”

张美依忽然笑了出来，抬头看他：“薛凯，我们在一起好不好？”

他以为她是跟他闹着玩的，摸着她清爽的短发一笑：“真的假的？我都快懒得理你了，你是不是又打算背着我去哪个国家留学啊？”

她瞪大眼睛，不满地看着他：“都跟你说八百遍了，我不走，而且我要跟我爸决裂！”

薛凯见她神情严肃，心里霎时暖暖的，摸着她的小脸问：“我的春天要来了吗？”

她笑：“现在就是春天呀！”

薛凯握紧她的手，将她死死地拥进怀里：“张美依，你这个讨厌的丫头，十一年了，你才答应我的追求，那如果我跟你求婚的话，难道你还要让我再等十一年才愿意嫁给我吗？”

她的眼眶里滚动着泪水：“薛凯，你赶快把我收了吧，再大点我就没人要了！”

他忽然笑出声，明知道她是跟他逗趣，却佯装生气的样子训她：“好你个臭丫头，你是怕自己嫁不出去才答应我的啊？”

她在他怀里笑得花枝乱颤：“被你发现了！”

他搂紧她，一秒都不想放开，隔了好一会儿才低声问她：“你喜欢我吗？”

张美依心里忽然一酸：“薛凯，以前我跟凉川的事情，你是最清楚的。没从那段感情里走出来之前，我真不敢答应你，因为我不想伤害你。对不起，我花了十一年才从他的魔咒里走出来。”

薛凯微微笑了一下：“很感谢你这么诚实，美依，你的魔咒恐怕我一辈子都走不出来，所以为了不让我在那里迷路，你赶快来接我好不好？”

张美依用力地点头：“我这不是来了吗？当我看见你被我爸的那些人打的时候，我才发现，我受不了看你受一点点伤……”

薛凯苦笑：“你早说啊，十一年前我就应该让人在你面前打我一顿的。”

她笑着捶了一下他的胸口：“你怎么这么贫啊？怎么以前我没看出来啊？”

他宠溺地摸摸她的头：“你不知道的东西还多着呢，在你面前我可没少装好人、装稳重。”

张美依一愣，大叫：“那我岂不是上当了？我要反悔！”

“现在可容不得你了。”说罢，他拿手指抬起她娇小的下巴，低头吻了下去。

一个红毛小子忽然风风火火地出现在医院走廊上，一见病房外面站着的英挺身影，忙放声大叫：“老大！我来了！二哥怎么样了？是不是在里面？”

说着，红毛小子拉开门就往里进。

屋内氛围正好，忽然被打扰，两个人瞬间分开。张美依有点脸红地钻进薛凯的怀里，薛凯皱着眉头看了红毛小子一眼，低吼道：“于小旭，你给我出去！”

于小旭怎么说也是交过女朋友的人，立刻会意，站直、立定、扭头、关门，动作利索，惹得门外的季凉川笑道：“挨骂了吧？”

于小旭咽了下口水，拉着季凉川往旁边走，小声说：“老大，你没事吗？还好吗？”

季凉川一头雾水：“我能有什么事？挨打的人又不是我。”

于小旭吞吞吐吐半天才说出口：“老大，二哥跟我说过你和二哥二嫂的事，那个……二嫂可是你的初恋情人啊！他们俩都亲上了，你不难过啊？”

原来是这件事，季凉川哭笑不得地伸出手，弹了他一个脑崩儿：“于小旭，我儿子都快三岁了，你就别闹我了行不行？”

他这么一说，于小旭这个傻小子才猛地拍了一下自己的脑门：“对哦！我怎么把大嫂给忘了？大嫂那么美艳动人、沉鱼落雁、闭月羞花……”

他还没说完，季凉川就打断他，阴险一笑：“大学那会儿某人还惦记过她呢，是吧？”

于小旭立刻面容尴尬地打哈哈：“哎呀！瞧我这记性，我去外面买点水果给二哥！老大，你先看一会儿啊！”

说完，他旋风一样逃走，季凉川默默一笑。

给薛凯办理完住院手续后，趁张美依去洗手间的工夫，季凉川才进去跟他说话，面色有点沉重。薛凯跟他当了十几年哥们儿，不会不了解他，便耐心地听他说。

“你来天域吧，创意总监的位置一直给你留着，副总裁的位置我也可以给你，这对你、对美依都有好处，听我的。”季凉川对他道。

薛凯摇摇头：“我现在的老板对我有知遇之恩，我不想走。他的公司虽小，不过小公司有小公司的乐趣，而且靠你的关系当总监、副总之类的，美依她爸会怎么看我？”

季凉川一直挺佩服薛凯的这份感恩之心和这副傲骨，不由得低笑一下：“其实我是想请你来帮我。我最近签了一个基金会所的建筑项目，而且以后我还打算慢慢收购美国CM公司。”

薛凯眼睛一亮，看向他：“那家公司规模可不小，虽然刚上市不久，不过市场占有率很高，你怎么打算的？”

季凉川倨傲一笑：“你知不知道CM公司在洛杉矶子公司的建筑总设计师是天域的人？”

薛凯惊得说不出话来，季凉川继续说：“所以这对于我来说都是小事。”

“你现在开始画图了？”薛凯忽然问。

季凉川沉吟了一会儿才笑道：“没有，公司最近新招的设计师水准都比以往高出不少，不需要我出动。”

薛凯阴森森一笑：“臭小子，你藏得可够深的啊。对了，你爸的病情怎么样了？”

说到这里，季凉川单手抚上额头，闭上眼睛：“急性心肌梗死，严重的话需要做心脏移植手术，只是风险比较大，我要亲自去那边和主治医师谈。”

薛凯叹了口气：“我知道你现在分身乏术，公司面临扩展、父亲病危，还有闹闹要上幼儿园，需要人照顾。唉，你这么多压力，沈檬知道吗？”

季凉川摇摇头：“哪敢让她知道？不知道是不是当了母亲的缘故，她比原来敏感脆弱许多，动不动就红眼眶，你说我受得了吗？见了都心疼。”

薛凯犹豫了一下，说：“好吧，为了帮你，我先在天域做一段时间，不过我不能做太久，原公司的老板毕竟是我的恩师。”

“好，我不会不放你走的，放心吧。”季凉川一笑。

晚上回到家，季凉川看见客厅的灯还亮着，沈檬已经躺在沙发上睡着了。他心里一酸，轻轻地走过去，脱下自己的外衣披在她的身上。

沈檬这一觉睡得极浅，心总是悬着，自然睡得不踏实，外衣挨上她的那一瞬间她就立刻醒了过来，睁开眼睛喊道：“凉川？”

季凉川温和地回应：“在呢。”

灯光照着他英俊的轮廓和如画的眉眼，她忽然觉得他这一趟似乎走了很远、很久一般，便痴痴地看着他眉梢上的一抹柔情发呆。她盯着他不放，声音里竟然带了点委屈：“凉川，你怎么才回来……”

“薛凯伤得比较严重，所以我就多陪了一会儿。”季凉川解释道。

沈檬一下子便清醒过来，坐直身子问道：“他怎么样了？”

季凉川一边搂着她，一边把医院里的事情跟她说了，这才让她放下心来。谁知道说着说着，这姑娘的眼眶又红了，这不是要他的命吗？

他赶忙揉揉她的脸蛋：“你这是怎么了？挨打的人又不是我。”

沈檬撒娇地往他怀里钻：“我也不知道自己怎么了，自从你订了去美国的机票后，我就害怕看到你每一次离开家的背影，总感觉你这一走就再也不会回来了……”

季凉川搂紧她，像哄闹闹一样哄着她：“我不回来能去哪儿啊？傻丫头。”

“我怎么知道？说不定你哪天就不要我和闹闹了。”

“律师的专长就是胡说八道？你可不要污蔑我。”季凉川叫屈。

“我不管，你得说点甜言蜜语给我听。”

季凉川哭笑不得，只能投降：“我说了这么多年，你听不腻？”

“不腻不腻，只要是你说的，每一次都跟第一次听一样！”沈檬抓着他的衣领撒娇，然后又像想起什么似的立马抬头看他，“凉川，你对我是不是已经腻了？”

他眉眼弯弯地看着她，装傻道：“什么意思？”

“就是各个方面的，比如看腻了我这张脸啊，受够了我的脾气啊，还有……”说到一半，沈檬有点不好意思了。

季凉川聪明绝顶，怎么会猜不到她想说什么？但他只是笑着看她，耐心地等待她继续说下去。

沈檬说不下去了，只好憋着气磕磕巴巴地说：“反正就是很多事情，都觉得没有新鲜感了！”

季凉川假装没听懂她的言外之意，双手抱胸道：“可能是有点腻吧。那……你觉得我们之间该怎么办呢？”

沈檬一听，刚刚才恢复一点的眼眶又红了，她怎么忽然走起柔情似水的路线了？她不是这样的人啊！她自己都有点烦自己了！

季凉川舍不得让她哭，赶忙拉她入怀：“乖，不哭，逗你玩呢。不腻，我每天都想看到你，离开一会儿就会想，怎么会腻？你高兴，我比你还开心；你不高兴，我什么事情都做不下去。至于那方面，只要看到你，不管你穿没穿衣服，我都保持第一时间做出反应，你简直是让我魂牵梦萦的小妖精。”

沈檬一把推开他，明明气得脸红，却又憋不住笑地看着他：“你烦不烦啊，天天在这儿跟我装傻？你明明知道我说的是什么事，你还装傻！”

“我也是要矜持的。”

“烦人！讨厌鬼！色魔！”

“好好好，这些称呼我都心虚地收下了，多谢老婆大人赐名，这回不哭了吧？”季凉川笑着抹抹她的眼角。

沈檬噘噘嘴，看了一眼还放在一边的情趣内衣，对他说：“你等我一下哦，在这里不许动。”

季凉川不明所以，只好乖乖点头：“好的，我不动。”

沈檬拎着旁边的袋子立刻到客房去换，换的时候才发现尺寸有点小。她没经验，哪知道这东西还分尺寸的？结果本来挺保守的一件衣服，她把自己的身体硬塞进去后反而有点欲盖弥彰的感觉。她在镜子面前一看，自己都差点没喷出血来，好像有点过分了……

沈檬畏畏缩缩地从客房出来，看见季凉川果然乖乖地坐在原地没动。季凉川听见了她的脚步声，扭过头去看。沈檬没做好心理准备，见季凉川忽然扭过头来看着她，一时间，两个人忽然一愣。

季凉川呆呆地望着她，坐在那里跟一尊雕像一般，眼珠子自始至终就没转动，但瞳孔里似乎闪着一点光芒。

沈檬见他没反应，不由得有点沮丧，这人怎么跟块木头一样？正常男人不是应该迅速扑过来吗？这个骗子，刚才还说不管她穿没穿都第一时间有反应呢！

她干脆豁出去了，走过去软绵绵地倚在他身上，目光暧昧地看着他，似要勾走他的魂魄一般，用充满柔情的声音小声对他说："现在，有新鲜感了吗？"

季凉川目光呆滞，还没做出反应，二楼的卧室门忽然被打开了，一个小捣蛋鬼从里面跳出来问："妈妈！爸爸回来了吗？"

沈檬跟踩到地雷一样，立刻从季凉川的怀里蹦起来。季凉川手疾眼快地把外套披在她的身上，迅速把她暴露的着装裹了个严实，然后用自己的身体护住她裸露的大腿往客房里走，一边走一边敷衍闹闹："爸爸回来了。闹闹不乖，怎么还不睡？小朋友在这个时间不可以不睡觉哦。"

说着，他把沈檬推了进去。

沈檬大窘，立刻躲在客房里面红耳赤地把衣服给换了，她现在只期望她家小鬼什么都没看到！

闹闹一下子扑进季凉川的怀里，满脸委屈："爸爸，你怎么这么晚才回来？外面有大灰狼！爸爸被大灰狼吃掉了可怎么办？闹闹担心！"

季凉川皱皱眉头："是啊，爸爸刚刚还遇到了一只呢，大灰狼说要来抓闹闹呢。"

闹闹这小子立刻脸色一白，眼泪都快出来了："是因为我没睡觉吗？爸爸，怎么办？我怕大灰狼……"

季凉川不再逗他，忙哄了哄："放心吧，爸爸向大灰狼保证闹闹以后会准时睡觉，大灰狼就走了。"

闹闹这才放下心来，小手抓住季凉川的领子，委屈地说："爸爸，以后闹闹一定准时睡觉，你帮我跟大灰狼说一声，今天先不睡好不好？闹闹饿了，想吃爸爸煮的面条……"

这小子，原来是为了吃的才说担心他晚回家啊。季凉川捏了一下他的小屁股："怎么不让妈妈做给你吃啊？妈妈现在手艺挺好的啊！"

闹闹很委屈："不行，爸爸煮的面条好吃，妈妈煮的面条好硬！"

季凉川忙竖起食指在闹闹的唇上嘘了一下，笑着说：“小声一点儿，别被妈妈听到。”

闹闹这才警惕起来，也小声地说：“哦！”

她已经听到了好吗？沈檬在客房里刚换好衣服就听见小机灵鬼在抱怨她的厨艺，她的手艺哪能跟他的神级老爸比啊？这不是欺负她吗？

大晚上的，季凉川连衣服都没换就系上围裙，钻进厨房给他家小宝贝煮面条。沈檬穿好正常的衣服给他打下手，闹闹那小家伙就坐在餐桌前的儿童椅上等着开饭，还摆出一副小少爷的样子，喊道：“爸爸！给我加两个鸡蛋！”

“好好好。”季凉川赶忙应声。

等了一会儿，也没见闹闹问他爸什么奇怪的问题，沈檬这才放下心来，一边放调料一边低声问季凉川：“闹闹应该没看见吧？”

季凉川侧头瞥了她一眼，眼睛一眯。那眼神看得她竟然脸一红，然后就听见他说：“放心吧，他刚刚只问了我为什么回来后没抱他，只抱了妈妈。”

沈檬忍不住一笑，这小鬼。

她在季凉川身边转悠了好一会儿也没听他提起那件猫女郎的衣服，心想：给个评价能死啊？你知道我为了买这件衣服做了多少心理斗争吗？她在心里抱怨：这人也太不解风情了！

晚上十二点，季凉川和沈檬肩并肩坐在一起，看着对面吃得满脸都是汤汁的闹闹笑。小鬼吃得肚子圆圆后终于困了，脸都没擦一下就趴在儿童椅上睡着了。

沈檬和季凉川相视一笑，沈檬忽然问：“闹闹随谁的小时候啊？这么鬼灵精怪的！是不是你？”

某人立刻否定：“没有，我小时候可乖了。”

沈檬噘嘴，明显不信。

将闹闹抱回卧室以后，季凉川在后面用指尖戳沈檬的背，她扭头用眼神询问，他只是面无表情地对她指了指门口。

两人走出卧室，他大手一伸，拉着她的胳膊就往客房走。她还以为他忽然想起了什么特别重要的事情，谁知道刚进客房，他就把门一锁，将她按在门上，低头就是一阵狂吻，啃得她呼吸都困难。他使出浑身的力气抱着她，她感觉自己的骨头都快被他捏碎了。她被他吻了一分钟后，觉得昏天黑地找不到北时，某色魔忽然离开她，抿了抿还闪着光的唇，邪魅一笑："快，换上。"

沈檬愣了一会儿才反应过来，红着脸瞪他："你干什么？刚才怎么没见你反应这么大？"

"快点，我帮你。"季凉川说着放开她，在房间里找到那件被她换下来的猫女郎装，一把拉过她就要脱她的衣服。

她被他弄得浑身痒痒，推着他的色魔之爪，挣扎着说："你不是不喜欢吗？"

"哪有？"季凉川急得呼吸都变得急促了。

见他这副猴急的模样，她笑他："那你刚才看着我不说话，玩深沉是吧？"

季凉川匆匆忙忙解她的衣服扣子，身体都微微颤抖起来："那不是惊呆了吗？结婚这么多年，你哪里给过我这种福利啊？你这人也真是的，有福利早说啊，我好做个心理准备，早点回来。"

沈檬狠狠拍了他一下，拿眼睛瞪他："上次不是说了让你早点回家的吗？是你忘了！"

季凉川这才反应过来，随即绽开一抹春风般的笑："原来是那件事啊，怪不得你问我兔子、猫的，这件挺可爱的。"

"真的吗？"

"嗯！"

费了半天劲才把她的衣服扣子解开，季凉川这么好的脾气都有点不耐烦了，皱着眉抱怨："这衣服怎么这么麻烦？扔了吧？"

"你敢！这可是我最喜欢的一件衣服了！"

"好好，不扔。"

帮她换好猫女郎装后，他下一秒就扑了过来，把她浑身啃了个遍，弄得她一晚上都格外兴奋。

某色魔心满意足地搂着她，嘴角还挂着舒心的笑容。

沈檬见他这副样子，憋着笑："满意了？"

色魔点头，跟个小孩一样。

"凉川，以后我不在你旁边，你可不能在美国找什么外国妞解决生理问题。”沈檬早就担心过这件事情，如今终于说了出来。

季凉川微微睁开眼：“放心吧，我见了也没反应。”

沈檬瞪他：“什么意思？你见过其他女人的身体？”

“夏天时，公司里总有很多女员工有意无意地穿条短裙在我面前晃来晃去的，难免会走光。”季凉川坦白。

“你没反应？不可能，我不信。”沈檬表示怀疑。

“有的男人是见了女人就有反应，有的男人则见了自己喜欢的女人才有反应，人和人是不一样的。”

“那你的意思是，我可以放心你一个人在国外咯？”沈檬问。

色魔点头，然后又说：“放心吧。”

沈檬蹭蹭他的脖子：“对了，我想问你一件事。”

“嗯，问吧。”

“除了我们酒后乱性认识的那次以外，你第一次对我有反应是在什么时候？你肯定记得！”沈檬调皮一笑。

这个问题可苦了某人，季凉川皱皱眉，抿嘴苦思冥想了好一阵才说：“能不能不回答？问点别的。”

“不行！快回答！”沈檬霸道地吼他。

“有一次，夏天，就是……我同意我爸的安排，决定跟你结婚的那段日子。”

沈檬仔细回忆，记起那个时候两人还吵了一架来着，然后他就搂着她说了一句：“沈檬，我们结婚。”

天哪！这都是多少年前的事情了？

“那天，我接你放学出去吃饭，你穿了一条明黄色的长裙，还是低胸的……”季凉川枕着自己的双手，仔细回忆着。

“就因为低胸啊？”沈檬笑他。

季凉川侧过头看她，表情很认真地说：“你故意在我面前一摇一摆地走路，晃得很厉害，我哪儿受得了……”

沈檬一听，立刻尴尬地扯了扯嘴角，其实那天她是因为穿了一双特别不合脚的高跟鞋，走路的时候总想找一个舒服的落脚点，所以才一摇一摆，晃得比较厉害，于是她立刻惊呼：“不会吧！季凉川，原来这么多年来，你一直以为我是故意摇晃来勾引你呢！”

季凉川比她还震惊，皱着眉看她：“难道不是吗？”

“不行，我得澄清一下，那天我是因为穿了不合脚的鞋，所以才扭来扭去的！”沈檬道。

季凉川明显不信，侧头看她：“老婆，咱们都这么多年的老夫老妻了，你承认一下又不会少块肉，你那明显是在勾引我。”

沈檬快被他搞晕了：“我真的不是在勾引你好不好？没有的事情，我为什么要承认？”

季凉川拉她的手：“别急，那就当你穿了不合脚的鞋好了。”

什么叫“就当”啊？明明就是事实啊！

“那你从来都没有试图勾引过我吗？我好伤心，你心里没有我。”说着，某人开始季式撒娇法。

沈檬撇撇嘴：“好啦好啦，我承认有过几次，不过那次可真的不是哦！”

季凉川这才满意一笑：“好了，快睡吧，逗你玩呢，是真是假我都知道的，你的眼睛会向我传达信息。比如，现在的你每天对我投来的，都是浓浓的爱意。”

沈檬不好意思地捶了他一下：“你就会哄女孩子开心。”

“有这个专长不好吗？你担心的问题，有时候我也会担心。”

“啊？”沈檬一愣。

“比如，你会烦我、腻我……想想就心酸，因为我知道我对你一辈子都不会变，可是我哪知道你？”季凉川望着她，眼底有一股化不开的浓情。

沈檬望着他星辰般的眸子，忽然感动得很想哭。她最近的确变得越来越爱哭了，这种患得患失的感觉也许都来源于对他的这份浓烈的爱吧。

“咱们拉过钩的，你忘啦？说好一起变老的嘛！不会变的！放心！”沈檬道。

“今天又不是结婚纪念日，怎么咱们俩一晚上说了这么多肉麻的话啊？不用睡觉吗？宝宝？”季凉川浅浅一笑。

“你最肉麻！睡觉！”

沈檬把灯关了，钻进他的怀里闭上眼，小声说：“可能是离你去美国的日子越来越近了，我每天都很害怕时间一分一秒地转动。”

季凉川闭上眼睛搂着她，轻声细语道："放心吧，不管走多远，我的心永远在你这里。"

周六一大早，红豆顶着黑眼圈看着镜子里的自己，一会儿傻笑，一会儿愁眉苦脸。

母亲大人忽然破门而入，看了看表，叮嘱道："闺女啊！小叶今天不是带你去游乐园玩吗？你这丫头怎么还在发呆啊？你可要愁死我了！"

红豆一愣，立刻从椅子上弹了起来，找出化妆包开始化妆。

"丫头啊，别太晚回来，不许在外面过夜！不差这几个月！"母亲大人说完就出去了。

亲娘啊！你闺女现在就是在赶往以身相许的路上啊！

她化了一个小时的妆，亏叶念瑾有耐心，在楼下等了一个多小时都没打电话催她，等她收拾好了出来以后，更是笑脸迎人，看得她心里一颤一颤的。

坐上车后，叶念瑾一把抓过她的小白手咬了一下，不是吻了一下！而是咬了一下！她心里一紧，他这就开始要吃人了！

一直到预订的五星级大酒店，她还浑身有点发抖。看出了她的紧张，叶念瑾眯眯眼睛凑近她，帮她解开安全带。谁知她脑子里正想着少儿不宜的东西，立刻闭上眼说："不，不行！到房间里再说！"

叶念瑾弹了她一个脑崩儿："帮你解安全带而已。"

红豆这才睁开眼，一看，人家果然一本正经地在帮她解安全带，瞬间安心不少。

叶念瑾目光含笑地看着她："你还有一次抉择的机会，一会儿进了酒店我可不会放你出来，那样我一张脸还不够丢的。趁现在还没进去，你快点决定啊！"

红豆看着他，像上刑场一般沉重地点了点头："进！"

叶念瑾笑出声来，一只手握成拳抵在嘴边说："我看还是算了吧，你这样，我怕你一会儿反悔了报警抓我，这万一把我弄到我以前的工作场所，我可是几张脸都不够丢的！"

红豆脑袋摇成拨浪鼓般，双手搂住他的脖子说："念瑾！我是真的爱你！这你是知道的！"

叶念瑾挑挑眉："所以呢？"

"所以，我想给你！你别再这么温柔地征求我的意见了！直接拉我进去、把我推倒吧！这样我会少很多紧张感的！"红豆气势如虹地提出了她唯一的要求……

"原来你喜欢这种啊！早说啊！走吧！"叶念瑾忍着笑拉起她的小手。

他们在前台顺利办理了入住手续，她的大脑却一直宣布罢工，不肯运转，于是她只能浑浑噩噩地被叶念瑾拉着往前走。在房门关上的那一刹那，她慌了一下，心脏开始"扑通扑通"地跳，额头上都开始冒汗，脸色也一阵惨白。

叶念瑾见她这副样子，哭笑不得，走过去拉住她的小手，目光柔和地看着她说："好啦，不做了，你先在这里休息一会儿，我去楼下帮你选一份午餐，咱们就在房间里吃。你想喝什么饮料？"

红豆看向他，发现他眼底的那股欲望已经消失殆尽，不由得有点失落，反手拉住他的大手说："我可能只是觉得大白天的……不好意思……"

叶念瑾拍拍她的头："没事，我没生气。"

他这番话说得她心里更难过了，她还真没见过一个人能在这种事上胆小得跟个地瓜似的，恨不得抽自己两个嘴巴子，心里的气不由得就发泄了出来，叫唤着："哎呀！不是让你霸道一点，直接把我推倒吗？你怎么老这么柔情似水啊？那咱们还怎么进一步发展啊？"

叶念瑾无奈地摇头："你自己照镜子看看你现在这副样子，可怜得跟只小白兔似的，我哪敢下手啊？我是你的未婚夫，又不是禽兽。"

红豆心里暖暖的，抬头看着他，凑过去亲了亲他的薄唇，而后又舔了舔自己的唇，不好意思地说："那不如我们先吃点东西，有力气我就不害怕了。"

叶念瑾温柔地笑了："好，后悔也没事，反正你是我叶念瑾的女人，多久我都能等，你又跑不了。"

红豆笑嘻嘻又贱兮兮地凑过去搂他。

两个人订了一份情侣套餐，在屋子里一边聊天一边吃饭，其间叶念瑾没再提那件事，一直在跟她聊别的。好不容易吃完了，叶念瑾忽然凑近她，惹得她又是一阵紧张。谁知人家神秘地看了她一眼："一会儿有惊喜送给你。”

红豆傻乎乎地眨眼：“什……什么？”

难……难道是什么花样……天哪，她可是第一次啊！不要弄花样啊！她实在是承受不来啊！她就是个胆小的地瓜啊！她承认还不行吗？

过了一会儿，门铃响了，她整个人都跳起来，瞪大双眼看着叶念瑾说：“怎……怎么还有第三者？”

叶念瑾莫名其妙地看着她：“什么第三者？就咱们俩啊。”

红豆立刻问：“那，谁来了？”

叶念瑾一笑，把她按回座位，然后起身开门：“一会儿你就知道了。”

难道是推油师傅？！好吧，她的脑子在此刻开始高速运转起来！到底是谁？是推油师傅，还是摄像师傅？天哪，叶念瑾还有这种爱好？是要制成爱的录像带吗？

随着门打开，红豆整个人都紧张得不行，心仿佛都要跳出来，只见门一开——她傻啊！进来的肯定是服务员啊！还推油师傅……摄影师傅……完了，她这个脑袋趁早送去报修得了。

服务员推了一台餐车进来后便走了，红豆看着那台餐车上用白布盖着的、鼓鼓的一个东西，不知道怎么的就联想到了皮鞭、皮衣、高跟鞋……叶念瑾一把掀开那块白布，红豆吓了一跳，居然一下子躲到了餐桌下面。叶念瑾算服了她，他都怕给她造成什么不好的回忆，以后导致她再也不跟他同房了可怎么办？女儿还要不要了啊？

他哭笑不得：“丫头，餐车上只会放吃的东西。”

躲在桌子下面的红豆听见这话，一下明白了这个显而易见的道理，立刻站起来整理了一下自己的头发，镇定地说：“我刚刚看到了一只蟑螂。”

“这里是五星级酒店。”叶念瑾提醒道。

红豆没理他，再一看餐车上原来放着一个玫瑰形状的大蛋糕，她一下子就惊喜地凑过去说：“哇！好漂亮！”

“之所以选这家酒店，是因为他们在这个季节特别推出了一款玫瑰蛋糕，它不仅外形美观，口感也不错，你快尝尝。”叶念瑾见她还是小女孩心性，笑道。

原来是人家给她准备的饭后甜品，她这个脑子，估计能当科幻片制作人了……

吃饱喝足以后，叶念瑾也没提什么，打开笔记本电脑，对她说："你睡一会儿吧，我有点工作要做，下午五点还得回公司开个会。一会儿我叫你，先送你回家我再去公司。"

红豆坐在床上噘着嘴："念瑾……"

叶念瑾从笔记本电脑后面抬起头看她："嗯？"

"我爱你。"

他弯了眼睛："知道，我也爱你。"

红豆忽然从床上站起来，走过去一把拉起叶念瑾的手就往床上带。两个人倒在床上后，红豆躺在下面看着他，然后把他的手放在自己身上，咬了咬唇："我现在感觉好多了。"

叶念瑾看着她的小脸不再那么苍白，于是用另一只手爱怜地抚摸着她的脸颊，柔声说："准备好了？"

红豆小声说："嗯，你轻点。"

"兔女郎衣服带了吗？"他忽然坏坏一笑。

红豆眨眨眼："带了！在我包里，我去换！"

说完，她起身，迅速拿起东西钻进了浴室。

等红豆扭扭捏捏地在浴室换装时，叶念瑾看了看手表，已经下午三点了。他皱了皱眉头，刚想进去叫她别换了，手一碰上门把手，门就从里面打开了。这回，一只小兔子还真从里面出来了，屁股上居然还有个圆形的白色尾巴，这一身简直就是给他家丫头量身定做的啊！叶念瑾愣在门口，看了半天，一言不发，弄得红豆也不敢说话，低着头，看都不敢看他。

沉默良久，红豆实在受不了了，抬起头，却发现他正用一种她从来没见过的眼神看着她。

她正要反悔，却一下子被他打横抱起来，扔在舒服的大床上，紧接着就是席卷而来的暴风雨，她还来不及反应就已经被他吻遍全身。

她浑身颤抖，僵硬地躺在那里，弄得叶念瑾忍不住笑出声："你放轻松一点好吗？"

"念……念瑾，你还赶得上五点的会议吗？"为了缓和紧张感，她岔开话题问道。

"已经赶不上了。"叶念瑾闷声道。

红豆一愣，抬头一看挂钟："才三点啊，怎么会赶不上？"

叶念瑾紧盯着她，暧昧地一笑："两个小时之内我应该没法结束。"

下午五点的时候，整个凯旋公司的高层都在会议室等着董事长，叶念薰都快把叶念瑾的手机给打烂了，可还是没人接听。焦急之际，她只能先稳住那几个大股东。

手机响了七遍以后，叶念瑾终于不耐烦了，看了一眼来电显示，接起电话："姐，我正在办正事，会议不去了，你主持吧。"

叶念薰还没来得及说话，电话就被挂断了。她怎么说也是结了婚的女人，一听她老弟说话声音喘成那个样子，愣了片刻，而后偷偷一笑，转身回到会议室说："董事长今日身体不适，临时由我来主持本次会议，还望各位股东见谅。"

红豆听完那通电话都快哭了，可怜兮兮地看着叶念瑾："念瑾，我真的不行了……"

"身体这么弱怎么行？明天开始拎着你去晨跑，来，继续。"

"你原来是警察好吗？我只是平民百姓好吗？你每天还练跆拳道、散打，我每天最多的运动就是伸懒腰好吗？你别拿我跟你相比好吗？"红豆抱怨。

"所以你才要锻炼嘛！咱们不能不在一个频率啊，对吧，宝贝？"

然后，红豆在被他折腾了三个小时后，终于沉沉地睡去。

第四章 意料外的第三者

早上十点钟，沈檬还在整理姜一菲案件的二审资料。想起一审的时候在法庭上跟池骋兵刃相向的场景，她还是有点发怵的。池骋这个对手太强大，她可不能打了这么多场胜仗却栽在自己的大学同窗手上。

她正忙着，张美依的电话打了进来。她以为美依是问姜一菲的事，接起电话却听见美依对她说：“沈檬，帮我找房子，马上，立刻！”

“你这是怎么了啊？”

“你老公没跟你说我和薛凯的事吗？”张美依急切地问。

沈檬这才想起张美依要和她老爸决裂的事情，立刻说：“你的意思是你要从你爸的公司辞职，然后从家里搬出来自己住、自己生活吗？”

“对！”

沈檬无奈，只好先答应她，在网上搜出好几套出租房的信息，然后打算一会儿再带她去看，可放下电话还不到一分钟，又有电话进来，是池骋打来的。

“我的合伙人啊！地址选好了吗？市中心景西路那家写字楼的十层，我觉得不错啊，你怎么一直觉得不好啊？”池骋追问道。

沈檬正急急忙忙在网上查找房屋中介和房屋出租信息，顺口就说：“哎呀，不行，那个空出来的办公区是在顶楼，生意不好，我想找个店面大一点的，最好是在一楼。”

“那你选好了通知我吧。”

池骋刚要放下电话，沈檬又喊住他：“我选好了，明天我到你办公室跟你商量去。”

池骋哪还等得了，立刻催促说：“不用等明天啦，就现在吧，我过去接你。”

沈檬立刻说：“不行，我现在正帮我姐妹找出租房呢，她有点着急，想马上搬家。”

池骋一听，立刻一拍大腿：“有特殊要求吗？这笔生意让你姐妹给我做吧！”

沈檬一愣。

他们去卧龙花园的路上，刚好路过一家蛋糕店，沈檬眼尖，立刻对开车的池骋喊道：“停停停！”

池骋吓了一跳，一个急刹车，没磕到沈檬，反而把自己磕了一下。沈檬很不厚道地笑出了声,但她很快就忍住了,客气地问了句:“没事吧？”

池骋捂住额头，有点愤愤地瞪她：“你干什么呀？看见什么了？你当马路是你家开的，想停就停啊？你知不知道闯红灯是要扣分的啊？”

沈檬赔笑，拍了拍他的肩膀：“哎呀，不好意思，我一时激动了，我想起来我朋友在那家蛋糕店上班，好久没见了，想进去看看。你在这里等着我，别动啊！”

“为什么啊？我就这么见不得人啊？大学时也有好多女孩追我的好不好？”说着，池骋找了个停车的地方先下了车。

“我去看朋友，你跟着算是怎么回事儿啊？”

“买蛋糕不行啊？”

沈檬撇嘴，这家伙，不就磕了一下吗？至于吗？

沈檬想起上一次见到韩佳莉，还是在自己和季凉川的婚礼上，韩佳莉包了一个大红包，之后就没怎么联系了。她这小日子过得太舒坦，难免忘了一些礼节上的事情，今天正好进去看看韩佳莉。

店里的装潢没什么变化，还是那种温馨、甜美的风格，韩佳莉穿着一身白色连衣裙，正在摆蛋糕，听见门口传来响声，抬起头来一看，惊得整个人都呆住了，然后立刻扔下蛋糕，跑到沈檬面前：“不是吧？你还记得有我这么个人啊？”

“抱歉啦抱歉啦！上次的红包谢谢啦！最近太忙了，这不是来看你了吗？”沈檬讨好地拉着韩佳莉的手，笑嘻嘻地说。

再怎么说，韩佳莉曾经收留过她，给过她工作，还在她困难的时候帮助过她，这些恩情她是不会忘记的。

韩佳莉也没怎么生气，拍了她的小手一下：“行啦，我没那么多事儿，只要你还记得我就行。对了，你不介绍一下吗？这位帅哥的脸色好像不太好啊。”

沈檬这才发现旁边的池骋有点尴尬又有点生气地看着她，愣了下，立刻打哈哈说：“哦，这是我的合伙人池骋，我准备开一家律师事务所，当然了，他是大股东，我是小股东。”

韩佳莉对她刮目相看："行啊你，越混越好了啊！股东好，我叫韩佳莉，沈檬的朋友，有空多带女朋友来我这里订蛋糕啊，情人节、圣诞节、生日都没问题！"

池骋大爷终于笑了，跟韩佳莉握了握手："那你帮我包一个最贵最大的蛋糕吧。"

韩佳莉傻了："要最贵最大的吗？店里有刚做好的双层芝士蛋糕，本季特卖只要九百九十八！"

沈檬看向韩佳莉，眼神在表达：别这么坑人行不行？我记得你家蛋糕最贵的也才八百块！

韩佳莉冲她使眼色，让她别说话。

池骋再怎么说也是个律师，两个女人的眼色一看就懂，叹了口气，自认倒霉地掏出一张卡，递过去说："刷一千吧，两块不用找了。"

"好的！'土豪'，我就喜欢跟你这样的人做朋友！"韩佳莉抱着池骋的金卡，美滋滋地进收银台结账去了。

沈檬挠挠头，不好意思地回头冲池骋笑了笑："嘿嘿！合伙人，够给面子啊，一会儿我请客吃饭。"

池骋嘴角一抽："我要吃极品鲜鲍。"

沈檬嘴角也是一抽："没问题！"

等蛋糕包装的那会儿，沈檬走进去帮忙，刚进去就看见韩佳莉正看着那个双层芝士蛋糕发呆，愣了一会儿才开始包装，便走过去问："怎么了这是？坑人家，觉得心里不安了？"

韩佳莉眼神幽幽地看着她："不是，其实这个蛋糕本来是一个顾客今早订好的，结果他的助理刚打来电话说，蛋糕不要了，所以我才想推销出去嘛。"

"哎呀，谁买不是买啊，你还在乎这个干什么？"

"沈檬，你还不懂吗？我想卖给早上的那个顾客。"说完，韩佳莉眼里波光涌动，脸颊上还泛着红晕。

沈檬一愣，立刻问："你喜欢那个顾客？"

韩佳莉慢悠悠地把蛋糕装进盒子里，像看画一样看着盒子上的丝带说："世界上有那么一种人，你见了他第一眼，就再也不想错过他的任何一个举动了，就跟我见你老公的第一面似的。不过后来知道你们俩的关系，我也就没那个念头了。但是这次我提前打听过了，他还是单身。”

沈檬立刻鼓励她说：“那很好啊！主动追求啊！”

韩佳莉拿指尖戳了戳她的脑袋，不满地看着她：“你以为我是你啊？长得好看，家境又好，还是个律师。我拿什么追人家啊？算了吧，我还是远远地看着他，犯犯花痴就好了。好啦，你朋友的蛋糕，记得让他带女朋友多光顾我这里啊！”

沈檬有点遗憾地看看她：“好吧，不过，你要是有机会的话，可千万不要错过啊！”

“知道啦！你真唠叨！跟季王子过好你们俩的小日子吧！”

从蛋糕店出来，沈檬还有点替韩佳莉发愁，说着说着就念叨出来，跟池骋说了一遍。池骋很不以为意：“不就是个帅哥吗？至于吗？我也是帅哥啊，你朋友咋没看上我啊？我可是见她第一面就心甘情愿地被她坑了呢！”

沈檬一愣：“你知道我们坑你？”

“什么？‘我们’？！”池骋大骇。

沈檬立刻捂住嘴。

池骋气得想扇她：“我的合伙人啊，这公司还没开成呢，你就这么坑你的合伙人，以后财务可不能让你管啊！”

沈檬不好意思地笑了笑。

两人说着话，车子终于开到了卧龙花园。张美依留着一头短发，穿了一件红呢子的短衫，修长的牛仔裤配上春季长筒靴，看起来格外时尚靓丽。

池骋问沈檬：“那个穿红呢子短衫的女生，是不是就是你的朋友？”

“对啊对啊，美吧？不过人家刚有了男朋友，不好意思啊，别怪我不给你介绍啊！”沈檬道。

池骋古怪地看着她：“我想要女朋友，还不是一招手就来一卡车？”

沈檬白了他一眼：“臭美吧你。”

两人刚下车，张美依就跑了过来，然后愣了一下，问沈檬：“这位是？”

沈檬赶忙介绍：“最近太忙没跟你说，我准备开家律师事务所，这是我的合伙人池骋。”

张美依眼睛本就大大圆圆的，这一瞪差点没把池骋给吓着。

“行啊你，沈檬，你这水是不是有点深啊？还不告诉我！”

“这不是告诉你了吗？好了，快进去吧。”

沈檬在跟池骋通电话时才知道，池骋这小子当律师之余还搞房屋中介，前些日子帮一个哥们儿在卧龙花园租了房子。其实他那个哥们儿本来能租更好的房子，不过为了给他面子，最后选了卧龙花园。

也是巧了，风景最好的楼层空出来的最后一个房间，正好就在那个哥们儿的对门。池骋卖沈檬一个面子，立刻给房东打电话，让房东把房子租给张美依。

坐电梯直达六层，池骋跟房东带着沈檬和张美依来到605号房门口，看见对门610号房门口站着两个黑衣人，戴着墨镜，双手交叉放在身前，明显是两个保镖。

这阵势把沈檬和张美依吓了一跳，沈檬拉过池骋的袖子问：“你这哥们儿就住我姐妹的对门？是什么人啊？安全吗？不会是黑社会的吧？”

沈檬忽然联想到正处于甜蜜时光的红豆小姐的未婚夫了。

池骋立刻辩解说：“你胡扯什么啊？人家是在国外留学的时候跟我认识的，你们家黑社会还双硕士学位呢？你逗我呢？

听到这儿，张美依稍微放心了点，学历这么高，应该不会是什么流氓黑社会才对。张美依忽然问：“池大哥，你这个朋友什么来头，门口还天天站着保镖？”

池骋怕再说下去，两个姑娘会受惊，总不能跟她们说他家连少曾遭过暗杀之类的吧。那都是好几年前的事情了，现在这些保镖都是连家的意思，连少本人都视自己的保镖为无物呢。他想了想说：“嘿！是他小题大做了，其实没啥事儿。哥们儿，你们连少在家吗？”

两个黑衣人立刻摇头：“连少外出，目前不在家，池先生有事可以直接吩咐我们。”

没想到这俩人居然认得池骋，沈檬在一旁都看呆了。

“那这样，你们两个看好了啊，这短头发小姑娘是我的朋友，以后就住你们家连少的对门，让你家少爷平时照顾着点，小女孩一个人住不容易。”池骋道。

两个保镖还挺够意思，立刻说：“好的，池先生，我们会转话给连少的。”

“行了，咱们进去看看房间吧。”

房东把门打开后，张美依拉着沈檬就往里走，这看看，那看看。这房子格局不算小，正面朝阳，隔音效果也不错，左侧还有一个迷你吧台，里面有两间主卧，面积不算小，浴室也很干净漂亮。张美依喜欢得不得了，当场就决定要租下这里，只不过一听月租要六千五，又有点犹豫了。毕竟她刚从她爸的公司辞职，还没找到工作，可这套房子她又真的很喜欢。

她正犹豫着，沈檬拉着她小声说：“没事，我先借你点钱，等你找到工作再还给我。”

张美依瞪她：“你给我一边去，你一个要开公司的人还借钱给我？你不找我借钱，我都奇怪了老半天呢！”

沈檬脸一红，没说话。

池骋看出张美依暂时负担不起租金，干脆地说：“姑娘啊，你要是真喜欢，我帮你先垫上押金和前三个月的租金，没事的。”

张美依看了他一眼，又看了看沈檬，果断地说：“不用了，池大哥，让你帮忙找房子已经很麻烦你了，再让你帮我垫钱，我会不好意思的。”

就在这时，房东忽然对池骋说：“小池啊，610 的那位是不是你朋友啊？他刚搬进来就一次性交了一年的房租，不如先用那笔钱给这姑娘垫上，你也知道我这房子下一分钟就不知道被谁看上了，实在太抢手啊……”

池骋犹豫了一下，干脆翻出手机直接拨了一个号码，没想到走廊里忽然传来一阵铃声。对门有脚步声，池骋立刻推门出去，果然是连少回来了。

沈檬和张美依也好奇地走了出去。

神秘的连少留着一头利索清爽的短发，穿着一袭黑色风衣、修身的欧式长裤、做工精致的纯手工意大利皮鞋，戴着一副墨镜，黑色镜片下隐约露出一双深邃幽深的眼睛。光是看鼻翼和唇的部位，就让人不由得心跳加速，那五官简直太完美了。

看见池骋，连少撇撇嘴：“你怎么来了？”

池骋走过去搂住他的脖子，小声地跟他嘀咕：“是不是哥们儿？能不能帮忙？”

沈檬和张美依愣在原地好半天才把视线从那个神秘的连少身上移开，

还真像韩佳莉说的一样，怎么有的人天生就有一种魔力，让人一看就不想再移开视线？

“别看了！有男朋友的人！”

“你也是！结了婚的女人！”

两个女人互相鄙视了一下对方。

她们正嘀咕着，就听对面连少轻启薄唇，声音沉稳地跟房东说话，同时从怀里掏出一张金卡递了过去：“这是605张小姐一年的房费。”

房东立刻接过金卡，一脸笑嘻嘻地说：“哎呀！连少爷为人就是爽快啊！放心吧，只要是连少爷的朋友，我这边一定都照顾得好好的！”

连少没说话，转眼看池骋：“行了吧？我进去了，改天请我喝酒。”

“好好，你进去吧！”

张美依傻了半天，还是沈檬提醒了她，她才忽然上前一步，对神秘的连少磕磕巴巴地说了一句：“那……那个，连先生是吧？谢谢，我找到工作后会尽快把钱还给你的。”

连少闻言，扭过头来，完美的侧脸轮廓让张美依的表情僵了一下，然后他淡淡地说了一句：“不用还。”

说完，他就转身开门进去了。

三个人坐在车里，只有池骋一个人一脸淡然。

张美依冲沈檬使了个眼色，让她看手机。沈檬还没从遇到“土豪”的震惊里走出来，迷迷糊糊地掏出手机一看，是张美依发来的短信：“你小心点，池骋喜欢你。”

一条短信差点让沈檬看掉自己的下巴，她瞪大眼睛扭过头，用一副“你有病啊”的样子看着张美依。

张美依没理会她的眼神攻击，继续发短信给她：“你相信我，绝对的。”

沈檬干脆也回短信：“你是不是有病啊？我儿子都快三岁了，大姐，咱能不能不闹啊？”

张美依回：“你傻吗？我跟他根本不认识，他就让他哥们儿帮我交了一年的房租，这不是为了讨好你又是为了什么？你自己想想，本来他要给我交房租的，又怕你会误会他看上了我，所以改成说服他朋友帮我交。你这个合伙人脑子不简单，你小心点，别哪天被他吃了都不知道！”

沈檬快疯了，回复过去："他是S大毕业的，你告诉我，S大有几个不知道我和季凉川的事情？"

张美侬回复："喜欢一个人是没有办法控制的，有的时候会触及本以为自己能坚守的道德底线，反正你小心为好。"

沈檬根本不以为意，全当她是发神经，潦草地回复："行了，知道了。"

池骋在这个时候忽然开口："你们两个好姐妹怎么也不聊天？"

两个人做贼心虚地一愣，然后张美侬打着哈哈："累了一天，肚子有点饿，没力气说话啊。"

池骋对着后视镜微微一笑："是吗？沈檬说要请我吃极品鲜鲍，干脆你也一起吧，宰宰她！"

张美侬立刻截住他的话："别别！我这都省了一年的房租，你还不让我请客，我脸往哪里放啊？我请客，就这么定了！另外，你帮我跟你朋友传个话，我找到工作后肯定会还钱给他，不会占他便宜的，请他放心。"

池骋笑了笑，没说话。

三个人找了一家口碑不错的海鲜饭店吃了晚饭，张美侬说什么都要请客，沈檬也就没再多说什么。

等三个人各自回家的时候，池骋也没说要送沈檬，沈檬更是在心里打消了张美侬的怀疑。这女人，纯粹多虑症！

后来沈檬还是有点不放心，特意找池骋问了一下连少的底细，池骋没办法，拿出他们俩在澳洲留学时拍的合影给她看。沈檬看到那张照片的时候，发现连少身后有一个人很像她以前认识的人，但一时之间又想不起来，索性把照片还给池骋，说道："是高才生就好，你可有责任保护好我的闺密啊！"

池骋冲她翻白眼："放心吧，你家短发丫头少一两肉，你从我这儿切走一斤！"

沈檬立刻点头："好。"

池骋无语。

季凉川飞往美国的时间定在五月二十八日，沈檬没想到这天会来得这么快，两个人商量好的很多事情都还没有完成，就要分别很长一段时间。

在机场送别的时候，闹闹还挺懂事的，明明想哭却一直忍着没哭，仰着小脑袋看着他老爸，不停地念叨："爸爸！记得每天给闹闹打电话啊！"

季凉川心里无比酸楚，只能强颜欢笑地面对自己的妻儿，这世上的种种无可奈何才是人最难打败的。他蹲下身子给闹闹整理了一下戴歪的小帽子，强忍着心里的不舍，笑着说："好的，爸爸不会忘的，闹闹一定要听妈妈的话，不然爸爸可不给你打电话了。"

闹闹使劲点头："爸爸，闹闹上幼儿园的第一天你能不能回来？"

季凉川握住闹闹的小手，看着闹闹努力忍住眼泪的小脸，差点失控。他低着头平复了一下自己的情绪，然后重新扬起笑脸，伸出小拇指跟闹闹拉钩："爸爸跟你约定，那天爸爸一定回来，男子汉说话算话。"

闹闹抽搐了两下，最终还是没忍住泪水，一下子哭出来，伸出手指狠狠地钩住了季凉川的小拇指："闹闹是男子汉……呜呜……男子汉，说话算话……男子汉从来不哭……"

他这一哭，惹得站在旁边一直沉默的沈檬也流出了眼泪。她别过头，不想让季凉川看到，她知道他比自己还要难受千倍万倍。

季凉川紧紧搂住闹闹，闭着眼睛，拼命掩饰自己的情绪，轻声哄他："乖，等爸爸回来教你踢足球。"

闹闹在他怀里点头，哭得一句话都说不出来。

临走前，闹闹说了一句话，让季凉川差点没忍住泪水。

"爸爸，帮闹闹向爷爷问好……"小闹闹一边哭一边说。

季凉川点点头，看向沈檬。他知道，这么小的孩子是不会说这种话的。忽然，他把沈檬拉进怀里，好想一辈子都这么把她拥在怀里不放手。他的声音有些颤抖："老婆。"

沈檬知道他想说什么，忍着眼泪拍拍他："不要谢我。"

他用更大的力气搂住她："等我回来，记住，我永远爱你。"

"嗯，我们等你回来。"

沈檬拉着闹闹的小手，看着飞往美国的那架飞机划过天际，渐行渐远，直到再也看不见。

闹闹哭了好一会儿才停下来，仰头看着沈檬："妈妈，爸爸什么时候回来？"

沈檬蹲下身子搂住他："等爷爷好起来了，爸爸也就回来了，很快的。"

闹闹只能乖乖地点头。

第二天是周末，沈檬算了算时间，发现自己有一个多月没回家看父母了，干脆开车带闹闹回了娘家。

门一开，闹闹就很有礼貌地喊了一声：“外公、外婆！”

沈父沈母被这一嗓子叫得心里直痒痒，忙抱起小宝贝左亲右亲。沈母和沈檬说着母女间的悄悄话，沈睿思则在旁边哄着闹闹玩。

忽然，沈檬的笑容僵在嘴角，电视新闻里正播放一条国际航空新闻：“昨日从中国飞往美国纽约的航班不幸遇到高空强气流，机身产生了前所未有的震动……”

后面的话她再也听不下去，浑身颤抖着站起来，脸色苍白地看着电视机，下一秒她的眼泪便流了出来。沈父沈母也察觉出了什么，连忙把闹闹带进里屋，然后出来稳住沈檬的情绪：“檬檬！别这样！昨天飞往美国的航班有很多，不会是凉川那班的！”

“可是，我昨天送他走的时候，心里就一直慌慌的……”沈檬蹲在地上，哭得浑身发抖。

沈父沈母问他：“凉川是几点的飞机？”

沈檬整个人惊慌失措地颤抖着：“晚上十点。”

沈父沈母抬头看了一眼新闻：五月二十八日北京时间二十二点从中国飞往美国纽约的飞机受强气流的影响……

一时间，整个家都沉默下来。沈檬蹲在地上，双手抱着自己的胳膊，眼神呆滞地看着地板，嘴里碎碎念：“早知道……我该陪他去的……我就知道我该陪着他的……”

沈母心疼地看着自己的女儿，脸上早已没了刚才的笑容。

就在这时，沈檬的手机响了，她忙站起身来，翻开包掏出手机。看到来电显示，她有些不敢相信地按下通话键：“凉川！凉川！是你吗？”

那边有点吵，过了好一会儿她才听见一个熟悉的声音：“嗯，是我，我已经安全到达了，别担心，一会儿有人来接我。”

沈檬像是在一场梦中没有醒过来一般，半晌没出声。

季凉川有点担心，忙问：“老婆，怎么了？”

沈檬忽然像个孩子般“哇”的一声哭了出来：“我以为你死了你知

道吗？刚才新闻里播报昨晚十点起飞的飞机出事故了！你这个笨蛋！你为什么总让我担心啊？”

季凉川刚下飞机就听见旁边有几个人在说那架飞往美国纽约的飞机出了事故，生怕沈檬看到消息误以为他在那趟航班上，所以连安检都没过就先打了电话。果然，这个神经大条的女人还是搞错了。

季凉川浅浅一笑，在电话里语气温柔地说：“我的老婆大人啊，我一个月前就跟你说了，我是要飞芝加哥，不是纽约，你忘了吗？”

沈檬这边还哭着呢，忽然一愣才想起来，有点尴尬地握着电话：“我记是记得……就是太担心你了，一听是美国就慌了神……现在我想起来了，你不在纽约……”

“我真服了你！你没事别自己吓唬自己好不好？你这样，我在这边还怎么安心？”

“好了好了，只要你没事就好。我在我妈这儿，闹闹也挺好的，你休息一下就去医院看看你爸吧。”沈檬一秒内破涕为笑。

“好的，有时间我发短信给你。”

“记得照顾好自己。”沈檬抹抹眼泪，回道。

放下电话，季凉川看着电话微笑。真好，这世上有一个人，不管你走多远，她都会那么心心念念地牵挂着你，这种感觉真的很幸福。

他身穿一套藏蓝色的西装，戴上一副墨镜，潇洒利落地拎着一个行李箱大步前进，过安检后，就看见一个身穿白色休闲装的高挑女人正举着一块写有自己名字的牌子。

他轻笑了一下，冲那个女人挥挥手。女人注意到落落大方走过来的英俊男子，愣了一下，然后冲他微笑。

季凉川走过去，摘下墨镜，有礼貌地伸出一只手：“Hello，Wind.”

“Betty.”女人优雅大方地伸出手和他握了握。

季凉川不知道女人的国籍，所以一直用英语和她对话。过了一会儿，女人忽然笑出声来，边走边说：“Wind，你的英文真好。”

季凉川没怎么吃惊，浅浅一笑：“谢谢，你的中文也不错。”

女人有点吃惊：“你知道我是美籍华人？我还没怎么说话，你怎么就知道我中文好？”

季凉川侧目看了一眼这个大眼睛、高鼻梁、气质柔美的女人，笑着说：“从你的打扮看得出来，你在美国长大，所以风格比较接近美国人，但手腕上的中国结手链表示你很爱中国，所以我就想你的中文一定很好。”

女人愣了愣，优雅大方地笑看着面前英俊的男子：“你太聪明了。”

季凉川笑了笑，没说话。

外面已有车子在等候，开车的是个挺有礼貌的黑人，冲他们微微笑了一下。季凉川和 Betty 坐进车里之后，她才正式介绍自己：“其实我是您父亲的主治医师易默恩老师的学生，伯母在病房照顾伯父抽不出身来，所以我就主动请缨来机场接你了。”

季凉川端正地坐在一边，淡然地笑了一下：“谢谢，麻烦你了。”

“我还只是个学生，但最近我研究的一个课题是关于降低心脏移植手术风险的。当初我学医就是为了能用自己的双手赋予别人健康的生命，我很热爱这份工作，希望你不要嫌弃我，能让我尽点心力。”Betty 用充满热忱的双眼看着他。

季凉川回：“你言重了，我怎么会嫌弃你呢？以后还请你多费心了。”

听完他的话，Betty 才微微一笑。

“我父亲的病情现在怎么样了？”季凉川皱了一下眉，问道。

Betty 轻轻摇了摇头：“伯父有高血压，这样会加重病情，所以现在我们在用一种 Hydralazine，我不知道用中文该怎么说。”

“我知道，是一种降压药。”季凉川知道她不太会说药物的中文名，干脆帮她说了出来。

Betty 立刻瞪大双眼，不可思议地看向他：“你怎么知道这么多？你大学是医科毕业的吗？”

季凉川苦涩一笑：“不是。我之所以知道，不过是因为我每天都在看原版的医学书，毕竟病人是自己的父亲。”

Betty 佩服地看了他一眼，羞涩地笑了一下。

途中，Betty 问季凉川要不要先去订好的酒店休息一下，等调好时差后再去医院看望季源康，季凉川婉拒了，决定先去医院。

刚到医院，他就看见季母还守在病房外面，人憔悴了很多。

季凉川一阵心疼，立刻走过去坐在她身边：“妈，快回去休息吧，这里有我盯着。”

季母一看季凉川来了，脸上瞬间容光焕发，搂住季凉川不放：“宝宝！你可来了！”

季凉川有点哭笑不得：“有外人在，别这么喊我行不行？”

Betty 爽朗地笑笑，没说话。

季母尴尬地笑了一下，然后拉着季凉川的手小声问：“檬檬和闹闹呢？”

“闹闹要准备上幼儿园了，檬檬在家带他，我就没让她过来。”季凉川解释道。

一提到闹闹，季母就难过地哭起来，委屈地说：“我就只在去年回国之后见过我们家闹闹一次，你爸更是一次都没见过，只能看视频和照片……”

Betty 怕打扰母子二人团聚，很乖巧地站在一旁说了声：“伯母，我先去看一下老师，跟他研究下一步的疗程。”

“Betty，谢谢你今天去机场接我儿子，辛苦你了。”季母笑道。

“没事的，那我先失陪了。”Betty 笑笑便离开了。

Betty 刚走，季母就哀怨地说：“我要是再有个儿子，一定要他把 Betty 娶回家，家里有个当医生的人多方便。”

这话说得季凉川后背一凉，他阴险地笑笑：“妈，等我爸病好了，你们再生一个吧，我不反对。”

季母瞪他一眼，一巴掌拍在他的后背上，力度还不小：“天天没个正经的！”

季凉川皱眉，揉揉自己的后背：“妈，你想打死我啊？”

季母立刻揉揉她宝贝儿子的后背说：“哎呀，你可要跟檬檬把小日子给我过得好好的，不许欺负人家！”

季凉川无奈一笑：“知道了。”

聊了一会儿后，季凉川把季母送到了酒店，而后自己返回医院，一直陪床到凌晨。他掏出手机发短信给沈檬，正打着字，穿着白大褂的 Betty 就从走廊那头过来了。季凉川看见她，一愣，问她：“怎么这么晚了还没回家？”

Betty 打了个哈欠，揉揉眼睛，动作有点不拘小节，不太像是她这种长发大眼的美女做得出来的举动，季凉川不由得勾了勾嘴角。

“刚和老师开完会。虽然我知道这么说你会难过，不过我觉得一旦找到配型成功的心脏，就给伯父准备心脏移植手术吧？”Betty 建议道。

季凉川沉默了一会儿，问：“成功率有多大？”

Betty 有点忧郁地看了他一眼：“大概百分之四十。”

见他低着头坐在那里不说话，她走过去拍拍他的肩膀：“放心吧，你忘了我是专门研究心脏移植手术风险的吗？我一定会竭尽全力的。”

季凉川抬起头来，感激地看着她：“Betty，真的很感谢你为我父亲所做的一切。”

这话说得她都有点不好意思了，忙道：“不用谢！等伯父的病情好转了，你带我去北京玩两天就当报答吧！”

季凉川没直接回应，只是说：“看来你真的很喜欢中国，只可惜我不是北京人。”

Betty 说：“我知道，可伯母说你经常去北京出差，我只是很想看一看首都的样子，上次去北京还是十二岁那年，现在一晃这么多年过去了，我都快忘了祖国的样子。你不会是不想带我去吧？”

季凉川犹豫了一下，点了点头：“好吧。”

半夜，沈檬忽然从一个诡异的梦里惊醒，她竟然梦见季凉川把她和闹闹扔在这里，娶了一个金发碧眼的美国女人，还在那边买了一套大别墅，生了一对混血双胞胎！

天哪，梦到这里她一下子就醒了，立刻掏出手机想发短信问问季凉川在干吗，可冷静下来以后，她才觉得自己太没有风范了，简直就是小心眼嘛！

她起身倒了杯水，一边喝一边给季凉川发短信：“凉川，那边的情况还好吗？”

季凉川趁季源康清醒的时候陪他聊了一会儿，见他睡着了才在一旁的小沙发上坐着眯了一会儿。谁知他刚睡着，就被裤子口袋里的手机振醒了，翻出来一看，不禁勾了勾嘴角，回复过去：“没事的，别担心。你怎么还没睡呢？做噩梦了吗？”

看见他温柔的话语变成文字传过来的那一刻，沈檬觉得特别暖心，黑夜里似乎有一张无形的网裹住了他们两个人，无论离得多远，他们总会在那张网里相遇，然后紧紧相拥。

沈檬乖乖承认："嗯，我做了一个特别可怕的梦，梦见你娶了一个美国女人，还生了一对混血儿，特别漂亮！"

季凉川不由得笑出声，回复道："这梦做得还挺精致的。等我回去，咱们俩再生一个就是了。"

沈檬笑了笑："好啦，我答应你，不过要等闹闹再长大几岁哦，乖。"

季凉川一下子没了睡意，立刻回复："爱你！快睡吧，晚安。"

收到季凉川的最后一条短信后，沈檬抱着手机笑着睡着了，这一觉睡得格外香甜。

沈檬和池骋正式把律师事务所的地址定了下来，还约了一家不错的装修公司，选了几个办公室样本后，快马加鞭地进行了装修，还设计了门牌，只不过在起名字时，产生了一点点矛盾。

原因是池骋非要将公司起名为"沈氏律师事务所"，沈檬嫌他病得不轻，本来他就是出资六成的大股东，她怎么好意思抢走人家的名牌权？

沈檬说什么都要让公司叫"池氏律师事务所"，池骋差点一口茶喷到她脸上："你能起个再难听点的名字吗？不觉得拗口吗？"

沈檬撇撇嘴："没办法，谁让你姓池。那你说怎么办？"

池骋想了想："算了，干脆就叫'神驰律师事务所'吧，把我们姓氏的谐音都包含在内了，正好。"

沈檬一听便同意了。

名字定下来的当天，池骋就去找设计公司设计门牌了，沈檬则回到翔日律师事务所，把早就拟好的辞职信递交给贺总。

贺总刚看见她就笑脸迎人地准备拍马屁，可话还没说出口就看见一只白皙的手推过来一封辞职信。贺总愣了半天，脸"唰"的一下就白了："这……这……这是什么意思啊？"

沈檬面无表情地说："很感谢贺总一直以来的器重和栽培，但我决定离开公司了，还希望您能收下。"

贺总愣了，抬头看她："不是啊，沈檬，我要是收下了，季总还不得立刻让我滚蛋啊？你这到底是什么意思啊？"

就知道这人是怕自己受到波及，沈檬有点不耐烦地扫了他一眼，说：

“您放心吧，这几天季总去美国了，暂时不在公司，他不会知道我辞职的。等他一回来，我就告诉他是我主动辞职的，跟贺总没半点关系。”

贺总畏畏缩缩地看着她：“沈大小姐，你就别玩我了行不行？我上有老、下有小的，你这不是断了我的活路吗？季总要是知道你离开翔日，不管你是主动离职还是被我辞退的，到最后滚蛋的都是我啊！”

听他这么一说，沈檬更来气了，拍了一下桌子，不乐意地说：“我老公有这么仗势欺人吗？他从名牌大学毕业，脑子好、智商高、脾气好，道德素养更是没话说，怎么可能因为老婆辞个职就胡乱把你给开了？你是不是脑子进水了？”

这一下把贺总呛得嗓子眼儿都快冒血了，他愁眉苦脸地看着沈檬：“好好，你老公最好行了吧？我就想问你最后一个问题，我对你怎么不好了？什么好案子都留给你，平时你犯错我也没说过你，你为什么就要辞职呢？我想不明白，你老公在天域罩着你，你不受气又赚得多，你是不是脑子进水了啊？”

沈檬瞪他：“我就是不想让别人跟你一样把我看成只靠男人活着才辞职的。季凉川是我老公，又不是我老爸！我们之间更多的是互助互爱，而不是单方面一味被保护，你懂吗！再说了，我就是看不惯你那副趋炎附势的嘴脸，非要把我不擅长的案子塞给我，最后吃亏的都是那些想通过法律保护自己合法权益的原告。你为了讨好季凉川，毁了多少人的人生？他们输官司的时候，你考虑过他们的心情吗？你考虑的永远是你们家季总，以及你在事务所的地位！”

这话越说越严重了，贺总被气得伸手就要拉开抽屉掏出速效救心丸。

沈檬瞥了他一眼，说：“别掏了！你们家季总说你根本就没有心脏病！他天天看医书，你是真病还是假病，他一看就知道了！”

“你你你！”这回贺总真是被她这张嘴气得无话可说了。

“别‘你你你’了，你放心吧，你的宝座没人跟你抢，我还没那么公私不分。你在专业经验上不比任何人差，把关天域的经济案件纠纷也是业内数一数二的，所以我不可能给你们家季总打小报告。你以后好好给我老公干活，听见没？”沈檬吼完，立马拎包走人。

办公室的门一开，沈檬就一愣，数张震惊的面孔正看向她。原来是她情绪太激动，嗓门有点大，惹来公司一群人偷听。

沈檬扫了一眼，都是一帮老是趁翔日和天域集团高层开会时在季凉川身边晃来晃去的小姑娘，于是张扬地笑了一下：“你们干什么？”

几个小姑娘明显被沈檬的女王气场给震慑到了，低下头不敢说话。有一个胆子稍微大一点的姑娘小声说：“没什么，季太太您好。”

沈檬见说话的这个姑娘还在情人节的时候公然当着自己的面送过季凉川巧克力呢，仰仰下巴问她：“明年情人节还给季总送巧克力吗？”

那姑娘脸一白，抵死不承认：“季太太，您别说笑，我没送过啊！”

沈檬微笑道：“我没指名道姓，你又何必对号入座回答我的问题呢？我问你了吗？”

那姑娘瞬间僵住，飞一般逃离人群。

众人惊骇！

沈檬对另一个每天穿着超短裙、黑丝袜在季凉川面前晃悠的女人说：“你们季总在去年的年会上，强调了员工的着装问题，难道你没去参加会议吗？”

那女人假装没听见，低着头不说话。沈檬干脆拍了她一下：“说你呢。”

那女人回答说：“哦，我不知道季太太是在说我，没必要自己对号入座。”

沈檬一笑：“在场的员工就你一个人穿着暴露，还用得着我指名道姓吗？是你傻还是我傻？”

旁边隐隐传来一阵笑声，那女人脸一红，也飞一般逃离人群。

沈檬心想：反正都要离开翔日了，干脆给这些图谋不轨的女人来个下马威，省得她天天在家担心自己老公让人给吃了！

不到五分钟，全体员工就对沈檬女王致以敬意，临走这帮人把她送到停车场，还齐齐喊道：“季太太慢走！”

沈檬心情大爽！

事后，沈檬发短信给远在另一端的某人：“季总，我今天不小心脾气爆发，把您公司旗下的律师事务所员工骂了一通。”

那边很快回复：“骂得好。”

沈檬一愣：“季总，您老人家都不问问我为什么骂人吗？”

某季总回复道：“老婆永远是对的，不用问。”

沈檬贼兮兮地笑个不停，忽然回忆起生活中的一些小事情。

某天晚上，季凉川抱着笔记本电脑，坐在床上不停地敲啊敲的，沈檬当时特别困，眼睛都不睁地在被窝里发话：“季总，你打算什么时候睡啊？你亲爱的太太要睡美容觉啊！”

季凉川立刻起身要去书房，沈檬一把拉住他：“别去，就在这儿吧，你不陪在我身边，我会睡不着。”

季凉川哭笑不得：“可我要工作啊，女王大人。明天早上有紧急会议，我得准备会议内容。”

沈檬睁开一只眼，抱着他的一只手臂说：“你说说重点，我帮你一起想，赶紧写好了咱们一块儿休息。”

季凉川沉吟了一下，说：“要总结公司最近几个项目竞标失败的原因。我觉得吧，之所以会竞标失败，和创意部、外联部有很大关系。”

沈檬一听，想起有一次竞标她是跟着季凉川一起去的。季凉川很少参加公司竞标，一般是项目经理和创意团队的人去。本来上台展示介绍这种工作没人愿意做，结果一得到季总要去的消息，大家立刻疯抢起来，还有几个女员工在办公区大打出手，闹得高层都知道了这件事。

到最后，靠打群架获得演讲资格的某位女员工，也就是那个穿着暴露的女员工，当天竟然只穿了一条低胸短裙就上了台。可想而知，季凉川看了以后用手指揉揉太阳穴，无奈地摇了摇头。沈檬见那女人在台上一直看着季凉川，气不打一处来，只是她没说什么。

做季凉川的女人，就注定要一辈子忍受各种女人对自己老公的骚扰，她早就有这个觉悟了！

想到这事，沈檬也不困了，起身抢过季凉川的笔记本电脑敲起字来——会议提要：员工要注意个人着装问题，保持良好的个人形象，一个员工的形象就代表着企业的形象。

季凉川看她写得正开心，好奇地凑过去扫了一眼，无奈一笑：“你这哪是开会核心啊，分明是你的私心。”

沈檬不乐意了，把上次竞标失败的事情拿出来质问他：“那你说，咱们上次那个方案也不差，怎么就失败了？还不是因为形象代言人不好！女员工穿成那样，我要是合作公司的负责人，我也不选天域啊！”

季凉川摸了摸她的头：“也对，老婆，那你就继续写吧，我看看有没有可行性。”

结果就是——好好的一个经验总结会议，变成了风纪检讨大会。

事后，沈檬觉得自己做得有点过分，承认自己的私心占了大部分，不过季凉川没生气，拉着她的小手亲了一口："没事，你怎么做都是对的，因为你是我老婆。"

和他在一起的日子里，不管回忆起哪件小事，都令她觉得无比幸福甜蜜。

辞职后，沈檬忽然觉得一身轻松，心想人的一生还是要自由点，做自己的主人感觉最好。

她抱着从办公室搬出来的办公用品上了车，刚想把东西运到新办公室，姜一菲的电话就打了进来。沈檬接起来说："姜小姐，二审马上就要开始了，我这边都准备得差不多了，你不用担心。"

谁知姜一菲在电话那头说："不用了，我不打算和秉颜离婚了，麻烦你也转告一下池律师，不用继续打官司了。"

赶到姜一菲住处的时候，沈檬的心都快跳出来了。老实说，她希望每个家庭最后的结果都是幸福美满的，可她为了这个案子，也为了打败强劲的对手，已经准备了好几个通宵，实在不甘心就要到手的胜利忽然之间失去角逐的场地。

姜一菲把她拉到客厅，帮她倒了一杯水。

沈檬见姜一菲脸上容光焕发，不像以前那副郁郁寡欢的样子，不由得更好奇——她老公都这样了，她还不离婚？看起来还十分幸福的样子？

姜一菲见沈檬一脸焦急，忙开口说："沈律师，我是因为相信你的人品才告诉你的，希望接下来我说的事情你不要张扬出去，这关系到秉颜的颜面问题。"

沈檬沉着脸点了点头。

"秉颜之所以在我生了可可之后对我们母女这么冷淡，是因为他一直以为可可是我和那个私人营养师的女儿……"说到这里，姜一菲叹了口气。

沈檬大骇："这怎么可能？"

"之前我也跟你说过，我和我的私人营养师并没有什么不正当的关系，他只是追求过我而已，但现在他已经有女朋友了，并且马上就要结婚了，我就更不可能和他有什么了。秉颜之前找私家侦探跟踪我，看到我和他在一起，就误会我们有婚外情。”

沈檬不解：“就因为看到你们俩喝咖啡，他就觉得可可不是自己的亲生女儿？这也太可笑了吧？”

姜一菲犹豫了一下，终于还是说出口：“不是的，我们结婚三年，也没有刻意避孕，但我始终没怀上孩子。我想可能是我婆婆给我的压力比较大，就没放在心上，秉颜却背着我偷偷去医院做了检查。这还是最近我偶然在家里发现他的病历才知道的……医生说他少精，还死精过多，很难有孩子……”

沈檬睁大眼睛，不可思议地看着姜一菲：“那……可可……”

“他一直觉得他不可能有小孩，就更加肯定我是有了外遇，还和外遇生了孩子。所以我一生完可可，他对我的态度就完全不一样了，后来我才想通这一切事情。”说完，姜一菲捂住脸，有点伤心。

“那可可到底是……”沈檬问道。

姜一菲抬起头来笑着说：“沈律师，从过去到现在，我爱的人一直是秉颜，又怎么可能会背叛他呢？”

听到这里，沈檬忽然喜笑颜开：“那，可可是周先生的亲生骨肉？”

姜一菲笑着点了点头：“当我发现他的病历后，他一下子就失控了，觉得伤了自尊，还要立刻跟我离婚，说我怎么要他的财产都无所谓，他只是不想我用异样的眼光看他。我当然不会抛弃他了，为了让他相信我对他始终如一，我带着可可去做了亲子鉴定……当秉颜看到鉴定结果的时候，我看到他那种喜悦的表情，当时就哭了。感谢老天没有放弃我们两个。”

沈檬心里一酸，不自觉地说：“太好了……恭喜你们，真的，本来……说出来你别笑话我，本来我做了好多功课要让周先生净身出户呢，可是……这个结果太好了！”

姜一菲握住沈檬的手：“我知道你为我的案子费了很多心思，这周末你有没有空？我和秉颜想亲自谢谢你和池律师。你们俩都是尽职尽责的好律师，这一点在一审的时候，我和秉颜都看在眼里。”

沈檬本想推辞，可见姜一菲眼底流露出感激的神色，也就应了下来。

沈檬把这个好消息告诉池骋时，池骋刚把最终的名牌设计图敲定，就等成品出来。接到沈檬的电话，他叹了口气：“我知道，周秉颜已经跟我说了，还说这周末他们夫妻俩请咱们俩吃饭。”

“你叹什么气啊？这个结果才是最好的，虽然咱们俩的律师费就这么泡汤了，不过我挺高兴的。”沈檬道。

池骋在电话里沉默了一会儿，忽地一笑：“好姑娘。”

一句话说得沈檬有点愣神，她立刻转移话题：“那周末见了啊！”

周末，沈檬如约到了一家酒楼门口，见周秉颜已经把车子停在一旁等着他们，过了一会儿池骋也来了，四个人便往预订好的包房走去。

沈檬发现周秉颜对姜一菲和可可的态度明显不一样了，几乎全程抱着可可，还跟姜一菲说着悄悄话。幸好可可还小，不然若是有了被父亲冷落的童年阴影，以后肯定会受影响的。沈檬笑着看了一眼周秉颜，周秉颜也正好看过来，客气地冲她笑了一下。

一顿饭吃得还不错，周秉颜总归是大老板，点菜一点也不犹豫，专点那些山珍海味，还要了两瓶市价三万块的红酒。姜一菲也跟着附和，没有一点将就的意思，反而让沈檬和池骋有点不好意思了。

席间，姜一菲坐在沈檬边上，忽然给她塞了一个红包。沈檬吓了一跳，她就怕有钱人来这套，所以立刻在桌子下推了过去。

姜一菲赶紧对她说：“沈律师，你别误会，我不是想收买你，这点钱纯粹是我和秉颜聊表谢意，毕竟我和他之前闹得那么厉害，你和池律师为我们付出了不少心血。如果你还想交我这个朋友，就不要拒绝了，而且我听说你和池律师合开了一家律师事务所，这些钱你们一定用得上。放心吧，钱不多，我们就是想感谢一下你们，而且我们应该算是你们神驰事务所的第一批客户吧？我和秉颜商量过了，以后他公司里如果有什么需要，肯定会再麻烦你们的，所以你们不许不收啊。”

这一段长篇大论说得沈檬毫无还嘴之力。她捏了捏红包，感觉挺薄的，估计也就两三百块钱，没多想便收了下来：“那就谢谢了，以后你们有事直接到我们办公室来就行，一会儿我把地址发给你。”

姜一菲笑了笑：“好的。”

见他们夫妻俩手拉着手甜蜜幸福的样子，沈檬看着就高兴，拉着池骋问：“你说周秉颜有那种病，在一审的时候他怎么不说呢？这样就能反击姜一菲有出轨嫌疑了，说不定最后败诉的就是我们呢。”

池骋白她一眼："周秉颜再怎么说也是大公司的老总，这病要是传出去，他还要不要面子了？这可是关系到男人尊严的问题，有时候男人的尊严比钱还重要。不过我也觉得周秉颜这个人太敏感谨慎了，其实他那种病只是很难怀孕，又不代表不能怀上，为什么就执拗地觉得可可是别人的孩子呢？"

沈檬也想问这个问题，可总不能直接问周秉颜吧，那样也太不礼貌了。想了想，她干脆发短信求助海外家属，把情况简单地跟季凉川说了一下。

季凉川回复了一条很长的短信："男人对生育能力这种事情是比较敏感的，更何况他们结婚三年了才有孩子，周先生潜意识里会觉得'自己不行'这件事是个极大的耻辱，所以总担心老婆会出轨、会去找别的男人怀孕生子。这种心理暗示被人为地扩大到一定程度以后，他会下意识地认为这就是既定的事实，但其实这只是心里的自卑造成的消极思维。"

沈檬恍然大悟，她老公不愧是心理学专业毕业的高才生啊，果然是一个神级人物，不容小觑。

她回复过去："明白了，谢谢大神老公！"

季凉川正坐在芝加哥某酒店的房间里研读心脏科原版医学书，收到沈檬的短信后，本来很疲惫的精神一下子复苏了，他低头浅笑着回复："应该是我要谢谢你才对，有你天天发短信跟我说各种有趣的事情，我才觉得每天都过得生动且有意义。"

沈檬摸了摸手机屏幕上他发过来的文字，开始拼命地想他，心里暖暖的。

一个月后，神驰律师事务所正式开张了。

这一个月里，沈檬和池骋没日没夜地装修新公司，有时候两个人干脆端着盒饭一边吃一边亲自刷漆，虽然辛苦，却觉得特别有意义。人生第一次开创一片属于自己的天地，然后为它装点鲜艳的颜色，看着它一点点变得有模有样，那种前所未有的成就感令人愉悦。

"行啦！加上老周给的感谢费，再接几个客户，很快一百万就能回本啦！"池骋伸了个懒腰，看着门口的名牌——神驰律师事务所，感慨道。

沈檬眨眨眼，一愣："周秉颜也给你感谢费了？那就能回本？他给了你多少啊？"

池骋像看精神病人一样看着她："你别在这儿给我装傻啊，姜一菲和周秉颜一人给咱们俩十万，这都过去一个月了，你才问我他给了我多少，这合适吗？"

"什么？"

沈檬当场就叫了出来，姜一菲给的红包她一直放在包里没拿出来过，此时听见池骋的话，她连忙把红包翻出来，一打开，立刻傻眼了。难怪摸上去薄薄的呢，因为那根本就不是纸币，而是一张十万元的支票！这夫妻俩也太大方了吧？

想到这里，她立刻给红豆打了电话。红豆正要赶过来参加她家沈檬女王的开业大典呢，看见某人的电话就有点不耐烦地接起来说："沈大小姐，路上好堵啊，我马上就到了，您老能不能不催我啊？"

沈檬在电话里说："不是催你啦，而是我可以还你钱了。"

旁边叶念瑾还开着车呢，红豆立刻捂住电话，躲过去小声说："嘘，小声点，一会儿等我到了再聊这个，我现在不方便。"

沈檬想到了叶念瑾可能在旁边，立刻回道："好的好的，一会儿到了再说。"

叶念瑾是谁啊？人家以前可是警察啊，当下就笑出声，故意问红豆："对了，丫头，你那个股票怎么样了？是赚了还是赔了？好歹也是我给你的本金，你赚了也得分你老公一点啊！"

红豆脸色一白，挠挠头说："那个，不好意思，赔了……都怪方世凯，买什么大宏集团嘛！我早就跟他说那支股票不好，他偏不听，可那是我领导啊，我也只能跟着买，你看怎么着！最后赔了吧！"

叶念瑾看了她一眼，偷偷地笑了。这丫头，还挺讲义气的。

"是吗？没关系，咱们再接再厉。那你想好下一支股票买哪个了吗？"叶念瑾笑着问。

这回他可把红豆给问住了，她就只知道这一支股票的名字，还是从方世凯那里听来的，其他的……她只好现场编了一个："嗯！决定了！下一次买大蓝集团的！"

叶念瑾的嘴角抽了抽："大蓝集团？那是个什么东西？是公司吗？"

红豆死鸭子嘴硬："对！小公司，你没听过而已！"

叶念瑾伸手一把捏住她的脸："那是不是你这个大蓝集团也得赔一

次，然后你再跟我说下次买个大黄集团之类的？”

红豆抬头望他：“你怎么知道的？”

“丫头，你到底是不是猪变的啊？你偷偷告诉我，我帮你保密还不行吗？”

又来了！这人到底能不能不讽刺她啊？

“好了，不逗你了。你借钱给闺密这件事，为什么不告诉我呢？是觉得你男人就这么小气吗？”叶念瑾眼神犀利地看向红豆。

红豆这才反应过来，人家刚才那是在试探她呢！

她一下子就没了气势，委屈地开始玩自己的手指：“沈檬开公司差十万块钱，我特别支持，可我这几年就存了五万，还差五万，我实在没办法了才找你借钱的，我打算还给你的……我们俩也就是不想用男人的钱，怕你们会瞧不起我们，可我又不能不帮她……”她越说越乱，弄得自己都不好意思了。

叶念瑾抚上她的头，揉了揉她的头发，语气柔和下来：“丫头，虽然我们还没举行婚礼，但在我心里，你已经是我的合法妻子了，我的钱就是你的钱，你不需要提‘借’这个字。你想借钱给你闺密，直接跟我要就好了，不用编理由，明白吗？咱们俩之间，坦诚最重要。”

红豆一副可怜的样子，抬头看着叶念瑾，凑过去蹭了蹭他：“嗯，我懂了。其实我就是怕你觉得我还没嫁给你呢，就先惦记着你的钱，可我又找不到其他人借这笔钱……”

叶念瑾亲了一下她的额头：“我明白。我要是不了解你，还怎么当你老公啊？再说了，以后编理由也编个像样点的行不行啊？说你去炒股，你是要笑死我吗？”

红豆生气地推开他：“你就是嫌我笨！我不理你了！”

叶念瑾立刻赔笑：“没有没有，我们家丫头最聪明了。”

红豆哼了哼：“这还差不多！”

第五章 神秘回归的贵少

沈檬和池骋租的店面后正好有一个花园，俩人一大早就联系了各路朋友，准备在花园来个野外烧烤。

让沈檬没想到的是，池骋的朋友那么多，尤其是各种妖娆的美女名媛，不知道这家伙平常的私生活到底是什么样的。

等了一会儿，叶念瑾和红豆就到了，沈檬忙过去招待，并趁机拉过红豆要还钱。红豆犹豫了一下，还是没告诉她这笔钱叶念瑾出了一半，反正她还都还了，又何必让她觉得欠叶念瑾一个人情呢？两个人聊了一会儿后，就见张美依也来了，红豆立刻拉住沈檬问："你不是跟我说美依和那个薛凯在一起了吗？怎么今天只看见她一个人来啊？"

"你傻啊！薛凯和凉川是哥们儿，我不是想给凉川一个惊喜吗？当然让美依瞒着薛凯了！"沈檬小声道。

红豆挠头："到底有什么好惊喜的？不明白你这种女王大人的心思！"

沈檬在这边招待自己的朋友，池骋那边也是忙得不可开交，才一会儿工夫，就有三个穿着超短裙的女人贴在他旁边跟他谈笑风生了。

沈檬叹了口气，希望自己没有选错合伙人。她仔细一看，池骋今天穿了一身黑色礼服，衬衣和领带搭配的颜色比较潮流鲜艳却又不失稳重，头发估计也是重新打理过的，整个人显得帅气又潇洒，连她的这两个朋友都不由得多看了几眼。

张美依看了一会儿，拉着沈檬咬耳朵，红豆也过去凑热闹偷听。

"他跟你表白了吗？"张美依问沈檬。

红豆大惊，瞪着沈檬："你不是跟我说你们俩没什么吗？你这个红杏出墙的女人！"

沈檬快被这两个女人搞疯了，立刻解释说："你们俩闹够了没啊？都说了我们是单纯的合伙人关系，他从来都没跟我有过任何暧昧的表示好吗？"

两人不信，让她速速招供，她扯扯嘴角："你们俩还有完没完？回头我告诉季凉川你们俩污蔑我出轨啊！"

她一搬出季王子，两人立刻闭上嘴，到旁边吃烤肉去了。

不一会儿，一辆黑色的兰博基尼霸气地停在门口。在场的名媛都愣愣地看向门口，池骋认得那辆车，连忙过去，谁知下来的是个助理模样的中年大叔。

大叔见了池骋后，递过来一个红包："池先生，连少有事不能来参加开业典礼，这是连少让我给您的。"

池骋皱皱眉："这小子天天都在干什么？算啦，钱给了就行，跟他说改天让他请我喝酒弥补。"

"好的。"助理恭敬地说完，驱车离去。

那车子刚开走，沈檬和张美依对看一眼，贼兮兮地小声说："对门是'土豪'的感觉如何？"

张美依拍了她一下："你胡扯什么呢？自从租房那次之后，我连他人都没怎么见到过。"

沈檬干脆学张美依的样子，小声警告她："你可小心啊！有那么一个高富帅住在对门，女人很容易沦陷的！"

张美依懒得理她，陪红豆吃烤肉去了。

兰博基尼现身的这几分钟之内，在场的名媛已经开始转移目标，焦点立刻从即将荣升为池主任的池骋变成了神秘的兰博基尼的主人。

"池帅，跟我说说嘛！那个兰博基尼的主人是你的朋友吧？介绍一下嘛！"有个别女人还挺直接。

池骋勾起嘴角："你省省吧，你还真不是他的菜。"

那女人立刻拉下脸来，瞪他一眼："嘁，不够意思！"

旁边瞬间又围过来几个女人，她们也纷纷问起来。

"你朋友的菜是什么样的啊？"

"你朋友什么时候有时间啊？约出来大家一起去喝酒啊！"

"方不方便透露一下你朋友的联络方式啊？"

刚才还是众人焦点的创业好青年池骋，此时被一辆破兰博基尼给抢了风头，不禁有点气不过，干脆说："他不喜欢女人。"

瞬间，全场肃静。

张美依浑身一哆嗦！不是吧，她的对门住了个 gay！难道他的对象是池骋，所以才因为池骋的一句话就替她交了一年的房租？

不行了！这个世界太可怕了！她需要静静！

果然，没人再围着池骋问连少的个人情况了。谁知才消停一会儿，几个女人在角落里忽然又议论起另外一个人来。

“你看！我刚刚拿到那个帅哥的名片了！是凯旋的董事长！”

“不可能吧！给我看看……真的啊？”

“哎呀！我也去要一张！”

叶念瑾不知道自己正被人用视线围攻，还在帮红豆烤肉呢，忽然觉得气氛不太对，抬头一看，一帮面色娇羞的女子看向他，腼腆一笑：“帅哥，我们交换一下名片好吗？”

红豆一愣，什么情况？

叶念瑾这才发觉，刚刚他出于礼貌给的名片给错了。他立刻微微一笑，搂过红豆说：“我看不用了吧？”

红豆正开心地啃着鸡翅，满嘴油腻，傻乎乎地看着一帮女人忽然投来仇恨的视线，更加莫名其妙。到底怎么了？是因为她把全场的鸡翅都吃掉了，这些女人才恨她的吗？可这些都是自由拿的啊！再说了，东道主是她闺密，她吃得多又怎么了？

红豆愤愤不平地转头看向叶念瑾：“那些女人想干什么？是要跟我抢鸡翅吗？”

叶念瑾的脸当场就僵住了，他扯扯嘴角，低头看她：“对，她们嫌你吃得太多了，你分点给人家嘛。”

红豆不满：“可我已经吃完了啊，光剩骨头了。”

叶念瑾呵呵一笑，自己老婆这么傻有时候也有好处……

眼见兰博基尼的主人是个 gay，在场唯一的高富帅也有了主，那些女人又把视线重新放到单身精英池骋的身上，池骋的人气瞬间就回升过来。眼见周围围了一群漂亮姑娘，池骋厚脸皮地冲沈檬使了个眼色，意思是：我人气旺吗？

沈檬假惺惺一笑，回过去一个眼神：我看你是病得不轻。

池骋撇嘴，没再理她。

这一顿烧烤大会加开业典礼结束以后，某池帅接到一条某连少的短信，内容是：“听说我今天变成了 gay。”

池骋瞬间手一抖，谣言的力量实在是可怕啊。

他立刻回复过去：“是我口误。”

连少轻描淡写道：“嗯，那明天我也口误一下，说出你是gay的事吧。”

池骋立刻惊了：“好吧，改天请你打球加喝酒！不过，谁让你助理开你的破兰博基尼来砸我场子的啊，不知道哥们儿我单身吗？”

连少回复：“我也是单身，我们很公平。”

池骋气得半死：“你小子不是从来不对女人多看一眼的吗？省省吧，别跟着我凑热闹！”

连少回复：“我也该稳定下来了，飘得太久了。”

池骋看到这条短信后，好一阵沉默。

神驰律师事务所成立后，池骋跟着沈檬去公司附近的家具城买办公用品。池骋这边一水儿的黑色桌椅、黑色书柜，连水杯都是黑色的，沈檬鄙视他：“你把办公室的气氛弄得那么沉闷，让人都没心情办公了。”

“总比你好吧？要不是我拦着，你差点买儿童桌椅还贴着花呢。你到底知不知道自己是个律师啊？”池骋也鄙视她。

沈檬想了想，也觉得有点不好，干脆换了一套纯白的桌椅。经过卖水杯的店面时，她忽然看上一对限量版的蓝色米奇和粉色米妮的水杯，当下就把粉色米妮水杯给买了下来。池骋彻底无语了，这丫头简直就是个没长大的小女孩啊。

几天后，池骋决定进行一次小型的招聘，先帮沈檬和自己各招一个助理。

别看两个人在律师界还没混出什么名堂来，但各自都有过非常精彩的辩论记录并获得了完美的胜诉史，一些平日比较关注这个圈子的达官贵人对沈檬和池骋并不陌生，而且池骋还联络了各家媒体公司，给律师事务所做了不少宣传工作，所以刚开业几天就有客户打电话或者直接上门来进行法律咨询。

沈檬还记得在自己的公司接到第一通电话、见到第一个客户时的心情，那种激动的感觉难以言喻。

招聘会定在开业后的第二个星期，沈檬一大早就和池骋在办公室里等着。一楼的办公区前面有一间很大的招待室，里面被分成几个隔间，用来面试再好不过了。

来沈檬这边的应聘者几乎都是男的，形形色色，什么人都有。

“你好，先简单介绍一下你自己吧。”沈檬开口道。

话一出口，她猛地想到很多年前临毕业时，红豆拉着她到处找打工的地方，当时人家也是这么面试她的。时光如梭，没想到如今的她却坐在面试官的位置上。

“您好，我叫李非然，男，今年二十七岁，户籍在北京，有一套一百二十平方米的稳定住房以及一辆奔驰……”

“停停停！”沈檬觉得头疼，“你是来应聘助理，又不是来相亲的，大哥！”

那男人不以为意地继续说：“我在网上看过你的一些资料，沈小姐，我觉得你不仅外表美丽、内心善良，而且很有主见，实在是不可多得的女孩，我这次来……”

“大哥，我已经结婚了！出门左拐，不送！”

她记得自己确实是把招聘信息登在了招聘网站上，而不是什么相亲网站啊！

下一位大哥进来后，一看见她就立刻色眯眯地推了推眼镜说：“沈律师，我一直很崇拜你，我刚从法律系毕业，想拜你为师。如果可以的话，我觉得私底下我们还可以发展一下别的关系……”

沈檬开始揪自己的头发：“我结婚了，你走吧。”

这世界上的男人都怎么了啊？

池骋这边也好不到哪里去，来应征的基本都是女的，见了池骋先是递过去一盒巧克力，然后羞涩地说：“池律师，您好，其实，我在律师网看过您的照片……不是，我是说招聘……”

池骋直直地看着她，拿着她递过来的那个盒子问：“这是巧克力吗？”

那女孩一愣，羞涩地点了点头。

池骋将盒子推回去：“你能带着你的巧克力回家吗？”

女孩抱着巧克力泪奔而出。

池骋的确是单身很久了，也很想找一个女朋友，不过他最不喜欢的就是被人追！即使你貌美如花，但在你主动出击的瞬间，你就败了！

到后来，池骋找助理已经不以学历、实力为主了，而是以不惦记他为主。

结束一天的面试后，沈檬拿着一个叫裴子清的应聘者的资料，和其他几个表现较好的应聘者进行最后的比较。池骋则在她边上拿着一个叫柳萌萌的应聘者的资料看，这个柳萌萌学历一般，长相一般，唯一的优点就是，没送他巧克力！

沈檬扫了一眼池骋的桌子，上面堆满了巧克力，她忍不住笑着问他："我看你也是选了一个诚心来找工作的人吧？"

池骋见她如见同道中人，点了点头："嗯！"

两个人分别给自己选中的助理打了电话，通知了录用消息。

隔天，两个助理穿着正装来神驰律师事务所报到。沈檬和池骋在会议室里各坐一边，给他们讲公司的基本理念和一些对员工的要求。两个人倒是挺规矩的，用小本子记着笔记，也不怎么提问，只是一味地接受，分到助理办公桌后，就开始了第一天的工作。

池骋坐在办公室里一边喝茶一边问沈檬："怎么样？第一天当老板给员工训话的感觉如何？"

沈檬嘿嘿一笑："还不错。"

在公司忙了一天，沈檬觉得比平常疲惫不少，因为现在是自己的公司，难免要更加操劳。下班回到家，陪着闹闹玩了一会儿后，她洗了个澡就准备睡下，睡前习惯性地给季凉川发短信："在干什么呢？忙吗？"

她等了一会儿也没见季凉川回短信，想到他可能在医院忙，也就没再等，当下就睡了。

季凉川远在芝加哥的某医院，由于季母年龄大了，他不忍心让她陪床，就一个人在医院盯了一个星期，没日没夜地守在病床旁边，每天睡觉也不到三个小时，身体早就累垮了。

这天，他起身想去楼下买点饮料，结果刚走出病房就昏倒了。Betty刚好买了盒饭和粥想给季凉川送过来，看到他晕倒在病房门口，立刻扔了手里的东西过去扶起他，并在走廊里大叫："Please! Help me!（请帮帮我！）"

季凉川醒过来的时候，正躺在一间病房里。他刚一睁开眼就觉得胃疼得厉害，于是不自觉地皱了皱眉。他用手捂住胃部，俊秀的面容显得有些憔悴。

Betty 扶住他，声音里满是担忧：“你好点了吗？”

季凉川侧目看见是她，有些不好意思地说：“让你见笑了。”

Betty 歪头：“见笑是什么意思？”

季凉川淡淡一笑，换了种说法：“让你看到我昏倒，很抱歉。”

Betty 露出一个温暖的笑容：“幸好被我看到了，你这样身体会垮的。刚才医生说你的胃不好，是由于饮食不规律造成的，再加上你这几天休息不好，饥一顿饱一顿的，你这样伯父伯母都不会放心啊！”

这一长串话，Betty 由于太着急了，说的全是英语。季凉川见她一脸担忧，只简单地回答说：“别担心，我没事。”

Betty 又换成中文说：“现在你回酒店休息，我来盯着伯父，有情况我会打电话给你。”

季凉川摇头：“没事，我能行的。”

Betty 叹了口气：“那我陪你一起盯着，你想睡的时候我看着，我想睡的时候你看着，这样总行了吧？别摇头，就算你摇头，我也不会改变主意。”

季凉川没想到这姑娘外表温婉大方，性格却这么执拗。他忽然有点想念沈檬了，便默默看了看放在旁边的手机。Betty 随着他的视线看过去，把手机递给他说：“对了，你的手机刚刚有一条短信，我可没看哦，我很注重个人隐私的，你放心！”

季凉川对着她微微笑了一下，接过手机一看，果然是沈檬发来的短信。

见已是三个小时之前收到的短信了，他立刻回复过去：“刚刚在和医生说话，没注意手机。你应该睡了吧？晚安，想你。”

发完后，他忽然觉得胃疼得更厉害了。Betty 见他这样，立刻想起身出去找医生，却被他一把拉住。她转过身被他拉得半个身子倾下来，低头的那一刹那，刚好看见他英挺的眉眼和下颌俊俏的弧线，一时间愣在那里，心跳加速。

季凉川很快就松开自己的手，撑起身子坐直，看着她说：“不用叫医生了，我这是老毛病，胃病好不了的，在这个节骨眼上，就别照顾我这点小病了。”

Betty 看着他额头上隐忍的汗珠和疲惫的神色，心里又是一阵酸酸的。她咬了咬唇，没再说话。

眼看着离八月十日越来越近，红豆马上就要嫁人了。

沈檬天天陪着红豆买新衣服、新鞋子，忙得昏天黑地的时候，事务所的案子也渐渐多了起来。

她好不容易得空回到办公室，池骋看见她回来就怒了，从一大堆资料里抬起头来瞪她：“沈主任！您回来了！您辛苦了！”

沈檬一阵尴尬，赔笑说：“不好意思，我闺密要结婚，女人一辈子就这么一次，我不陪着多不合适啊！”

池骋诡异一笑：“沈主任，公司一辈子也就开这么一次，您也不想看着它倒闭吧？”

沈檬不再狡辩，立刻乖乖地回到自己的办公室，刚进去，裴子清就敲门进来给她送资料：“沈主任，这是客户今早送过来的资料。”

沈檬应了一声，不经意一抬头，发现这裴子清长得一副文质彬彬的样子，目光柔和，态度谦逊。通过这几天的观察，她感觉他做事干脆利落，于是很满意这个助手，冲他笑了笑，说：“好的，你去忙吧。”

裴子清点了点头，又转身看了她一眼，眯眼一笑：“沈主任，今天下班我可不可以请您吃顿饭，当是您录用我的答谢？”

沈檬一怔，想到今天晚上约了红豆吃麻辣烫，挠了挠头说：“没什么，录用你肯定是因为你优秀，不用谢的。”

裴子清很聪明，立刻回答：“沈主任晚上如果有约的话，那就改天吧，反正这顿饭您是跑不掉的。我先出去了，您忙吧。”

他这样弄得沈檬特别不好意思，她还没见过被录用的员工请老板吃饭的。算了，反正公司规模还不大，加一块儿也就四个人，搞好关系还是很有必要的。公司的核心之一就是团结，还是她自己加上去的呢。

下班后，沈檬亲自去红豆的公司接她，却没见到叶念瑾，便问：“你老公呢？”

“他说不打扰咱们姐妹聚餐，更何况他也不爱吃麻辣烫，本来还要禁止我吃呢，我说是你非要吃，他才让我去的。”红豆嘿嘿一笑。

沈檬瞪她，明明是她非要吃麻辣烫的。

两个人都饿了，走进店里点了两个菌锅和一大堆蔬菜、肉片、鱼丸，煮熟后便开始猛吃。

季凉川也不让沈檬吃路边的麻辣烫、牛肉米线这种东西，说不卫生、不健康，她也就没怎么吃过。今天锅子刚一端上来，那股麻辣味就挑起了她的食欲，她实在是太久没吃了。

也不知道为什么，女孩子就是喜欢吃这种既没营养又不卫生的东西，受到男朋友的管制之后反而更想吃了。对此，红豆是这么说的："那是因为咱们拥有一颗十八岁少女的心！青春期就是叛逆、任性！"

沈檬懒得理她，低头猛吃起来。

两个人吃了一个多小时，拍了拍吃饱的肚子，打算去旁边逛商场。沈檬一边走一边提议说："趁凉川还没回来，咱们多吃几次吧！下次去吃过桥米线怎么样？还有板面也不错。"

红豆举双手赞成："好！不过你可得帮我瞒着叶念瑾啊，他说就允许我吃这一次。"

说完，两个人莫名其妙觉得对方有点烦，干脆异口同声地喊道："你又秀恩爱啊？"然后又不约而同地哈哈大笑。

笑到一半，红豆忽然僵住了嘴角。刚刚从她眼前匆匆走过去一个黑衣人，戴着一副墨镜，唇抿得紧紧的，侧脸弧度很英气。她立刻跑过去想看清对方，然而商场人太多，一转眼那人就不见了。她环顾四周，找了半天都找不到那个高个子的黑衣人，便愣在原地，忽然间觉得一阵失落。

沈檬跑过去拉住她："你怎么了？看见谁了？"

红豆低着头，从前的回忆牵扯着她的心脏一角，忽地一阵痛，她小声说："我也不确定，不过我感觉刚才有个人很像姜承禹，那身材和侧脸，还有那副拽拽的样子……"

沈檬听红豆说过这个人，也知道他们俩之间的关系。当年红豆因为公司的一个项目认识了姜承禹，当时姜承禹还是她的客户，谁能想到表面经商的人实则竟是混黑道的，重点是傻里傻气的红豆还被这个黑道公子看上了。后来，他父亲犯了罪，他知道红豆和自己在一起只会面临风雨飘摇的生活，于是甘愿放弃追求红豆，一个人去了国外。可是，谁能想到有一天他还会回来。

沈檬看了红豆一眼，她那表情就跟失恋了一样，便拍了她一下说："姐姐，你都快结婚了好吗？老想着别的男人，你让叶念瑾怎么办啊？"

红豆抬起头看着沈檬："你不明白，他人真的很好，别人总误会他是黑社会公子哥、暴力花心男什么的，其实他根本就不是，而且他爸……他亲眼看见他爸被人抓，最后他爸还被判了死刑，他从小就没了母亲……”

沈檬有点头疼：“同情心不能滥用的好吗？这世界上有这么多无父无母的人，你同情得过来吗？”

也许是因为见到了与姜承禹相似的人，红豆心里有点乱，忽然就发起了脾气：“你这人是没有同情心吧？律师干久了，脑袋和感情都被冻结了吗？你现在是只看钱和法律条文的机器人吗？”

沈檬愣在那里，用一种失落却又倔强不服输的复杂神色看着她，声音冷冷的：“你这话是什么意思？我律师做得光明正大的，什么叫只会收钱？我不过是想提醒你，你都快结婚了，别老想着不属于你的人！”

红豆一下子觉得眼角有些酸涩，她知道，如果没有叶念瑾，她说不定真的会跟姜承禹在一起。他一个人在国外漂泊，无人理会，又天天被警察调查跟踪，苟且偷生，她想想就觉得心疼得难受。她沉默了一会儿，而后说：“你不懂我的心情。算了，我回家了。”

两个人就这么不愉快地分道扬镳。记忆里，沈檬和红豆做了这么多年的好朋友，这还是第一次吵架。

晚上回到家后，红豆的心情还是很难平复，一是不知该如何面对可能已经回国的姜承禹，二是和自己最好的闺密吵了架，胸口像被沉重的山石堵住了，每一下呼吸她都觉得艰难无比。她一个人坐在那里愣神，不一会儿就流下眼泪。正巧这个时候叶念瑾的电话打了进来，她已经尽量控制声音，却还是被叶念瑾察觉到了异样。

“丫头，吃完了吗？”

“嗯。”

“怎么了？哭了吗？”那边的声音立刻焦急起来。

也许是他的这句话说得太温柔了，红豆一下子没忍住眼泪，忽然就“哇”地哭了出来：“念瑾……我跟沈檬吵架了！好难受啊！你说我又不是初中的青春少女，怎么还会为这种事难过啊？”

叶念瑾笑出声，刚刚还担心的他忽然就放松下来：“我还以为你半路出事了呢！你也不打电话让我过去接你。闺密总有吵架的时候，过几天就会没事了，顶多我出钱让你们俩好好逛街，再破格让你吃一次麻辣烫。”

红豆紧紧握着电话，他越是温柔，她就越是想撒娇："念瑾，你真好，你现在能不能过来陪我？我有点想你……"

叶念瑾无奈道："你妈在家啊，而且这都快十点了，惊扰到老人家不太好吧？"

红豆小声说："你以前不是特别爱翻我家窗户吗？你再翻一次啊！"

那边的人忍不住一笑："你就那么想我啊？那好吧，我等会儿过去。你妈一般什么时候睡？"

"她大概十点半就睡了，你现在过来吧！"红豆道。

"好，等我。"

唉！有个当过警察的男朋友就是好啊！想见面的时候还可以翻墙！

沈檬回到家后，心情糟到不行，与其说是生气，倒不如说是心寒，没想到红豆这丫头是只白眼狼啊，自己陪着她吃喝玩乐这么多天，她现在居然为了一个不是情人的男人跟自己闹翻了，早知道还不如在公司好好工作，多跟裴子清和柳萌萌搞好上下级关系呢！

她心烦得不行，上二楼想找闹闹玩一会儿，那小家伙正专心画画呢。沈檬见了小闹闹，心里稍微舒服了一些，凑过去搂住他问："闹闹，画什么呢？"

小家伙没理她，有点不耐烦地皱眉说："妈妈，你别闹，闹闹正在专心画爸爸呢！"

天哪，她居然被闹闹嫌弃了！

她低头一看，只见他画得东倒西歪的，连个人的模样都看不出来，更别说能看出是季凉川了。不过她心里还是隐隐感动着，这小家伙应该是想他老爸了。

闹闹画了一会儿就困了，沈檬哄他睡下，而后给季凉川发了条短信过去："老公，在吗？"

芝加哥这边，季母休息了一个多星期，在酒店待不住了，非要来医院接着陪房，季凉川拧不过她，只好同意，Betty 则趁这个机会硬拉着季凉川去中华料理店吃饭。

两个人点了一些特色菜，趁着等菜的工夫，Betty 说："我以前总来这里吃中华料理，这家店的厨师长是中国人，所以味道绝对正宗，相信我！”

季凉川笑笑，端起茶杯喝了一口热茶，手机突然振动了一下。见是沈檬的短信，他立刻回复：“正和这边的医生朋友吃饭。你想我了吗？”

沈檬躺在被窝里，听到手机响立刻翻看并回复：“我跟红豆吵架了，心里堵得慌，我们俩从来不吵架的。”

季凉川不自觉低头笑出声来，回复道：“你们还跟小女孩一样长不大呢！你可都是当妈妈的人了，就让让她吧。”

沈檬愤愤不平：“这不是让不让的问题。要是一个包、两双鞋的话，让给她没问题，可道理不能让！对就是对，错就是错！她今天看到一个喜欢过她的男人，然后就开始不淡定了。我好心劝她，她还跟我急，我这可都是为了她好啊！”

见短信的字里行间那么激动，季凉川恨不得立刻飞回去分享她的喜怒哀乐。多小的事情都没关系，只要是关于她的事情，他都会觉得趣味横生。

他回：“嗯，也许这次是红豆姑娘错了吧，不过她和那个男人之间发生过什么不是咱们能理解的，那种感情也是咱们无法体会的。在无法理解他人的时候妄加干涉，可能不太礼貌，不是吗？”

看着季凉川发来的短信，沈檬的心情奇迹般好了许多，她习惯性地用指尖摸了摸屏幕上的文字，傻笑了一会儿说：“心情好多啦！老公，早点回来，想你，晚安。”

季凉川回复：“快睡吧，晚安，我也想你。”

Betty 一直等他发完短信才开口：“快吃吧，菜都上来了，吃凉的会让胃更加难受的！”

季凉川这才发现自己低头发短信有一会儿了，而对面的人一直在耐心地等他，于是他不好意思地笑了笑：“你怎么不先吃？”

Betty 爽朗地说：“虽然我很少待在中国，但我知道大家要一起动筷子吃饭，这样代表对对方的尊重，是不是？”

季凉川点头：“看得出来，你真的很爱中国，应该没少研究中国的语言文化和风俗习惯吧？”

Betty 笑得灿烂：“当然！所以你一定要带我去北京看看！”

季凉川笑着点头。

晚上 10 点 30 分，红豆听见有人在敲卧室的窗子。她抱着枕头呆呆地坐在床上，很久之后才回过神，从床上跳下来，走过去给叶念瑾开窗。

叶念瑾身手好得很，一个翻身就进来了。红豆扑过去在他怀里腻歪，他拍拍她的后脑勺，安慰道："好了好了，不难受了啊。"

两个人钻到被窝里聊天，聊着聊着，红豆终于发现一个很重要的问题，她要怎么跟叶念瑾诉苦呢？

果不其然，叶念瑾搂着她问："说吧，具体是因为什么事吵起来的？"

她该怎么说呢？说因为她看到很像姜承禹的人，才会跟沈檬吵起来？结果会不会变成他们俩也吵起来啊？

红豆磕磕巴巴地说："其实也没什么，就是她看上一件上衣，我说话太直，说土气，人家不高兴了。"

叶念瑾愣了愣："就为了这件事？你没骗我吧？"

据他了解，无论是他家丫头还是沈檬，应该都不是这么小气的人。

红豆立刻强调："哎呀，中间还有很多细节我也记不清了，反正就是因为这件事情。改天我去跟她道歉好了。"

叶念瑾看她着急，便半信半疑地点了点头。

搂了一会儿，叶念瑾忍不住了，在她耳畔小声说："你明天上午没事吧？想亲热亲热吗？"

红豆听完整个人都僵住了，立刻推开他，瞪大眼道："你疯了？这是在我家！"

"没事，咱们动静小点，外面听不见的。"某人一本正经地胡说八道。

红豆快疯了，这色魔已经开始亲她了，她浑身痒痒却又难以拒绝这股热情。两人正闹腾着，门外忽然传来红妈的声音："丫头，我怎么听你在房间里念念叨叨的？做噩梦了？我进来了啊！"

两个人同时一愣，红豆一把将叶念瑾拉起来，推着他躲进衣柜里，连她自己都不敢相信自己的行动力，然后她又赶忙去开门。

红妈问道："你跟谁说话呢？"

红豆立刻说："我跟朋友发语音消息呢，妈，你怎么还不睡啊？"

"正要睡呢，就听见你在屋里傻笑，是不是跟小叶煲电话粥啊？你说你这傻丫头，没多久就要嫁人了，我这心里怎么也不是滋味……"老太太说着就红了眼眶。

红豆心里也别扭起来，又是安慰又是哄的，跟她妈在房间里说了半个小时，把老太太哄回去睡了才返回房间，准备将叶念瑾从衣柜里拉出来。谁知她一开门就看见某人正拿着她一条粉嫩的内裤在端详呢，也不知他是从哪儿找到衣柜壁灯的。

叶念瑾正看得仔细，红豆一把将它抢了过来，还不敢嚷嚷，只好捏住他的脸低吼："叶念瑾，你是不是变态啊？居然拿女孩子的内裤！"

叶念瑾从里面钻出来，一把抱住她："没有，它正好从第二层掉下来，我帮你接着而已。"

红豆一笑："我信你还不行吗？别说得这么一本正经。"

他蹭蹭她的鼻尖："怎么了？咱妈哭了啊？"

"女儿要出嫁嘛，难免舍不得。我妈说了，你要是对我不好，她就打折你一条腿！"

"这么狠啊？我能反悔吗？"叶念瑾坏笑。

"你敢！"红豆瞪他。

叶念瑾亲了一下她饱满的小额头："放心吧，我会让你幸福的，我用我的生命来保证。"

连着一个星期，沈檬和红豆谁也不肯低头先跟对方说话，搞得两个人真的跟初中生一般，再来一句"以后再也不跟你玩了"就更像了。

这天，沈檬在办公室里看着自己的手机发了一会儿呆，回过神后把手机扔到一旁，专心看文件。

裴子清敲门进来送文件，对她说："沈主任，最近事务所的客户越来越多，我和柳萌萌既要接待客户，还要配合您和池主任的工作，实在是心有余而力不足，不如招个前台进公司吧？"

沈檬想了想，觉得很有道理，便道："也好，那你一会儿把这事跟池主任说一下，他要是同意，你明天就安排一下招聘的事情吧，具体条件我再发邮件给你。"

"好的……对了，今天晚上您应该没事吧？您让我帮忙记着您的行程，我看过了，没有客户。"裴子清笑道。

沈檬一愣，抬头看了他一眼："你不会还想请我吃饭吧？都说不用了，聘用你是因为你条件优秀，我这也是为了公司。”

“不是的，我还请了柳萌萌和池主任。公司目前只有四个人，咱们聚一次也是应该的。”裴子清有理有据地道。

沈檬思忖了一下，点点头：“好吧，那你问问池主任，他今晚要是有空的话，你就叫上萌萌一起吧，餐厅和位子由你来订，我和池主任请客。”

“好的。”

裴子清倒是会给他们俩省钱，订了一家韩式自助餐料理，人均才一百块。池骋当时就觉得有点丢面子，提议请他们三个去高档酒店吃饭。沈檬没意见，柳萌萌不敢发表意见，裴子清也不好说什么，干脆跟池骋去了一家高级酒楼。

走进包间的时候，池骋才小声跟沈檬说：“别怕，今天我请，你不用掏钱。”

沈檬斜眼看他：“得了吧，我还得在员工面前树立一个慷慨的领导形象呢。”

池骋抿嘴一笑，没说话。

饭局上，池骋开始领导式发话，讲了讲公司目前的状况和未来的发展动向，听得沈檬一愣一愣的。其实她从来没想过公司的长远规划，只是把手里的案子尽心尽力地完成。可池骋不一样，他想的东西比她多、比她长远，也许这个时候就体现出男人和女人的区别了。明白这些后，她感觉心里挺不舒服的，本来自己出来单干就是想变得更加精明能干一些，怎么现在还是被男人牵着鼻子走呢？

她正郁闷着，坐在旁边的裴子清忽然向她敬酒：“沈主任，我敬您。”

沈檬拿起酒杯跟他喝了一杯，没一会儿裴子清又要敬她，池骋笑了笑，把这杯酒替她挡了下来：“沈主任不能喝，我替她喝了。”

裴子清笑笑，没说话。

隔了一会儿，裴子清又凑过来低声问沈檬：“沈主任，咱们公司有不允许内部人员互相谈恋爱这条禁令吗？”

沈檬一愣，瞧这话，公司就四个人，两个男的，两个女的，这不就是问她和裴子清或者柳萌萌和池骋，要不然就是裴子清和柳萌萌或者她和池骋能否成一对吗？

想到这儿，她还是问了最有可能的一对：“怎么？你看上柳萌萌了？

我觉得只要不影响工作，你们俩私下交往应该可以吧。”

裴子清却笑笑，向沈檬使了个眼色，让她看对面。

沈檬看过去，发现柳萌萌乖巧地坐在池骋旁边，脸上红红的，可沈檬根本就没见她喝什么酒，一下子就明白过来，笑道：“这个……这个让池主任自己解决吧！”

本来一切都好好的，谁知后来柳萌萌跟池骋聊得开心，多喝了两杯，散场的时候整个人都站不稳了，一直黏在池骋边上说着“领导万岁”之类的话。

池骋无奈，见她醉得厉害，跟沈檬和裴子清说：“我送她回家吧，你们也赶紧回去。”

沈檬哪敢打扰，立刻说：“好好，你们慢走，不送了！”

池骋一愣，朝她投来古怪的神色，“哼”了一声便拉着柳萌萌上了出租车。

沈檬刚想跟裴子清道别，他已经拦了辆出租车，打开门看着她说：“沈主任，上来吧，我送你。”

“那个……”

“上来吧，女孩子喝完酒自己回家不安全。”

她不好再推辞，便上了车。

裴子清虽然喝了不少，但一直保持着清醒，沈檬不知道该怎么跟员工相处，倒是裴子清先开口说：“沈主任，你和我前女友长得有点像。”

沈檬一愣，不是吧？有这么狗血？

裴子清低头冲她笑笑：“你别误会，我没别的意思，我和前女友已经分手很久了。”

“哦哦。”

“冒昧地问一下，你和池主任是怎么认识的？你们是男女朋友吗？我看着好像又不太像。”

沈檬摇摇头：“不是不是，他是我的大学同学，后来我们因为一件案子又遇上了，觉得彼此做律师的原则比较相像，然后我想出来单干，他也一样，就干脆合伙开了神驰。”

“原来是这样。”

之后裴子清没再说话，沈檬才觉得轻松一些。她果然还是不适合当领导，一点气场都没有。她曾经偷偷看过季凉川给天域的员工开会，那气场强大得连底下的男人都被震慑得一愣一愣的，她什么时候能像她老公一样就好了。

到家后，她就接到了池骋的电话。大半夜的，这是干什么啊？

“沈檬，我到家了。”

“哦，就这事啊？”

“我到自己家了，我很清醒。”池骋又道。

沈檬反应过来，不由得一笑：“咱们公司并没有禁止员工谈恋爱啊，你可以自由跟柳萌萌交往，不用跟我汇报你们俩啥都没发生啊！”

池骋好一会儿没说话，干脆转移话题：“裴子清跟我说了招前台的事，我觉得可以，现在公司确实有点忙，你要是也同意的话，明天把条件电邮给裴子清吧，这事我就不管了。”

“嗯，好，那晚安。”

“晚安。”

第二天，她一到公司就开始写招聘前台的条件，然后发给了裴子清。裴子清一收到邮件，就开始在网上登出招聘信息，没想到就在这时，一个还算正常且宁静的上午被一个不速之客给打破了。

外面忽然停下一辆豪车，随后匆匆下来两个黑衣人。柳萌萌路过门口的时候整个人都吓了一跳，立刻通知池骋和沈檬。沈檬见过那么多客户，还没见过有谁是带一车保镖来的，此时着实有些发慌。她这公司刚成立，可不想惹什么事。

她一出去，就见门口立着一个高大英挺的男人，手上那副黑色手套的亮皮显得格外刺眼。男人摘掉鼻梁上的墨镜，露出一双炯炯有神的眼睛，很深邃，也很有味道。

沈檬看着一愣，问：“您好，请问您找哪位？”

“姓沈的。”男人淡淡地低声道。

沈檬心想不好，这人怎么非点名找她啊？怎么不是找池骋的啊？

裴子清把男人和两个贴身保镖带到沈檬的办公室后，便出去了。沈檬心里还挺慌的，忙叫住裴子清，对他说：“有事我叫你啊！”

裴子清点头会意。

男人坐在办公室的沙发上，面容有些冷峻，挥手示意那两个贴身保镖把材料拿出来递给沈檬。沈檬接过来，翻开一看，是一份掌上外语电子词典的设计图和内部运作系统策划书。

她皱了皱眉，有点不明所以。男人又让旁边的保镖递给她另一份资料，那是另外一家公司刚推出的一款电子词典，她翻了一下才明白过来，再看一眼策划书的完成日期，就大致了解情况了。一般遇到侵权这种事，客户非把侵权公司骂得狗血淋头才解气，而这位客户人冷话少，倒是镇定得很。

“我大概明白了，是您的公司产品出现了市场侵权问题，对吧？您想告这个达业集团抄袭？”沈檬试着问。

那男人仍旧面无表情，只是淡淡地点了点头。

沈檬浑身一冷，忙说：“请问您贵姓？能不能留个联系方式？然后您再具体和我说一下情况，可以吧？”

男人用眼神示意身边的保镖，保镖立刻从怀里掏出名片递了过来。不看还好，一看名片上的名字，沈檬刚喝进去的一口茶差点喷出来，姜承禹？！

她不由得睁大眼睛，用茶杯挡住自己的半张脸，细细端详对面气宇轩昂、沉默不语的男人。他就是姜承禹？确实气质不俗，怪不得红豆对他念念不忘的……

想起红豆，沈檬心里还是挺难受的。唉……不过这也太巧了吧？她的事务所才成立没多久，一个刚回国的人怎么可能知道她的事务所？再说了，他这种身份的人，明明可以选一家更大的事务所……

“我知道你是红豆的朋友，所以给你捧个场而已，你不用多想。”姜承禹忽然开口道。

很明显，沈檬偷看他的样子被他发现了。

“那个，你是怎么知道的？”沈檬问。

姜承禹扯了扯嘴角：“她周围的人我都调查过，自然也包括你。”

天哪，这就是传说中的霸道总裁之爱啊！

“你是不是还想着她啊？”沈檬忽然问。

姜承禹低眉垂目，没说话，沉默了一会儿后转移话题：“姜氏今年年底要推出这款最新的电子词典，要是被达业集团抢先登陆市场，我们姜氏就会失信于电子业，而且恐怕会被达业反咬一口，变成是我们抄袭。

所以，我希望你能尽快帮我解决，我现在就要起诉达业，律师费你随便开价。”

沈檬点了点头，把刚刚那两份资料收到自己的文件包里：“我知道了，你是红豆的朋友，我一定会尽力的。至于律师费，按照公司侵权事件的一般价格给就可以了，不用优待我。”

姜承禹勾了勾嘴角：“好。”

送走姜承禹后，沈檬觉得一阵疲惫，心想自己要不要借此机会给红豆发条短信，告诉她姜承禹真的回来了？可最后她还是算了，错的人又不是她，她明明都是为了红豆好，是红豆不可理喻！

她刚要进去，就看见姜承禹车子后面跟着的一个黄毛小混混冲她挤了挤眼。她浑身一冷，立刻扭头走了进去。

姜承禹长得这么英俊，怎么手下一个个长得这么寒碜啊？

接下来几天，她调查了姜氏和达业集团这几年的商务情况，还把姜承禹单独约出来了解情况。这次跟会见姜一菲不一样，两个女人见面聊天是很正常的事情，也不会紧张，可现在她的当事人忽然变成姜承禹，这实在让她坐立不安。这男人的气场太能给人压迫感了，还是混黑社会的，这让她还怎么好好办公啊？早知道就不该跟红豆吵嘴，把她喊过来一起就不会尴尬了！

“姜先生，不好意思，约你在百忙之中出来。我主要是想问一下你公司的员工情况，你们公司有没有出现过这种把公司内部资料卖给竞争公司的事？”

坐在一家咖啡厅里，沈檬问对面身穿西装、坐姿端正的姜承禹。

姜承禹跷着二郎腿，一只手搭在椅背上，另一只手端起面前的咖啡，皱着眉喝了一口，思索了一会儿说：“应该没有，姜氏的管理系统做得很好，要是有人出卖公司内部资料，你也知道我们家的情况，一定会让他生不如死的。”

沈檬整个人一哆嗦，立刻问：“姜先生，我也不是常胜将军，万一官司输了……”

姜承禹明白她的意思，勾勾嘴角：“放心吧，你是她的朋友，我不会对你怎么样的，你要是输了，我再找别的律师就是。”

沈檬立刻感觉轻松了：“那好，我一定会尽自己最大的努力。”

接下来她又问了几个关于姜承禹公司的问题，姜承禹都很配合地回答，整个人的感觉也没那么让人害怕了。然后姜承禹忽然对她说："对了，我回国的事情，你别告诉她。"

沈檬一愣："怎么了？"

"她不是要跟姓叶的那小子结婚了吗？就别给她添乱了。"姜承禹低下头，落寞地抿了一口咖啡。

沈檬看着他这样，心里也酸酸的。难怪红豆会那么生气，其实接触之后，她发现姜承禹真的不坏。

"她……其实挺想你的。"沈檬不禁道。

姜承禹忽然柔和地笑了一下："是吗？是她跟你说的吗？"

沈檬苦恼地叹了口气："为了你，我们俩还吵了一架呢！"

"哦？"

沈檬跟姜承禹说了一下那天她们俩在商场里吵架的事情，姜承禹听后忍不住一笑，挑眉："就这么点事，两个女人都能吵架？"

"可我们两个从来没吵过架啊，我这几天心里一直堵得慌，都是因为她！"沈檬撇撇嘴道。

姜承禹不解，反而说："我们的兄弟动不动就被其他地盘的人砍一刀，后来他们也没怎么样啊。女人就是女人。"

"不好意思啊！是我们俩小心眼！"

姜承禹冷冷一哼。

两人聊了一下午，最初的紧张感也没有了，分别的时候，沈檬又在姜承禹车里看见了那个黄毛小子。他正降下车窗看她，那眼神极其猥琐。

沈檬感觉一阵恶心，立刻掉头走了。

第六章
闺密没有隔夜仇

一转眼到了七月底，沈檬最近忙着姜承禹的案子，回家都没时间好好陪小闹闹玩，小闹闹对她的态度明显冷淡了许多，都不喊妈妈了，还躲在被窝里不肯出来。

沈檬用了两架飞机模型才把她家小少爷的“芳心”给找回来，闹闹这家伙收了飞机还嘟着嘴：“妈妈！以后不许晚回家！”

沈檬坐在那儿跟犯了错的小孩一样举手投降：“好好，是妈妈错啦！”

“不许不回来陪闹闹吃饭饭！”

“好！”

“不许不给闹闹念童话故事！”

“好！”

这些日子跟沈檬冷战，这小子现在终于绷不住了，嘴一咧，屁颠屁颠地跑过去，搂住沈檬“吧唧”一口亲上去。

沈檬连忙也亲了亲闹闹，心里乐开了花。

第二天下班后，她在回家的路上看见一家超市在搞活动，买抽纸送汽车模型，没怎么犹豫就进去逛起来，出来的时候拎着抽纸和玩具。

把车子停在家门口的停车场后，她拎着刚买的东西从停车场走出来，忽然被一股力量钳制住了身体。她刚要叫出声，嘴巴就被人从身后捂住了。她闻到一股刺鼻的味道，出于本能，连忙屏住呼吸，可那味道太过猛烈，她还是不小心吸了一点进去，瞬间就有些晕乎乎的。在清醒的边缘，她感到前所未有地恐惧：如果她出事了，她家闹闹该怎么办？他还那么小。

沈檬的视线越来越模糊，整个人倒在墙边，毫无反抗能力。她努力想保持清醒和理智，一个人忽然出现在她面前，俯身抓住她的双肩，低头就开始啃她的脖颈。她浑身痉挛了一下，鸡皮疙瘩起了一身，可全身无力，根本就动弹不了，只能任人宰割。此时此刻，她忽然觉得自己特别没用，也感受到作为一个女人的无助。

就在这时，一个身影忽然在她模糊的视线里一闪而过，她恍惚看见一个人一拳挥了过来，打在轻薄她的那个人脸上，那人一下子就倒在地上。没多久，那人重新站起来，骂了句脏话就和来人扭打在一起，却明显不占上风，还没打两下就趴在地上起不来了，一只手捂着脸，一只手捂着肚子，疼得“嗷嗷”叫。也许是动静太大，惹来了几个路人，沈檬隐约听见几个大妈在那儿叫唤：“哎呀！打人了！出人命了！快报警啊！”

她头痛欲裂，刚要起身却发现浑身无力，打赢的那个人匆匆赶过来扶住她。可能是因为害怕，她的身体微微颤抖，想反抗却发现根本就推不动，然后那人一出声，她的眼泪忽然就流了出来。

“檬檬，我再也不会让任何男人的手碰你一下。”

两个多月了，她两个多月没听到这个声音了。就算每天发一千条短信，也抵不过一丁点刻骨的相思；就算每天打一万个电话，也不如此刻肌肤相触的拥抱让人感到安心和温暖。

沈檬忽然哭得像个孩子似的，扑到季凉川怀里，抓着他不放：“浑蛋！你回来怎么也不告诉我啊？”

季凉川紧紧地把她抱在怀里，刚刚那一幕他连想都不敢回想。万一她出事了，他怕自己会失去理智，直接把那个男人打死。还好，他赶回来得很及时。

“没事了，有我在，别怕。”季凉川一下一下摸着她的头，语气温柔。

沈檬捶了一下他的胸膛：“浑蛋！走了两个多月，现在又一声不吭地跑回来，这种惊喜一点都不好玩！”

季凉川被她的哭声弄得心里发酸：“好好，是我不对，以后我要回来，一定提前通知你。”

沈檬抬起头，露出一张小花猫似的脸。季凉川被逗笑了：“瞧你，哭得真丑。”

沈檬一巴掌拍过去：“嫌我丑？你是不是真的找外国妞了？”

季凉川用手背擦干她的眼泪：“我哪敢啊，你看我老婆这么凶……”

沈檬“扑哧”一笑，又钻进他的怀里跟他腻歪。

两人正说着悄悄话呢，一辆警车停在旁边，两个警察走过来，站在他们俩边上：“别腻歪了，上车吧。”

两人和那个欺负沈檬的流氓一起被带往警察局，趁着上车的工夫，她往那边一瞟。天哪！那不是姜承禹的那个黄毛手下吗？这人果然对她图谋不轨，她怎么这么倒霉啊？

沈檬坐在警车后座上，经过那几个大妈身边的时候，她的脸都红了，因为她听见那些大妈碎碎念道："唉，你说这对小夫妻这么好看，可惜了。"

"是啊，这年头，犯罪团伙都是夫妻啊！"

"两人在里面好好改造，争取早点出来，重新做人吧！"

沈檬无语，看向一旁神情自若的季凉川，用手肘推了他一下："季凉川，我怎么从来不知道你会打架啊？"

季凉川一怔，转而低头，眯眼一笑："你说什么？"

这人一装傻就爱来这套。装听不见是吧？沈檬心生一计。

"我说我好想你！"

"嗯，我也想你，来，亲亲。"

他刚伸头过来，沈檬就把他的头拍过去，吼道："你不是装听不见吗？"

"檬檬，不要在意这些细节，你得救才是最重要的。"季凉川一本正经道。

"不行，你怎么老有这么多事儿瞒着我啊？你快给我从实招来，为什么会打架？"

在她心里，她老公可是个风度翩翩、温润如玉的暖男啊，暖男为何会打架？这不科学！

季凉川哭笑不得："男人都会打架好吗？再说，那种情况下，看见自己的女人被其他男人轻薄，不会打架的也会了。"

"是吗？上学的时候你没有在学校闹事吗？"沈檬不信。

"没有，我从小学起就品学兼优，改天我把以前获得的市级三好学生奖状翻出来给你看。"季凉川特别严肃地看着她道。

这话惹得沈檬忍不住一笑："你还当过三好学生啊？"

"其实我没什么兴趣，是学校非要推荐的。"

你就吹吧！

"那刚才他打到你了吗？疼吗？"沈檬连忙摸他的脸。

她老公颜值那么高，打坏了怎么办？没法看了怎么办？真是越想越气！

季凉川邪魅一笑，把沈檬的手拉下来放在自己的胸口上：“这里有伤，你摸摸。”

沈檬脸一红，甩开他的手：“讨厌呢！”

前面开车的警察终于忍不住爆发了：“你们俩要打情骂俏回家去！在警车里还不老实点！”

两人立刻坐直身子，闭嘴不说话了。

到了警局，警察见季凉川一点事都没有，那个黄毛却快被打残了，自然怀疑是季凉川先动手的。沈檬赶忙出来做证，把事情经过说了一遍。警察带她去化验，发现她身上果然有乙醚，证实二人属于正当防卫后，警察才把季凉川给放了。

两个人没事以后，沈檬拉着季凉川的手就往外走，刚走出审问室没两步，一个女孩从外面风风火火地跑进来。那女孩一看见沈檬就“哇”的一声哭了出来，跑过去扑到她的怀里。

沈檬最近越来越感性了，被这臭丫头这么一闹，也哭了出来：“你干什么啊？谁给你通风报信的啊？”

红豆哭得更加厉害：“季王子给我发短信，说你差点被人……谁干的？”

沈檬抬头看了一眼季凉川。他正低头看着两个女孩抱在一起哭得跟小傻子似的，站在一旁忍不住偷笑。

原来，他是为了让她们和好才告诉红豆的……这人的心思总是这么细腻，那么久之前告诉他的一件小事，他却还记得。事实上，只要是关于她的事，他都会记得。

两人正哭得起劲，旁边的警察忍不住翻了几十个白眼，但她们俩不在乎，因为没有什么比得上友谊重拾的那种欢愉了。

人往往把友情看得很重要：偶尔看见自己的好朋友跟别人手拉手上厕所，心里就会别扭好久；偶尔与好朋友说了过激的话，闹得不可开交，自己躲在被窝里哭泣，一边生气一边担心会不会因为这次吵架而永远失去对方，明明很想和对方和好，但谁都不愿意做先开口的那一个人。年轻的时候，我们的面子那么薄，却又那么害怕失去。倔强而脆弱的我们，多么渴望和好朋友之间的友谊能延续到永远。

哭了好一会儿，两人才分开，红豆抹干沈檬的眼泪：“对不起啊，那天是我不好。”

沈檬见她这么担心自己，哪还会计较那些有的没的，立刻说：“没事，我说话也太冲了。你跟我吵架，我好几天都失眠你知道吗？你这个坏丫头！”

“我也是好吗？我都把叶念瑾叫来陪我了！让人家翻窗户翻了一个星期！”

沈檬闻言，哈哈大笑。

两个人正笑着，黄毛被警察从另一间审问室带了出来。沈檬见了他就浑身不舒服，立刻躲到季凉川身后，季凉川眼神阴冷地看过去。

那黄毛被季凉川看得心里发毛，立刻说：“大哥，我错了，我以为她是单身……”

“你下乙醚跟被害者结没结婚有关系吗？你这是犯罪，知道吗？”旁边的警察一把揪住他，吼道。

那黄毛强装镇定：“我老大马上就来！他会保释我出去的！”

他正说着，门口阔步走来一个人，气势汹汹。红豆在转身的那一刹那僵住了身体。

姜承禹没想到红豆也在场，尴尬地看了她一眼，转而看向躲在季凉川身后的沈檬。见她一副明显被吓坏的样子，他心里顿时明白了。

那黄毛看见他，就像是看见救星一般，立刻扑过来跪在地上：“老大你来了！救我出去！我只是一时糊涂啊！”

姜承禹目光冷冷地低头扫了他一眼，然后转眼看向沈檬，问：“沈律师，是他干的吗？”

沈檬点了点头。

姜承禹抿着唇没说话，只是目光越来越阴冷。

黄毛还在地上苦苦哀求，姜承禹身边的两个保镖小声议论了一下。

“黄毛这次算是完了。”

“动老大心上人的朋友，这不是吃饱了撑的吗？”

姜承禹忽然扭过头，看着他们俩，冷冷地说：“你们两个也想死吗？”

两个保镖瞬间闭嘴站直。

“警察先生，您公事公办吧，我不会保释他的。”姜承禹道。

黄毛瞬间傻眼了，脸色惨白地跪在地上。

“不好意思，给沈律师添麻烦了，赔偿就由我来支付吧。”姜承禹继续道。

季凉川抿着唇没说话，一些小事情他可以不介意，但这次的事太过分了，一向脾气很好的他只能沉默，由沈檬来决定。

“算了，我没什么事，让警察公事公办就好。”沈檬道。

红豆愣在一旁，眼睛一直盯着姜承禹。姜承禹忽然扭过头来瞪她：“你看够了吗？我脸上有青春痘吗？”

“没，没……”红豆被吓得低下头。

姜承禹没搭理她，转身带着两个保镖走出了警察局。

沈檬拍了一下发呆的红豆：“还不追上去？有什么话赶紧跟人家说啊。”

红豆一愣，随后点头，立刻冲了出去。

警察局外面，姜承禹刚要上车离去，红豆立刻叫住他：“姜承禹！等等！”

姜承禹抬头看了她一眼，见她喘得厉害，叹了口气，走过去居高临下地看着她：“干什么？”

“你回来怎么也不告诉我？”红豆抬头看他。

“你都要结婚了，我还告诉你干什么？我姜承禹又不是非你不可。”他这句话说得无比冷硬。

红豆低着头，有点难过：“对不起。”

“没什么对不起的，我说过了，你选择他是对的，毕竟直到现在我都还不能稳定下来。”姜承禹抬头看了看周围的景色，有些心不在焉。

“那个，你没事了？刚才警察局的人看见你，好像也没什么举动……”红豆道。

“是我爸做了坏事，我本人又没犯法。更何况只要你老公不抓我，谁还有工夫调查我？”姜承禹哼了哼。

红豆点了点头：“我知道你是个好人。”

姜承禹见她脸红扑扑的，特别动人，忽然低下头，在她的脸颊上印下一吻。红豆愣住了，眼睛瞪得大大的，赶忙屏住呼吸，生怕她的呼吸会喷到他的脸上一般。

姜承禹很快就离开她的脸，用深情的眼神看着她说："你要幸福，以后别再找我，这次算吻别。"

红豆心里酸酸的，差点又要哭出来，最终强忍着泪水点了点头。

"跟你闺密和好了吗？"姜承禹站直身体，似笑非笑地问。

"嗯，和好之后，心情忽然就好了。姜承禹，以后我能找你出来喝茶吗？"

"不可以。"

"为什么？"

"因为你不喜欢我，所以就算看见我一千次，你的心绪也不会被扰乱。可是我不一样，我不能再见你。就当是为了我吧，你不要再找我了。"他说着，低头瞟了她一眼。

红豆明白了，心痛得拧在一起，纵有千言万语，说出口的还是那句"对不起"。

他们聊了许久，最后他送她回了家，却没给她再看他一眼的机会，也没给自己再看她一眼的机会。

晚上，季凉川拉着沈檬的手走回家的时候，沈檬问他："美国那边怎么样了？"

季凉川轻轻摇了摇头："还在等配型，参加完红豆的婚礼我还得回去。"

沈檬点了点头："希望一切都能好起来吧。"

晚上到家以后，沈檬以为小闹闹睡了，没想到小家伙今天晚上异常兴奋，还在客厅里玩模型。见季凉川从门外进来，他整个人一愣，然后就把模型一丢，冲过去抱住季凉川的大腿："爸爸！"

季凉川心里一暖，赶忙蹲下身子把闹闹给抱起来："宝贝，想我了吗？"

闹闹这家伙的小胖手抓着季凉川的领子不放，一脸委屈："好想爸爸。你不在，没人陪闹闹玩。"

沈檬扯扯嘴角，她最近的确忙得不可开交，这家伙不会跟他爸告状吧？她灵机一动，立马举起之前在超市得到的两个模型，在他面前晃了晃："闹闹，有模型哦！"

闹闹果然眼睛一亮，伸出手抱住模型，咯咯一笑："妈妈最好了！"

好险……

季凉川转头看了她一眼，轻轻一笑。

趁着沈檬洗澡的工夫，季凉川躺在被窝里给闹闹讲故事。讲着讲着，闹闹就翻翻眼皮，抬头看他："爸爸，我是怎么来到这个世上的啊？"

这个问题让季凉川这个饱经风霜的老狐狸为之一愣，虽说很多小孩子都会提这个问题，但他怎么也没想到他家宝贝会问得这么早。这也太聪明了吧？平时这孩子就对周围的事物特别好奇，总会问他和沈檬很多奇奇怪怪的问题。

季凉川想了想，摸摸他的头说："嗯……因为爸爸妈妈很想你来到这个世上，然后老天感动了，所以你就出生了。"

闹闹明显不太相信，噘着嘴问他："真的吗？"

季凉川轻轻一咳："真的！好了，都几点了，你忘了大灰狼不让你太晚睡觉吗？"

闹闹一听，赶紧闭上眼："闹闹睡觉了！爸爸晚安！"

季凉川呵呵一笑，低头亲了他一口。

等闹闹睡着了，季凉川把他抱到小床上，又给他盖好小被子，对着他的睡脸看了好一会儿。

沈檬洗完澡出来，轻声问他："闹闹睡了？"

"来，老婆，我们聊聊。"季凉川走过去拍拍被子，示意她过去。

她最怕季凉川在大半夜跟她促膝长谈，这一聊就是好几个小时，她实在是扛不住啊。一般来说，某人只有在逮到她的把柄时才会找她谈话，难道是刚才闹闹暗指她不陪他玩的事？

这个小捣蛋鬼！沈檬磨叽了半天才过去。

季凉川把她拉进被窝里，然后搂住她，让她靠在自己怀里，低声问道："这两个月，你和闹闹过得怎么样？"

她支支吾吾想了一下，干脆直接坦白："嗯，我是有点忙，有时候没办法陪闹闹玩玩具，我认罪，你别骂我！"

季凉川轻轻一笑，低头亲了她一口："最近老贺给了你很多案子吗？明天我正好有事去翔日，我跟他说说，不让你这么累。"

听见这话，沈檬的冷汗都下来了，她立刻说："别别别，不用……"

她该怎么跟他说自己已经离开翔日的事情呢？这贺总也真是听话，当初她走的时候让他闭嘴，什么都别跟季凉川说，她会亲自告知，这人还真就什么都没说。现在她反而觉得，这事与其由她亲口说，还不如由别人代劳呢。

沈檬纠结了老半天才起身拉住他的双手，一脸谄媚："老公啊，要是我想成为时尚独立的女强人，你应该没有意见吧？"

季凉川摸摸她的手背，笑道："怎么会呢？你不是一直是吗？我很欣赏这样的你。"

她一听这话，立刻就放心了，说："其实，我已经从翔日辞职了。"

季凉川一怔："辞职了？发生什么事了？老贺欺负你？"

"没，跟他没关系，就是我想自己开律师事务所，然后就开了……"

沈檬见季凉川的笑容消失在嘴边，心里忽然就没谱了。

季凉川皱眉看着她："你自己开了律师事务所？这么大的事情，你怎么没跟我说过？"

"哎呀，我这不是想给你一个惊喜吗？自从嫁给你以后，我什么都不愁，可人不能一直这样啊，总得有点事业心、有点追求吧，而且我也不想你以后觉得我是被你养着的，自己什么都做不了。"

季凉川叹了口气："这惊喜一点也不喜。檬檬，你有的时候太单纯，我不敢让你一个人出去单干，你不懂的事情太多了。"

"放心，我有合伙人，他懂挺多的，平时也会教我。我现在已经比过去成长好多呢，没有你的保护伞，我会变得更完美的。"沈檬笑着讨好他。

季凉川的眉头皱得更深："合伙人是谁？我认识吗？你们投资事务所用了多少钱？"

"他也是S大法律系的，跟我一个班，算是同窗吧。然后，一共投资了一百万，我出了四个点。"沈檬解释道。

"四十万？都是你自己的钱？"

"那个……我找红豆借了一点。"

季凉川简直不敢相信，自己老婆创业不动他的钱，却找闺密借钱？他不知道该说什么才好，干脆直接问道："你为什么在嫁给我以后还找红豆借钱？你这样做，会让红豆怎么想我？"

就知道他在意大男人的面子，沈檬立刻说：“哎呀，我都跟红豆说了，不动你的钱是因为那是我自己的事业，所以我想用自己的资金来投资，她能理解的。”

季凉川绷着脸，明显有点失望：“你那个合伙人叫什么名字？人品怎么样？跟你认识多久了？生意场上尔虞我诈的事情太多了，以前我让我大学同学进天域工作，可结果呢？他把天域的设计图卖给别的公司，害我们赔了五百万的违约金。五百万还算小数目，有的设计图能卖到几千万，这些事情都是防不胜防的。连一个小职员都能影响公司利益，更何况是合伙人。事务所的法定代表人是你吗？”

沈檬听得一愣一愣的，立刻摇头：“不是我。他说不让我担风险，于是他自己做了法定代表人。”

听到这里，季凉川眉头又是一皱：“男的？”

沈檬眨眨眼，呵呵一笑：“放心吧，我们之间很纯洁的！”

季凉川头疼：“我明天去你的事务所见见他。”

“他前几天出差了，可能要一个多月后才能回来。”沈檬道。

季凉川斜眼看她，忽然把手伸过去，用指尖夹住她的鼻子，有点生气地说：“你不知道自己特别招男人？居然找个男的当合伙人？”

沈檬干脆扑进他怀里撒娇：“干什么啊？你还怕我红杏出墙啊？我的川哥，我哪有这个心思啊？天天想着闹闹的成长问题，想着你和女员工的关系问题，我都快忙死了好吗？”

季凉川扯扯嘴角：“别扯到我身上，我一向洁身自好。总之，等你的合伙人回来，我一定要去会会他，要是我觉得他人品有问题，你立马撤股，跟他断绝来往，违约金由我来付。”

“‘土豪’！我知道你有钱，但你别这么冲动好不好？别一听是个男的就把我的事务所拆了行不行？我已经验证过他的人品了，你放心！这是你亲爱的老婆从校园出来后第一份属于自己的事业，你应该好好重视，应该支持并给予最大的鼓励！”

看她说得头头是道，季凉川只能无奈地摇摇头，掀开被子钻进去躺好，说：“这么大的事情都不跟我商量，你根本就没拿我当你老公，居然还不找我要钱，我的心都要碎了。我要睡觉，今天不亲热了。”

沈檬还是头一次见到某人的季式撒娇法，瞬间觉得好萌！

她扑过去咬他的耳朵："哎呀，不要在意这些细节嘛，我的钱、你的钱不都一样啊？你要是真觉得没在经济上支持我，干脆买个爱马仕新款送我吧！"

"你惹我生气，还让我给你买包？"季凉川挑眉。

沈檬双手合十呈哀求状："真的没有开业礼物吗？"

季凉川见她一副小白兔的样子，终于忍不住一笑："考虑一下。"

沈檬也笑，吻住季凉川的唇。

吻了一会儿，他激动起来，忽然一个翻身把她压住，低沉着嗓音在她耳边魅惑一笑："勾引我是不是？"

沈檬调皮地看他："想你了嘛！"

然后两人便缠绵在一起，忘了整个世界。

第二天，季凉川刚到公司，女员工们立刻发出一阵尖叫："季总回来啦！季董身体怎么样？好些了吗？"

季凉川拎着文件包，浅浅一笑："多谢关心，好好工作吧。"

周围的人瞬间爆发了，都在偷笑："季总刚刚冲我笑了，你看见了吗？"

"胡扯，明明是冲我笑！"

"你们都别闹了！那是对大家的微笑，人人有份好吗？"

季凉川觉得脑袋疼，赶忙进电梯上楼。

刚进办公室，他就拨通了贺总的电话。贺总一看来电显示，魂都快被吓飞了，丝毫不敢怠慢，立刻接听起来："喂，季总啊！您回来了啊？季董的身体状况如何？"

"还在接受治疗，谢谢关心。沈律师从你那儿离开了？"

贺总就知道他是为了这件事，该来的总得来，便立刻低声下气地说："哎，季总啊，您太太非要走，我实在是拦不住啊。我都说了她提出的所有条件我都会满足，可人家铁了心要走，我也不敢太强硬地留她啊！"

"没事，她昨晚都跟我说了，不过，她的意思是她跟你个人好像有些工作上的冲突，没有办法一起办公，但因为你资历比较老，所以她觉得公司舍她保你会比较合适。"季凉川淡淡地说着，话语里却隐藏了不少暗示。

贺总一把年纪，哪会听不出来，立刻说："季总，您放心，只要是天域的案子，无论大小，以后就都交给我了，我绝对不会让天域有任何闪失的！"

季凉川勾勾嘴角："那就好。"

挂断电话后，贺总忙拿出抽纸擦额头上的汗，心想，这个天域的凉川总比他年轻十多岁，城府却极深，这不等于摆明了跟他说"我老婆是因为忍不了你才走人的，你要不好好干，我准饶不了你"吗？

忙了几天，红豆的婚期渐近。

沈檬不敢怠慢，拉着季凉川去买伴娘礼服。两个人本来想偷偷地来一天二人约会，谁知闹闹精得跟他爹似的，贼兮兮地问他们俩是不是又背着他偷偷出去吃好吃的，还问他爹为什么回来后没带他去踢足球。季凉川哭笑不得，只好带上足球，换上一身运动装，拉着家里的大小宝贝一起出了门。

小闹闹坐在车后座，一路上就没安分过，奶声奶气地问："爸爸！你为什么会开车啊？"

季凉川耐心地回答："学的啊。"

"闹闹也想学！闹闹要开路虎！"

这一嗓子把季凉川吓了一跳："路虎你都知道了？"

天哪，他儿子是神童吗？

沈檬忍不住笑出声来："你去美国那阵子，我在家看杂志，他非要凑过来跟我一起看，里面正好有汽车广告，他看着看着来了兴趣，然后就天天找我要杂志，还问我那些车都叫什么名字，没想到我只说一遍他就记住了。"

季凉川眉眼一弯，笑了笑："闹闹，以后长大了自己赚钱买，爸爸妈妈可不会给你钱哦。"

闹闹噘嘴："爸爸小气！巧克力不给你！"

然后他一屁股坐了回去，取出小包包里的巧克力，拆开包装，特别张扬地喂沈檬吃了一块，又冲前面哼了哼鼻子，逗得季凉川和沈檬笑声不断。

经过一家便利店时，闹闹大声叫唤："爸爸！买牛奶！"

季凉川停下车子，领着他和沈檬进了便利店。自从有一次季凉川在便利店给这小家伙买过几罐香蕉牛奶后，他就一直念念不忘，见了便利店就想进去买。

季凉川陪着闹闹去买牛奶，沈檬正好逛了逛生活用品区。结账的时候，季凉川一边掏钱包一边对服务员说：“麻烦来个小袋子，单独把牛奶装起来。”

沈檬不解，问：“怎么了？”

没等她得到解释，服务员已经把生活用品装好了，又将两罐牛奶装进了小袋子里。季凉川自己拎着大袋子，把小袋子递给闹闹说：“闹闹，自己拿着。”

沈檬在一旁意会了，微微一笑。

闹闹很乖地接了过来，右手拎着小袋子，左手牵着季凉川的大手往外走。沈檬一身轻松，挽着季凉川的胳膊，低声说：“这么小就开始教育闹闹啊？”

“当然，男孩子不能总依赖父母。不过，你要是再给我生个女儿，我保证把她宠上天。”某人色色一笑。

沈檬瞪他：“知道啦！”

买完东西后，他们直奔一家高级品牌服装店。这家店里的服装是由意大利著名设计师亲手设计的，自然价格不菲。为了表达对红豆婚礼的重视，沈檬可是下了血本来这里买的，保证那丫头会感动得泪眼汪汪。

沈檬挑着礼服，小闹闹也不乱跑，就自己坐在旁边的小沙发上盯着沈檬看。季凉川搂住闹闹问：“闹闹，妈妈穿哪件最好看？”

小家伙大吼：“妈妈穿什么都好看！”

沈檬扭过头来一笑：“闹闹，你还得当小花童呢，一会儿让爸爸给你买套小西装。”

季凉川领命，拉着闹闹的小手说：“来，闹闹，跟爸爸看西装去。”

闹闹明显不乐意跟季凉川去看男装，盯着沈檬的各式花裙子看了好一会儿才撇撇嘴，极不情愿地跟着季凉川去了男装区。

刚看了一会儿，季凉川就发现旁边的男人有点眼熟，两个人同时扭头一看，俱是一愣。

于小旭先开口：“老大……干儿子！哎哟，快来给干爹抱抱！可想死我了！”

说着，他一把搂住可爱的小闹闹。幸好闹闹在生日宴会上见过于小旭，不然非把于小旭当成怪叔叔，估计还会当众大哭一场。

“你怎么在这儿？”季凉川问。

于小旭一听这话，面色一沉，这本不是他该拥有的表情。季凉川忽然有点担心，这家伙一向乐观开朗，很少露出这种表情。可于小旭很快又恢复原样，爽朗地说：“我过几天去看个朋友，打算买件像样的西装。”

这时，沈檬买好衣服往男装区这边找了过来，待看见于小旭，也是一脸吃惊。

于小旭笑着跟她打招呼：“哟！大嫂！”

沈檬笑着挥了挥手：“你也来买西装吗？”

于小旭挠挠头：“是啊是啊，虽然我穿上西装很奇怪。”

就在这时，门口进来一个穿着打扮都挺时尚的二十几岁的女孩，一见于小旭，她立刻扑了过来，娇嗔道：“小旭！你怎么不等等我啊？”

于小旭面上一阵尴尬，立刻将她轻轻推开，介绍说：“这是我女朋友，见笑见笑。”

季凉川皮笑肉不笑地一把搂过于小旭的脖子，把他带到一边，嘴边虽挂着笑，声音里却明显透着阴险：“老六，怎么你的每一任女朋友都跟我老婆有点像呢？”

于小旭吓得冷汗都出来了，忙投过去坚定的目光，说：“老大！你可别误会啊！我对大嫂真的没念想了啊！不然我几条命都不够你玩的啊！我就喜欢这种类型的，你可不能断了我的后路啊，你这样让我还怎么给家里传宗接代啊？我总不能找一个自己不喜欢的类型，下半辈子都折磨自己吧！”

季凉川忍不住一笑：“行了，逗你玩呢，干吗这么激动？我记得一年前你喜欢上一个姑娘，对她掏心掏肺的，怎么现在又换人了？”

听到这话，于小旭脸色又是一沉，低声叹气：“老大，她去世了……”

季凉川愣了一下，半天没说话，看于小旭的表情，就知道他还没完全从悲伤里走出来。碍于今天沈檬和闹闹都在，季凉川拍了拍他，轻声说：“今天我得陪家人，改天你有时间，咱们俩出来喝酒。”

于小旭感激地看了他一眼：“谢谢，我没什么事了，不过有时间还是出去喝一顿吧，只要大嫂同意就好！”

季凉川淡淡一笑："放心吧，她会理解的。"

和于小旭分别后，沈檬偷偷问了季凉川关于于小旭的事。当听说一年前让于小旭魂牵梦萦的女孩去世了的时候，她脑子一蒙。不知怎么回事，她忽然想起以前她接手过的一件案子。那是一个女孩的自杀案，女孩长得很美，只可惜这么年轻就走上了不归路，沈檬难免忧伤了一下。她叹了口气，见坐在一旁的闹闹正乖乖喝牛奶，又觉得心情好了许多。

下午，季凉川带着闹闹去自家别墅附近的一处草坪踢球。这小子玩得比他爹都疯，一个大草坪都不够他折腾的。休息的时候，两个人大汗淋漓地坐在毯子上喘气，沈檬赶紧把这一大一小额头上的汗擦掉，以免他们感冒，还给季凉川喂了一颗话梅。可就因为这件事，闹闹立马不干了，跑过去一把搂住沈檬的脖子，怒瞪季凉川："爸爸，不许跟我抢妈妈！妈妈是我的！"

季凉川捏了他的脸颊一下："是咱们俩的好不好？"

"不好！是我的！"闹闹直叫唤，又问沈檬，"妈妈，你为什么不喂我？"

沈檬笑道："闹闹太小，吃不了话梅，要是卡住喉咙可怎么办啊？"

然后这小家伙别扭了一下午，季凉川用一大包巧克力和保证一有空就带他出去踢球为条件，才换来了小魔王的释怀。

玩了一整天，刚一回家闹闹就趴在沈檬怀里睡着了，季凉川终于逮到机会抱怨，还趁机掐了一下他的小屁股："忘恩负义，教你踢球还不跟我好。"

沈檬在一旁偷笑，低头亲了一口小魔王。她儿子那么小就知道向着妈妈，实在是一件大喜事啊！

第二天，沈檬在办公室里忙着，柳萌萌抱着一摞文件走了进来，脸上一副羞答答的表情。

沈檬看了她一眼："怎么了？"

"沈主任，你知道池主任大概什么时候回来吗？"

沈檬心里明镜似的，干脆给他们制造机会，说："我也不太清楚，你是他的助理，直接打电话问他什么时候回来很正常啊。"

柳萌萌这才恍然大悟，感恩地点了点头："好的！"

柳萌萌刚出去，裴子清又进来了，说是门口有人找她。沈檬疑惑地走出办公室，往接待处一看，好家伙，自己的亲娘来了。

沈母一看见沈檬就跑过去拉着她在接待处的沙发上坐下：“哎，丫头，最近事务所还行吗？忙不忙啊？”

沈檬瞥了一眼裴子清，他还恭敬地站在一旁。她咳嗽一声：“那个，你去忙吧。对了，上次说的招聘前台的事，由你来解决吧。我和池主任最近太忙，没什么时间面试。”

裴子清轻轻点了点头：“好的。”

他人刚一走，沈母就跟沈檬咬耳朵：“这男的是你助理？长得挺俊的。我怎么感觉他看你的眼神不一般啊？你可注意啊，闹闹都三岁了。”

沈檬无语：“妈，你过来就是提醒我别出轨吗？”

沈母一笑，拍了她一下：“当然不是啦，这不是给你带东西来了吗？”

沈檬接过来，发现是个包装精美的盒子，刚打算粗鲁地拆开，沈母一把拦住她：“哎呀，你慢慢拆，别破坏了盒子，这不是给你的！”

沈檬一愣：“不是给我的，那是给谁的啊？”

“给我女婿的！你别让人看出来你拆过啊！”

沈檬这个委屈哟，自己亲娘好不容易送回东西，还不是给自己的。她慢慢地拆开周围的丝带，打开一看，是一条暗紫色、冒着幽光的领带，既典雅又高贵，摸上去丝滑柔软，一看做工就知道价格不菲。

沈檬不解：“好端端的，送他领带干什么啊？”

某人的西装领带堆在家里都快成山了！除了她给他买的，还有女员工借着各种理由送他的。

“今天跟你爸聊天，我才知道以前天域经济状况不好的时候，他还帮过星海。我这当妈的心里不是滋味，不给人家送点东西实在过意不去。哪天你们一家三口来家里吃顿饭，我再好好感谢他一下。你爸也真是的，都这么久了才告诉我！”

沈檬一笑：“行了，他不会在乎这些的，我估计他自己都快忘了……”

“不行，他忘了，我可不能忘！你一定把话给我带到啊，还有这个。”

说着，沈母又拿出一大堆补品递给她：“你们这俩孩子有什么事都瞒着我和你爸，还是上次你带闹闹来家里，我不小心听见了你和女婿讲电话，才知道季源康的病情又恶化了。我明白你爸和他的矛盾，不过，既然你们俩都复婚了，我和你爸不去美国看看人家总归不像话，你先把这些东西带回去，让女婿下次去美国的时候捎给季源康，顺便探探口风，问问我们能不能过去看看。”

沈檬接过来，心情有点沉重：“其实没事，季凉川不在乎这些礼节的，他不让我告诉你们，就是怕你们为难。”

沈母叹了口气：“我女婿就是好，岁数不大，却疼人得很。可我和你爸是老一辈的人，礼节不能忘，知道吗？”

沈檬点点头：“知道了。”

送走沈母后，沈檬还在纠结她爸妈到底该不该去美国看望季源康呢，张美依的电话就打了进来。沈檬接起来一听，那边的声音居然有点惆怅，忙问：“怎么了啊？”

“哎，你能不能过来一趟，陪我说说话？”

沈檬见她心情不好，只能应下来。

临走前，她给裴子清安排了一些工作。裴子清点头，让她安心出去办事。沈檬看他的眼神，对她哪有什么不一样的？她妈一定是多虑了。

“说吧，怎么了？”坐在张美依家的客厅里，沈檬问道。

张美依脸色不太好，低头看着自己的手指，低声说：“薛凯刚刚跟我求婚了。”

沈檬大喜：“那是好事啊！你怎么一脸不高兴啊？”

张美依忽然双手抱住头，表情很是痛苦：“他等了我十一年，我应该痛痛快快地答应他的求婚才对，可我真的不知道自己为什么会犹豫不决，总觉得答应他的求婚是对他不负责。我的心还没有做好准备，你让我怎么答应他啊？”

听到这里，沈檬忽然想起了杜晓航。他们曾经在一起过，那阵子她对自己和季凉川的感情无比绝望，于是她做出了放弃的决定。后来，只因为杜晓航和她认识了十年并对她一片痴情，所以她决定给彼此一个机会，和他交往。可事实证明，等到你可以和你真爱的那个人在一起的时候，你还是会放弃这段可有可无的感情。

沈檬的心沉了沉，然后她问张美依：“你不是因为喜欢他才和他在一起的？”

张美依目光空洞地看着地板，用力地抱住自己：“当时我看到我爸的手下打了他，心很疼很疼，我以为那是我对他的爱情终于觉醒了，我以为我可以完完全全接受他了，甚至是和他结婚……可是当他真的向我求婚的时候……我才发现我错了，我竟然误会了自己的感情。沈檬，我太坏了……我对不起他，真的。”张美依低声道。

沈檬低着头叹气，对于这种事情、这种感情和这种心情，她再了解不过了。

两个人聊了半天后，沈檬怕她一个人在屋子里胡思乱想，便拉着她出去溜达。谁知路过韩佳莉的蛋糕店时，她们一眼就看见了店里一个人的背影。

张美依愣了一下，小声对沈檬说：“是住在我对门的那个 gay！”

沈檬一僵，上次开业聚餐的时候，池骋他老人家的确是这么评价他哥们儿的。

两人愣神的工夫，连少已经买完蛋糕，转过身打算离去。他给人的感觉还是冷冰冰的，依旧戴着副墨镜，看不出悲喜，面无表情地走了出来。见到站在门口的两人时，他怔了一下，明显是记得两人的，可他什么都没说就准备走。

张美依忽然叫住他：“连先生，房租我会还给你的，请别担心。”

连少侧过头来，露出一个完美的轮廓，冷冷地说：“你每见我一次就说一次，你不烦我都烦了。说了不用还。”然后潇洒地转身离去。

这年头还有收钱嫌烦的……

两人愣了一会儿才发现韩佳莉愣在门口，对着离去的人看了老半天。沈檬一下子就反应过来，韩佳莉暗恋的人就是他？

韩佳莉请她们俩进去吃蛋糕。三个人边吃边聊，沈檬发现韩佳莉是真的喜欢那个连少。本来还纠结要不要告诉她连少的性取向问题，但见她太投入了，沈檬只能什么都不说。

在结婚的前一天晚上，红豆有一个最大的心愿，那就是拉着沈檬陪她去吃最后一次麻辣烫。一想到结婚后，自己要生活在叶念瑾的 24 小时监控下，很可能要与麻辣烫这道伟大的食物诀别，她简直痛不欲生！

沈檬也不好让季凉川知道自己去吃麻辣烫，只能编了个理由，说是要去见客户，可刚要出门就被某人发现了端倪。

看着她匆匆忙忙地穿衣服，眼神还鬼鬼祟祟的，季凉川笑着问："老婆，你去工作不带文件包的吗？"

沈檬一愣，赶忙把季凉川给她买的名牌包包换成了朴素的文件包："一急就拿错包了。"

季凉川一笑："你跟红豆姑娘是要去吃麻辣烫吗？"

沈檬拿出毫不在乎、大不了鱼死网破的气势瞪他："我是要去见客户！"

"见客户哪有拿那种包去的？你这不是要显摆给红豆姑娘看吗？还打算背着我，明显是要去吃麻辣烫啊。"某人贱兮兮地笑。

沈檬气结："我不管，今天不听你的，我一定要去陪她吃麻辣烫！"

季凉川走过去，接过她的包，揉了揉她的脑袋说："行了，把她叫到家里来吧，我亲自下厨做给你们俩吃，总比外面的干净。"

沈檬瞪大眼睛："你会做麻辣烫？！"

季凉川挑眉："这世上还有我不会的事？"

在等红豆来的工夫，两个人去楼下的小超市买了各种各样的材料，一切就绪。

红豆风尘仆仆地赶过来，一进门就闻到了麻辣烫的香味。她这个没出息的，理都不理沈檬就直接进厨房去看季大神大展身手，沈檬冲她直翻白眼。

红豆钻进去后热情地打招呼："季王子！我来了！多谢款待！"

季凉川见到她，微微一笑："马上就好了，一会儿写个调料的配方给你，以后就自己在家做吧，外面的不干净。"

红豆感动得跟什么似的，立刻点头哈腰地献殷勤："季大神，我结婚时，你的红包就免了！"

"那怎么可以呢，不知道的还以为我和檬檬抠门呢。放心吧，明天我们一早就过去递上大红包。"

红豆又被感动得一塌糊涂，佯装抹泪："季王子，我决定了！以后我生的孩子先认你当干爹！"

"好啊。"季凉川一听这个就笑了出来。

半天过去了，红豆、沈檬和闹闹坐在餐桌上，迫不及待地等着季式麻辣烫上桌。季凉川刚从厨房出来，闹闹就喊道："爸爸！快点！"

季凉川哭笑不得："就你最馋！让干妈先吃。"

红豆不好意思地笑了笑，连忙摆手："没事没事！我其实也没那么饿！"

说完，她的肚子就是一声响，几个人笑成一团。

第二天，终于到了红豆和叶念瑾的婚礼日。

一大早，沈檬就穿好伴娘礼服赶过去，陪着红豆收拾。红豆穿着婚纱，一边看着镜子里的自己，一边跟忙活的沈檬说："沈檬，我要嫁人了，好紧张！"

"有什么好紧张的？你应该兴奋才对啊！"

红豆抿嘴一笑，脸上洋溢着幸福。

过了一会儿，叶念瑾的豪华车队到了。红豆忽然紧张兮兮地在屋子里来回踱步，沈檬笑着让她稳住，和她的几个朋友一起挡在门口威胁叶念瑾，让他交出红包，不然就不放他进来。

叶念瑾笑着对沈檬说："沈檬啊，咱们俩不是哥们儿吗？通融一下啊。"

闹闹哄哄地玩了一会儿，叶大董事长已经扔出去好几千块钱的红包，可把红豆给心疼坏了，她吼住沈檬和其他几个姐妹："你们快别欺负我老公了！让他进来！"

沈檬白了她一眼："丢人！"

热闹了一整天，闹闹作为小花童也出力不少，惹得叶念瑾和红豆轮流把他抱在怀里亲了又亲，然后这小机灵鬼还趁机敲诈他干爹，揣了不少喜糖……

一直到婚礼结束的时候，沈檬才听说红豆夫妻俩明天还要坐飞机去马尔代夫，举行一场更盛大的浪漫婚礼，顺便在那里度蜜月。沈檬羡慕得简直掐死红豆的心都有了，她都没去国外举行过婚礼呢！

红豆跟沈檬炫耀了半天，也自知过分了些，就说以后请沈檬去马尔代夫旅游，沈檬这才忍住没骂她。

忙完红豆的婚礼以后，沈檬觉得算是完成了自己人生中的一件大事，顿觉轻松了许多。因为两人正在马尔代夫度蜜月，她也就没再打电话骚扰红豆那个臭丫头。

闲下来的时候，池骋也出差回来了，刚回到事务所就拉了一个行李箱摆在沈檬面前。沈檬打开一看，里面是巧克力、干果等各种各样的点心。

“你这是购物去了啊？”沈檬问。

“不是啊，正事儿谈完了，去街上买的，你看看有没有你爱吃的。你先挑，挑完我给柳萌萌和裴子清送点过去。”池主任感慨道。

这人还真是挺会收买人心啊。

沈檬挑了一些闹闹爱吃的，然后就让池骋送去给那两人了。

池骋送完东西后，又来到沈檬的办公室跟她聊天。他坐在她旁边，双手撑在身后，转过头看她，还冲她抛媚眼。沈檬以为他病得不轻，忙要打电话给医院。

池骋怒了，瞪着她：“我是让你看看我是不是气色变好了！你不知道我出差那地方，那叫一个风景秀丽、四季如春啊，那边的姑娘可真好看，那小蛮腰，那大长腿……”

“池骋律师，这是在办公室，你给我正经点。”沈檬打断他。

池骋咳嗽一声，说：“哎，今天出去喝酒吗？最近接了笔两百万的大生意，你不给我庆祝一下啊？”

沈檬一听，咧嘴一笑：“两百万的律师费，按照事务所规定，百分之六十归事务所流动基金，剩下百分之四十按照股份制四六分，我们还要当乖乖交税的好公民，这样算下来……四十多万的律师费有什么好庆祝的……”

池骋怒了，站起来就走：“沈檬，你就羞辱我吧。下了班以后，我在门口等你，你不来我就死给你看！”

为了不让某人想不开，沈檬只好陪着某人喝酒去了。她看得出来，池骋高兴的不是这两百万，而是自己出来单干后能接到大案子，那是对自己能力的一种肯定。这一顿饭，池骋难免多喝了几杯，一边喝一边跟她东扯西扯的，听得她咯咯笑了一晚上。

这个时候，不知道怎么的，她突然想起很多年以前她和杜晓航在午夜喝酒的场景。那个时候也是这样，她坐在吧台边，听杜晓航在旁边说个不停。

难怪她和池骋聊得来呢，原来是她有时候觉得他和杜晓航很像。他们都是很有理想、敢说敢做的人，只是那个人已经离她的世界很遥远，远到仿佛是上辈子认识的人。想到这里，她苦涩地笑了一下。

喝完酒，池骋非要拉着沈檬去母校S大看看。沈檬拗不过他，又怕他喝多了会出事，只好陪他去了。没想到池骋中途居然让出租车司机停下来，去便利店又买了一瓶酒。沈檬很无语，看来今天得送他回家了。

到了S大，大晚上的，校园里没几个人，池骋大着胆子，一把拉起沈檬的手就往女生宿舍走。沈檬拉不住他，只好被他带了过去。

到了女生宿舍门口，池骋眯着眼睛往上看。沈檬见他醉得不清，说："你不会是要借酒壮胆，跟学校的某个学妹表白吧？"

池骋眯着眼睛，盯着三楼的一个窗户看，那窗户没亮灯，屋里的人应该已经睡下了。可他就那么一直盯着，许久之后，忽然回过头看着沈檬，严肃地摇了摇头："不是。"

"那你这是要干什么啊？"

池骋又扭过头去，抬头看着那个窗户说："当年我经过这里，忽然有一条白色内裤从这个窗户飞下来，落在我的脑袋上。这一幕正好被宿管大妈撞见，结果大妈拿我当变态，追了我半个操场。"

沈檬忍不住笑出声来，没想到学霸还有过这种正常人所没有的经历。

"我当时很认真严肃地跟大妈解释，我路过这里，那个东西是从楼上掉下来的，但大妈不信，非说我顶着女生内裤，污染校园，影响校园风气。说时迟、那时快，大妈抄起一把'青龙偃月刀'，直直地向我这边冲了过来！还好我机智勇猛，灵活地躲过了大妈的神枪，然后就被追到了操场。"

看来这小子今天真是喝了不少，沈檬一边忍住笑一边要拉他回去。她刚要走过去，就听"啪"的一声，池骋竟然把手里的酒瓶子往三楼那个窗户扔了过去，又听见"砰"的一声……那个酒瓶没把玻璃撞碎，反而掉落下来，直直地砸在池骋的脑袋上。

这一连串事情发生得太快，沈檬甚至来不及反应发生了什么，就见池骋已经躺在地上不动了。这动静引来了一小部分人的骚动，几个经过的学生被吓得不敢靠近。沈檬恢复理智，立刻掏出手机叫救护车。她就说池骋这人病得不轻吧！是不是学霸都这样啊？哪有扔酒瓶子最后扔自己脑袋上的？

把他送到医院后，医生立刻过来察看池骋的伤口，还问沈檬：“病人是被人殴打的吗？”

沈檬摇头。

“那是撞到硬物了吗？”

沈檬摇头。

“那到底是怎么回事？”

“他喝多了，扔酒瓶子，然后就砸着自己了。”

医生给池骋做了应急处理后，池骋迷迷糊糊地开始说胡话：“沈檬……沈……”

沈檬听不清，凑过去：“你说什么？”

然而池骋没再说话，沉沉地睡了过去。

第七章

男神加超级奶爸

医生建议今晚让池骋住院观察，沈檬点点头，去缴了费，然后就离开了医院。

走出医院大门，她才发现已经很晚了，而她还没跟季凉川说一声。她连忙掏出手机，想给他打电话，结果一看手机，发现有十几个未接来电，都是季凉川打来的，立刻就慌了。

电话打过去，刚响了一声，那边就接听起来："檬檬，你在哪儿？"

沈檬立刻说："我没事，我不是给你发短信说跟同事聚餐吗？他喝多了，不小心砸破了脑袋，我送他来医院，就没注意看手机。"

那边大喘了一口气："你没事就好。"

放下电话后，沈檬觉得心里暖暖的，没敢耽误就立刻打车回了家。

晚上，两个人洗漱完毕后躺在床上敲笔记本电脑，季凉川看了她一眼："你受伤的同事就是你那个合伙人？"

沈檬不想骗他，点了点头："嗯，好歹是同事一场，我明天去医院看看他。"

季凉川沉吟了一会儿："檬檬，我明天上午有一个公司的全体会议，不能陪你一起去看他，然后，明天下午三点的飞机回美国……"

他说到后面，声音明显低了下来，沈檬的心也是"咯噔"一下，她没想到红豆的婚礼刚结束，他就要走了。她在心里轻声叹息，却不敢表露出不愿他离开的样子让他为难，于是点了点头："嗯，你放心去吧。"

季凉川伸手揉了揉她带着香气的发丝："我会尽快回来的。"

沈檬拉下他的手放在自己的掌心里："没事，你爸的病重要。对了，我妈前几天来找过我，我忙着红豆的婚礼，差点把这事儿给忘了，你等我一下。"

然后她下床翻出沈母给她的东西，先把领带递给季凉川说："我妈最近才知道你以前帮助星海的事情，这是她的一点心意。"

季凉川很高兴，迫不及待地拆开，看了一眼说："咱妈的眼光真好，我很喜欢。你帮我跟咱妈说声谢谢，明天我就戴着这条领带走。"

沈檬见他是发自内心地高兴，也跟着笑起来，又指着那些补品说："还有，我爸妈知道你爸生病的事情了，总觉得毕竟是一家子，不去美国那边看看不合适，让我问问你的意思。这些是我爸妈让你带去美国的一点补品。”

看得出来，季凉川的目光里有感动的神色，只见他微微一笑：“没事的，我爸妈知道我没告诉你爸妈，所以他们也没多想，而且他们也不会太计较这些。东西我带过去，就当是你买的吧，我爸不希望太多人知道他生病了。”

沈檬点了点头：“好吧。”

第二天，沈檬给沈母打电话说了一下情况，沈母才算卸下一副担子。

打完电话后，沈檬紧接着去了医院。

池骋那家伙终于清醒了过来，看见她竟有点不好意思：“我昨天好像喝多了，不好意思啊，丢人了。”

“你也知道丢人啊？我好后悔昨天没给你录下来！你知道你是怎么磕的脑袋吗？”

池骋一听沈檬提起昨晚的事，整张脸都拉了下来：“别外传！”

沈檬下午请假去机场送季凉川，两个人腻歪了半天才终于分开。也不知道为什么，每次送走季凉川，她心里都空荡荡的，他又不是再也不回来了，真是娇气。

登机前，季凉川忽然收到一条短信，是薛凯发来的。

“要起飞了吗？尽早回来。你不在公司，我都不知道该干什么了。”

季凉川回复过去：“会的，这段时间先让我的助理带你，等我回来，你陪我去一趟施工现场，那个基金会所的项目准备实施了。”

“好。”

过了几天，池骋出院了。

见池骋脑门上围了一圈纱布，柳萌萌一惊，立马起身跑过去，刚要伸手去摸，池骋立刻往后一缩：“别。”

沈檬正在办公室忙着，听见外面池骋回来了，赶忙走出去，就见池骋和柳萌萌正在门口你来我往的，不知道干什么呢。

池骋一看到她，就对柳萌萌说：“你先去忙吧，多谢关心。”然后他直接拉着沈檬进了她的办公室。

沈檬冲他翻白眼："我看萌萌挺好的啊，你为什么不喜欢人家啊？"

池骋瞪大眼睛看她："每个人都有自己的口味好吗？沈檬，你是真傻还是跟我闹着玩呢？"

沈檬搞不懂他在说什么，干脆转移话题："对了，你过来帮我看一下。"

池骋又瞪了她一眼，然后才专心看起她的材料来。上面是一些人物资料，其中一个叫陆振虎的人找沈檬当过辩护律师，但案子胜诉后，此人就再也没有出现过，至今杳无音信。

沈檬方才翻看以前的资料时，隐约感觉这个陆振虎很像一个人——池骋曾给她看过一张照片，是他和连少在澳洲留学时期的合影，而照片上除了池骋和连少，还有几个站在远处的保镖入镜。其中一个保镖跟陆振虎很像，但由于照片不够清晰，所以她无法分辨。

她指着陆振虎的照片问池骋："这个陆振虎，是不是你和连少合影时站在连少后面的那个男人？"

看见那张照片的第一眼，池骋的表情就僵住了，沈檬见他这副样子，看来十有八九是同一个人了，连忙又问："你认识陆振虎？他曾是连少的手下吗？"

池骋沉吟片刻，才叹了口气说："沈檬，他们家早就洗手不干了，现在这些保镖跟在他身后只是想保护他，因为上一代的恩怨很可能危及他的生命安全。"

沈檬认真地看着他："池骋，我没跟你开玩笑，如果你的兄弟有黑社会背景，那我就不能再让美依住在他的对面了，她会很危险的。"

"你认为我是为了那点中介费就不顾你朋友生死的人吗？沈檬，或许你觉得我们认识的时间不长，可那只是你一个人的想法，其实我认识你很久了。"池骋忽然双眸深邃地看着她。

沈檬愣住："什么意思？"

池骋的神色有点疲惫："大学四年……你知道的，以前我们在同一个班，我不怎么说话，性格很内向。之后我去澳洲留学，在那边认识了他，他甚至比我话还少。可是不知道为什么，我们成了朋友，无话不谈。渐渐地，我开朗了许多，所以，我很感激出国在外的那段时间能有他在身边。也请你相信我，我不会让你或者任何你身边的人有危险的，明白吗？"

沈檬见他目光真诚，这才放下心来："那你能不能帮我问一下连少，那个陆振虎还在他家做事吗？陆振虎毕竟有过被人控告强奸的前科，虽然当时胜诉了，但如果他找上美依……我不敢想象这些后果。"

池骋拍拍她的手背，忽然觉得掌心被一颗钻石硌得生疼。他自嘲一笑，低头看着她无名指上的钻戒，轻声低语："对不起，我发现得太晚了。"

沈檬莫名其妙："什么太晚了？"

"如果一开始和你重逢的时候，我能早点发现它，也许我会克制住自己犯傻。"池骋依旧低着头自说自话。

"又或许，大学的时候我能不那么懦弱地站在你背后，现在的一切可能就会不一样。"池骋松开她的手，抬起头看着她微微一笑。

沈檬看着他温柔的表情，皱着眉头不解。池骋忽然一笑，拍拍她的头："行，我去帮你问，回来后告诉你。"

然后他就起身出门了。

门打开后，池骋发现裴子清正站在门口，一脸冷漠，甚至有些失神。池骋看了他一眼，没说话，一个人回到办公室。

裴子清看见坐在里面背对着他的沈檬，心里忽然像是被什么东西敲了一下，仿佛看见另一个温婉美丽的女孩坐在那里。

沈檬扭过头来，他一愣，眼前的幻觉立刻消失不见。他走过去，低着头问她："沈主任，不好意思，我刚刚想给你送资料的，然后就听见你和池主任在里面讲话……陆振虎的事？需不需要我帮你查查详细资料？"

沈檬摇了摇头："不用了，以前的客户而已，没必要再联系了。"

裴子清点点头，没说什么就走了出去。

周末，沈檬一大早就找到姜承禹的住所，只不过她还没进去就被门口的几个黑衣保镖拦住了，没办法，她只能给姜承禹打电话，说她在外面等他。

姜承禹放下电话就从屋子里走了出来，用眼神示意那些保镖退下后，沈檬才得以进入他的住所。他的住所并没有想象中那么奢华高贵，只是很普通的一室一厅的公寓。

她走进去后，随口道："我听红豆说你家是别墅啊。"

姜承禹关上门，去厨房给她倒饮料，一边走一边懒洋洋地说：“以前是，现在搬出来了。”

“为什么呢？”

“那栋别墅现在应该只剩下回忆了吧？我爸和我妈永远留在了那里……不知道他们有没有再吵架，其实也无所谓，反正我都看不到了。”姜承禹耸耸肩，把一杯橙汁放在她面前，又给自己倒了一杯威士忌。

沈檬一脸抱歉：“对不起，让你想起了不好的事。”

“没事。案子有进展了吗？”姜承禹后背靠着墙，一边喝酒一边低头问她。

“嗯，电子词典的设计图应该是在你们公司设计师的电脑上好好保存着才对，这几天我找你们公司设计电子词典的设计师谈过，但他好像不愿意让我看他的电脑，我觉得那个设计师有点问题。”沈檬道。

姜承禹想了一会儿，开口道：“Jacky？你怀疑他？”

“我只是觉得他不给我看电脑这件事情有些奇怪，但目前还没有证据。”

姜承禹忽然调笑道：“也有可能他是不想让你看他电脑里的电影吧？”

沈檬脸一红，不知该如何作答。

姜承禹轻轻一笑，潇洒地喝了一口酒，又说：“明天我把他的电脑送到你的办公室去。”

“好……还有，我想问你一点事……你们那个圈子里，有没有姓连的人？”沈檬试探地问道。

谁知姜承禹却爽快地回：“连海旭？他现在已经不干了。”

沈檬一愣：“他多大？二十多岁？”

姜承禹看了她一眼：“一个老头子而已。”

那应该是连少的父亲了，看来连少家里的确不简单。

“问那么多我们的事干什么？对你不好。你知道得越少越好。”姜承禹一脸严肃地警告她。

“没什么，只是随便问问。”

聊了一会儿案子，沈檬才从姜承禹家离开，刚走到大门口，她就接到池骋的电话：“帮你问了，陆振虎已经不在连家做事了，不过连少还有他的联系方式，你要不要？”

沈檬放下心来：“不要了，我只是担心他会找上美依。谢谢你。”

解决了一桩心事之后，沈檬又给张美依打了通电话问她的近况，得知她除了在烦恼薛凯的求婚以外也没什么大事了。挂断电话后，沈檬忽然觉得有人在背后跟踪她，她紧张兮兮地一回头，却发现形形色色的人穿行而过，并没有什么异样。可没走几步，她又觉得背后有一个脚步沉稳的人紧紧跟着她，她不敢再回头，立刻去停车场开车回家。

刚到家她就给季凉川打了电话过去：“凉川，你是不是又回来了不告诉我啊？”

那边的人声音压得很低：“没有，我还在医院呢，怎么了？”

沈檬的心忽然凉了一下，怕他在那边担心，她只好说：“没什么，今天在街上看到一个跟你很像的背影，应该是我看错了。”

“是你太想我了吧？我过几天就回去了。闹闹快开学了，这几天还淘气吗？”他语气轻柔。

说起闹闹，沈檬往旁边一看，小家伙正坐在客厅的沙发上看卡通片呢，她一笑：“他没有淘气，挺乖的，老问我你什么时候回来。”

“那你把他喊过来，我跟他聊一会儿。”

沈檬一听，立刻把闹闹喊了过来：“闹闹，快来接爸爸的电话。”

小家伙站起身，屁颠屁颠地跑过来，挤到沈檬怀里，拿起电话就是一句：“臭爸爸！”

季凉川哭笑不得：“怎么这么喊我啊？”

“闹闹要上幼儿园了你知道吗？为什么还不回来？闹闹不跟你玩了！”

季凉川忍着笑哄他：“爸爸向你保证，你开学的那天，我一定陪着你去学校，好不好？”

闹闹考虑了一会儿：“好，不能反悔啊，不然爸爸就是女生！”

“好好，不反悔。”

沈檬纳闷，为什么反悔就是女生啊？是不是他爹跟他说的男子汉说话算话，所以不算话的就一定是女生呢？郁闷，这是什么逻辑啊？

第二天，姜承禹拎着一台笔记本电脑，气势磅礴地走进了沈檬的办公室。池骋对电脑还算在行，沈檬便让他过来检查电脑，两个人研究了许久才发现这台电脑有黑客进入的痕迹，很可能是达业的黑客入侵设计师的电脑，偷走了设计图。

两个人忙了一天，搜集到不少有力的证据，到傍晚的时候，沈檬拿着一沓证据对姜承禹说：“今晚我就回家写一份律师函，明天就可以正式起诉达业公司了，我有信心帮你打赢这场官司。”

姜承禹满意地点了点头：“辛苦了。”

没过几天，达业就收到了律师函，整个公司乱成一团，众人匆匆商量对策，最后派人去找姜承禹和解，希望姜承禹撤诉，别让他们在电子行业失信于大众。

姜承禹冷哼一声，当下就提出条件：达业必须立刻撤销电子词典的上市计划，并向姜氏赔偿侵权费一千万。

可达业那边的人迟迟没有动静，想把姜承禹提出的价格往下压一压。最后，姜承禹把沈檬请到公司，说明了情况。沈檬自信一笑，把黑客入侵的证据扫描了一份，发到达业负责人的电子邮箱里。不到一个小时，达业就发来协议书，表明立刻撤销电子词典的上市计划，并向姜氏公司赔偿一千万，整个过程可以说是不战而胜。

晚上，姜承禹心情不错，请沈檬在公司附近的高档餐厅吃饭，沈檬没有什么理由拒绝便赴了约。

这一次，姜承禹的话多了不少，跟上次见她时的态度明显不一样了，沈檬也为自己能帮到他而高兴。

“以后姜氏还有可能面临很多经济纠纷、侵权之类的事情，如果有需要，我会再来找你的。”姜承禹道。

沈檬笑道：“多谢捧场，我肯定尽力。”

两个人边吃边聊，很快结束用餐。临走时，姜承禹神色落寞地看了她一眼，然后低声说：“以后，替我好好照顾她吧。”

沈檬心里是温热的，默默地点了点头。

闹闹开学的前一天晚上，某人没爽约，及时赶了回来。只是等季凉川到家时，闹闹早就睡了。

沈檬接了一个大案子，忙到很晚才从办公室回来，整个人累得不行，没想到某人已经在家洗完澡，还亲自下厨做了夜宵给她。她走进厨房，一把抱住季凉川，用脸蹭蹭他宽厚的后背，说："回来啦？怎么样啦？"

季凉川腾出一只手搂住她："找到配型了，那边的主治医师在安排心脏移植手术，几个医生和博士生在一个月前开了减少心脏移植风险的会议，有了一些研究成果，我想问题不大。"

沈檬真心替他高兴，没有什么别的原因，她爱的男人幸福，她就幸福，这是世上最简单的一个道理。

吃过东西后，两个人坐在客厅看电影，沈檬枕在季凉川的腿上，享受着这一刻的宁静和温馨。季凉川一边玩她的头发，一边低头看她又卷又长的睫毛，俯身吻上她的额头："困了吧？先去睡吧，明天送闹闹去幼儿园。"

"对了，你刚刚跟我说有博士生参与会议，他不会拿病人的病历当作业报告之类的吧？"沈檬问。

季凉川摸摸她的头，笑笑："那个博士生已经有临床经验了，而且她只是参与讨论。别担心，她为我父亲做了很多，我挺感激她的。"

沈檬古怪地看了他一眼，问："男的女的？"

季凉川不想骗她，干脆说："嗯，不是男的。"

沈檬看见他的表情后忽然起身，用指尖抬起他的下巴，挑衅地问："长得漂亮吗？金发碧眼的大美妞对不对？身材还很火辣？"

季凉川皱着眉头苦思冥想："我想想。"

沈檬一巴掌拍向他的胸口："还敢想？"

他一笑，将她搂进怀里："没你漂亮，放心吧。"

沈檬这才安心地靠在他的怀里。不过这话倒是提醒了季凉川，他捏了她的耳垂一下，说："对了，你那个合伙人回来了吗？我去见见他吧，也去你的事务所参观一下。"

自从池骋跟她说了一堆莫名其妙的话之后，沈檬心里怀疑过池骋是不是喜欢她，但平常池骋跟柳萌萌关系挺好，见了她也没什么异样的反应，她也就没往心里去。此时季凉川提出要见池骋，她自然不会拒绝，点头道："那明天送完闹闹之后，你就跟我去事务所吧。"

"好。"刚说完，季凉川低头又是一吻。

沈檬还没反应过来，嘴唇就被他堵得死死的。她捏了他的脸一下，笑着推开他："你干什么？禽兽。"

“定期作业，不能落下。”说完，他紧紧搂住她，一夜缠绵。

第二天，两个人送闹闹去幼儿园，本以为这家伙第一天上学会怯场，说不定还会大哭一通，没想到这家伙看见几个穿着花裙子的小姑娘，立马不理他的爹妈了，一溜小跑就往校园里冲。季凉川原本准备了一大堆安慰小家伙的话，结果根本没派上用场。

幼儿园一共有六个班级，迎新的方式挺特别的：每个班级的班主任拿着一张颜色鲜艳的水果图画站在最前面，小朋友可以自己选择喜欢的水果然后站在班主任的前面，其实就是自由选择班级，只不过用了很可爱的方式而已。

家长们站在外围看着自己的小朋友选择水果然后进班，沈檬拿着手机一直拍她家闹闹。这小家伙倒好，一直跟着一个长得特别像洋娃娃的小女孩。那小女孩看见一个老师手里拿着一张草莓的图画，很开心地走了过去，而她家闹闹根本没看什么水果，就跟着那个洋娃娃姑娘去了草莓班。

沈檬整个人都愣住了，季凉川在旁边捂着嘴笑个不停，沈檬瞪他：“有什么好笑的啊？这明显遗传了你的基因好吗？”

季凉川表示冤枉：“别冤枉我，我幼儿园的时候还什么都不懂呢。”

沈檬不信，用鄙视的眼光看他：“我不管，如果闹闹早恋的话我就掐死你。”

“这不能算是早恋，只是懵懂时期对异性的好奇。而且这也证明咱们家闹闹开窍早，是聪明的象征。”某人又在一本正经地胡说八道。

“那我能不能采访一下您，您老人家是在几岁开窍的啊？”沈檬阴笑。

季凉川的嘴角僵住了：“嗯，我拒绝回答这个问题。”

“嘁！”

等小朋友们站好队伍以后，大家发现凤梨班级的人数很少，而草莓班级的人数超额了。

闹闹碰巧站在草莓班队伍的队尾，凤梨班的班主任走过来，蹲在闹闹旁边笑着问他：“小朋友，你看凤梨是不是长得很可爱啊？看起来很好吃呢！”

站在后面的沈檬一听这话就不乐意了，明明是自由选择班级，凭什么因为凤梨班的人数不够，就让她家宝贝委屈自己去凤梨班补人数啊？

闹闹点点头，他也觉得凤梨班的图画很好看，可就是不肯挪步。那老师居然不死心，还在跟闹闹说凤梨有多么好吃。

沈檬气不过，上前两步很认真地对那个老师说："这位老师，不好意思，我是季慕辰的家长，我觉得既然是让小朋友自己决定去哪个班级，那么您这样诱导他去补人数是不公平的，不能因为他站在队尾就让他违背自己的意志。"

那老师有点尴尬，笑了笑，对沈檬说："这位家长，你也知道的，分班其实跟水果没有什么关系，总不能让凤梨班的人数少那么多啊。"

"可规则就是规则，您这样擅自诱导他，岂不是让他觉得制定好的规则可以违反？"

那老师无言以对。

季凉川走过来，拍了拍沈檬的肩膀示意她别这样，她撇撇嘴往后一退。季凉川冲老师笑了笑，蹲下去看着他家宝贝说："闹闹，现在凤梨班的小朋友很少，他们觉得很孤单，而且以后班级之间会有很多比赛，比如唱歌、跳舞等，可是凤梨班的小朋友那么少……"

"那他们岂不是要输了？"闹闹忽然问道。

季凉川一笑，摸摸他的头："对啊，凤梨班的人数不够，还怎么参加比赛啊？"

闹闹看了一眼站在草莓班队伍中间的那个洋娃娃女孩，一脸恋恋不舍地吸了吸鼻子，然后点了点头："爸爸，我去凤梨班。"

听他说出这话，沈檬心里一酸，凭什么委屈她的宝贝啊？没看到她家宝贝一脸难受吗？！

季凉川心里不是没有不忍，但他还是宠溺地握着闹闹的小手说："宝宝，如果你今天硬要留在草莓班，凤梨班的小朋友就要输掉比赛了，是不是？你说，团队的利益是不是比个人的利益要重要呢？"

闹闹还小，不太理解这些，但他特别听季凉川的话，点了点头，像个小英雄一样："嗯！我得去凤梨班！我要陪他们参加比赛！"

这一句话说得清脆响亮，在场的家长和老师都特别感动，不仅因为闹闹这么小就这么懂事，还因为季凉川的教导方式。那位老师有点惭愧地看了一眼沈檬，又对季凉川说："您好，我是凤梨班的班主任，是我教育小朋友的方式不够好，给你们添麻烦了。"

季凉川笑着摇摇头："没事，以后还麻烦老师多照顾季慕辰。"

"好的好的，一定。"老师点点头，笑着说。

在场的家长忽然都鼓起掌来，这让季凉川有点不好意思。最后，他只好点头示意，报以微笑。

不少家长效仿季凉川的方式，想要劝说自己家的小朋友去凤梨班，毕竟凤梨班还是差了几个人。此时闹闹已经在凤梨班站好了，眼睛却还在往草莓班的那个洋娃娃姑娘身上瞟。沈檬看得不忍心，上一秒还觉得闹闹不适合太早与女生来往，这一秒就已经恨不得把那姑娘也送到凤梨班去，这还真是当妈的没办法对自己孩子狠心啊。

没想到那个洋娃娃姑娘忽然从草莓班的队伍里站出来，悄悄跑到凤梨班的班主任旁边，甜甜一笑，特别可爱地说："老师，我也想来凤梨班。"

班主任一愣，没有家长做思想工作，这么可爱的小姑娘居然自己跑来了。

那小姑娘说："我觉得叔叔说得对，舞蹈比赛时，如果人数不一样，队伍就不好看了，玫玫不喜欢。"

原来这小姑娘叫玫玫，沈檬大喜，她家宝贝终于不用再摆出那张委屈的脸了。

分班终于完成了，沈檬把季凉川从人群中拉了过来，不满地看着他："你都不心疼咱们家宝贝吗？虽然玫玫过去了，可你不觉得太委屈闹闹了吗？"

季凉川双手按住沈檬的肩膀说："你这叫溺爱，难道我要跟闹闹说，'你就随你自己喜欢就好，别人再麻烦、再困扰，都跟你没关系'？这样他会变得自私，以自己为中心，不考虑大局，也不明白什么是团体精神。"

沈檬想了想，点了点头："嗯，可能是我太心疼他了，毕竟是开学第一天，我受不了别人让我儿子委曲求全。"

"他是个男孩子，能屈能伸才行，你这样什么事情都顺着他，以后可不行。"季凉川低头看着她，宠溺地捏了她的脸颊一下。

沈檬仰头看他，问道："你小的时候，你爸爸是不是也这么教育你？"

季凉川没否认："嗯，他教育我时，比我现在对闹闹要严格多了，如果没有他，就没有现在的我，只不过有时候他对我的要求已经超出了我能承受的范围，所以我们之间存在很多误会。另外，以前他对你做的那些事……"

沈檬捂住他的嘴："行啦，都多久以前的事了。等他身体恢复了，我再去看看他，毕竟他给了我一个这么好的老公。"

季凉川柔情似水地看了她一眼，趁乱低头偷亲了她一口。沈檬腻在他的怀里，跟他一起站在校园里的一棵树下，静静地看着闹闹的一举一动。

参加完开学典礼后，沈檬就带着季凉川去了自己的事务所。

她的事务所规模当然比不上天域，不过好歹是她苦心经营的，季凉川站在外面看了看，搂住她说："我这么搂着你进去应该可以吧？"

沈檬冲他翻白眼："你想宣誓主权啊？"

"对啊。"某人爽快地承认了。

果然，他们刚走进事务所，里面的人就愣住了。沈檬不好意思地拉下季凉川的手，向大家介绍："我介绍一下，这是我老公，他今天就是过来看看，你们忙吧。"

然后她迅速把季凉川拉进了自己的办公室，刚进去季凉川就问她："哪个是你的合伙人？"

"就刚刚坐在首位、穿棕色西装的那个人。"

季凉川回想了一下："那个人啊，不是你的菜，让他放弃吧。"

沈檬懒得理他："人家对我没那个意思好吗？

"有意思也没用，你这辈子都是我一个人的。"季凉川一把将沈檬拉到自己的腿上，色眯眯地看她，还轻轻挠她。

沈檬被他挠得浑身痒痒，赶忙求饶："好啦好啦，别闹，这可是在我的办公室啊。"

季凉川陪着沈檬在办公室待到下午，可是他在这里，她完全没心情办公，只好把他先轰回家。

季凉川临走前，刚好碰见池骋，两个人握了握手，打了个招呼，没说多余的话。季凉川刚要离开，池骋却忽然叫住他："其实，你不用这样，我不会追求她的。"

池骋怎么会不明白季凉川今天来的用意？他不过就是让公司里的男性都离他老婆远点罢了。

季凉川扭过头来，眯起眼睛："你的意思是？"

“我的意思是，我不会破坏她的家庭，更重要的是，我不会破坏她的梦想。”池骋严肃地说。

季凉川若有所思，只听池骋继续说：“这个事务所是她的事业，也是她的梦想，我不想弄得彼此尴尬。所以，为了她的家庭和梦想，我只是她的合伙人和普通朋友，我希望你也不要跟她说太多。”

季凉川一笑：“我还没傻到告诉自己老婆有其他男人喜欢她，不过，谢谢你的坦诚。”

池骋点点头，没再说话。

在国内没待几天，美国那边的手术时间便定了下来。

收到 Betty 的短信后，季凉川恨不得立刻飞到美国去，可每天陪着沈檬和闹闹的日子实在太美好，他觉得自己不能再离开他们了。

季源康做手术那天，下了夏季的第一场雨。季凉川一个人站在窗前看着淅淅沥沥的雨，随手开了一瓶红酒，倒在酒杯里慢慢喝起来。他的心跳声就像窗外的雨声，无比清晰。他看了一眼墙上的时钟，秒针每走一下，他的心就揪一下。这种等待太过煎熬，他不知道等这瓶酒喝完、等这场雨下完后，迎接他的将是一个什么结果，可能是好消息，也可能上次就是他们父子俩最后一次见面。

足足五个小时，他喝了两瓶酒，始终看着窗外的雨，除此之外，什么都没做。

桌子上的手机忽然响了，他在黑夜中被惊醒，愣了一下后迅速拿起手机，发现是季母打来的。他颤抖着按下接听键，开口之后才发现自己的声音有点沙哑：“妈……怎么样？”

季母在那边泣不成声，他的心忽然就坠入谷底。

“医生说，手术……手术很成功。”季母说完，哭得更厉害了。

季凉川觉得自己就像被一根绳子拖拽着，而脚下就是万丈深渊。绳子细弱而颤巍巍地拽着自己，在救援来临之前，他只能期许绳子能够多坚持一会儿。等待的时候，就像有一万只蚂蚁啃噬着他的心脏，连带着浑身都开始颤抖。而担忧之际，忽然有一双手抓住了他，告诉他有救了。

这一刻，他整个人都瘫倒在书房的床上，觉得肌肉有些酸痛，心灵的疲惫更是达到了极致。还好，死神没有带走父亲，尽管他做错了很多事。

他安慰了季母一番后，季母才破涕为笑，说季源康再住院疗养一阵子，就能回国看望他们和闹闹了。

季凉川点点头，又跟她聊了一会儿才挂断电话。

片刻后，Betty 的电话打了过来："刚刚伯母给你打电话了吧？太好了，伯父没事了！"

季凉川很感激这段时间 Betty 对他家的照顾，语气不自觉地温柔起来："谢谢你，这段时间害你没休息好，很抱歉。"

"不不，这不是最重要的，最重要的是我们共同的努力有了好的结果，不是吗？"

季凉川一笑："是啊，有你的功劳。改天我飞过去请你吃饭。"

"不要吃饭，你答应我的事，忘了吗？"Betty 在那边轻轻一笑。

季凉川反应过来，说："没忘记，一定带你去。"

"那好！等伯父的病情稳定了，我就去北京，我们在机场见，好吗？"Betty 很开心地道。

"好。"

门外的沈檬不知为何，忽然觉得有点不安。她刚下班回家，就听见书房里传来说话声，刚走到门口，就听到季凉川很温柔地对电话那头的人说："没忘记，一定带你去。"

她正纠结着，季凉川从里面走出来，看到她，一怔："回来了？"

"嗯，手术怎么样？"她问。

"没事了，手术很成功，咱们去幼儿园接闹闹，晚上在外面吃饭吧。"

见他心情不错，她就知道了结果。其实她也和他一样，一整天心都悬着，根本没办法专心工作。还好，一切顺利。

她抽空给红豆发了短信报平安，毕竟这姑娘也挺关心这事儿的。

刚从马尔代夫度蜜月回来的红豆收到短信，也高兴得不得了，忍不住哼起了歌。坐在旁边给她剥橘子的叶二少见这姑娘忽然心情大好，好奇地问："怎么了这是？"

"沈檬公公的手术成功了！虽然我不太喜欢这个人，他做事太武断，但没办法，毕竟是沈檬的公公，我还是希望他能好起来。"红豆解释道。

叶念瑾一笑："确实，毕竟是一家人。对了，你对自己的公公看得还顺眼吧？"

红豆“扑哧”一笑：“那当然，你爸对我可真没的说，所以我决定看在你爸的分儿上，对你稍微好一些。”

叶念瑾哭笑不得：“谢谢您老的慷慨啊。”

红豆笑着凑过去，扑进他怀里。

一切刚平稳下来，沈檬忽然接到幼儿园老师的电话。

现在还没到幼儿园的放学时间呢，她一接通就问道：“付老师，怎么了？”

这个付老师就是凤梨班的班主任，她好像还没从慌乱中恢复过来，在电话里跟沈檬说：“季慕辰小朋友今天差点从窗户翻出去，吓了我一跳。他现在的情绪有点不对劲，您和季先生一起来幼儿园一趟吧。”

刚听了开头，沈檬就站起身来，握着电话，浑身都在颤抖：“那我儿子现在没事吧？他受伤了吗？”

“没有没有，您放心，我及时把他抱下来了。”

沈檬长呼一口气：“好的，我们马上就过去，谢谢您。”

她给季凉川打了个电话，那头的季凉川也焦急得不行，二话没说就开车过来接她，然后直奔幼儿园。

两个人匆匆赶到幼儿园时，付老师正陪着闹闹坐在办公室里聊天。他们刚进门就见闹闹噘着嘴、低着头，老师跟他说话他也不搭理，怀里还抱着一个塑料花盆不肯撒手，也不知道是怎么了。

沈檬连忙跑过去，搂着闹闹问：“闹闹，怎么了？妈妈来了。”

闹闹抬起头来，一脸不高兴地说：“小花死了。”

沈檬看向他怀里的那盆花，那花明明开得正好啊。

付老师在一旁解释说：“因为天气比较热，教室的窗户一直敞着，今天刚下课，季慕辰爬上窗户，好像要拿什么东西，我就赶忙跑过去把他抱了下来，然后他就挣扎着从我怀里跳了出去，下楼捡了这盆花上来。我问他到底怎么了，他却不肯说话，没办法，我只能把你们叫过来了。”

听了个大概后，季凉川明白了整件事，走过去握住闹闹的小手：“闹闹，小花没死，还活着呢。”

闹闹抬头看他：“真的吗？”

季凉川心里一暖，他没想到闹闹从小就懂得爱护花花草草，还以为花盆从窗户掉下去，里面的花就会一起死掉呢。

“对啊，小花这种植物是不怕摔的，但很怕失去水分，一旦失去水分它们就会枯萎，那时候它们才是真的死了。”季凉川耐心地解释道。

听完这话，闹闹才恢复精神，把花递过去给季凉川看：“爸爸，那你看看小花现在需要水分吗？我怕它会流血死掉。”

季凉川把花盆接过去，看了一眼后又还给他，笑着说：“爸爸看了，小花很健康，过段时间再浇水就可以了。”

“那小花没事了？”闹闹很开心。

沈檬这才放下心来，附和着说：“爸爸都说没事了，那就是没事了。”

没想到小孩子心思这么细腻，对生命也是这么敏感。

见他对那盆花护得紧，季凉川干脆对付老师说：“付老师，这盆花可以送给我们吗？”

付老师点头：“当然可以，只要季慕辰别再不开心了就好。”

闹闹很高兴，搂着那盆花不肯撒手。季凉川点了点他的鼻子：“闹闹，小花可以送给你，不过你也要答应爸爸妈妈和付老师，以后不可以再爬窗户了，那样我们会担心你的。”

闹闹认真地听着，点点头：“嗯！窗户危险，妈妈说过。”

沈檬欣慰一笑。

见闹闹没事了，季凉川和沈檬送他去教室上课，之后季凉川又把付老师叫了出来，沈檬不知道怎么回事，就在一旁听着。

“付老师，我想知道平时幼儿园有没有给小朋友看动画片？”季凉川问道。

付老师连忙点头：“有的，午休时会放动画片，不过时间不长，我们不推荐小朋友看太长时间动画片。”

季凉川摇摇头：“付老师，我不是那个意思，我是想问动画片的内容是什么，有没有小动物从窗户摔下来，流了很多血之类的情节？”

付老师回想了一下，想到前几天中午播放的动画片中，确实有一些夸张的情节：一只小猫为了躲避凶狗的追杀，就从窗户跳下去，整个身体都扁平了，脑袋上还有血。其实那都是虚构的情节，小朋友们看得很带劲儿，她自己也没觉得有什么。

听她这么一说，季凉川才理解，然后礼貌地说：“我觉得这些夸张的情节不太适合这个年龄段的小朋友看，因为前几天看了这个片段，季慕辰才产生误会，认为摔下去的东西会流血。他还太小，没有自我判断能力，甚至不知道哪些事情是真，哪些事情是假，所以我还是希望校方能给小朋友看一些有益的动画短片。”

沈檬听了后才发现，原来从刚才和闹闹的对话中，季凉川能发现这么多，看来教育小孩子的事情，真的需要一个心理专家坐镇。她这个当妈妈的在这方面明显很薄弱，所以以后的心理教育问题都要交给闹闹他爹了，毋庸置疑。

付老师没想过一部搞笑的动画片会给小朋友带来负面影响，此时听季凉川这么一说，她才恍然大悟，意识到某些情节夸张的动画片的确不能再放给小朋友看了，于是认真地点了点头说：“您的意见我会向上面反映的，谢谢您的理解和配合。”

从幼儿园出来后，沈檬还有点后怕，拉着季凉川的胳膊问：“天哪，我都不知道这些动画片有危害，幸好你提醒老师，让闹闹看这些真的不好。”

“教育小孩子很费心的，什么边边角角的细节都要注意，你这个当妈妈的可要努力了。”季凉川搂着她，笑道。

是该努力了，她整天想的都是给闹闹买玩具、买好看帅气的衣服，真是失败，以后得向某人学习了。

周末，季凉川不用接送闹闹上下幼儿园，好不容易才抽出空把于小旭约出来喝酒。

谁知他刚得到沈大小姐的允许，闹闹忽然从屋子里跑出来，抱住他的大腿不放：“爸爸！你要出去玩？我也要去！”

季凉川把他抱起来，搂在怀里说：“闹闹，付老师让你画的图，你画好了吗？”

闹闹撇嘴摇头。

“那就不可以去玩哦，而且那种地方小朋友不可以去。”

沈檬立刻拦住他：“你快别说了，越不让他去，他就越想去。闹闹，先画图，把功课做了，不然付老师生气可怎么办？”

一听这话，闹闹果然不再缠着他爹了，小朋友果然还是挺怕老师的。

季凉川捏了捏他的鼻子：“乖乖画画，爸爸回来要检查。”

闹闹委屈地点点头。

路上，季凉川一边开车一边想着要不要回去的时候给小家伙买点吃的，没一会儿就到了市中心的一家酒吧。

于小旭坐在角落里，已经喝了两瓶啤酒，刚看到季凉川，他就站起来挥舞双手：“老大！这里！”

季凉川赶紧走过去，发现薛凯也在，正低着头喝闷酒。看见桌上零散放着的几个空酒瓶，季凉川连忙问：“你们俩这是怎么了？”

于小旭咧咧嘴：“哎，老大，我们俩哪有你这么春风得意啊！大嫂那么好，闹闹那么可爱，你再看我们俩。”

季凉川坐下来，冲服务员挥手点了一瓶红酒，然后问：“你们俩怎么了？你的女朋友我前些日子刚碰到，不是挺黏你的吗？还有，薛凯不是有美依了吗？”

于小旭有点喝高了，口不择言地说：“哎呀，老大你还不知道啊？人家美依根本就不愿意嫁给他呢！”

季凉川一怔。

薛凯抬头看他，双眼通红，嗓音低沉：“可能她还是忘不了你吧。”

这话说得季凉川心塞，但他只能用笑容来掩饰内心的酸楚：“薛凯，我和美依已经不可能了，你现在说这话毫无意义。”

薛凯目光冷漠地看着他：“毫无意义？那麻烦你帮我分析一下，她为什么不愿意嫁给我？”

“那是你们之间的事情，你需要跟她沟通才能解决。”季凉川语气僵硬。

“不要一副事不关己的样子好吗？你耽误了她十一年，一个女孩能有多少个十一年？你告诉我。”薛凯红着眼睛狠狠地瞪他。

季凉川苦笑：“那你让我怎么办？我没有等过她吗？你觉得是我对不起她？”

“如果没有你，我们俩一定已经结婚了，你知道吗？”

这时，季凉川表情一变，道：“你忘了吗？高一那年，我们公平竞争，是她自由选择的。”

薛凯猛地站起来，带着怒火居高临下地看着季凉川。

于小旭见情况不对，立刻也站起来，劝道：“哎，哥哥们，别打架啊，咱们多少年的兄弟，不至于啊。老大，他喝多了，你别跟他一般见识，我来的时候他就已经喝了两瓶……”

越说到后面，于小旭就越小声。季凉川强忍着怒火，不再说话。

薛凯却忽然问他：“你和美依为什么没结婚呢？你让她的等待变成一场青春的浪费，你懂吗？”

季凉川猛地站起身来，一把扯过薛凯的领子就往外走。身边喧闹的声音立刻停止，众人的目光都往这边投来。于小旭吓坏了，立刻跑过去拉住季凉川的胳膊：“老大，你这是干什么啊？别冲动啊！”

“你别跟过来。”季凉川面无表情地命令道。

说着，季凉川就把薛凯拎了出去，一把扔到街边的马路上。晚风习习，撩人的夜色里却充斥着粗重的呼吸声。薛凯摇摇晃晃地稳住自己的身体，刚站稳的一刹那，就挥出了拳头。季凉川躲闪不及，左脸颊被打中，趔趄了一下，立刻也挥过去一拳。这一拳不轻，薛凯本就站不稳，立刻倒在路边，然后就一直坐在那里，低着头不说话。

“清醒了吗？”季凉川问他。

然后季凉川走过去，一把揪住他的衣领，冷冷地看着他：“你问我为什么不跟她结婚，原因很简单，我不爱她了，现在我爱的女人只有沈檬一个。我和美依不可能再回到过去了，我以为你是最懂我的人，我们甚至从来没有因为美依而打过架，今天是第一次，我希望也是最后一次。”

薛凯忽然痛苦地双手抱头。

认识十几年了，这是季凉川第一次看见薛凯哭，声音很小，就像这夏季夜色里微弱的蝉鸣。

“对不起，凉川，我喝多了，我浑蛋，不该说那些伤你的话，明明知道这不怪你……我只是……我只是太爱她了……”

季凉川叹了口气，走过去坐在他身边，说：“我曾经尽最大的努力，尝试去做一件事，你知道是什么吗？”

薛凯低着头，喘着粗气摇头。

“就是让我爸接受美依。但是我失败了，结果你也看到了，最终我们没在一起。”季凉川道。

“这个世上有很多事，不是努力了就能成功的，有的时候放弃也是一种勇敢，你明白吗？当我下定决心要和沈檬结婚的时候，我很痛苦，我怕我放弃了我本可以得到的。可我还是选择了放弃美依，现在，我很幸福。”季凉川意味深长地说道。

薛凯忽然抬起头来看着他：“我明白，我努力过了，真的，她爱了你多久，我就爱了她多久……是时候该放弃了……”

季凉川微微摇头：“我说这话的意思不是要拆散你们，我最希望的结局就是你和美依能在一起，真的。”

“我知道，我一直知道。”薛凯道。

季凉川伸出长臂搭在薛凯的肩膀上，挑眉：“所以，我们还是兄弟？”

薛凯低下头，不好意思地笑道：“当然，是兄弟才打架。”

季凉川也是一笑。

这时，于小旭从酒吧里慌慌张张地跑出来，发现两人正坐在路边聊天，眼看着没什么大事了，立刻跑过去说：“你们俩不打了？”

薛凯赶紧抹了一下眼角：“你还希望我们俩打啊？”

于小旭一脸紧张的表情瞬间舒缓下来，他有点扭捏地站在那儿：“那个，你们看，我们三个人里面，我是最小的，你们当哥哥的得照顾照顾弟弟吧？”

季凉川抬头看他：“你该不会没结账就跑出来了吧？”

于小旭都快哭了，立刻贴过去说：“老大，我的身份证还扣在那儿呢！救救我啊！”

薛凯嘲笑他：“你怎么这么小气？咱们俩一共就喝了几瓶啤酒，你就不能把酒钱付了吗？平常我跟凉川请你吃多少顿了？”

于小旭简直要哭瞎：“不是啊，那几瓶啤酒没问题，一百瓶都是小意思，问题是，老大一来就点了一瓶一万八的拉菲啊！”

季凉川细细回想，忍不住一笑，薛凯则笑得都快抽过去了。于小旭抓耳挠腮地求助，季凉川故意逗他：“你的身份证挺值钱啊，人家居然还让你出来，别要了，补办一张吧。”

“不行啊，别啊，老大，你可不能这样啊！”

薛凯拿胳膊顶季凉川：“别逗他了，瞧把他给急的。”

季凉川又笑了一会儿，从钱包里翻出一张卡递过去：“结账去吧。”

于小旭像看到宝贝一样，立刻乖乖地捧着卡回去结账了。买单后，他居然还把那瓶没开的酒给抱了出来……

季凉川和薛凯觉得很没面子，都离他远远的，他便一个人抱着一大瓶酒在后面追："哎！你们俩别跑啊，这一万八的酒，一口没喝多浪费啊！"

然后三人打了一辆车直奔最近的海边，坐在那里吹着海风，开瓶畅饮，聊以前校园里发生的事。

聊了一会儿，薛凯就躺下睡着了，剩下季凉川和于小旭两个人聊。季凉川对他说："行了，别装了，我知道你心情不好。说吧，薛凯睡着了。"

于小旭一愣，哽咽了一下才说："就是……那天，我不是去看那个女孩吗？当时我还碰到了一个男的，他哭得特别伤心，看样子应该也是她生前的追求者之一。受他影响，我竟然也莫名其妙地哭了。唉，太不爷们儿了。我问他是那女孩的什么人，他没理我，掉头就走了。"

"你还想着她？"季凉川问。

于小旭点了点头："那女孩是我真心喜欢的，其他的女友……也就是感兴趣吧。我这么说是不是特别不要脸？"

季凉川摇摇头："每个人对喜欢和爱的定义是不同的，也没有谁规定两个人必须到爱的程度才能交往、结婚。"

"她是怎么去世的？"季凉川又问。

于小旭忽然露出一副很难过的表情，叹了口气："具体原因我也不清楚，我只知道本市发生了一场火灾，当时新闻还报道过，死者就是她……"

季凉川拍拍他的肩膀："向前看吧。"

于小旭点头："放心吧，老大，我这个人还是挺坚强的。其实，幸好她当初拒绝了我的追求，不然如果她是我女朋友，却又离我而去，我非得精神病不可。"

两个人又聊了许多，季凉川道："好了，听你说了这么多，你也该听听我说了。"

于小旭鄙视地看了他一眼："你有什么烦恼好倾诉的？我们几个人之中，还有比你更幸福的吗？"

季凉川低头笑笑："别闹，我是真有事情问你。要是有个女孩约我去北京玩几天，你觉得我要不要跟沈檬坦白后再去？"

“别别别别！老大，你听我的！别告诉嫂子，真的！我女朋友你见过，特别爽朗大方，什么都不计较，连我的臭袜子……哎，不是，我是想跟你说，女人的大方其实都是假象和幻觉！你要想偷欢，可千万别告诉嫂子！”于小旭急得跟什么似的。

季凉川打他一下：“谁要偷欢了？那女孩是美籍华裔，也是个医学博士，我爸手术成功有她的一份功劳。我不知道该怎么谢她，她挺喜欢中国的，就想让我带她去首都转转。我怕沈檬知道了会多想，多一事不如少一事，反正也没几天，所以不太想告诉她。”

这么一说，于小旭才明白过来：“你这么想是对的，有时候男人说谎是因为多一事不如少一事，别听她们说什么‘我不介意你和别的女人交往过密，但你隐瞒我就是你的不对’，我呸！这才是女人最大的谎言啊！你告诉她，她肯定跟你唠叨为何要带别的女人去玩；不告诉她，她就说你为何要瞒着她！”

季凉川想想家里的醋坛子，觉得还是不告诉她比较好。

一看时间，已经是晚上十一点多了，季凉川还算清醒，被勾起伤心往事的于小旭多喝了几口，已经昏昏欲睡了。

季凉川没办法，只能把两个人各自送到家，自己才回家。

到家后，已经是十二点多了，季凉川轻手轻脚地打开门，却还是弄醒了躺在客厅沙发上的沈檬。沈檬揉揉眼睛，看见季凉川脸上挂了彩，吓得赶紧从沙发上跳起来，跑过去捧着他的脸问：“你又跟人打架了？”

季凉川这才反应过来自己脸上有伤，立刻辩解道：“没打架，是多喝了几口，撞电线杆子上了。”

沈檬瞪他：“哪有那么多电线杆子被你们这些爱打架的男人当借口啊？给我说实话！”

季凉川一把搂住她，把头埋在她的胸口：“我老婆可真是不好骗啊……”

沈檬一把推开他：“别来这套，快点说，跟谁打架了。”

“我坦白，是薛凯。”

“啊？”她倒宁愿相信是电线杆子撞的！

沈檬一边给季凉川涂伤口，一边听他讲和薛凯打架的事，很是揪心：

“其实我知道美依不愿意嫁给他的事，她还找我倾诉过，我觉得这是人家两个人的事情，就没跟你说。”

“那你没问原因吗？”季凉川闭着双眼享受贤妻的照顾，勾着嘴角问。

沈檬瞪他：“因为你呗。”

季凉川果然吓得睁开眼睛看她。她一笑：“逗你玩呢，瞧给你吓的。美依说她只是还没做好结婚的心理准备，需要一点时间。”

“如果真心爱一个人，结婚是不需要心理准备的，你还是跟我说实话吧，我不告诉薛凯就是。美依是不是……还是不能爱上他？”季凉川凝视着她的眼睛，问道。

沈檬抿抿嘴角，点了点头，季凉川叹了口气。

“好了，不操心别人的事情了，他们都是成年人，能解决自己的感情问题。说说你吧，你说你这么年轻就跟我结婚了，不后悔吧？”沈檬逗他。

季凉川犹豫了一下，说：“你说得也对，我各方面条件都这么优秀，应该在‘花丛’中多嬉戏几年的……哎，别掐，别掐，疼……”

沈檬松开手：“还胡说八道吗？”

某人举手投降：“老婆，我错了。”

“哼！”

第八章 突如其来的矛盾

第二天，季凉川刚起床就去哄闹闹。

昨晚，闹闹在家满怀期待地等他回来检查作业，结果直到睡着了他还没回来，这会儿可生气呢。

季凉川只得忍受这个小家伙的瞪眼攻击，刚哄好了，美国那边就打来电话，他赶忙接起电话："喂？"

"宝贝儿子啊，医生说你爸的病情稳定了，基本不会再复发，所以，再住院观察一个月，我和你爸就可以回国啦。臭小子，到时候记得带闹闹来接我们啊！"季母高兴地说着，心情明显好起来。

"好，没问题。"

电话刚挂断，他又接到了 Betty 的电话："我可以订最快飞往北京的机票吗？"

季凉川一笑："订吧，然后把下机的时间告诉我，我跟你订下机时间一样的航班。"

"那好，我们在机场不见不散。"

早上把闹闹送到幼儿园后，季凉川就给沈檬打了个电话，说他明天要出差一趟，两三天后就回来。

不知为什么，沈檬总觉得哪里不对劲，但也没多问。到了下午，她给季凉川的秘书打了一通电话。

秘书不敢怠慢，立刻接听："季夫人？"

"季总明天是不是要出差？"

"是的，明天上午十点飞往北京的航班。"

这秘书也是傻，她还没问就都说了出来，她笑笑："那你知道他跟谁一起去吗？"

秘书立刻说："季总只订了一张机票，应该是自己一个人去。"

"那你待会儿把他的航班和酒店住址发短信给我，别跟他提起我问过你这些，就这样。"

"好的。"

沈檬有点心烦意乱，直觉告诉她，他这次出差和以往不同。她总觉得季凉川不是去工作的，可她又不敢相信他真有什么事情瞒着她。

她正心烦呢，池骋忽然拿着一张报纸闯进来，神色无比慌乱。沈檬有点不高兴：“你怎么不敲门啊？”

“陆振虎死了。”池骋瞪着一双眼睛看着她。

沈檬愣了两秒才反应过来，然后不可思议地皱眉看他：“怎么会呢？他不是刚出狱吗？怎么死的？”

池骋把报纸递给她，用手指给她看：“你看看吧，一场大火，烧得整个人都……现在报纸都登出来了。这事儿就发生在本市，闹得人心惶惶的，你不知道吗？”

沈檬摇头：“我最近挺忙的，没关注这类消息。怎么会这样？查明死因了吗？”

池骋摇头：“没，警察没有对外界公布任何死者的信息。”

然后他严肃地看着她：“沈檬，你最近小心一点，你以前当过他的辩护律师，如果他的死不是意外，我怕连你也会被牵扯。”

沈檬点点头，心里一沉。她了解陆振虎那个人，他只是性格有点冲动，做事也不计后果，可说到底还没有坏到十恶不赦的地步。

“有什么消息再打电话给我吧，我这两天要去一趟北京。”沈檬道。

池骋问她：“你要去北京？干什么？”

沈檬随口说：“见个老朋友而已，事务所先交给你几天。”

池骋不放心她，很想跟她一起去，可又不好意思开口。沈檬冲他笑笑：“放心吧，没事，可能是你想多了。陆振虎的事情你最好问问连少，有情况了就跟我说一下。”

“好吧。”

沈檬有时候就是拧，总爱跟自己过不去，其实只要问问季凉川到底要去北京干什么，她相信他也不会瞒着她的，可内心的好奇就是无缘无故被挑起来，仿佛不亲自去看一眼，她就永远不能安心一样，这种事情与信任无关。

收到季凉川秘书发来的航班信息后，沈檬也订了去北京的机票，比季凉川的那趟航班稍晚一些。

第二天一大早，季凉川怕吵醒她，轻手轻脚收拾了一下随身物品便离开了家，临走前还吻了吻她的额头。

他一走，沈檬就睁开了眼，觉得心里酸酸的。她讨厌这样的自己，总是这样患得患失，总是这样不安，总觉得时不时会跳出来一个比她好百倍的女人抢走季凉川。因为有这个念头，所以她一直成熟不起来，也不愿成熟起来。就让他把自己当个爱耍性子、爱吃醋的小女孩吧，他说过，他爱她的一切，所以她也一直随性地做着最真实的自己，毫无顾忌。

临走前，她把闹闹送到幼儿园并叮嘱他："闹闹，这两天妈妈要去北京出差，下午外公外婆会来接你，你可千万别跟陌生人走啊！"

闹闹懂事地点点头："那妈妈，你跟爸爸早点回来，然后去外婆家接我！"

看着她的小宝贝，她真是恨不得扑上去咬一口。他怎么就那么聪明伶俐呢？这样想着，她一把搂住她的宝贝，冲着他的脸上狠狠地亲了一口："要想妈妈啊！"

沈檬还想再跟他说点什么，忽然听见一个小女孩的声音："季慕辰！要迟到了！付老师会生气的！"

沈檬抬头一看，是一个穿着白色小裙子、扎着两条小辫子的姑娘在喊闹闹，正是玫玫。

沈檬这个不正经的家长，上次还担心自己儿子早熟，现在却特别没节操地小声问闹闹："你喜欢玫玫吗？"

闹闹听见这话，难得小脸一红，伸出肉乎乎的小手轻轻推了沈檬一把："妈妈你真坏！我不要跟你讲话！"

然后他就屁颠屁颠地跟着玫玫跑了。玫玫特别关心地问他："季慕辰，你图画课的作业做了吗？"

闹闹自豪地拍拍胸脯，大声道："当然画好了啊！"

沈檬远远地看着闹闹的背影消失在教室门口才放心地离去，又给沈母打电话嘱咐了一些事情，紧接着就马不停蹄地赶往机场。

登机前，她给红豆打了一通电话唠叨。红豆在那边听烦了，就开始骂她："我说你们俩能不能不闹了？儿子都三岁了，还玩这一套！如果被季王子发现了，岂不是让他觉得你根本就不信任他？再说了，这么多年，追季王子的女人都从北京排到美国了，人家还不是对你死心塌地？你这样搞突然袭击，简直是多此一举。"

沈檬也觉得自己确实多虑了，要不还是别去了？正犹豫着，她又忽然想到自己还从来没和季凉川在北京玩过呢，正好一起去玩也好啊。想到这儿，她豁然开朗："好吧，等到了北京，我就跟他说清楚，我只是想跟他在北京玩一次。"

"这就对了嘛。啊，忘记告诉你了，念薰姐怀孕了，把我公公高兴得新镶的假牙都快笑掉了！"红豆忽然兴奋地道。

沈檬听红豆念叨过她老公家的那点事，自然也跟着高兴，然后又贱兮兮地问她："你怎么样啊？还没动静？"

一提这个，红豆连忙跟她絮叨起来。

自从知道叶念瑾的姐姐叶念薰怀孕后，叶志诚算是有事干了，从网上搜了好几本高龄产妇的育儿指导书，硬塞给叶念薰和她老公宋仰威。叶念薰看了就不乐意，立刻瞪眼："谁是高龄产妇了？我老吗？"

叶志诚不理她，专心给宋仰威念孕妇该注意的各种事项，又怕叶念薰擅自折腾，还在他们家住了好几天。宋仰威倒是没什么意见，叶念薰却烦透了，便开始给叶志诚灌输"红豆的肚子还没有动静，肯定是因为某人不努力"这种思想，结果就是叶志诚住到了叶念瑾和红豆家。

叶志诚要来的前一天晚上，叶念瑾拉着红豆坐在床边，他怕她不高兴，提前铺垫了一大堆话，她却忽然转移话题："忘记跟你说了，咱爸要来咱家住一段时间，说是自己在家闷得慌，你知道吗？"

叶念瑾一愣："你知道了？你不反对？"

"不反对啊！你爸说要熬鸡汤给我喝，我都有点等不及了！要不咱们现在就去接他吧？"

叶念瑾苦笑，那他之前说的那堆话意义何在啊？

叶志诚刚来家里的第一天，就在一大早进了他们的卧室，见红豆睡得正香，一把将叶念瑾给拉起来。叶念瑾睁开眼，吓了一大跳，不可思议地看着他爹，小声咆哮："一大早的，您这是干什么啊？"

"你赶紧起来跑步去！"叶志诚小声命令道。

叶念瑾被逼无奈，穿着运动服在楼下的花园跑了两千米。跑完后，他坐在花园的长椅上，一边喝水一边跟坐在一旁的叶志诚抱怨："您这好端端的到底想干吗啊？逼着我跑步，我总有点知情权吧？"

"臭小子，你爹怕你不行！我还等着抱孙子呢！"叶志诚道。

叶念瑾这才反应过来："好歹我曾经也是个警察好吧？我还没到

四十岁，不至于不行，您也操心太多了吧？”

“那我问你，红丫头怎么还没怀上？”

叶念瑾一口水差点喷出来：“避孕了啊！爸，您没事儿吧？”

叶志诚一巴掌拍向叶念瑾的后背：“避什么避？你姐都怀上了，你还不抓紧！”

叶念瑾特别无奈，尽量耐着性子应付老人：“我总得征求我老婆的同意才决定要不要生小孩吧？”

“怎么？是红丫头不想生？”叶志诚吃惊地问道。

“不是她不想生，而是她妈找人给她算过，说她今年不宜要孩子，明年比较好。”叶念瑾解释道。

叶志诚点了点头：“也好，不能说要就要。不过我也得督促你，你现在不当警察了，我倒怕你自己不好好锻炼身体。”

叶念瑾无奈地点点头说：“那今天就这样吧，我昨晚看文件到两点才睡，好困啊。”

“臭小子，一点紧迫感都没有，回去吧！”

叶念瑾一回到家就脱了衣服往被窝里钻，不小心弄醒了红豆。她半睁着眼睛看他，吸了吸鼻子：“怎么有股汗臭味？”

叶念瑾困得不行，含糊道：“刚跑完两千米，老婆，我继续睡了。”

红豆清醒过来，一把推开他：“你得去洗澡！”

叶念瑾哪会管她？扑过去啃了她一口：“我不去。你得陪大爷继续睡觉。”

红豆不从，他就挠她痒痒，弄得她咯咯直笑。两个人正想亲热一下，叶志诚忽然闯了进来。红豆还光着身子呢，吓得赶紧把被子拉上来盖住全身。

叶念瑾快要疯了，皱着眉头不满地说：“我说老爷子，您不觉得您这样有点不合适吗？”

叶志诚也觉得不太合适，憨厚地一笑：“我在外面听见你们说话，还以为你们起床了呢。我给红丫头熬鸡汤了，你俩折腾完了就赶紧出来喝汤吧！”

这谁还折腾得下去啊！

门一关，叶念瑾也没那个心情了，赶忙闭上眼睛钻进被窝里说：“不正经，天天折腾我，让咱爸看见了吧？”

红豆真想一巴掌把他扇出去！是谁折腾谁啊？恶人先告状！

之后，叶念薰打来电话询问自己老弟和老爹的“同居”状况，叶念瑾这才明白叶志诚的到来，实际上是叶念薰的“阴谋”，于是阴恻恻一笑：“算你狠！”

叶念薰大笑出声，挂了电话。

接下来的几天，叶志诚一有空就拉着叶念瑾长跑，要不就是逼着他去游泳馆游个几千米。红豆心疼自己的老公，让叶志诚放放水，叶念瑾才得以休息了一下。

这天，游泳馆的人比较多，红豆也跟着凑热闹去看了看。叶念瑾没戴泳帽和泳镜，做了一会儿热身运动便要往下跳，忽然听叶志诚在边上说：“来回三圈，不许停啊！”

红豆张大嘴，她游一圈都快累死了，他居然让她老公连续游三圈？

叶念瑾一脸无畏地跳下去，修长的身躯像游鱼一样优美地向前滑行，这可把红豆和游泳馆的其他人看呆了。红豆犯起了花痴，赶紧掏出手机录像，旁边有些人想跟叶念瑾比赛，但速度不及他的一半，游了两圈就停在赛道中间休息了。叶念瑾坚持游完三圈，浑身轻松地上了岸。红豆搂住叶念瑾的脖子，跟个花痴一样亲了亲他的脸颊，把旁边想搭讪的单身女郎气得够呛。

叶念瑾斜眼看着叶志诚：“行了吗？”

叶志诚都快乐坏了：“挺好挺好，我儿子就是厉害！”

经过几天考核，叶志诚觉得他儿子生龙活虎，完全没问题，这才满意地离开他儿子家。红豆没了鸡汤喝，刚要抱怨，叶念瑾就说：“我给你熬，你可别再把我爸喊来了，夫妻生活的质量明显下降了好吗？”

红豆奸笑：“嘿嘿，我就等着你这句话呢，说好了啊，你要给我熬鸡汤哦！”

叶念瑾眯起眼睛看她：“臭丫头，你敢算计我？”

说着，两个人又开始打闹。

沈檬在电话这边笑个不停，还想继续听红豆讲其婚后生活，广播就发出了登机通知。她赶忙跟红豆道别，挂断电话，上了飞机。

四个小时后，飞机抵达北京。

沈檬一下飞机，立刻拦了出租车直奔季凉川秘书发给她的酒店。

而季凉川和Betty也在首都机场会面了。Betty戴着一顶黑色鸭舌帽，身穿纯白棉质T恤、浅色七分牛仔裤，脚上是一双浅蓝色运动鞋。季凉川看着她的打扮倒是吃了一惊，本以为像她这样美丽伶俐的姑娘，一到夏天就会迫不及待地穿上裙子和高跟鞋呢。

Betty一看见他，就笑着跑过来亲了亲他的脸颊。这让季凉川有点不适应，眉头微微一皱。

Betty忽然反应过来这里是北京，赶忙退后说："啊，对不起，我应该和你握手才对。我们重来一遍吧。"

季凉川一笑："不用了吧。"

Betty没理会他，径直跑到三米外的地方，又姿态优雅地走过来，一边和他握手一边用中文说："季先生，你好。"

他一笑，握住她的手。

他们来到预订的酒店，登记入住的时候，季凉川总感觉背后有一道视线在盯着这边，他回过头去，发现大厅里的人各自忙碌着，并没有什么异样，可能是自己多心了吧。

两人各自回房间放好行李，出来以后，季凉川问她："怎么样，想好去哪里了吗？"

Betty事先在网上查了著名景点，此时甜甜一笑："南锣鼓巷，是这么发音吗？这几个字好难写哦，我写在本子上了，你看看我写得对吗？"

季凉川接过本子，发现那行字写得歪歪扭扭，"锣"字还少了部首。他掏出口袋里的钢笔把那个部首添上，她接过来一看，恍然大悟："原来我写错了啊？这个部首写得好好看，你把你的中文名字也写在本子上吧！"

季凉川又接过本子，一笔一画地写下自己的名字：季凉川。

Betty看了看，忽然说："你的名字真好看。"

从那天起，那个笔记本被她当成宝贝一样收藏在自己的包包里，因为那里有一个人亲手写下的他的名字。

到了酒店以后，沈檬忽然有种不好的预感，在酒店捉奸这种烂俗的剧情她一点都不想经历！她正在柜台边想着，前台服务员热情地跟她打招呼："小姐，您好，请问有什么我能为您服务的吗？"

"麻烦帮我查个人。"

片刻后，服务员说季凉川是和一个女孩一起办理酒店入住手续的。沈檬感觉周围的空气慢慢变冷，浑身僵硬了几秒后，对服务员露出一个勉强的笑容："谢谢。"

她几乎是在一瞬间做出决定，翻出手机订了最快回去的机票。用季凉川的副卡在酒店附近的商场狂刷了几万块后，她又大吃了一顿，就坐飞机回去了。

到家后，她收拾了几件衣服和一些常用物品，第一次赌气回了娘家。

不然她还能怎么样？在酒店等季凉川带着那女人回来，当面对质再扇那个女人一巴掌？算了吧，她没那个心思，现在她只想安静地和自己的宝贝儿子待在一起。事实上，连她自己都好奇自己怎么会这么冷静就接受了季凉川出轨的事实。

晚上十点多，她到了沈家，沈父和沈母连忙接过她的东西，还问她怎么这时候来了。沈檬这么大的人了，自然不愿意让父母操心自己的家事，只笑笑说："把北京的事情忙完我就赶回来了，自己一个人在家没意思，干脆过来住几天。闹闹呢，睡了吗？"

"睡了，刚陪他玩了半天，小家伙可调皮了！"沈母一脸宠爱。

"吃饭了吗？我去给你热点菜吧。"沈睿思说着就要去厨房给她弄吃的。

沈檬连忙拦住他："爸，不用啦，我已经在飞机上吃过了。我去看一眼闹闹就洗洗睡了，你们也早点休息，晚安！"

沈檬轻手轻脚地走进房间里，见闹闹穿着小熊睡衣，侧躺在被窝里睡得正香呢。她走过去坐在他旁边，看着这张缩小版的季凉川的脸，心里忽然一阵酸楚。她摸摸他的小脸蛋，低下头亲了亲他。

口袋里的手机忽然振动了一下，她打开一看，是季凉川发来的短信："老婆，今天去逛街了吗？买了很多东西啊，开心吗？"

他的语气一如既往地温柔，就连看短信上的文字都能感觉出他话语里的柔情。她赌气般刷了他的副卡，花了几万块，他却不生气，只关心她开不开心。

可一想到在这个夜晚，他和另外一个女人住在酒店里，那点融入心底的柔情瞬间消失殆尽。她按下关机键，换了睡衣，搂着闹闹就睡下了。

恢复工作后，池骋能看出她的喜怒哀乐，尽管她伪装得很好。

“我给你报了个课外班，你要不要去听听？一共十节课，一万多块钱呢。”池骋拍拍她的肩膀道。

沈檬一愣：“什么班，这么贵？”

“一个海归办的私人培训班。这个人在美国读的是犯罪心理学，已经拿到博士文凭了。我觉得你可能会有兴趣，而且它对咱们这个职业也算有点帮助。”池骋道。

正好她需要把自己的生活变得忙碌一些才不至于总是想起季凉川和那个女人的事情，二话没说就答应了：“行，我去听听，费用我回来还给你。”

“行了，我擅自做主给你报的名，还能找你要钱啊？你能给我留点面子吗？”池骋撇撇嘴，不满地道。

沈檬一笑：“那谢啦，改天请你吃饭，大餐。”

“成交！”

“对了，陆振虎的事情，你问连少了吗？”

池骋道：“问了，他跟陆振虎最近没有联系，根本不知道发生了什么事，我们还是静静地等着警方那边的线索吧。”

沈檬点头，也只好如此了。

周末早上，沈檬拿着收据单和笔记本去听课。

走进教室后，她发现教室规模居然还挺大，至少能容纳八十个人，而此时里面已经坐满了人，看来这位老师还真是小有名气。

她找到一个角落的位置，刚坐好，老师就进来了。他戴着一副黑框眼镜，显得文质彬彬的，五官也很端正，声音更是儒雅温和。底下有好多女生开始兴奋了，沈檬也是从学生时代过来的，能理解她们为什么兴奋，无非感兴趣的课加上迷人的男老师罢了。

海归让大家喊他里克斯老师，底下立刻有调皮的男同学说：“立刻死老师你好！”

众人发出一阵笑声。

里克斯没介意，只是温和一笑，而后以他的留学经历为开端，引入了犯罪心理学的基础知识。沈檬一开始只是想打发时间，谁知竟越听越带劲儿，不知不觉记了好多笔记，而且她居然还想在课后去提问！

下课后，她真的去向里克斯提问了。里克斯见到她，眼睛一亮，打了一个美式招呼："你好，美丽的小姐。"

"里克斯老师，我想请教一下，怎么压制犯罪心理？"沈檬看着他问。

里克斯一笑："怎么，你想犯罪啊？"

沈檬点头。

里克斯的表情立刻变得严肃："发生什么事了？我能帮你吗？"

沈檬摇摇头："没什么事，只是我有时候无法控制自己的情绪，比如看到有女人缠着我喜欢的人，我就会很想过去给她一巴掌。"

里克斯忽然哈哈一笑，捏了一把冷汗："你吓了我一跳，那不是犯罪，只是女人吃醋而已。你叫什么名字，明天还来吗？"

"沈檬。明天我还会来，因为我很想多了解这方面的知识。"

里克斯笑笑说："好，我不会让你白交钱的。"

刚与里克斯道别，季凉川的电话就打了过来，好不容易抑制住的犯罪心理又浮上来，沈檬一气之下把电话给挂了。这几天，季凉川给她发了很多短信，但她一概没回复，现在他直接打电话过来，她也完全不想接听。

过了一会儿，季凉川的电话又打了过来，沈檬干脆按了关机键。

一路开车回家，刚进家门她就感觉肚子饿了，撒娇道："爸、妈，我饿啦，给我和闹闹做点……"

忽然，她愣在门口，天哪！她看到了什么？某人居然臭不要脸地在跟她爹妈打牌！

季凉川听见她的声音，扭过头来看她，眉眼一弯："老婆，晚上想吃什么，我做给你吃好不好？"

"你都嫁人了，还让你老公给你做饭？乖，一会儿你跟你妈做饭啊。"沈睿思牌瘾上来，这会儿也不宠着她了。

沈檬愣在那里半天，现在不能跟他翻脸，省得自己父母担心。于是她强忍火气，微笑着将坐在一旁看打牌的闹闹抱到卧室，小声问道："你爸什么时候来的？”

“上午就来啦。妈妈，你跟爸爸吵架啦？”这小家伙居然一脸幸灾乐祸地问。

沈檬脸一僵：“没有啊，你听谁说的啊？”

“爸爸给外公打电话才知道我在这儿，不过爸爸跟外公说你们没吵架，还偷偷问我你怎么不接他的电话，又说你生气了，让我哄哄你。”闹闹十分坦诚。

沈檬气不过，干脆捏了一下闹闹的小屁股：“妈妈哪有那么爱生气啊？都是你爸欺负我。”

闹闹噘嘴：“爸爸跟我说女人特别麻烦，让我以后小心着点。”

居然敢教坏她的宝贝儿子？！

“闹闹，你可千万别把爸爸妈妈的事情告诉外公外婆，他们会担心的，听见没？爸爸妈妈就是偶尔闹点小别扭，没事的。”沈檬跟闹闹说道。

基于平时季凉川和沈檬没怎么吵过架，就算意见相左也不敢当着闹闹的面争执，所以这小家伙没见过大人吵架是什么样，乖乖地点头道：“妈妈，你别生气了，一会儿我去教训爸爸。”

沈檬忍不住一笑：“你怎么教训啊？小鬼头。”

“咱们不理他，然后晚饭也不给他吃。”闹闹噘嘴道。

这话可把沈檬乐坏了：“那是你亲爹啊，你怎么这么狠啊？好啦，妈妈和爸爸自己能解决，就不用闹闹操心了，好吗？”

闹闹皱皱眉，忽然搂住沈檬的脖子：“那妈妈你别气了，气坏身体就不好了！”

沈檬搂过她的小宝贝，亲了又亲：“好好，妈妈不气。”

晚上，季凉川坚持要亲自下厨，沈母拗不过他，只好把沈檬一把推进厨房，让她在边上打下手，她还得装出一副特别高兴的样子。

进去以后，她发现季凉川系着一条草莓图案的围裙，正站在那儿削土豆呢。这一幕实在太滑稽，她差点笑出来，可一想到他背着她做的那些事儿，她又忽然觉得心底一阵发凉。

她没说话，走过去站在他旁边洗菜。季凉川侧过头看她，声音压得很低：“这是怎么了？”

他从来都知道给她颜面，从来都知道她的心思，自然不会让沈父沈母知道他们俩吵架的事情。

沈檬表情冷淡，什么话都没说，只是忙着洗自己的菜，然后又转过头，找了几颗蒜开始剥。季凉川干脆放下东西，从背后搂住她。

那种熟悉的温度刚刚贴上她的肌肤，她就觉得一阵恶心，忙用手肘推开他，皱了一下眉头，低声说："别碰我。"

季凉川根本不知道发生了什么，只能干着急，皱着眉头在背后小声问她："你总得让我知道我做错了什么事吧？"

沈檬根本不想跟他说话，剥完蒜后，洗了手就出去了。季凉川拉不住她，看她进了客厅和沈父沈母说话，也不好再跟过去。

季凉川做了一大桌丰盛的饭菜，沈檬又没出息地开始心疼起他来。人家堂堂天域总经理，家财万贯的，把她娶进家门后，一天少爷日子没过过，反倒是她跟个千金一样被他宠着，现在又在娘家伺候她一大家子，连沈父沈母都看不下去了，几次想进厨房帮忙，却都被他婉拒了。

沈檬知道他是有意讨好她，想让她给他沟通的机会，可是，她真的没办法原谅她深爱的人背着她跟别的女人去北京，还住在一起，这还是她的好老公吗？

一家人其乐融融地吃着晚餐，沈檬尽量配合他，席间还让他少喝酒。季凉川特别乖，尤其在她娘家的时候，立刻就不喝了。倒是沈睿思因为没了酒伴，觉得有点扫兴。

晚饭结束后，沈睿思把季凉川叫到书房里下军棋。

刚摆好棋子，沈睿思一笑："跟我女儿吵架了吧？"

季凉川只能敷衍说："没有，就是我出差时间有点长，她不太高兴。"

"还想骗我？那毕竟是我的女儿啊，我一眼就看出你们有问题。说吧，怎么了，一会儿我帮你说说她。这丫头从小被我宠坏了，你得多包容。"沈睿思道。

季凉川知道骗不住，只能笑着说："可能是我做得不够好吧。没事的，等她不气了，我会好好跟她沟通的，您就不用操心了。"

沈睿思拍拍他的肩膀，点了点头。

晚上，他们留在这儿过夜，闹闹吃完饭和沈母玩了一会儿就在沈母的房里睡着了。沈睿思心下一动，干脆就让闹闹睡在这屋，用眼神示意季凉川晚上好好努力，季凉川无奈一笑。

趁沈檬在浴室里泡澡的工夫，季凉川走进她的房间，每个角落都想看个仔细，这还是他第一次住在沈檬的闺房里。淡粉色的墙纸有些泛黄了，墙上还贴着她喜欢的男明星的海报。家具摆设很简单，正中间一张单人床，左边放着梳妆台和一个简易的乳白色书柜，上面有儿时的童话书，有中学时期的习题册，还有大学时期的专业课书籍、法律类书籍。他用指尖扫过每一本书的书脊，就好像陪着小时候的她重新长大了一次一般，觉得无比温暖和甜蜜，不禁露出一个浅浅的笑容。他走到床对面的书桌旁，打开抽屉，看见一个发黄的作文本，封面上歪歪扭扭地写着几个字：六年一班，沈檬。

他实在忍不住笑起来，觉得沈檬小时候写的字好可爱，翻到第一页，是她小时候写的一篇作文，题目叫《我的梦想》。

他津津有味地读起来："我有一个梦想，我想嫁给童话故事里的王子，他们英俊，他们勇敢，他们总是一心一意地爱着自己心中的公主，并且一生一世在一起。故事的结尾，公主和王子幸福地生活在一起，我也想过幸福的生活，所以我一定要嫁给一个王子……"

这是什么逻辑？季凉川忍不住一笑，不知道她嫁给他，算不算实现了六年级的小檬檬的梦想。

这时，他的耳边忽然传来一声惊呼："喂！别看！"

沈檬刚从浴室出来，还没来得及系上浴袍的带子就看见某人在看她珍藏的作文本。她冲过去，一把抢过本子收在怀里："你居然偷看我的作文本！"

季凉川盯着她裸露的香肩，笑道："这么烂的作文，老师居然还给你打了个优秀。"

沈檬冲他翻白眼："你懂什么？那是我六年级写的，你都快三十了，看着当然觉得烂啊。"

"我有这么老吗？我还差好几岁才到三十好吗？"季凉川表示抗议。

沈檬冷哼一声，抱着作文本钻进被窝打算睡觉。她的浴袍半遮半掩的，季凉川看了一会儿就觉得血脉偾张，扑过去想要将她"就地正法"。沈檬根本没那个心思，一把将他往边上推去，然而她这张单人床太窄了，季凉川竟从床上掉了下去。

沈檬一愣，翻过去低头问："没事吧？"

季凉川捂住额头："你的床怎么这么小？这还怎么折腾？"

沈檬见他没事，干脆说："那就别折腾了，你睡地上吧，我给你被子。"

说着，她从衣柜里扯出一条毯子和一床被子扔给他，没再说话，翻身就进了被窝。季凉川爬过去，扯开她的被子低声问道："老婆，到底出什么事了？我先认错还不行吗？"

沈檬心里酸酸的，可就是倔强地不肯理他。

季凉川像个小孩子一样摇了摇她，见她闭着眼睛不说话，他低声叹了口气，翻身睡在地上。

第二天，沈檬醒过来，发现季凉川在地上睡得很不踏实，一会儿皱皱眉，一会儿翻个身，她心里都快心疼死了。可她又气得不行，干脆眼不见为净，翻身下床洗漱。家里人都还没醒，于是她下楼买了全家人的早饭，自己吃了一点后立刻赶着去上课了。

今天是周日，来上课的人依旧很多，而且以女生居多，从她们的眼睛里就能看出她们等里克斯很久了。沈檬叹气，幸好她离花痴的年纪已经有点远了，不然估计她也会是其中一员。

里克斯今天讲的内容更加生动丰富，还给学生做了心理测验：如果你一个人半夜十二点走在无人的医院走廊里，忽然有一个病人出现在你面前，而你身边有烟幕弹、剑、手枪这三样东西，你会选择使用哪种武器来攻击忽然出现的病人？这个题目让整个教室充满了诡异的气氛，大家都陷入了思考。

沈檬用笔戳了戳自己的太阳穴，一边想着选哪种武器，一边想着某人起床了没、吃早餐了没……想到这儿，她猛地拍了一下自己的脑袋，懊恼地低吼出声："贱！"

她今天坐的位置比较靠前，这话正好被讲台前的里克斯听到了。他愣了一下，立刻对沈檬说："沈檬同学，你选的是剑吗？那你可要注意了，据我在美国的研究报告来分析的话，选剑的人，暴力倾向与其他两者相比是最为严重的。"

"不，不是，我没选那个啊，我……"

原本坐在她周围的几个男生对她还有点兴趣，这下都用惊恐的眼神看着她，不敢再动搭讪的念头了。她扭头看见那些人的表情，长吐了一口气表示无语。

里克斯也看出了端倪，连忙打圆场：“这只是我个人的分析，并不适用于所有人，大家当个娱乐就好。”

课间休息时，楼道里出现了一阵小骚动。沈檬昨晚没睡好，就没去理会，趴在桌子上小憩了一会儿。等她醒过来的时候，第二节课已经开始了。她睁开惺忪的睡眼，蒙蒙眬眬地看到讲台上站着两个人，正纳闷老师怎么变成两个人了，等看清楚的时候，她彻底惊呆了。

“这位同学报名的时间比较晚，所以今天才来，大家欢迎一下，然后我们继续上课。”里克斯道。

教室里忽然响起一片欢呼声、尖叫声，都用不着里克斯让他们欢迎，那些女生早就疯了。

然后沈檬就看见“这位同学”从容不迫、顺理成章地坐在她旁边的座位上，冲她笑了笑。

有谁能跟她解释一下，为什么昨晚还在睡地板的某人现在会出现在这里跟她一起听课？

沈檬盯着季凉川正在认真听课的侧脸足有十分钟，季凉川终于侧过头来小声教训她：“好好听课，别分神。”

她睁大眼睛，不可思议地看着他，那种不知该如何开口的心情，她该怎么形容呢？

可能是她看得太久了，坐在她另外一边的女生轻轻拍了拍她的肩膀，跟她耳语：“他很帅对吧？我以为里克斯老师已经算是极品了，没想到人外有人啊！你离他近，帮我问问他下周还来吗？”

沈檬笑了笑，嘴角一僵，不用问了，她来他就来，她不来，你打死都看不见他了。

又是课间休息时间，很多女生把季凉川围起来，问东问西的。

“你好，请问你叫什么名字啊？你下周还来吗？”

“帅哥，今晚我们班有一个联谊会，想大家彼此认识一下，你也来呗？”

“来吧来吧，我们这几个班花都会去哦！”

啥，她没听错吧？居然有人自称班花？沈檬一口老血恨不得喷到那女生脸上。她仔细一看，那女生长得确实不错，不过没什么气质，也不机灵，肯定不是季凉川的菜。想到这里，沈檬才反应过来，连跟他去北京的那个女人是谁她都不知道。

沈檬就坐在旁边，季凉川哪敢应下来？直接笑着摇摇手："我晚上还有事，就不奉陪了。"

几个女生明显一脸失望，怏怏地走了。

等人一走开，沈檬就问他："你怎么知道我在这里的？"

季凉川说："我问了你的合伙人。"

行啊，她跑哪儿去，他都能逮到人问是吧！

"那你跑过来干什么？"

季凉川一脸委屈："你不理我，让我睡地板，难道还不让我跟着你？这应该吗？"

"对不起，我错了。"沈檬严肃道。

季凉川吓了一跳："别吓我，你还有认错的时候？"

"是啊！我应该让你睡厕所的！"沈檬赌气地扭过头，不再理他。

季凉川皱了皱眉："女人真是难懂。"

课上到一半的时候，季凉川偷偷在底下玩手机，根本就没听课，沈檬撇撇嘴，也不知道刚刚还教训她要好好听课的人是谁。

她从他那儿收回心思，正准备好好听课，手机忽然振动了一下，她一看，原来人家在那儿给她发短信呢。

她侧过头瞪他一眼，而他示意她看短信。

她低头看手机："老婆，有什么事那就说，别冷战好不好？我宁愿你打我一顿、骂我一顿，那也比你不理我要好。我心里真的很难受，咱们已经快一个星期没好好聊天了，我出差这么多天，你都不想我，可是我很想你，像得了相思病一样。"

这么肉麻是要干什么？她虽然觉得肉麻，可心一下子就软了。她抿抿嘴，想要给他回复短信过去。

里克斯忽然叫她的名字："沈檬同学，这个问题的答案你知道吗？"

这是种久违了的学生时代的感觉：低头开小差，被老师逮到，然后被点名回答问题。沈檬微微一怔，黑板上一个字都没写，连个提示都没有，这让她怎么回答啊？

自从季凉川来了以后，她根本一个字都没听进去啊！

“您能不能把问题再重复一遍？”沈檬小声道，有点不好意思。

里克斯笑笑说：“昨天我提到了反社会型人格，你觉得造成这种人格的原因是什么？”

沈檬头疼，她怎么知道？她又不是这方面的专家。

旁边的某人立刻接话：“我替她答。”

里克斯瞅了一眼这个新来的学生，只好点头：“那这位同学，你来替她回答吧。”

沈檬仔细看了看里克斯的表情，他似乎笃定季凉川答不上来，毕竟昨天某人还没来上课呢。

谁知某人淡定从容地答道：“针对社会上的弱势群体来说，犯罪的概率最高，主要是幼儿教育的缺乏，还有社会的支援不足，导致这部分群体感到受挫、失望、绝望，到最后形成一种极端化情绪，而这种极端化情绪最终导致了对社会的报复、反抗和仇视等一系列负面心理，最后形成反社会型人格。”

其他人闻言，纷纷发出惊叹：“哇哦！”

沈檬愣了，偷偷跟季凉川咬耳朵：“你怎么这么清楚？”

季凉川斜眼看她，轻声说：“你不知道这是你老公大学时期的必修课吗？要不是为了你，我也不会在这里听这么无聊的课，简直是浪费我宝贵的时间。”

瞧他那副得意的样子，沈檬干脆收起手机不跟他发短信了，继续专心听课。

季凉川看她收起手机，明显是不打算理他了，便用笔敲了敲额头，侧过头盯着她看。沈檬装没看见，他就一直这么看着她，眼睛都不带眨一下的。这让沈檬有些坐立难安，像个初恋的少女一样，竟然被他看得浑身不自在。

“这位新同学，你好像一直在看沈檬同学，是有什么事吗？”里克斯站在讲台上，自然能一览底下的一切，他没忍住好奇心，还是问了出来。

然后季凉川就大言不惭地随口说：“我在追她。老师，你不用在意我，请继续。”

全班哗然！

沈檬把书盖在自己的脑袋上，就让她当自己不存在吧！

下课后，沈檬捂着脸冲出教室，刚走出大楼就被季凉川一把抓住。时不时有同学从旁边经过，沈檬臊得慌，赶紧拉着季凉川躲到大楼另一侧隐蔽的地方，抬头低吼道："你干什么啊？我这两天不想看见你，你回家行不行？"

"好，只要你说清楚原因，我可以给你冷静的时间。"季凉川立在她面前，收起了以往的笑容，严肃地盯着她，问道。

"问你的秘书去吧。"沈檬冷冷道，扭头便走了。

当天晚上，季凉川没走，还赖在沈家陪沈父沈母聊天，沈檬只能边听边随口附和着，脸上带着笑容。

睡觉前，季凉川又被勒令睡在地板上，不过今天她多给了他一床毯子，算是这两天他给她家当大厨的报酬。半夜，季凉川根本睡不着，一心想解决他跟沈檬之间的问题。他偷偷摸摸爬上床，钻进她的被窝里，立刻闻到了女人香甜的气息。他太想念这个味道了，忍不住搂着她纤细的腰身，低下头吻了吻她的脖颈。这女人不知是装睡还是真睡着了，他拼了命地当了半个小时的调情高手，可她就是无动于衷。季凉川没办法，只能往里挤了挤，搂着她睡着了。

第二天，季凉川一大早就起来了，见沈檬睡得沉，也不敢打扰她，做了一家子的早饭才开车去上班。

一到办公室，他立刻拨通内线把秘书叫进来，秘书一五一十地跟他说了沈檬问她的事情。听完后，季凉川双手撑住额头，一副很疲倦的样子，看起来心情很糟。

秘书有点害怕地解释："季总，是不是我说错话了？我怕季夫人找您有急事，所以……"

"没事，跟你没关系，你先去忙吧。"季凉川抬起头来说道。

秘书刚要出去，季凉川忽然又叫住她："以后她再问你什么事，你要第一时间通知我，明白吗？"

"是。"

"去忙吧。"

他有点心烦意乱，更多的是自责。是他选错了方式，他以为不告诉她，她就什么都不会察觉到。他就是怕她会不开心才瞒着，可事情还是发展成了这样。

Betty 的电话忽然打过来，他接通："喂？怎么了？"

"没什么，就是忽然有点想你。对了，伯父伯母快回国了，到时候咱们一起去接他们吧？"

季凉川想拒绝，可又实在找不到很好的理由。如果换了是别的女人，他可以冷漠无情，可以冷语相向，可是，Betty 为了挽救他父亲的生命，确实付出了很多的辛苦和努力，他不愿意这样对待她，只好疲惫地应了下来。

"还有，待会儿能不能出来陪我吃顿饭？我有点事情想跟你说。"

"Betty……"

没等他想好拒绝的理由，Betty 忽然爽朗地说："就这样定了！待会儿见！"

季凉川隐约察觉到什么，可他不能确定，也没有哪个男人自恋到对一个热情开朗的美国女孩问"你是不是喜欢我"。算了吧，他的大男人自尊绝对不允许他这样。

自从那天他陪 Betty 游了一圈北京城后，Betty 又提议来他所在的城市看看，顺便在这边等着季源康回来。季凉川没有理由拒绝人家，只能带着她回到这座城市，又给她找了酒店安顿下来。

他忽然心里很乱，给沈檬打电话，却被她直接挂断。他低声叹了口气，索性起身，离开公司赴约。

来到 Betty 酒店附近的一家餐厅，季凉川推门而入，一阵冷气吹入他的脖颈间，这适时的凉爽让他的心情好转了一点。他尽量保持笑容走过去，看到一个穿着纯白色蕾丝连衣裙的女孩正安静地坐在角落里，一边优雅地喝着橙汁，一边满怀期待地看着窗外。她看到他的那一刻，绽放出向日葵般的笑容，睁着大大的眼睛冲他开心地挥手，示意她在那里。

自从他们认识以来，Betty 只穿过两种衣服，一种是实习生的白大褂，干净又干练；另一种就是他们在北京游玩时所穿的 T 恤、牛仔裤，潇洒又自在。然而今天，她穿着淑女风的长裙，脸上的表情也变得不一样。他驻足原地，忽然明白了她今天约他出来的目的。

Betty 是个笑起来很有感染力的女孩，季凉川坐在她对面的位置，看着她的笑容，被感染得也想微笑。Betty 问了他的意见后，点了几道特色菜。

等菜的工夫，她脸色有些红润，视线若有若无地停留在他的脸上，然后又瞬间移开，去看桌上的刀叉，或是窗外的天空。季凉川刻意用左手帮她摆好餐具，可她根本就不敢看他。或许从一开始，她就不敢看他的任何一个地方，好看的面容、挺拔的身材、修长的手指……她生怕自己会入迷，所以一直不敢直视。

季凉川没办法，只好把左手伸到显眼的地方，找话题跟她聊天。她听到自己感兴趣的话题时，就会把头扭过来笑着跟他说话。

这个时候，窗外的阳光刚好讽刺般直射在季凉川左手无名指的戒指上。Betty 猛然僵住，沉默了几秒后，眼圈开始泛红。这本不是美国女孩的作风，可也许是因为骨子里流着中国人的血液，所以她在表白的那一刻忽然退缩了。而在她终于下定决心要说出口的时候，她看到了这枚戒指，戒指在她表白对象的左手无名指上发出刺眼的光芒。

他是故意让她看到的，在她还没开口前，保住了她的尊严。然而有时候，他的温柔反而刺得她很痛。

Betty 忍着眼泪，强颜欢笑地小声道："你知道我想说什么……"

季凉川不知该如何安慰，只能淡淡地说："对不起。"

"谢谢你这么绅士。" Betty 抹了抹眼角的泪。

季凉川从未见过这样的她，说："你值得更好的男人，而那个人不是我。请原谅我没有一开始就说清楚，我只是觉得那样会很奇怪……"

"不，你是对的。" Betty 重新换上一张笑脸，道，"所以，我们仍然是朋友。让我们忘记这些事，好吗？"

季凉川点点头，轻声回答："好。"

之后，两个人都没再提表白的事情。吃完饭后，季凉川送她回了酒店，又赶忙开车去了沈檬的公司。

季凉川刚到，就看见大门口停了一辆卡车，搬运工人和事务所员工正在往里搬器材。他拦住柳萌萌，问道："沈主任呢？"

柳萌萌怎么可能忘了眼前的美男子？当时搂着沈主任进来的大帅哥，她到现在都还记得，立刻笑笑说："沈主任也在搬东西呢，一会儿就出来了。"

季凉川点点头，问：“这些器材是什么？”

“这是沈主任和池主任订的健身器材，他们想把办公室旁边的空屋子弄成健身房。”柳萌萌解释道。

想不到沈檬这丫头还挺有情趣的，季凉川当即决定自己的公司也要弄一个健身房，方便员工释放压力、锻炼身体。

他正想着，沈檬和池骋从里面出来，额头上都是汗，看样子是刚搬了重物进去。他老婆倒是没架子，这么沉的东西居然亲自搬。他在一旁看着他们，就见池骋一把拉开她，吼道：“你在这儿起什么哄啊？当个女人行不行？”

沈檬瞪他：“我又不是老弱病残，搬点东西怎么了？”

池骋瞪回去，反问她：“你跟个汉子似的，当初是怎么嫁出去的啊？”

“要你管啊！你搬你的去！”

看着这一幕，季凉川心里很不舒服，大步跨过去，挡在两个人面前。池骋看清来人，打了个招呼就跑到一边搬东西去了。

沈檬呼了一口气，小声对季凉川说：“我可不想在办公室跟你演甜蜜夫妻档节目，我现在很累。”

季凉川见她还没消气，干脆说：“你以为我跟那女人有不正当男女关系？”

沈檬一愣，抬头看他，然后咬咬牙把他推到一边，赌气似的跑到卡车边，伸手去搬一个大箱子。她现在急需运动，需要大量的事情来填充她的生命。因为她只要一闲下来，脑子里就是季凉川，而她不想再想他了。

搬运师傅一把拦住她：“哎哎！姑娘，这个可不轻啊，我们来搬就好了，我们是收了搬运费的啊！”

沈檬没听劝，伸出双手就要把大箱子给抱过来。季凉川走过去按住她的手，皱着眉头看她：“我来搬，你去休息。”

沈檬不理他，一使劲就把大箱子整个抱起来。季凉川是真急了，一把抢过来，看着她低吼道：“撒手，听到没！”

沈檬吓了一跳，手就真的一松，季凉川这边还没完全接住，大箱子直直地砸在他的脚面上。他一阵吃痛，脸色霎时一白。沈檬整个人都傻了，立刻使出浑身的力气把那个大箱子搬离他的脚面。

她蹲下去看他的脚，说着说着就哭出声来：“你怎么样？疼吗？”

季凉川疼得不行，低头看她一脸焦急的样子，还不忘教训她：“你说你要是不小心砸着自己了可怎么办？啊？”

沈檬被他吼得一愣一愣的，可她管不了那么多了，见他单脚站着，额头上的青筋都凸出来了，就知道他的右脚被砸得不轻。她把他的胳膊搭到自己肩膀上，一边抹眼泪一边说：“凉川，我送你去医院，你坚持一会儿。”

季凉川见她这会儿终于老实了，也不管自己的脚伤，搂着她问：“以后你还自己搬这些东西吗？”

“不搬了不搬了，只要你没事，我什么都听你的。”沈檬委屈地哭了。

季凉川哼哼鼻子，见她终于变乖了，才说：“别哭了，送我去医院吧。”

“怎么了这是？”池骋过来询问情况。

沈檬急得不行，简单地说了一下情况。池骋听完就自告奋勇：“我扶你去医院吧！”

谁知季凉川在这个节骨眼上就跟个小孩子一样，搂着沈檬不肯撒手，抬眼看着池骋，嘴角还挂着邪恶的笑：“不用麻烦你了，我要我老婆扶我去。”

池骋无语，气呼呼地甩袖而去。

沈檬连忙把季凉川扶到自己的车上，开车去最近的医院挂了骨科急诊。季凉川闭着眼，额头上不停地冒汗，可把沈檬给心疼坏了。她掏出纸巾，不停地给他擦汗：“特别疼吗？”

季凉川捂住右腿，艰难地吐出几个字：“不疼，就是骨折了。”

“啊？！”沈檬被吓了一跳。

这时，两个护士走过来，美滋滋地把季凉川抬到了担架上。沈檬没理会护士的劝阻，跟着他们进了急诊室。

医生检查了一会儿，又给季凉川拍了个片子。等了好一会儿结果才出来——脚面骨骨折。医生语重心长地跟她说：“这块地方的骨头最不容易长好了，你可得注意让他千万别再伤着脚面，好好保养的话，最少也得三个月才能正常行走。”

沈檬心里就像被点了一把火，很想伸出长指甲在心上挠几下才解气。她一边听着一边点头，将医生说的话都记在了脑子里。

从急诊室出来后，沈檬打电话让沈母去幼儿园接闹闹回家，还跟她说了一下季凉川脚被砸伤的事情。沈母在电话那边听得心惊胆战，说着就要拉上沈睿思来医院看季凉川。沈檬赶紧拦住她："不用啦，我陪着他就行。您一会儿接完闹闹，帮我去买点炖汤的骨头，还有钙片什么的，医生说它们对骨头愈合有好处。"

"好好，我这就去。"

沈檬一直忙到晚上，季凉川的石膏刚刚打好，她这边连拐杖都买好了。看他拄着拐杖从急诊室里一步一步慢悠悠地走出来，她赶忙跑过去扶着他，心里狠狠一疼。

回家的路上，她一边开车一边喋喋不休地叮嘱季凉川，要忌口的东西、去医院复查的时间、每天要多吃的补品、要按时休息和保证睡眠……

季凉川哪有心情听这些？他根本就不关心自己的脚伤，伸出手一把抓住她，看着她的眼睛，表情格外认真："老婆，你怎么就不相信我呢？"

沈檬难过地眨眨眼，将车子停在家门口，扭过头看他："那女人是谁？"

季凉川如实说："是我上次跟你说的医学博士。她在美国一直很照顾我爸，又很想来北京看看，拜托我带她去，我怕你多想就没跟你说。但是你放心，我们分住在两个房间，什么都没发生。"

"你知不知道我每天都在担心？我怕我拥有的幸福都是假象。你那么好，我独占了那么久，总怀疑命运不会待我如此优厚，所以我总是患得患失，即使守在你身边也觉得随时会失去你，你明白这种心情吗？"沈檬低声说着，心底的酸楚一下子爆发了出来。

季凉川凑过去，一把将她搂在怀里："怎么会不明白？我跟你的感觉是一样的。"

沈檬窝在他温暖的怀里大哭："老公……对不起，砸了你的脚。我宁愿砸死我自己也不愿……"

季凉川猛地低头狠狠吻住她，及时堵住了她后面的话。他离开她，瞪她："你再胡说八道，我真生气了。我告诉你，你给我好好的，不许生病，不许受伤，更不许提'死'这个字！你要是出了什么事，我就跟你一块儿去死，记住了没？"

沈檬今天被他凶了两次，哪还敢反抗，噘着嘴点头。

季凉川拍拍她的脸："还有，以后就算我犯了天大的错误，你也不能不理我，知道吗？我多难受啊。”

沈檬抹着眼泪点头：“我也难受……”

这下他给气乐了：“你这不是自找的吗？你就不能打我一顿吗？还不如让我跪搓衣板呢！”

她被这话逗笑了：“那好，等你脚好了就跪！”

“喂……”

“怎么着，小两口没事啦？”

车里紧紧抱着的两个人被吓了一跳，赶忙分开，就见沈父沈母在车子旁边站着，脸上还挂着笑。沈檬打开车门，扶着季凉川下车，有点不好意思：“你们都知道了啊……”

“我的傻丫头，真当你爸妈傻啊？人家凉川够迁就你的了，差不多就得了啊，我们都不愿意跟你一般见识……”沈母笑着数落她。

得，看来在他们眼里，她跟闹闹差不多，就是一个小屁孩！

把季凉川扶进家里后，餐桌上早就摆了一桌子丰盛的菜，闹闹那小家伙拿着筷子都等不及了，可季凉川教育过他小辈不能先动筷，他只好饿着肚子忍受。结果看到他爹拄着拐杖进家门，小家伙一下子就吓坏了，不停地往下掉眼泪，扑过去抱住季凉川受伤的那条腿说：“爸爸！你的腿怎么啦？还能陪我踢球吗？呜呜呜！”

他这一哭，可把一家子人给心疼坏了，季凉川把拐杖递给沈檬，稳住身形，连忙把闹闹抱在怀里：“不哭不哭，爸爸没事，今天爸爸太调皮就把脚给摔坏了，闹闹以后可不能调皮，万一变成爸爸这样该多疼啊，你看这条腿都动不了了。”

闹闹哭得厉害，两只小胖手攥成小拳头拼命地揉眼睛，狠狠地点头：“闹闹不调皮！那爸爸你还能好起来吗？”

“能啊，为了教我宝贝儿子踢球，我无论如何也得好起来啊。”季凉川笑笑，扒开闹闹的小脏手，替他抹干眼泪。

闹闹这小机灵鬼转头看向沈檬，嘴里喊道：“妈妈，你就别生爸爸的气了，爸爸都这样了，不能不给他饭吃……”

听见这话，全家人笑得前仰后合，沈檬都快被宝贝儿子暖化了，他这么小就懂得劝大人别吵架，真是可爱死了！

然后几个人轮流抢着搂闹闹，闹闹这小家伙被家里人宠得跟小少爷似的，立刻不哭了，在那儿呵呵傻笑。

今天的晚饭是沈母做的，全是营养餐，正中间还有一大锅骨头汤。季凉川有点受宠若惊，连忙眉开眼笑地说：“谢谢妈。”

沈母听着心里十分高兴，当下就盛了一碗汤给他递过去：“谢什么啊？先尝尝味道鲜不鲜。”

季凉川赶忙用勺子尝了一口，样子优雅得不像话：“鲜，太棒了！”

“檬檬特意打电话让我去市场买的，能不鲜吗？”沈母笑道。

季凉川侧头，目光暧昧地看了沈檬一眼：“哦？”

沈檬不好意思，伸手把他的头推到一边去：“快吃啦！饿死啦！”

吃过晚餐以后，沈檬帮着收拾碗筷。谁知她正收拾着，就被沈母赶出了厨房：“你跟我在这儿腻歪什么啊？找我女婿谈谈心去，两个人有什么矛盾，沟通是最好的解决方式，快去。”

沈檬点点头，回到自己的卧室，见季凉川正躺在她的小床上做仰卧起坐呢。她吓了一跳，立刻跑过去喝住他：“你干什么啊？医生不让你做剧烈运动！”

“没事，我把重心放到了左腿上，不会伤到右腿的。”季凉川解释道。

“那也要小心一些啊，你想活动身子的话，我帮你按按腿吧。”沈檬坐在床边道。

季凉川看看她，不怀好意地笑道：“好啊。”

沈檬轻轻地捏了捏他的大腿，给他活动筋骨，谁知捏着捏着，就觉得某人胸口起伏剧烈，抬头一看，他的眼里是满满的欲火，看她的时候简直快把她整个人吞进肚子里一般。

沈檬哪会不知道季凉川的心思，他刚扑过来，她就将他推了回去：“停，你都这样了，还动歪脑筋？”

“你自己算算，咱们多久没做了，你想把你老公憋出毛病吗？”季凉川抱怨。

沈檬用严肃认真的口吻对他说：“对了，我忘了告诉你，医生说，为防万一，你在脚面骨的骨头长好之前……最好禁欲。”

“那你杀了我吧！”季凉川一下子沮丧地倒在床上闭着眼，一副视死如归的模样。

沈檬也觉得如果让季凉川这种人禁欲三个月，还不如给他一刀来得痛快呢。

他在她耳边温言软语，竟贼心不死，沈檬一气之下，左右手各拿起一个枕头，作势就要打他："你再说！"

"好好，不说了，那你过来陪我聊天。"

沈檬放下枕头，凑过去低头看他："你想聊什么？"

季凉川用手背蹭着她从肩膀上滑下来的长发，柔声说："以后你不要不信任我。自从爱上你以后，我对别的女人连看都懒得看，不管她们长得多美、身材多火爆，对我来说都毫无意义，我只想跟你在一起，你明白吗？"

沈檬乖巧地点头，也坦白说："我……我知道，我只是太幼稚了，实在没办法克制住那种情绪……"

季凉川的手摸上她的脸："我是怕提前告诉你，你会不让我去。那个女孩是真的很想来中国看看，我又不能不答应她，她毕竟为我爸的治疗付出了很多。"

沈檬把手覆盖在他的大手上想了想，的确，要是提前让她知道自己老公要陪一个女孩游北京那么多天，她打死都不会同意的。那个女孩帮他的父亲渡过难关，他无法拒绝她的请求，又不能违背自己老婆的意思，所以才决定不告诉她的吧。她多少理解了一点，点点头问他："那她对你有意思吗？"

季凉川不想再骗她，直言说："今天中午她约我吃饭，我知道她要跟我表白，所以有意让她看到我的结婚戒指，她明白了，就什么都没说。"

沈檬冷笑："你可真是好好先生啊，温柔得不行，怕人家女孩子万一开口，你再拒绝她她会没面子。"

季凉川叹了口气："我可一直是温柔体贴的好好先生。"

沈檬一把捏住他的鼻尖："那也不用你去体贴别人！你不累吗？我一个人还不够你体贴的吗？"

季凉川举起双手投降："好好，以后我就体贴你一个人，好吧？那商量一下，我能不能不跪搓衣板了？这次是我不好，不该瞒着你跟其他女孩出去玩，我道歉。"

沈檬撇撇嘴："看你的表现，表现得好，就免你一跪。"

"嗯，勉力一试。"说着，他凑了过来。

晕，她不是那个意思！

在沈家待了几天，两个人既然已经和好就没必要再待下去了，只不过沈母有点担心季凉川的脚，要给他安排一个特护。沈檬拒绝了，毕竟家里有陌生人在，她觉得不放心，还是让秀云照顾他比较稳妥。

犯罪心理学的课程还没上完，沈檬怕浪费钱，再怎么说也是池骋的一片心意，就还是打算继续上课。季凉川因为脚伤去不了，其实就算身体无恙，他也不打算去了。当初本来就是为了找沈檬和解才跟着她去上课的，如今已经和好，他便不愿意听那么无聊的课了。

沈檬瞪他："一万块，一万块啊！你居然听了一节课就不去了！浪费！"

季凉川撇撇嘴："你要是不跟我生气，我也不至于浪费钱啊。再说了，一万块有哄好你重要吗？为了哄好你，别说一万了，一千万我都不放在心上。"

这话把沈檬哄得五迷三道的，当下她就主动扑了过去……

第九章 危险背后的操纵

季凉川的脚伤未愈，没办法去公司办公，沈檬便把他的书房重新收拾了一遍，再把他平常用的工具和资料都放在书桌旁，还把最近公司的几个重要项目的档案找出来，放在书桌最上面的抽屉里方便他拿。书房的电脑也打开了，随时可以进行和公司高层的视频会议。一切安排妥当后，她又跟秀云嘱咐了一些琐碎的小事，这才放心地出去工作了。

来到公司，沈檬一整天都心不在焉的，刚把健身房布置好，就匆匆下班了。她接了闹闹回家，刚打开家门就愣住了：客厅里密密麻麻全是人。她仔细一看，发现都是季凉川公司的那些员工。得，这老板一病，全公司的人都来看望了。

客厅里的人见沈檬回来了，立刻笑着迎上来："季总夫人回来了啊！也没跟您说一声就来打扰了，不好意思啊！"

沈檬摇摇头："没事，各位有心了。"

再往里一看，里面好几个女员工正围着季凉川在那儿嘘寒问暖呢，沈檬刚走过去，那几个人就识相地说："哎呀，时候不早了，咱们改日再来看季总吧，今天太打扰了。"

一屋子的人转眼都走了，结果沈檬刚走过去，季凉川就靠在沙发背上瞥了她一眼："不许吃醋啊，他们都是公司的老骨干，不来看我，说不过去。"

闹闹蹦蹦跳跳地跑过来，黏着季凉川问道："爸爸，你的脚好了吗？"

季凉川把他抱在怀里，宠溺地说："哪有这么快啊？伤筋动骨一百天呢。"

闹闹立刻伸出小手，按住季凉川打了石膏的地方："爸爸，我给你揉揉，你快点好！"

这可把季凉川给高兴坏了，他冲着闹闹的小脸蛋亲了一口："真乖！"

吃过晚饭后，沈檬陪着闹闹做算术题，又画了一会儿图画，再哄他睡觉。

刚歇下来，她就听见某人在浴室里喊她："老婆。"

沈檬走进去，见季凉川只穿了一条短裤，光着上半身坐在浴缸边上。

她吓了一跳，生怕他滑倒，赶紧走过去扶住他："你干什么啊？要是摔倒了怎么办？"

"我要洗澡，你帮我。"季凉川道。

沈檬贼兮兮地笑道："医生说了不让你洗澡啊，你就这么臭着吧。"

以季凉川的性子，他是完全不能忍受自己一天不洗澡的，于是他皱着眉头看她："右脚不沾到水就行了，你来帮帮我。"

"嗯，除非你求我。"沈檬调皮一笑。

季凉川都快被自己一天没洗澡的身体硌硬死了，一把搂过她纤细的腰肢，抬头看她："好老婆，给我洗澡，我忍不了了。"

"现在知道不能没有我了吧？！"沈檬得意地哼哼鼻子。

"无赖啊，我本来就知道啊。来，快……"他的声音低低的，有些不好意思。

沈檬憋着笑，浑身都颤抖起来，一边慢慢给他扒内裤，一边小心翼翼地避开他右脚的石膏。接着，她跑出去找了一块塑料薄膜，把他右脚打石膏的部分套住以防沾到水，而后打开花洒，用手试了试水温，再给他找了一把舒服的椅子，扶着他坐好，便开始给他洗头。

季凉川跟个少爷一样，闭上眼仰着头，一脸享受。

沈檬一边慢慢地给他揉头发，一边问："水的温度行吗？烫不烫？"

"不烫。老婆，我明天还要洗。"

"你是不是有洁癖啊？一天没出门，也没有出汗，还要一天洗一次？"

"嗯，我就是想让你帮我洗澡。"

"幼稚！无聊！任性！"

"嗯，谢谢。"

这家伙还要弄护发素，沈檬轻轻拍了一下他的头："我成你的洗头妹了啊？我可要收小费的！"

季凉川笑笑："还要从你老公这儿要小费？自从咱俩交往以后，我连自己的钱包长什么样都快不记得了。"

沈檬叫屈："胡扯！我有那么霸道吗？最起码交往的时候，我还是挺矜持的嘛！"

季凉川挑眉："你确定？你忘了有一次，我差点没能回家吗？"

这么一说，沈檬忽然没忍住，"扑哧"一笑。

忘记那一次是为什么吵嘴了，总之沈檬一生气，就抢过他的钱包跟他分道扬镳了，还说要花光他的钱。结果季凉川的车正巧送去保养了，她刚走没多远就接到他的电话："你好歹留二十块钱让我打车回家,行吗?你要是这么走了，我今天就得睡马路。"

沈檬正在气头上，回道："堂堂天域总经理混得连打车的钱都没了，你怎么搞的啊？"

季凉川哭笑不得："好好，是我错了，都是我的错，快回来救我吧，女王。"

沈檬哪舍得真让他睡马路？二话不说就回去了。两个人刚见面，还没说话就抱在一起，亲个没完没了，惹来旁人的一通白眼。

想到这儿，沈檬也觉得自己有点过分，连忙哄他："好嘛好嘛，我承认我的缺点特别多，谢谢你一直这么宠我……"

季凉川哼哼："我告诉你，除了我，这世上你再也找不到第二个人这么疼你、宠你、爱你了，所以，好好伺候我，听见没？"

沈檬笑嘻嘻地搂着他："好啦，少爷还要洗哪儿？"

"帮我洗洗身子，我要用你的玫瑰味沐浴液。"

沈檬受不了他，洗个澡还这么多要求！她给少爷洗香香之后，凑过去闻了闻，拍拍他："好了，又白又香，我去给你找一件干净的浴袍。"

折腾了老半天，沈檬被季凉川气得够呛，没想到洗个澡都这么累。她给他穿上浴袍后就扶着他上床睡觉，还给他热了一杯牛奶，拿来钙片让他吃下。季凉川被照顾得很舒服，本来想拿出笔记本电脑工作的，忽然就打消了念头，紧紧地搂住沈檬。

沈檬被他搂得动弹不得，翻白眼看他："少爷，我还要工作，放开我啊。"

"不放，让老公抱抱。"

晕！

"你今天怎么这么肉麻啊？"

季凉川闭着眼睛闻她头发上的香味，语气柔情四溢："我从来没想过自己有一天会受伤，乃至生活不能自理，而你就在我身边心甘情愿地照顾我。我忽然觉得好幸福。"

沈檬摸摸他宽厚的大手："这难道不是夫妻间应该做的事吗？我相

信如果有一天受伤的人是我，你也会寸步不离地守着我的。”

“上次我和公司的老李出去喝酒，他说他以前爬山的时候伤到手肘，他老婆是名门世家的女儿，被宠惯了，从来不伺候人，所以她请了个特护二十四小时照顾他，自己却天天出去打麻将。当时我听着觉得挺心酸的，转念又想，万一有一天我受伤了，我家檬檬会不会也把我扔给特护……”季凉川一边摸她的脸蛋，一边幽幽道。

沈檬倚在他怀里，低声一笑：“我才不让别人照顾你呢！我自己的老公必须由我亲自照顾，别人把你弄坏了可怎么办？再说了，万一请的特护是个身材火辣的制服控，天天穿着护士装在你眼前晃悠，我还不得杀了她啊。”

季凉川忍不住一笑：“你怎么这么爱吃醋啊？而且还经常幻想并不存在的第三者，真是的。”

沈檬拍他：“如果我不爱你，就不会吃醋了。”

“嗯，也是呢。”季凉川低头亲了亲她嘟起的小嘴。

“好啦，早点休息，医生说一定要保证睡眠质量，这样还能加快恢复的速度。我去看一会儿文件，明天早上我亲自给你做营养早餐，好吧？”沈檬哄着他道。

“嗯，别看太晚了，有人会心疼的。”

“知道啦！”

有时候，男人就像一个小孩子，需要人疼，需要人宠。在她心里，季凉川即使是一个顶天立地的男子汉，也拥有一颗渴望被爱的心，而她就想这样毫无保留地永远爱着他。

几天以后是闹闹的幼儿园家长日，所谓的家长日就是让家长来学校参观，看看孩子们的学习环境。

季凉川的脚不方便，只好待在家里，并强烈要求沈檬拍一段闹闹上课时的视频给他看，她当然欣然接受，一早就准备好了摄像机。下班后，她带着摄像机离开公司，正好碰上了池骋。

池骋见她拿着摄像机，一时好奇：“这是干什么？”

“我儿子学校的家长日，我得去拍他。”沈檬道。

池骋抿抿嘴：“你老公那脚去得了吗？就你一个人去，多丢人啊，我去给你充当老公吧！”

沈檬瞪他：“才不要。”

池骋见她要走，立刻拉住她：“不是，你以为我占你便宜啊？想得美！我告诉你，我有个哥们儿，缺席了自己孩子的家长会，然后他儿子就被班上的小朋友嘲笑了，说他儿子没爸爸。这样的例子多得很，你又不是没听过。”

沈檬一愣，觉得池骋这个没结婚的单身汉，说理倒是一套一套的。她撇撇嘴，想了半天，池骋不乐意了，拎包就走：“那我走了，以后你儿子被人欺负可别找我啊！”

沈檬一把拉住他：“听你一回！”

他们到得不算晚，没想到幼儿园已经挤满了人，家长们围住班主任问东问西，有的家长甚至在提倡学校增加英语课。沈檬小时候是在小学二年级才开始上英语课，没想到其他家长从这么小就开始抓孩子的教育问题，她顿时也觉得紧张起来。

她带着池骋走到凤梨班，向里探头，却没看到闹闹。班主任付老师正被一群家长围着，沈檬左顾右盼也没见着闹闹，不免有点着急。她也顾不得礼貌了，找个缝隙就钻进去问了一声：“付老师，您看见季慕辰了吗？”

付老师看见她，快速地回答：“课间休息时，小朋友们一般在操场玩，您去看看吧。”

沈檬拉着池骋又去了操场。操场上挤满了家长和小朋友，沈檬没办法，只好喊起来：“闹闹！”

喊了好一会儿，又找了半天，却始终没看到闹闹，沈檬有点慌了。

池骋拍拍她的肩膀，安慰道：“别担心，闹闹可能是去卫生间了，我去找找。”

“好。”沈檬忙点头。

她在卫生间门口等了好一会儿，见池骋从里面出来时皱着眉摇了摇头，她一下子脸色惨白，连眼神都有些呆滞了。

池骋伸出双手抓住她的肩膀，企图给她力量：“沈檬，你别自己吓自己，好不好？咱们才找了两个地方而已，也许你儿子是去某个角落玩了，一会儿打了上课铃，他就会自己回班里了。”

沈檬抓着池骋的胳膊不放：“他才三岁啊！他只有三岁啊！他万一迷路了怎么办啊？”

说着，他们就听见上课的铃声响起，而家长参观的时间是在最后一节课。沈檬在池骋的劝慰下，努力保持冷静，在教室等了一会儿，见其他小朋友和家长陆续坐下，唯独闹闹还没回来，她再也坐不住了，站起来跑过去，抓住付老师道：“我儿子不见了！他根本没在操场上玩！”

付老师一听这话，吓了一跳，立刻安慰沈檬：“您别担心，我现在立刻和几个老师把整个幼儿园找一遍。”

沈檬掉头冲出了教室，池骋不放心她，跟着跑了出去，一把拉住她：“你有你儿子的照片吗？给我一张，我们分头去找。”

沈檬从钱包里掏出一张自己和闹闹的合影，递给池骋：“麻烦你了。”

池骋也着急得不得了，拿过照片就跑开了。

她和池骋还有幼儿园的老师分头找了两个多小时，直到家长会结束，还是没找到闹闹。沈檬坐在操场的一个滑梯下，哭得浑身发软。

池骋在操场上找到沈檬后，见她哭得浑身颤抖，忙过去搂着她的肩膀说：“别哭了，我已经报警了。刚才我又找班主任问了一下，下午两点多的时候你儿子还在教室上课，两点四十下课后，小朋友们就去操场玩了，之后校门打开，家长们陆续进来参观……”

沈檬一怔，抬起头来，声音都哭哑了：“闹闹肯定是在那个时候走出去的，他去哪里了啊……”

“没事，一定会找到的。”池骋看她哭成这样，心疼得不行，一边劝她，一边帮她擦眼泪。

沈檬揪着他的袖子哭道：“昨天晚上我还说今天给他做炸薯饼吃呢……他还冲我笑得那么开心……我的宝宝……”

池骋只能搂着她，给她无声的安慰。

没过一会儿，警车来了，沈檬立刻从滑梯上站起来，冲过去拦住第一个下车的警察，歇斯底里地说：“警察，帮我找找我的儿子，我求求你了，求求你！”

那个警察推开她：“我们会尽力的，你先跟我们说说情况吧。”

在幼儿园的一间教室里，警察坐在沈檬对面做笔录，询问了闹闹的姓名、年龄、身高、失踪前穿的衣服等。沈檬一五一十地回答着，喉咙像被火烧过一般，每从嘴里蹦出一个字，就仿佛有千根针扎进她的喉咙里。

警察公事公办地说：“最近局里接到许多关于儿童失踪的报案，我们怀疑是有拐卖儿童的罪犯在猖狂作案，您做好心理准备。当然了，我们也一定会尽全力去找您的儿子。”

沈檬闻言，整个人定格在原地，只觉得脑袋嗡嗡作响，眼神如失去了焦距一般，忽然眼前一片黑压压的。

醒过来的时候，她发现自己正躺在医院里，周围坐着面色暗沉的沈父、沈母还有季凉川。她刚睁开眼，他们就围了上来：“檬檬，你怎么样了？”

沈檬想开口说话，却发现喉咙里发不出声音来。她急得张大嘴、瞪大眼，眼泪直流。季凉川凑过去，把她紧紧搂在怀里：“我知道你想说什么，别急，慢慢说。”

隔了好一会儿，沈檬才能发出声音，她搂紧季凉川，整个人都在剧烈地颤抖，发出的声音就像是金属在摩擦一般，沉闷而嘶哑：“宝……宝宝……”

季凉川痛心地闭上眼，声音比她的还要沉：“宝宝还在找。”

沈檬“哇”的一声就哭了，抓着季凉川的衣领，哭得撕心裂肺：“我的宝宝，把我的宝宝还给我！”

到了晚上八点，沈檬再次哭晕过去。季凉川心痛得不敢呼吸，他怕自己再呼吸一下，胸腔就会裂开一个巨大的口子。坐在病床前守了一会儿，他忽然拿起拐杖就要起身。

沈睿思担心他的脚伤，连忙拦住他：“你这是要去哪儿啊？”

“爸，我不能坐在这里什么都不做，我要去找闹闹。”季凉川浑身发抖，甚至不敢让自己的思维停下来。当他接到池骋的电话，得知闹闹失踪、沈檬昏倒时，心慌之下在家摔了一跤，右脚的伤仿佛更严重了。那种痛让他短暂忘了自己刚刚所听到的事情，然而只是一瞬，他重新找回记忆，发现整个世界仿佛发出巨大的暗光，渐渐变成阴霾，然后将他吞噬。

沈母早就哭成泪人，连忙劝住他：“你的脚还没好，万一你又出了什么意外，你还让不让我女儿活啊？”

季凉川执意起身，打了一通电话，叫公司的秘书开车来接他。秘书不敢怠慢，不到十五分钟就赶到了医院。季凉川拄着拐杖往外走，沈父沈母根本拉不住他。

“放心吧，有人跟着我，不会出事的，你们回去帮我照看檬檬。”季凉川扭头说了这句话就跟着秘书走了。

秘书此时也得知了事情的始末，一边开车一边着急地问道：“季总，警局那边有消息了吗？”

季凉川坐在后面摇头：“还没有，你围着幼儿园附近的废弃工厂和旧大楼转转。”

“好，明白。”

两个人围着幼儿园转了一大圈，没看到什么可疑的人，也没看到闹闹的身影。这时，季凉川忽然想起一个人，二话不说就给那人打了电话过去。

接到季凉川的电话时，叶念瑾正陪着红豆打游戏呢。他分神的片刻工夫，红豆就把他的人物给击败了，他捏她的脸：“你怎么这么坏啊？”

“嘿嘿，兵不厌诈。”红豆笑道。

叶念瑾懒得理她，接通了电话：“喂，大半夜的，不会是找我喝酒吧？我老婆可不批准啊。”

“念瑾，我儿子失踪了。”

叶念瑾和红豆一下楼就看到了季凉川的车子，上车后，叶念瑾二话没说就报了一个地址，让秘书立刻开过去。红豆差点就要哭出来了，急得直跺脚：“哪个杀千刀的家伙拐我干儿子，让我找到了，我非杀了他不可！”

叶念瑾见季凉川面色极其不好，拍拍他的肩：“别往坏处想，我现在就去警局协助调查，闹闹会没事的。”

季凉川有些头晕，伸手捶了一下自己的太阳穴：“警局那边一直没动静，我实在等不及了，只好找你帮忙。如果你们能找回闹闹，多少钱我都愿意出，只要我儿子能平安回来。”

叶念瑾表情凝重地问他：“在闹闹失踪后，你和沈檬的手机有没有接到陌生人打来的电话？”

季凉川知道他的意思，疲惫地摇了摇头：“如果他们只是要钱就好了，多少钱都可以，可我和沈檬没接到任何陌生人的电话。”

“家里的座机呢？”叶念瑾问。

季凉川摇头："我问过家里的保姆了，她说没有陌生电话打进来。"

红豆终于忍不住哭了，一边哭一边擦着眼泪，一句话也说不出来。

"幼儿园的家长日活动是定期举行吗？还是学校忽然决定的？"叶念瑾问。

季凉川答："不定期，是最近才决定的。"

"你和沈檬有跟周围的人念叨过家长日的事情吗？"叶念瑾又问。

季凉川摇头："你也看到了，我的脚受了伤，最近没去公司，更不可能在公司说自己的私事。至于沈檬有没有说，我不太清楚，她现在还在医院，哭晕过去两次了。"

红豆听到这里，心里狠狠一酸，连忙让秘书停车："麻烦停一下。"

秘书有点为难，不知道该不该停下，直到季凉川点头，她才停了车。红豆打开车门，道："你们去警局调查，我去医院陪沈檬，她现在需要我陪着。"

叶念瑾有点担心她："你一个人打车没事吗？"

红豆点了点头就摔上车门，拦下旁边刚好经过的出租车坐进去了。

叶念瑾把车窗摇下来，喊道："丫头，到医院之后给我打个电话，别忘了！"

红豆在车里点头，冲他挥手。

季凉川有点自责："不好意思，这明明是我家的事，却来麻烦你们俩。"

叶念瑾闻言，反而有点生气："你要是这样说，那我可就不管了。这天底下，没有白认干爹干妈的。"

季凉川心不在焉地勾了勾嘴角，表示谢意。

去警局的路上，叶念瑾继续说："等沈檬醒过来后，我再去医院问问她，因为我怀疑你儿子的失踪跟家长日有关。"

季凉川惊道："怎么说？"

"学校举办家长日活动，不可能当天才让小朋友通知家长来学校，至少会提前两个星期。也就是说，在这两个星期之间，嫌疑人很可能得知了今天有家长日活动，并且想出诱拐计划。"

见季凉川脸忽地一沉，叶念瑾又说："对不起，我只是说最坏的情况。其实也可能是闹闹自己走出校园，然后迷路了，并没有坏人诱拐他。"

季凉川摇头："我没事，我能承受的，你继续说吧，我听着。"

“如果真是最坏的情况，那嫌疑人的范围就大了。可能是任何一个知道今天有家长日活动的人，在学校看到闹闹，就把闹闹诱拐了，这属于不定对象的诱拐绑架案。还有一种情况，就是有人早已蓄谋诱拐闹闹，特意选择在家长日活动这一天动手，因为他知道今天校门敞开，可以自由出入，而且人流量大，作案不容易引起注意。”叶念瑾解释道。

季凉川总结了一下，说：“也就是说，现在有三种情况：一是闹闹自己离开学校，然后迷路了；二是有诱拐犯知道今天方便作案，闹闹凑巧被他盯上；三是有人蓄谋拐走闹闹，对吗？”

叶念瑾点头：“根据现在的线索来看，是这样没错。平常你和沈檬有没有跟闹闹说过‘不可以擅自离开校园’之类的话呢？”

季凉川捏捏自己的眉心：“嗯，我们说过很多次。闹闹平时虽然调皮，但我和沈檬说的话，他是不敢不听的，所以我觉得他不会自己走出去。”

叶念瑾皱了皱眉头，又问：“你和沈檬有没有什么仇家？你是开公司的，有时候拿到一个项目就会让竞争公司损失几千万。而沈檬是律师，得罪的人就更多了。”

季凉川的头很痛，他觉得眼前的世界在慢慢变暗，可沈檬已经倒下了，这个家只剩他一个人在支撑，他一定不可以倒下，他要保护他的妻子和孩子，就算是死也要保护。

他用双手捂住脸，揉了揉快要睁不开的眼睛：“要是这样推测的话，范围就太大了，光是今年，天域就拿下了三个竞标，而檬檬也经常帮当事人打官司，不可能所有败诉的人都是善类。”

叶念瑾也愁得眉头不展，叹了口气说：“还是先去警局吧，我和上面的人尽快联系周边警局的人，让他们立案彻查。”

季凉川疲惫地点了点头。

到了警局，叶念瑾让季凉川在车里等他，自己进了警局。里面的大多数警察还能认出他，一见到他，先是一愣，然后不由得一阵惊呼。叶念瑾朝大家笑了笑，便打电话让老同事周可欣下来接自己。

周可欣接到电话后，立刻来到警局大厅，把叶念瑾拉到了一个办公室里。

这个办公室是专门负责拐卖儿童案和失踪人口调查的，里面的组长一见叶念瑾，愣了片刻，而后走过去捶了他一下：“臭小子，你还活着啊！”

叶念瑾心不在焉地笑笑："大哥，我陪你一起调查刚刚接到的失踪案吧，失踪的小朋友是我干儿子。"

组长一愣："什么？你干儿子？"

周可欣也愣住了，赶忙说："叶大哥，你现在不是警局的人，在这边公然参与调查是不是不太好？还是我帮着一起调查吧，你先回去休息，一有消息我立马通知你。"

叶念瑾看了她一眼："可欣，你是知道我脾气的。"

周可欣沉默了一下，然后点点头。

三个人立刻翻出近期所有儿童绑架事件的资料，想试着找出共通点，然后把共通点作为查出真相的突破口。

医院里，沈檬刚醒过来就感觉异常恶心，猛地扭过身子吐出苦水。沈父、沈母心疼坏了，却只能坐着干着急。

红豆见沈檬醒了过来，赶忙坐在床头拍拍她的后背，又端了一杯水喂她喝下："先喝点水。"

沈檬见了红豆，委屈地搂住她，哭得说不出话来。

过了一会儿，叶念瑾的电话打过来了，红豆这才发现自己忘记给他打电话了，赶忙接通："念瑾，我没事，我这一忙就给忘了，别担心。"

叶念瑾一边看资料一边松了口气："你这个健忘的丫头，这都几点了，你一个人打车我能放心吗？"

"哎呀，我没事，你那边怎么样了？有消息了吗？"

"我们还在查。你让沈檬别着急，先回家等电话，如果绑匪来电话了，最好让她亲自接，开免提，然后在旁边放个录音机，按我说的去做。"叶念瑾急切地说。

沈檬在旁边听得一清二楚，连连点头："我……我现在就回家！"

挂断电话后，红豆和沈父、沈母二话不说，陪着沈檬离开医院，往家里赶去。

刚到家门口，沈檬觉得自己的精神已经紊乱了，她竟然在家门口看见了闹闹的幻影！她摇了摇头，痛苦不堪地捶了捶自己的胸口，却忽然听见那幻影清脆地喊了一声："妈妈！"

沈檬一惊，抬头看向那个幻影。那个幻影蹦蹦跳跳地跑过来，一把搂住了她的腰身，然后就开始哇哇大哭。沈檬整个人愣在原地，颤抖地伸出双手摸了摸他的头，才发现这一切都是真实的，不是幻觉！她赶忙蹲下身子，看着怀里的小人，再也抑制不住心底的情绪，连发出的声音都在颤抖：“闹闹，是闹闹吗？”

沈父和沈母也激动得直流泪，连忙凑过来围抱着闹闹。红豆赶快给叶念瑾和季凉川打了电话，告诉他们闹闹已经到家的消息。

沈檬紧紧搂着闹闹不肯松手，哭得撕心裂肺：“妈妈的好宝宝，妈妈再也不会把你弄丢了……”

闹闹哭了一会儿，喃喃道：“妈妈，我肚子好饿……我想吃炸薯饼……”

“好，妈妈现在就回家给你做炸薯饼！”沈檬赶忙把他抱起来，进了家门。

客厅里，秀云正寸步不离地守着电话机，一见沈檬抱着闹闹进来，赶忙跑了过去：“闹……闹闹找到啦！”

沈檬见秀云一脸疲惫，淡淡地扯出一个笑容：“嗯，找到了，但我们还不知道具体情况。你辛苦了，先去睡吧，我去给他做点吃的。”

秀云抹抹眼泪，拼命点头：“那我去给少爷打个电话。”

“我已经打过了，他马上就回来。”红豆赶忙道。

沈母走进厨房跟沈檬一起做饭，一家人提心吊胆了一天，滴水未沾，现在闹闹找回来了，才察觉自己饿得头都有些发晕了。

沈睿思和红豆在客厅里照看闹闹，红豆拧了一条毛巾给闹闹擦脸，一边擦一边说：“闹闹，你跟干妈说，是不是有人欺负你了？别害怕。”

闹闹噘着嘴摇头，眼神有点呆滞。沈睿思叹了口气，拉着他的小衣服说：“闹闹，让外公看看你有没有受伤，来。”

闹闹听话地让沈睿思掀起衣服。沈睿思把闹闹浑身上下检查了一遍，并没有发现外伤，他凑过去想再仔细看看，却闻到了一点乙醚的味道，瞬间心凉了一大截。他根本想不到有谁会对这么小、这么可爱的小孩下手，当下就有点失控，气得额头上的青筋都凸起来。

红豆赶忙安慰他：“叔叔，你可别气坏了身子，让沈檬跟着操心。我老公正在查这个案子，应该用不了多长时间就能知道到底是谁干的了。”

沈睿思缓缓地点了点头：“麻烦你们了。如果让我知道是谁干的，我绝饶不了他！”

沈母把饭菜端到餐桌上后，沈檬忙把闹闹搂过来，温柔地喂他吃薯饼。小家伙见有东西吃，立刻精神了，吃得满嘴是油。沈檬一口东西都没吃，此时她哪顾得上自己？看着闹闹吃得开心，她就开心。她就这么搂着他，什么话也不说，这一刻，她只想安静地和她的宝贝待在一起。

这时，季凉川和叶念瑾回来了。刚进门，季凉川连拐杖都扔了，直接单脚跳到餐桌旁，一把抱住沈檬和她怀里的闹闹，闭上眼睛，心里的情绪都化为此刻的沉默。

沈檬搂住他的胳膊，再次哭了起来："老公，闹闹回来了，闹闹没事。"

季凉川低头狠狠地吻她的额头，什么话都说不出来，只是点了点头。

一家人吃完饭后，叶念瑾把闹闹拉到一边，柔声问道："闹闹，吃得饱不饱呀？"

闹闹点头："干爹，你都没吃！是不是嫌妈妈做得不好吃呀？"

这话惹得叶念瑾一笑："哪能啊，干爹不吃是因为干爹来之前就吃过啦，而且怕闹闹吃不饱才不跟你抢着吃呢。"

闹闹点头："哦！"

叶念瑾怕引起闹闹不好的回忆，搂着他，一边陪着他玩玩具，一边小声问："嘿，你跟干爹聊聊天好不好啊？干爹好久没见你，都想死你啦！"

闹闹把叶念瑾的手臂当轨道，拿着小车在上面滑来滑去："好，干爹你要聊什么？"

"那你跟干爹说说今天你干了些什么，好不好？"

闹闹想了想，回答道："今天付老师让我们学了一首新歌，我觉得不好听，就没学！"

沈檬和季凉川坐在一旁看着他笑，继续听叶念瑾问话。

"还有呢？多跟干爹说说。"

"然后中午吃的是土豆泥和咖喱饭，我帮玫玫盛了一大碗汤，但是我自己没喝汤，因为我的汤被东东抢走了！"

"是谁家的孩子这么缺家教啊？"沈睿思本来心情就很差，此时再听这个，立刻就急了。

沈母在一旁拉住他，直摇头，不让他影响叶念瑾的问话。

"下午，上完图画课之后，我拉着玫玫和东东去操场玩，但是没过一会儿，玫玫和东东就被他们的家长拉去找付老师说话了，我就自己在操场等妈妈。”

听到关键处，一家人立刻警惕起来。叶念瑾示意他们别着急，然后边跟闹闹一起玩那辆玩具车，边继续问道：“那闹闹一个人在操场上玩，不孤单吗？”

闹闹摇摇头：“有个大姐姐陪我，说她家养了一只白色的小猫猫，很可爱，还让我看她手机里的猫猫照片呢！”

叶念瑾找到了新的线索，立刻往下问：“大姐姐还说什么了？闹闹平时在幼儿园见过这个大姐姐吗？”

闹闹摇头：“没见过。大姐姐问我要不要去她家看猫猫，我说要等妈妈来了之后一起去看，她说她是妈妈的朋友，看完猫猫就送我回来。”

沈檬忽然插话道：“闹闹，妈妈的朋友只有红豆干妈和美依干妈，以后其他人说她们是妈妈的朋友，你都不能信，知道吗？”

闹闹点头。

“闹闹还记得大姐姐长什么样子吗？”叶念瑾继续问。

闹闹噘嘴摇头：“不记得了，大姐姐戴着大墨镜和草帽。”

“那你跟着大姐姐去她家看猫猫了吗？”

闹闹想了想，摇摇头：“后来的事情，闹闹已经不记得了，只知道闹闹醒过来时，外面好黑，闹闹害怕得不敢动，然后就看到妈妈回来了。”

“闹闹真乖，以后万一迷路了，千万别自己瞎跑，等着爸爸妈妈来找你，知道吗？”叶念瑾摸摸他的头，轻声道。

闹闹点头：“爸爸说的！迷路后不能瞎跑，要等爸爸妈妈来找我，因为我要是跑了，他们就找不到我了！”

季凉川欣慰地点点头，眼圈终于还是红了。

聊了一会儿，确定这件事情没有给闹闹造成心理阴影后，叶念瑾才拉着红豆离开。临走前，他对众人说：“综合闹闹刚才给的口供，歹徒是一个戴着草帽和墨镜、二十岁左右的年轻女人，她用猫的图片引诱闹闹离开校园。因为当天是家长日，有很多成年人拉着小朋友在校园里走动，所以并没有引起别人的注意。之后，她用了少量乙醚让闹闹昏睡，到了晚上，又把快要醒来的闹闹放在家门口。这一系列行为的动机还不清楚，但很显然不是为了钱。根据我的经验，我觉得歹徒更像是为了引起你们的注意，或者可以说这只是她的一场恶作剧，目的是让你们担心、焦虑，然后在背地里窥探你们的一举一动，看到你们着急，她的目的就达到了。这样想来，歹徒应该是你们夫妻俩认识的人，尤其是不看好你们的婚姻，也看不惯你们有个儿子的人。另外，不排除歹徒有心理或者精神上的疾病。当然了，我说的只是一种可能。”

沈檬咬牙切齿地低着头，浑身颤抖不停：“到底是谁……大半夜的，她居然把一个三岁的孩子放在路边，居然还用乙醚……”

“乙醚！”沈檬一愣，忙从口袋里翻出手机，打出了一个电话。

午夜一点，姜承禹被沈檬的电话吵醒，有点不耐烦地接听：“沈律师，这么晚了，有事吗？”

红豆这时也反应过来，一把抢过沈檬的手机：“喂！姜承禹！上次你那个杀千刀的手下要欺负沈檬，就是用了乙醚，这次是不是又是他？我告诉你，他要是再来打扰沈檬的生活，我就过去宰了他！”

姜承禹被红豆莫名其妙吼了一通，迷迷糊糊道：“什么乱七八糟的？我怎么听不懂你在说什么？什么‘这次’？”

“我干儿子！就是沈檬的儿子，他今天失踪了，被人用了乙醚！”

姜承禹从床上坐起来挠挠头：“黄毛上次因为强奸未遂，被判了半年刑，我没保释他，更不可能帮他，我为了谁的面子你自己心里清楚，他现在还被关在里面呢！”

红豆一愣，立刻没了气势，看了一眼沈檬。沈檬听得很清楚，闭上眼，做了个道歉的手势。

“对……对不起，这么晚打扰你休息了，我……我挂了！”红豆说完就把电话给挂了。

姜承禹喊道：“喂，喂？”

拿开手机，屏幕显示对方已挂机，姜承禹烦躁地把手机一扔，倒头就睡。

叶念瑾颇有深意地看了红豆一眼，自嘲地笑了笑，然后对他们说：“太晚了，就不打扰你们休息了，这个女人我会继续追查的，有消息了马上告诉你们。”

说完，他转身先离开了。

看出叶念瑾有点在意刚才的电话，沈檬也发现自己惹了祸，连忙小声对红豆说：“对不起，我一时太着急了，没考虑这么多。”

红豆摇头：“是我不好，不该瞒着他再跟姜承禹有来往。你先回去休息吧，今天你们都太累了，休息好之后我们再联系。”

沈檬点点头，送她出了门。

回去的路上，两个人一开始谁都没说话，后来还是红豆先开了口：“对不起。”

叶念瑾抿抿嘴，摇头道：“没事。”

“我怕你多想，就没告诉你他回来了。”

“你们约出来单独见面过？”

红豆连忙摇头：“没有没有！上次他的手下差点把沈檬给欺负了，我一着急就赶了过去，正好碰到他，才知道他回来了。我们只见了那一次，后来就一直没再联系。”

叶念瑾见她吓得都不敢说话了，连忙心软下来，一把将她搂进怀里，亲了亲她的额头：“没事，我没生气，我只是不喜欢你有事瞒着我。”

红豆搂住他的腰：“好，以后要是再有什么事，我统统回家一股脑地唠叨给你听，只要你别嫌我烦就好。”

叶念瑾笑道：“不烦，怎么会烦呢？我就爱听你说话，说多久都没关系。”

红豆见他不生气了，连忙凑过去亲了亲他的唇：“那……老公，为了咱们的干儿子，你要加油啊！”

“嗯，放心吧，我老婆这么忠肝义胆，当老公的也不能落后不是？”

红豆甜甜一笑，腻在他怀里。

晚上，沈檬一直看着闹闹，直到他安安稳稳地在小床上睡着，她亲了亲他的脸才离去。她喊季凉川的名字，却无人应答。她有点担心，满屋子找他，最后见他靠在书房的窗台上，背影落寞，右手的指间夹着燃了半截的香烟，淡淡的烟味飘出窗外，消散在这宁静的夜色之中。

这是她第二次见他抽烟，他并没有烟瘾，只在心情极度不好的时候才会点上一支，让自己的内心平静一下，让大脑暂时放空一下，因为他害怕失去以往的冷静和理智。

她的心仿佛被揪了一下，不是因为他又开始抽烟，而是因为他的心情不好。

她小声地喊他：“凉川。”

季凉川一惊，侧过头去看了她一眼，作势就要把烟掐掉，他知道她讨厌他吸烟。

沈檬却赶忙跑过去，固执地用双手捏住他右手的手腕，轻声说：“别掐，我也想抽。”

“不行。”季凉川坚决拒绝。

沈檬忍着眼泪看向他：“我跟你的心情是一样的，你有多痛，我就有多痛；你有多烦，我就有多烦。就一口……”

季凉川低头看着她，柔声说：“你跟我保证，不许上瘾。我讨厌女人抽烟。”

沈檬点点头。

季凉川把烟嘴伸到沈檬的嘴唇下，她有点不知所措地抬头问他：“怎么抽？”

季凉川苦笑：“我也不怎么会，瞎抽，凭感觉，大概鼻子、嘴巴并用吧。”

这真是笼统的指点。

沈檬含住烟嘴，猛地吸了一口。季凉川立刻把烟拿开：“有初学者吸这么大一口的吗？”

烟呛到了嗓子眼儿，她猛地开始咳嗽。季凉川干脆掐灭了烟，给她倒了一杯温水，喂她喝了一口。

她咳嗽了好半天才缓过劲儿来，抹抹嘴：“烟有什么好抽的？呛死我了！”

“是你的方法不对。你敢一口灌下一瓶茅台吗？”季凉川皱着眉头教训她。

这比喻简直恐怖啊。

“这是什么烟啊？劲儿太大了。”沈檬道。

季凉川扫了一眼烟蒂：“不知道，我对烟没研究，这还是于小旭给我的。”

沈檬顿时有点不乐意了：“这于小旭，老带坏我老公。”

季凉川无奈一笑：“他说男人总有一天要与烟酒为伴，女人不懂的。”

沈檬瞪了季凉川一眼：“你老实跟我说，你平常在公司是不是总抽烟？我不信你手下那些人没给你送过烟。”

季凉川摇头：“没有，他们都知道我不好烟酒，所以从来不送。”

“那他们送什么来讨好你？”

季凉川挑眉看她：“你确定你想知道？”

沈檬用一副“这不是废话吗”的表情看着他。

季凉川叹了口气，郑重地看了她一眼：“他们都给我送酒店总统套房的房卡。”

沈檬立刻抄起手机瞪他：“你告诉我，是谁，我现在就打给他。”

季凉川一把拉住她，淡淡一笑：“这话你都信啊？公司上下，谁不知道我拿你当宝贝？谁活腻了敢给我送女人？”

沈檬看着他，一时没忍住，露出了一个甜甜的笑容。季凉川把她搂进怀里：“终于看见你笑了，你今天快把我吓死了，你知道吗？”

沈檬紧紧地抱住他的腰，心里的酸楚顿时又涌上来：“你自己明明比我还难受，却总是想法子让我开心起来……”

“你放心吧，今天这件事情，我不可能当作没发生过，我一定会不惜一切代价找到这个女人的。”季凉川说着，目光里闪过一丝冰冷的寒意。

沈檬在他怀里点头：“老公……除了你和闹闹，我什么都可以不要。我只要你们平安幸福……”

季凉川摸摸她的头：“傻丫头。”

第二天，沈檬把闹闹送到幼儿园后，气冲冲地走进了教务处。校园里出了人口失踪案，教务处主任本就慌得不行，现在看见沈檬来了，更是吓得立刻站起来，哆哆嗦嗦地说：“你……你是季慕辰的家长吧？听说孩子找到了，谢天谢地，谢天谢地啊。”

沈檬从文件包里掏出一份文件，甩在桌子上：“我就不用介绍我的职业了吧？这是我连夜拟的一份律师函，控诉校方存在管理失职和监督不当的隐患，导致我儿子失踪。另外，警局的人给我打过电话，说这所市重点幼儿园的校门口和走廊竟都没有安装监控摄像头，导致嫌犯的模样没有记录性的证据，目前想找到嫌犯无异于大海捞针。我想知道你们到底有没有把幼儿园小朋友的生命安全放在第一位？你们身为最好的幼儿园，不仅要负责替家长管理和监督小朋友的学习与成长，还应该多关注他们的人身安全。家长把自己的宝贝交给你们，是对你们校方的信任，也希望你们不要辜负我们的信任。”

沈檬说完便头也不回地离开了教务处，主任看着那份律师函，半个字都说不出来，只能颤巍巍地掏出纸巾擦了擦额头上的汗。

离开学校经过凤梨班的时候，沈檬忍不住从后窗户探头看闹闹。闹闹此时正噘着嘴在里面听课，显然又赶上了他没有兴趣的课，小家伙兴致索然。这时，也许是母子连心，闹闹忽然回头看过来，在玻璃上看到沈檬的脸后，立马伸出小胖手在那儿挥着。沈檬笑起来，也冲他挥挥手，然后用手指了指老师，示意他好好听课。闹闹聪明得很，立刻点点头，扭过头去好好听讲。沈檬有点舍不得，又在后面看了他二十分钟才离开。

刚到公司，她就看见池骋在大门口转悠来转悠去，愁得跟什么似的，阳光洒下来，正好照在他的侧脸上。沈檬见了他，偷偷一笑，走过去拍了他一下。池骋见了她后吓了一跳，赶紧用双手钳住她的肩膀：“你没事吧？你儿子找到了吗？”

沈檬拍拍他的手背：“找到了，对不起，昨天我心里很烦，忘了打电话告诉你。”

池骋松了一口气，舒服地闭上眼：“我说姑奶奶，你都快给我吓出毛病了你知道吗？我都不敢给你打电话，怕跟警察或者绑匪的电话撞上，万一占线了，你还不得捅死我啊！”

沈檬赶忙道歉：“让你担心了，真是不好意思。”

“来来，快进来跟我说说到底怎么回事儿！”

池骋拉着沈檬走进办公室，两个人刚在里面聊起来，裴子清和柳萌萌就一前一后走进来汇报工作。裴子清抬头看了一眼沈檬的黑眼圈，关心地问：“沈主任，昨晚没睡好吗？”

沈檬无力笑笑：“没什么，看文件看得晚。”

柳萌萌调皮地冲沈檬眨眨眼：“沈主任，我知道一款特别有效的神奇面膜，专门治熬夜黑眼圈的，你要的话，我一会儿发图片到你手机上呀？”

沈檬有点感动员工对她的关心，连忙笑笑说：“谢谢你们俩啦，不过我真的没事了，今晚早点休息就好了。”

两个人点点头，汇报完工作就出去了。

沈檬跟池骋说了昨晚的事情，池骋一边叹气一边点头，然后说：“那个女人是谁暂且不说，如果找到了一定要告死她，不把她送牢里，我就不姓池！”

沈檬拉拉他的衣角：“不用了，这个案子我一定要亲自去打，相信我。”

池骋见她认真，只好点头，又问：“那校方那边的官司你也要亲自上阵吗？我对经济赔偿的案子比较擅长，我可以帮你去打。”

沈檬笑着看他，语气加重：“相信我，池主任！”

池骋拿这个好强的女人实在没有办法，没忍住，伸出食指点了一下她饱满的额头：“犟得跟头驴一样！”

沈檬慢慢坐得离他近了一点，笑着看他，眉眼弯弯的，这表情简直让他差点都有生理反应了。他脸一红，赶忙往后缩了一下：“你干什么？再过来我就报警了啊！”

沈檬笑了一声，从包里掏出一个紫色小礼盒放到他手里：“送你的！”

池骋愣愣地看了看手里的小礼盒，抬头看她：“怎么着，你要出轨啊？”

沈檬瞪他：“想得美啊你，这是谢谢你昨天陪着我，还把我送到医院去。老实说，昨天凉川不在我旁边，如果不是你陪着我，我真的……”

池骋拍拍她的肩，大大咧咧地说：“都是同事，没什么的！”

沈檬欣慰地看他一眼：“你真好。”

池骋忍不住了，赶紧逃出她的办公室，冲进洗手间，拼命用凉水洗了把脸，“自我降温”许久才走出来进行正常的工作。

很多年后，池骋家里一直放着一个紫色小礼盒，每逢过年或者出席特别重大的场合时他才舍得戴上里面那块名贵的手表。

有一回，连少去他家做客的时候，见他宝贝得不得了，挑着眉毛看他：“怎么，你女人送的？”

池骋一脸嫌弃地说：“你脑残吧？要真成我女人了，那整个人都是我的了，我还用这么宝贝她送的一个东西干什么？”

连少冷笑：“出息！”

第十章 当针尖遇上麦芒

快下班的时候，沈檬接到了一个陌生电话，她一阵好奇，接起来：“喂？请问哪位？”

“你好，我是 Betty，你也可以叫我贝蒂。”对方操着一口不太流利的中文道。

沈檬几乎一下子就想到了这个人是谁，沉默片刻，问道：“请问你有什么事？”

“我是季老先生在美国住院期间的主治医师的学生，我……可能有些唐突，但我想和你聊聊，可以吗？”Betty 道。

沈檬只觉得一阵好笑：我这个正牌夫人还没主动找你这个随随便便跟别人老公表白的美国妞算账，你居然自己送上门来了？！

她沈檬怕过谁啊？于是她果断地说：“好啊，把你的地址告诉我吧，我去找你。”

到了酒店，沈檬找到 Betty 的房间，按响了门铃。她本来就有些心情不好，在 Betty 打开门的那一刹那，她的心情就更不好了！

季凉川从来没跟她说过这美国妞长得这么美：Betty 很有气质，大大的杏仁眼，欧式的双眼皮，高挺的鼻梁，微翘的双唇……看上去性感又动人，虽不是瓜子脸、尖下巴，但反而是这种圆圆的脸型才衬出她那种不妖艳的美。

沈檬身为一个女人都看愣了几秒钟，不由得怀疑季凉川是不是真的对 Betty 一点感觉都没有。

Betty 很热情地挽住她的手臂，把她拉进了房间，让她在阳台旁的沙发上坐下后，又转身拿了饮料过来。

沈檬看着对面笑得一脸阳光的 Betty，不知怎么的，也被感染得想笑，但她还是保持一副严肃的表情问 Betty：“说吧，什么事？”

她在来的路上就已经想好了，以前也不是没有女人让她离开季凉川，她经历过那么多次，也不怕再多一回，她相信自己能够勇敢面对这些思想不正的女人！更何况，她就不信一个医生还能拿什么东西来要挟她。

Betty 想了想，不好意思地笑着说：“我想你应该知道我是谁了，我觉得 Wind 是个好男人，更是个好丈夫，他肯定会对你毫无保留的。”

沈檬听得蒙了：“等一下，你说的那个 Wind 是我老公的英文名吗？”

Betty 点头道：“他怕我记不住他的中文名，便让我喊他 Wind 就好。”

沈檬的胸腔里忽然蹿起一股莫名其妙的火，她这辈子最讨厌的事情，就是有别的女人知道她不知道的、关于季凉川的事情！而她跟季凉川认识这么久了，居然连他有英文名都不知道！

“我想来想去，还是觉得不能让事情就这么结束了。”Betty 道。

沈檬知道自己终于听到重点了，她今天把银行卡都带来了，如果这女人要一笔钱就放过她老公，她无所谓，真的无所谓，多少钱都可以。

“因为我在美国长大，对中国的礼数不太了解，所以可能给你们夫妻造成了困扰。也许是因为 Wind 的温柔和宽容，他什么都没告诉我，我才能心安理得地继续和他做好朋友，但这样我是无法接受的，所以我找 Wind 问了你的联系方式。今天我特意找你来，是想向你说声‘对不起’，我真的不知道 Wind 已经结婚了。从认识他的那天起，我就不敢看他，他太……He is so charming（他太迷人了）！”Betty 说出这一大段中文非常吃力，结尾的时候，她无法用中文表达她想说的那个词，索性说了一句英文。

沈檬明白了 Betty 的意思，顿时像卸下了肩上的担子，还好不是来抢她老公的。

“嗯，不知者无罪……”沈檬觉得自己一定是脑抽了才会这么回答。

她真想一锤子敲死自己算了！

“你不生我的气就好。老实说，上次找 Wind 要你的联系方式时，他和我聊起你，说你是他见过的最优秀的女人，还说你们有一个很可爱的宝宝，他觉得能拥有你和宝宝是他这一生最大的幸福。对了，宝宝是叫闹闹吗？我不太懂这个名字，是不是很可爱的意思？”Betty 眨着眼睛，好奇地问。

提到闹闹，沈檬的脸色一下子就青了，她感觉自己的手指冰冷起来，声音开始莫名地透着一股低沉：“你好像挺了解我们家宝贝的。”

Betty 笑道：“我只是特别喜欢小孩子，看谁家的小孩子都觉得好可爱，忍不住就问了一些关于闹闹的事，希望你不要介意。”

沈檬看着她一脸纯真的笑容，忽然觉得那股寒意瞬间传到了脚底。周围的空气有点闷，让她有些不舒服，于是她大口呼吸，调整了一下自己的情绪，告诉自己一定要镇静，然后从沙发上站起身，拿起包就走。

Betty 有点好奇，连忙拉住沈檬的手："你去哪儿啊？"

沈檬吓了一跳，甩开她的手。Betty 的笑容僵在嘴角，她有些莫名其妙地看着沈檬。

沈檬没说话，只觉得空气凝结成霜，立即推门离开了。

回到家，沈檬看见季凉川正坐在餐桌旁陪闹闹做算术题。自从发生昨天那件事情后，季凉川说什么都要秘书开车载着他去幼儿园接闹闹，沈檬自然答应了，现在看见爷儿俩在餐桌上一起学习，刚才那股气就消了一半。

"来，闹闹，数数桌子上有几双筷子。"季凉川耐心地把筷子码好，摆在闹闹面前让他数。

那小鬼接下来的话吓了季凉川和沈檬两人一大跳。

"爸爸，你好笨，不用数，我和爸爸、妈妈还有秀云阿姨一共四个人，当然四双筷子了。"然后这小鬼还特别鄙视地看了一眼季凉川。

沈檬惊讶地走过去："宝宝，你怎么这么聪明啊？"

季凉川眉开眼笑地接着问："那爸爸再问你，有几根筷子？上次爸爸教过你量词了，是不是？还记得吗？"

闹闹想了一会儿，声音清脆地说："2+2+2+2，等于 8！"

闹闹才三岁，还没学会乘除法，不过他能运用加法算总和，沈檬觉得他已经很了不起了，凑过去把她的宝贝搂在怀里亲了又亲："妈妈的宝贝好聪明啊！"

季凉川借机又问："闹闹，要是爸爸问你一百双筷子是几根筷子，你该怎么算呢？"

闹闹刚刚还得意的小脸立刻耷拉下来，他挠挠头，伸出几根手指头在那儿拼啊拼的："2+2+2……爸爸！妈妈！我的手不够用了，把你们的手借给我！"

这可把季凉川和沈檬给逗坏了，沈檬边笑边把手伸了过去，却被季凉川挡住了。季凉川看了她一眼："不能借。"

沈檬噘着嘴，把手缩了回来。

季凉川耐心地跟闹闹说："爸爸、妈妈和付老师还只教过你加法和减法两种运算，但我们在生活当中呢，会遇到很多算术题，也就需要更多运算方法。就比如刚才的题，只用加法的话，会不会觉得手指头不够用，怎么算都算不过来？"

闹闹认真地想了想，拼命点头："那怎么办啊？爸爸。"

"那爸爸现在教给你第三种运算方法好不好？"

闹闹立刻点头："爸爸，你快说，怎样算一百双筷子？"

"来，爸爸给你写个九九乘法表，这个表格呢，每个小朋友都要背下来的，闹闹有没有信心？"

闹闹把手举得高高的："有！"

沈檬在一旁看着看着就笑了，自己的儿子太可爱了，真是怎么看怎么爱啊！

季凉川把乘法表格写给闹闹后，让他自己对照表格算出一百双筷子有几根筷子。闹闹一开始看不懂，季凉川便拿出他的四辆玩具车，每两个摆在一起，然后问："爸爸现在问你玩具车有几辆，你不能用加法，要按照乘法表格算。"

闹闹想了一会儿，见玩具车每两个摆在一起，抬头问："爸爸，是不是 2×2 啊？"

沈檬惊呼："对啊对啊，这个叫乘法，宝宝你真棒！"

季凉川点点头，握着他的小手指指着刚刚写好的表格："喏，在这个表格上找 2×2，爸爸跟闹闹一起找好不好？"

结果话音刚落，闹闹一下子就指到了"2×2 = 4"的字眼："这个这个！等于 4！"

"哇！闹闹好棒！"季凉川和沈檬把闹闹一通猛夸。

沈檬是真的没想到季凉川这么会带小孩，能把一个三岁的孩子教得这么兴致勃勃，明明是很枯燥的加减乘除，却让闹闹学得特别带劲。

见闹闹在那儿得意地傻笑，季凉川亲了他一口："闹闹还小，今天咱们先学个位数的乘法，一百双筷子的答案等以后爸爸再告诉你好不好？"

闹闹乖巧地应了一声："好！"

"那以后要是爸爸问你，玫玫有两个口袋，每个口袋里都有五颗糖，闹闹想不想知道玫玫一共有几颗糖呢？”季凉川摸摸他的头，继续问。

这小鬼一听玫玫的名字，劲头更大了，立刻抓着季凉川的衣领问：“想知道想知道！爸爸快告诉我！”

“这个得闹闹自己算，爸爸不能帮忙，要是玫玫生气怎么办？她的糖糖还让闹闹的爸爸数，羞羞啊。”季凉川哄他道。

闹闹立刻显露出男子气概，摇头道：“爸爸，你别说了，我自己想。”

沈檬在一旁可开心了。

季凉川见闹闹在那儿看乘法表格，觉得他今天太用功了，有点心疼，捏了捏他的小脸蛋：“明天爸爸再教你好不好？然后你把这道题说给玫玫听，玫玫肯定特崇拜你。”

闹闹一笑：“真的吗？”

“当然啊！所以，闹闹觉得算术有趣吗？”季凉川问。

闹闹今天学得特别开心，狠狠地点头，季凉川趁机哄他：“那我们每天晚饭前都做一点算术题好不好？”

“好！”

正好这时秀云把晚饭做好端了上来，季凉川今天亲自抱着闹闹喂他吃饭。其实他一直提倡让闹闹自己来完成所有事情，不主张沈檬给闹闹喂饭，但今天他格外高兴，搂着闹闹都不肯撒手了，各种菜都亲自喂给闹闹。

沈檬看着闹闹，看着看着忽然觉得后背一凉，之前在酒店那种不寒而栗的感觉又袭上心头，她觉得自己有必要跟季凉川谈一下了。

晚上，沈檬教闹闹识字。也许是小家伙今天用脑过度，学了一会儿就困了，沈檬心疼得不行，赶紧哄着闹闹睡着了。

季凉川正在书房办公，见沈檬进来，抬头问她：“闹闹睡了？”

沈檬点点头，季凉川又说：“对了，刚才我妈给我打电话了，说他们明天下午就下飞机了，让咱们带着闹闹去接。对了，Betty 也去……”

沈檬愣了一下，抬头看他，觉得很不可理喻：“你答应让她去了？”

季凉川从电脑那边探出头来：“我没有理由拒绝人家。”

沈檬一下子就急了，走过去低头看他：“季凉川，我们一家人团聚，你叫个外人干什么？你不觉得这种场合她出现的话会很奇怪吗？”

季凉川皱皱眉头："我不是已经跟你解释清楚我和她的关系了吗？人家也说放弃了，跟我只做好朋友，因为我爸也算是她的病人，她想去接我爸回家并没有什么错。"

"那你的意思是我错了？"

季凉川叹了口气："檬檬，我没有这个意思。"

"我告诉你，她今天找我了，听说你们两个人私下聊了很多闹闹的事情，你不记得叶念瑾说的话了吗？绑架闹闹的凶手很可能就是我们认识的人，你能不能谨慎一点，不要什么都跟别人说？总之，我不会再让这个女人接近这个家了。"沈檬坚决道。

季凉川一下子把电脑合上，抬头看她："檬檬，Betty 是不会做这种事的，你太主观臆断了。"

这句话把沈檬心里的怒火彻底点燃了，她气得浑身直哆嗦："季凉川，我没听错吧？你现在是在维护这个女人，你自己发现了吗？"

季凉川起身走近她，表情有痛苦，也有无奈："我已经接触 Betty 一段时间了，她是什么样的人我很了解，她是不可能做出绑架小孩这么恐怖的事情的，我们能不能不要再为了她吵架？我不想跟你吵架。"

沈檬瞪大眼睛看他："我告诉你，如果明天她去，我就不去，从此以后有她没我！如果你愿意维护她，那么这个家我都让给她，让她当女主人！"

沈檬说完扭头就走，季凉川疲惫地坐回座椅上，一坐就是一整夜，索性就在书房睡下了。

沈檬一个人躲在被窝里哭，一直哭到深夜都不见季凉川回房，她的一颗心被骤然袭来的寒气割得残破不堪，直到哭累了才迷迷糊糊睡去。

第二天早上，沈檬喂闹闹吃早饭，一直没跟季凉川说话。季凉川试着跟她说话，她都装没听见，一直在跟闹闹聊别的，然后她送闹闹去上幼儿园，临走前也一个字都没跟他说，她这次是真的气坏了。

沈檬一整天上班都心不在焉的，下班后，她实在不想回家，可又不能再回娘家，只好到了红豆家楼下，打电话喊她下楼。

红豆接完电话就匆匆下了楼，见沈檬一个人坐在大门口的花坛上，双手抱着膝盖，埋着头，跟个小可怜一样，赶紧走过去："怎么了这是？"

沈檬抬起头就往她怀里扑，委屈地说："红豆，我好难受啊，带我回家……”

这可把红豆吓坏了：“好好好，你吃饭了吗？我刚做了火锅，你啥都别想，先好好吃一顿！”

沈檬狠狠地点头。

沈檬进门后才猛地想起来，停住脚步问：“不对不对，你早就不是单身了啊，我这样冒失地过来，叶念瑾会不会不高兴？”

“你看我这样像不高兴吗？”说着，她身后传来一个声音。

沈檬回头一看，叶念瑾也刚回来，不过穿的是居家服，明显是刚出去又回来的。他手上拎着个大袋子，走进来笑着说：“我买了很多好吃的，牛肉、羊肉、猪肉……全是你们爱吃的。”

沈檬有点感动，眼圈立刻就红了，她想起了季凉川的温柔。

三个人在家大吃了一顿火锅后，沈檬抱着抱枕坐在客厅里，跟他们夫妻俩说了 Betty 的事情，以及她的怀疑和季凉川对 Betty 的袒护。说完之后，沈檬问叶念瑾：“对了，你查得怎么样了？能缩小嫌疑人的范围吗？”

叶念瑾皱着眉摇摇头：“闹闹就读的幼儿园除了主任办公室以外，其他地方没有任何监控设备。我和可欣这几天联系到了几个小朋友的家长，询问了他们当天有没有留意到一个戴墨镜和草帽的女人，结果都不太理想，而且现在我不是警察了，很多关键的线索不能第一时间拿到，只能找可欣帮忙。”

沈檬能理解，点了点头：“对不起啊，太麻烦你了。”

叶念瑾摇头：“又不是帮你，我帮我干儿子呢。”

沈檬笑笑，没说话，红豆却有点不乐意了，她刚才一直在那儿偷偷玩手机，现在才参与到他们的对话中，问道：“不行，我觉得季王子这次太过分了，以后我不帮他了！他怎么能胳膊肘向外拐呢？那今天你就真没去机场接你公公婆婆？”

沈檬低头：“我知道我又任性了，我不应该……不应该不识大体，不给他面子……”

“你做得对！凭什么你们一家子团聚，还要让那个女人参与进来啊？而且听你刚才那么一说，我怀疑凶手很有可能就是她！现在可是非常时期，宁可错杀一千，不可放过一个！这可是事关我干儿子性命的问题啊！

能一样吗？这次你任性得对！”红豆义愤填膺地说道。

沈檬立刻拉住她的手，感动地看着她：“红豆，我就知道你才是对我最好的人。”

叶念瑾在一旁忍不住嘲笑：“我说，今晚我给你们俩腾地儿吧？”

红豆瞪他：“你别插嘴，你们这些臭男人有的时候根本就不了解女人的内心世界，自私得很！”

正说着，忽然响起了门铃声，红豆一惊，跑过去看了一眼来人之后，立刻就把外面的大门按开了。

叶念瑾说：“你怎么不问问是谁就开门了啊？”

“哎呀，不用问啦，我知道是谁。”

沈檬脑子转得飞快，她刚才还纳闷红豆怎么一直玩手机玩得带劲儿呢，原来是又跟季凉川通风报信了。想到这里，她拎起包就要走人。

红豆赶忙拦住她：“喂，你别生气啊，我这不是为了让你们和好吗？”

沈檬不满地看她：“你自己算算，你都出卖我多少次了？我去哪儿都能让季凉川逮到跟你有很大关系你知道吗？”

两人正说着，门被敲响，红豆一个激灵，赶紧给季凉川开了门。沈檬见他一脸阴沉地站在门口，一生气，扭头坐回到沙发上。

季凉川轻轻说了句：“打扰了。”

他迈步进来，给叶念瑾递过去两罐啤酒：“给你的。”

叶念瑾一笑，干脆起身把季凉川往阳台上拉：“走，咱们先喝酒，让她们冷静一下。”

到了阳台，季凉川有点不好意思：“我老婆总给你老婆添麻烦，对不住了。”

叶念瑾摇摇头：“等着吧，会有我老婆给你老婆添麻烦的时候的，总有一天咱们俩能扯平，急什么？”

季凉川轻轻一笑：“一会儿我去跟她道歉，是我错了。”

叶念瑾其实很能理解他的心情：“我能明白，其实你不是向着那个女人说话，你只是不希望为了一个无关紧要的外人影响你老婆的心情。”

季凉川自嘲一笑，叹了口气：“男人和女人的精神世界永远隔着无法逾越的鸿沟。”

叶念瑾接话道：“所以，男人有责任在坚持自己的精神世界的原则上，多多理解女人的精神世界。"

季凉川抿嘴一笑："赞同。"

喝完啤酒后，季凉川从阳台走回来，坐在沈檬旁边："老婆，不生气了好不好？这次是我不对。"

沈檬委屈地抬头看他："你错在哪儿了？"

季凉川哄着她："我不应该帮着别的女人说话……檬檬，你知道吗？自从咱们宝宝失踪过一次之后，你就变得特别敏感，我不希望你因此失去你作为一个律师该有的冷静和理智。我维护她不是因为我在乎她，而是因为我不想让你失控，让你不理智的判断影响你的情绪，你明白吗？"

沈檬咬了咬唇，点点头："我今天没去接你爸妈，是不是让你丢面子了？我是不是特别任性？"

季凉川低着头沉思了几秒，神情有些无奈："我爸以为你还在恨他，他说改天单独约你出来谈谈。"

沈檬知道自己因为一时冲动犯了大错，拼命摇头："我没有……我都说了那些事情早就过去了……我希望他好好的，咱们一家子都好好的。我就是不太想见到那个 Betty，尤其她喜欢你，你还在我面前维护她，你让我怎么放下尊严跟你去接你的爸妈啊……"

见她又要哭起来，季凉川立刻搂她入怀："我明白，我都明白，这世上除了你父母，没有人比我更了解你了，所以，我不会生气的。"

沈檬抓着季凉川的衣领："那咱们明天买点东西去看看他好不好？"

这时，季凉川才开心地笑起来："好。"

红豆在一旁看得感动，跟看韩剧似的，忍不住也抹了抹眼泪。

两个人又语重心长地聊了一会儿，才手牵手从红豆家离开。

第二天，沈檬买了一大堆补品和上好的名茶，拉着季凉川去看季源康。可她没想到的是，Betty 居然在季源康家。

季源康和 Betty 正在客厅聊病情，季凉川也没想到，愣了一下，拉着沈檬走过去："Betty 你来了？"

Betty 见他们来了，爽朗地笑了笑。沈檬心里有点堵，绕过 Betty，把东西递给季源康说："爸，我昨天有点事，没去接您……"

季源康挥挥手："没事，你工作忙，听凉川说你自己创业了，挺好。"

说完他转过头，忽然冲季凉川瞪眼："我说你这个臭小子，Betty 救过你爸一命，这回来咱们这儿了，你却让人家住酒店，你不嫌丢人，我都替你丢人！"

季母听见季源康的喊声，从厨房走出来，拉住沈檬的手："檬檬来了啊？过来帮妈妈切水果吧。"

沈檬听话地跟着季母进了厨房，刚进去季母就拉着她的手说："季源康这个人有点老顽固，Betty 为了他忙里忙外的，他好面子就把 Betty 从酒店接到家里来住了，她住不了多久就回美国了，你可千万别往心里去啊！"

沈檬本想说出闹闹被绑架过的事情，可她又想到季源康大病初愈，不能受刺激，最后干脆地点了点头。季母知道她委屈，连忙搂住她："中午留下来吃饭吧，妈亲手给你做油焖大虾，还有你爱吃的红烧肉。看在我的面子上，即使老头子和我儿子有什么不对的，你也别跟他们一般见识啊！"

沈檬挺不好意思的，连忙说："妈，是我不对，我工作太忙了，昨天没去接爸……"

"哎呀，没事没事，我们看见闹闹就够啦！"

沈檬低头笑笑。

客厅里，Betty 最关心的明显是季凉川的脚，昨天去机场的时候看见他拄着拐杖走过来，她吓得张大了嘴。

"脚怎么样，有没有愈合的迹象？不如我带你去美国吧？我的老师认识一位著名的骨科专家。"Betty 关心地问他。

季凉川淡淡地笑着摇头："没事，不麻烦了。"

季源康叹了口气："你这小子，我不在你就给我大病小病的，现在胃怎么样了？"

Betty 看了季凉川一眼，刚要说话，季凉川就示意她什么都不要说，她生生又把话吞了下去。

"早没事了。爸，您病刚好，要注意休息，就别担心我了。"

季源康干脆地说："下个月我亲自带你去医院看看你的脚，要是没有愈合的迹象，我立刻带你回美国看脚去。"

这个节骨眼上，季凉川哪能出国，他立刻摇头："我不去，我有老婆有小孩，您老是让我去美国干什么？"

"我还不是为了你好？我刚病好就看你拄上拐杖了，你就是想气死你爸是不是？"

眼看着两人就要吵起来，季凉川一阵心烦，拄起拐杖说："我去厨房帮忙。"

"你给我坐下！"季源康命令道。

季凉川闭上眼，无奈地坐了回去。季源康凑过去，严肃地问他："你给我说实话，谁让你的脚受伤的？你以为我不在国内一段时间，就管不了你了是不是？谁干的，我保证让他吃点苦头！"

季凉川冷冷一笑："我自己摔的，您打算怎么着？"

季源康深深地看了他一眼："真是你自己摔的？"

"这有什么好不信的？摔个跤而已，至于吗？"

季源康没再说话，沉默了一会儿才说："以后小心点，这么大个人也没点稳重劲儿。对了，这周末把我宝贝孙子接到家里来住，周一的时候我和你妈再把他送到幼儿园去。"

季凉川点头："知道了。"

中午，季凉川和沈檬留在家里吃饭。席间 Betty 一直在问季凉川的脚伤，沈檬心中有点烦躁，却又不敢表现出来，吃过饭后就找了个理由先走了。

走出季家后，季凉川知道她委屈，摸摸她的脸哄道："生气了？"

沈檬摇头："你爸你妈不生我的气已经算不错了。"

季凉川笑笑，把她搂在怀里："我爸脑子里现在除了我的脚就没别的事儿了，我妈平常就大大咧咧的，不会计较这么多的。"

沈檬忧心忡忡地摸摸他右侧的大腿："老公，你觉得怎么样，好些了吗？"

季凉川想了想，笑着说："刚刚 Betty 问起的时候我还觉得挺疼的，你这么一摸，我立刻觉得好了。"

"油嘴滑舌！"沈檬嘴上骂着，但还是开心地笑了笑。

两个人正腻歪着，叶念瑾的电话打到了季凉川那儿，季凉川赶紧接听起来：“怎么样，有消息了吗？”

叶念瑾正在凯旋百货的董事长办公室里看录像，发现线索后，二话不说就给季凉川打了电话：“有了。你的脚方便吗？我派司机过去接你，有段录像得让你看看。”

“不用了，檬檬开车载我过去。”

“好。”

季凉川和沈檬火速赶到叶念瑾的办公室，叶念瑾看到他们后，立刻用电脑放录像给他们看：“这几天我问了所有能联系到的当日出现过的家长，其中有几位家长跟沈檬一样，因为是第一次家长日，所以带着 DV 拍自家小朋友。有一个家长的镜头拍到了闹闹和那个女人，不过因为人家是在拍自己的孩子，所以那个女人在镜头里只出现了一下。你们看看这个女人，有没有什么印象？”

两个人赶紧看向电脑。因为画面中的小朋友一直在跑来跑去，所以 VCR 拍得很乱，终于拍到闹闹身边的时候，季凉川和沈檬这才看到那个女人——没有正脸，只是一个背影。女人戴着大草帽，穿着长及脚踝的波西米亚式大长裙，肩膀上披了件防晒披肩，身高一米七左右，皮肤比较白皙，身材不算太瘦，但也不胖，是标准体形。然而镜头只是一晃就过去了，两个人不停在脑海里搜索能跟这个女人的身材对上号的人。

叶念瑾先问沈檬：“你以前的公司和现在事务所的同事，有没有一米七左右、皮肤白皙的女人？”

沈檬赶忙摇了摇头：“没有，大多数跟我差不多高，一米六五左右，以前有一米七的同事，不过没这么白。”

叶念瑾点点头，又问季凉川：“你公司的人可就太多了，是不是不好找？”

季凉川叹气：“明天我去翻翻员工资料，我对高层以下的人不太了解，很多人我都不认识。”

沈檬的脑海里忽然闪过一个身影：Betty 有美国血统，又在美国长大，个子自然比亚洲人高。她想了想，惊呼道：“Betty 比我高不到半个头，我一米六五，她应该就是一米七左右！”

叶念瑾之前听红豆说过这个从美国来的女孩，他皱着眉头看向季凉川。季凉川的面色很沉静，眼睛里的波光像寒潭深水，幽静深邃。

沈檬见季凉川无动于衷，忙说：“凉川，现在不是我吃不吃醋的问题了，我是在担心我们的宝宝你知道吗？不是我有偏见，也不是因为她喜欢你我就处处针对她，而是我要对我的孩子负责，我不能忽略任何一个有嫌疑的人，你懂不懂啊？”

季凉川摇摇头：“不是，你误会了，我只是想到我刚答应我爸周末要把闹闹送过去。”

沈檬瞪大眼睛：“不行！ Betty 现在住在你家，我不能让闹闹冒险！”

季凉川点头：“我知道，我只是怕我爸发现端倪。如果让我爸知道闹闹失踪过……我不知道他会做出什么事来……”

沈檬见识过季源康的狠毒，他很可能无法冷静地处理事情。想到这儿，她愁得一下子瘫坐在旁边的沙发上，浑身发软。

叶念瑾插话说：“我现在已经不是警察了，很多事情不能顺利地进行，现在我先让可欣去找失踪人口调查部的组长，申请调一批警察过来 24 小时保护闹闹。”

季凉川说：“不用了，我已经雇了几个保镖随时在闹闹身边保护了。”

沈檬惊说：“我怎么不知道？”

“我怕吓到你，让你觉得事情太过严重，跟着操心。总之，这件事情有我和念瑾，你就别担心了，好吗？”季凉川柔声对她道。

沈檬知道他最近既要保护好闹闹，又不想让她跟着操心，已经身心疲惫了，赶忙点点头没说话。

晚上睡觉的时候，沈檬一直在做噩梦：录像里的那个女人拼命地把闹闹往一个地方拉，闹闹不想去，哭得厉害。沈檬喊得声音沙哑，跑过去想把闹闹抢回来，那女人忽然回过头，竟是 Betty 的脸。那张脸失去了以往爽朗的笑容，换成了邪恶狰狞的面孔，对着沈檬哈哈大笑：“我要杀了你的儿子，你等着，下一个就是你！”

“啊！”沈檬从噩梦中惊醒过来，出了一身汗。

季凉川被她吵醒，赶忙坐起来搂住她：“怎么了？做噩梦了？”

沈檬连忙扭过头去，见闹闹正在小床上睡得安稳，这才放下心来躺在季凉川的怀里，搂着他的腰：“抱抱我。”

季凉川搂紧她，摸着她的脸：“没事，有我在，别害怕。”

沈檬点点头说：“这样吧，周末咱们和闹闹一起过去住两天，这样咱们既能保护好闹闹，又不会让爸妈怀疑。”

季凉川吻了吻她的额头：“好。”

到了周末，季凉川和沈檬一早就带着闹闹去了季家。Betty 陪着季母出去逛商场，一直到晚饭前才回来，沈檬一整天视线都没离开过闹闹。见 Betty 回来，沈檬表面微笑着，心里的那种寒意和恐惧却一直没有消失。她仔细观察着闹闹，只见他跑了过去，也没人教他，他自己便很有礼貌地说：“姐姐好！”

Betty 显得特别高兴，整张脸都笑开了花，蹲下身去，从包里掏出一个变形金刚给闹闹：“闹闹你好可爱，姐姐今天逛街看到这个，觉得你肯定喜欢，你收下它好不好？”

闹闹的两只眼睛都快放光了，狠狠地盯着那个变形金刚，又小心翼翼地扭过头去看季凉川。季凉川教过他不能收除了家人以外的人给的东西，他自然不敢收。这时，沈檬点点头，对闹闹说：“闹闹，姐姐特意给你买的，你就收下吧，谢谢姐姐。”

闹闹立刻咧开嘴，双手举得高高的，抱过变形金刚说：“谢谢姐姐！”

Betty 开心地摸了摸他的头。

吃过晚饭后，沈檬把闹闹拉到一边，问他：“闹闹，今天见到的这个姐姐和那天你在幼儿园见到的姐姐是一个人吗？”

闹闹挠挠头：“不知道，闹闹不记得了。”

季凉川拍拍她：“别再让他去回忆那天的事情了。”

沈檬无奈，只好放他去玩玩具。

晚上，趁着 Betty 洗澡的工夫，沈檬心里有了个计划，她偷偷溜进 Betty 的房间，从衣柜里找到 Betty 的行李箱，二话不说拎了出来，打开之后一通猛翻。她一件一件地翻开那些衣服，想看看有没有那条波西米亚长裙，正翻到一半，Betty 忽然回房间拿换洗衣服，看见她后一愣，生气地喊道：“你在干什么？”

这一嗓子招来了季家的人，沈檬愣在那儿，想要解释，却发现喉咙里发不出声音。

一家人坐在客厅里，季源康叹气道：“沈檬，你跟我说说，你这是在干什么？”

季凉川说：“爸，是我不好，这是我的主意。”

Betty 不可思议地瞪大眼睛看他：“Wind，你怎么了？你是不会侵犯别人的隐私的，难道是我做错了什么？”

季母坐在沈檬旁边，偷偷问她：“檬檬，你这是……是不是吃醋了？”

沈檬双手撑住头，低声说：“对不起，是我太小气了，我有点介意她和凉川的事，想搞点破坏，我道歉。”

“爸，您别怪她，是我的问题。”季凉川赶紧道。

“你们两个都别给我互相包庇了！说吧，我不在国内的时候，这个家到底出了什么事？”季源康忽然震怒地吼道。

沈檬看了一眼季凉川，季凉川叹了口气，点点头说：“我来说吧。”

半个小时后，一家子人陷入了沉默。

“Wind，你居然不相信我！”Betty 忽然捂着嘴哭起来，她不敢相信地看了看季凉川，然后起身跑回了自己的房间。

季源康气得浑身直哆嗦：“居然有人敢诱拐我季源康的孙子……我饶不了她！”

说完，他开始猛地咳嗽。季母从悲伤中缓过神来，走过去拍了拍他的背，低声说：“你们放心吧，这件事情，我和你爸不会置之不理的。不过，我觉得那不会是 Betty 做的，她在美国时，为了照顾你爸，两天才睡一觉。既然你爸和闹闹都是凉川的亲人，她又怎么会只害闹闹呢？”

沈檬现在脑子里很乱，她什么都不愿再想了，只想搂着闹闹好好睡一觉。

这时，闹闹躲在墙角，忽然跑过来对季源康说：“爷爷……爸爸说你身体不好，不能总生气，闹闹给你唱歌……”

然后小家伙就红了眼圈，一边哭鼻子一边唱歌，可把他们一家子人心疼坏了。季母赶忙将闹闹抱在怀里，忍不住哭出声：“闹闹真乖，快给奶奶抱抱。我们没吵架，闹闹别害怕，奶奶的小心肝。”

季源康摸摸闹闹的脸：“闹闹别怕，爷爷奶奶跟爸爸妈妈开玩笑，闹着玩呢。爷爷没生气，瞧把我的宝贝给吓着了，都是爷爷不好。”

闹闹点了点头，抹干眼泪不再哭了。

第二天吃早饭的时候，Betty 拉着行李从楼上走下来，季源康见了一愣：“Betty，你这是……”

Betty 恢复了以往爽朗大方的笑容，鞠了个躬说：“打扰你们这么多天，我也该回去了。很抱歉，给你们添麻烦了，不过没有做过的事情我是不会承认的，就这样，再见。”

沈檬站起身来，不知道该说什么。季凉川拦住 Betty，却发现她看着他的那双眼睛清澈干净，他什么都说不出来了。

Betty 看看他，轻轻地笑了笑：“我没事。”

最后，季源康和季母都没劝住，她还是离开了。

在之后的很长一段时间内，季凉川再也没见过那个女孩，也没再联系过她。

最近，叶念瑾那边没再传来新的线索。等待之余，季凉川只好先忙工作，他的公司最近又要和美国的公司合作一个新的项目——在市中心启动希望工程基金会所。

大楼正在建设，薛凯替季凉川跑了好几家供应商，连带着签了水泥、混凝土、钢筋等好几个材料的订购单，不到一个月的时间，眼看着人瘦了一大圈。晚上季凉川跟薛凯视频的时候，见他面色不好，皱了皱眉头：“兄弟，辛苦了，下个月我亲自陪你去工地监工吧。”

薛凯一边喝啤酒一边说：“得了吧，就你那脚，你去得了吗？”

“没问题，拄着拐就行。”

薛凯特鄙视地看了他一眼：“你要来可戴好安全帽，工地危险，我可没时间照顾你。”

季凉川笑笑说：“我去现场监工过多少个项目了，还用你教我？”

薛凯翻了个白眼给他：“困了，我先睡了，季总。”

沈檬将最近接到的几个大客户都推给池骋了，介绍人是周秉颜，弄得她有点不好意思。不过她还是在电话里道了谢，说明了自己最近的情况。周秉颜表示理解，也没多说什么。沈檬自己和学校打官司，本来就吃力，在这个节骨眼上不想为了别的案子分心。

晚上，沈檬还在被窝里敲着键盘，季凉川见了心疼，伸出大手盖在她的双眼上：“你都忙一晚上了，早点休息吧。”

沈檬拍拍他的手："不行，我得准备充分一点。对了，咱们宝宝还没从那学校毕业呢，现在跟学校打官司，闹僵了会不会不太好？万一他们不好好教宝宝可怎么办？"

"闹闹已经比同龄的小朋友多学习很多东西了，平常你教他汉字、我教他算术，他也不抵触，在幼儿园上课，除了文化、艺术课以外，主要是让他感受集体生活，所以他继续读幼儿园是必要的，你打官司也是必要的。如果你不采取法律手段，不知道以后这样的事情还会不会发生。我们不能说自己有多伟大，为了传递正能量给幼儿园、给社会之类的，但我和你都不希望闹闹再出事是真的。"季凉川道。

沈檬听了他的话多少有些安慰，平时她在家里嚣张也是因为他宠着她、不跟她计较，遇到大事的时候，她的依靠终究还是他。

"你最近和 Betty 联系了吗？"

季凉川摇头："没有必要。"

"被自己喜欢的人怀疑和不信任，会不会很难过？"

季凉川眼神放空了几秒才说："会吧。"

"对了，你怎么从来没告诉我你有英文名字？"沈檬忽然问。

"我爸妈都不知道，不过是在美国的时候图方便才用上的。"

"这么说，英文名字不是你爸妈起的了？你自己起的？"

季凉川摇头："小学的英文老师在上第一节课时，拿了很多写有名字的卡片，然后凭她自己的感觉把名字卡片发给我们，当时发给我的名字就是 Wind，她还说这个单词是风的意思，和我的中文名字特别般配，然后我就用着了。"

"怎么你的英文老师这么好？我的英文老师就知道默写、默写、默写！不行，我也想有个英文名。"沈檬为自己抱不平。

季凉川捏捏她的下巴，笑道："行，老公给你起。"

沈檬立刻来了精神，把电脑扔到一边："好啊，好啊，我要用你给我起的英文名。"

"嗯，Sand 吧。"

沈檬歪头："那不是沙子的意思吗？"

季凉川说："对啊，我是风儿你是沙啊，多浪漫。"

沈檬过去挠他的痒痒："成天到晚没个正经的，我不管，你给我想个好听点的英文名。”

“好，那就Sunny吧，听上去也挺可爱。”季凉川躲开她挠人的小爪子，笑道。

沈檬想了想：“行，就这个了，睡觉。”

两人刚钻进被窝，季凉川的魔爪就伸了过来，他凑过去咬她的耳朵：“都不奖励我一下？”

沈檬睁开一只眼睛瞅他：“季凉川，在你的脚痊愈之前，你给我老实点，我可是一直等着你的脚好起来呢。”

“怎么了？老婆大人有什么指示吗？”

“我告诉你，你从来没带我去北京玩过，你要补给我，还要跪搓衣板的，你以为我忘了吗？”

“真跪？不是说看表现的吗？”

沈檬笑笑，把手伸进他的睡衣里摸摸他的胸口。季凉川浑身一个激灵，翻身就要亲她，她及时把手抽回来挡住他的唇：“不行，再加个马尔代夫吧，红豆度蜜月的时候跟我炫耀了半天呢……”

“好！”

下个月的月初，沈檬就要面临和校方的官司。校方的辩护律师开庭前找过一次沈檬，表示学校不应承担全部责任，因为当天家长会安排在最后一节课课后，也就是说，应属于孩子们放学之后，不在学校的管辖时间内，孩子的走失只和家长有着直接关系。

对方抓住这个点，势必会下狠手进攻沈檬这边，沈檬在办公室和池骋一起准备材料、商量对策，忙了一天时间，整理了一大堆材料出来，也算是有了一些把握。

下午的时候，才到五点她就饿得不行了，给季凉川打了一通电话过去，问他要不要带着闹闹出来吃顿大餐，季凉川却说：“我刚把宝贝送回家，又赶回施工现场了。最近这个项目我爸盯得紧，改天我再陪你去吃大餐好不好？”

沈檬撇撇嘴说：“好吧，你注意胃，晚上别不吃饭，不然我去给你送爱心便当好不好？”

这主意她还是跟红豆学的呢！红豆这个跨入豪门的新媳妇，隔三岔五就做营养大餐给她老公送到办公室去，把叶念瑾美得不行。沈檬听了，觉得自己也可以稍稍效仿一下。

季凉川立刻开心地说：“好，待会儿我把地址发给你，你来的时候小心点，别穿高跟鞋，容易摔倒。”

沈檬继续撇嘴：他说得就跟她没去过工地似的，她有那么娇气吗？

“行啦，知道啦，你也注意安全。”

匆匆赶回家后，发现秀云正在给闹闹喂饭，沈檬赶忙陪着闹闹一起吃了点，然后就开始在厨房弄自己的爱心便当。

秀云走过去问她：“少奶奶，要给少爷送饭吗？刚刚的饭菜都是少爷爱吃的啊，直接装进去就好了。”

沈檬回：“哎呀，他要吃我亲手做的才有意义嘛！”

正说着，闹闹屁颠屁颠地从客厅跑进来，一把抱住沈檬的小腿，仰头看她：“妈妈！我也要去找爸爸玩！”

沈檬哪能带他去工地那么危险的地方，忙蹲下身拍拍他的小脸蛋说：“不行，那边危险，小朋友不能去，妈妈给爸爸送完饭回来还要检查你的作业哦。”

闹闹噘嘴：“妈妈，你就只喜欢爸爸，不喜欢我！”

沈檬哭笑不得：“说什么呢？小傻瓜！你爸哪儿比得了你啊，妈妈最喜欢你啦！”

“你说谎！你天天跟爸爸亲亲，都不跟我亲亲！”

哎哟，这小子天天都在关注什么啊？

沈檬没办法，跟闹闹亲亲了一下，闹闹立刻咧开嘴，调皮地咯咯笑。把小少爷哄高兴了，她才匆匆赶过去。

第十一章 密谋已久的阴谋

晚上八点，薛凯跟着季凉川在慈善基金会所的建筑工地上监工，季凉川正和一个项目负责人谈论材料的问题。

项目负责人是个年纪不大的女白领，长得俏丽动人，话里话外都在劝说季凉川购买他们公司最新出品的材料。季凉川也不是傻子，笑着打太极，把话题巧妙地绕了过去。

薛凯皱皱眉头，低声对季凉川说："我觉得可以试试，不用把话说得那么死。"

谁知那女白领笑道："还是薛总监眼光高啊，我可听到啦！"

薛凯有点尴尬地笑笑，没说话。

季凉川逗他："你准是看人家小姑娘好看。可咱们是生意人，要理智。"

听到这话，薛凯捶了他一拳，女白领呵呵一笑。

三个人正聊得开心，身后忽然传来一道声音："Wind。"

季凉川一愣，他拄着拐杖不方便，慢慢地把身体转过去，只见夜色之中，朦胧灯光之下，一个身材高挑的大气女人安静地凝视着他。季凉川看着她，目光沉静，那种沉静里包含了太多的含义，迷茫、疑惑、歉意，所以那双眼睛忽然间变得有些浑浊。

女白领很机灵，对薛凯说："薛总监，我请你喝咖啡呀！顺便聊聊我们公司新推出的材料？"

薛凯看了一眼季凉川，而后对女白领点点头："我请你喝，走吧。"

女白领爽朗一笑："那我能不能喝大杯的拿铁啊？"

薛凯一笑："当然可以。"

见他们走了以后，Betty 走过来，有点不好意思地问季凉川："对不起，打扰你们谈生意了。"

季凉川摇摇头："没有，没关系。你没有回美国吗？怎么来这里了？这边危险，你没戴安全帽，我去给你拿一顶。"

Betty 拦住他说："不用了，我跟你说两句话就走，我订了晚上十一点的机票回美国。"

季凉川看了一眼表，已经八点多了。他抬头就撞上了她那双水汪汪的大眼睛，饱含深情。他望着她的眼睛，忽然觉得话语哽在喉咙里：“Betty，我不知道该怎么面对你……”

Betty 摇摇头：“那天我很生气，从小到大我从来没有被人怀疑过，尤其是那么恐怖的事情，我根本就做不出来，结果被你怀疑……我觉得心里好痛。可后来我想了想，我还没有结婚，还没有生 baby，没办法体会为人父母的感受，也许你为了你的 baby 可以牺牲一切，这样一想……我也就没那么生气了。所以，我想在走之前把我们之间的矛盾解开，希望你能相信我，好吗？”

季凉川能从她的眼睛里看到真诚的光泽，点了点头说：“其实，是我该向你说对不起的。在没有足够的证据之前，我不应该怀疑你，我和檬檬只是太害怕了，因为……因为我们失去过一个孩子，所以我没办法想象如果闹闹真的出事……”

Betty 的眼神有些哀伤，她微微点头：“原来是这样，我明白了，闹闹对你们来说很重要，很重要。”

季凉川点头，声音轻柔：“我知道你很好，你真的是很好的女孩子，我能从你的眼里看到你的内心。”

Betty 的脸微微一红，她羞涩地低下头，然后忽然想起什么似的，从包里掏出一个小本子，又拿出一支笔递给季凉川：“Wind，还记得这个小本子吗？上面写了好多我们在北京的旅游日记，第一页是你写的你的名字。”

季凉川见她把小本子包了张可爱的书皮，不禁笑道：“你这么宝贝这本旅游日记？你喜欢北京的话，以后可以随时再来。”

Betty 看着他低眉浅笑的样子，在心里默默地说：我宝贝的不是旅游日记，而是你亲手写下的名字。

她笑笑，对他说：“你能不能在第一页再写上几个字？嗯，就写祝 Betty 找到属于自己的白马王子，幸福快乐！”

季凉川抬头看着她天真的笑容，随即也像被感染了似的笑起来，抬笔说：“好。”

写完后，Betty 举起小本子，在昏暗的灯光下看着那些文字傻傻地笑，瞳孔里映出头顶的星光，璀璨绚烂。

“爸爸！”身后忽然传来一道奶声奶气的声音。

沈檬紧跟在闹闹后面跑过来，这小家伙跑得飞快，冲着季凉川就要飞过来。她在后面大喊：“凉川！快抱住他！这小家伙骗我亲亲，还不老实地跟着我偷跑上了车子，这才多大就这么多鬼主意！气死我了！”

季凉川皱着眉头，拄着拐杖快步冲闹闹移动过去，还喊道：“小鬼，不听妈妈的话，一会儿打你屁屁。”

小家伙完全没有意识到自己的爹妈生气了，还咯咯傻笑着往季凉川那边跑。

“喂！小心！”这时，顶上一群人向这边大吼了一声。

一块拴在附近的钢筋混凝土忽然松动，冲着闹闹的方向掉了下来。沈檬眼看着那块钢筋混凝土就要砸到闹闹，大叫一声：“闹闹！”

季凉川脑子里一阵空白，他急切地拄着拐杖往前跑，伸出手想把闹闹抓过来。这时，一个身影忽然挡住了他的视线，他脚下一痛，还来不及反应就摔倒在地。他根本顾不上自己，一个劲儿地抬起头往前爬，然后眼睁睁地看着那块钢筋混凝土掉下来，直直地砸在一个柔软的身体上。在飞扬的尘土之中，那具身体显得那么脆弱而不堪一击。

那一刻，时间和空间仿佛都静止了，沈檬愣在旁边，不知不觉眼泪已经流了下来，整个脸是苍白的，毫无血色。

Betty 趴在闹闹身上，紧紧地护住他的全身，整个人被包围在一片尘埃之中。她微微颤抖了一阵，此时此刻连睁眼都要使出浑身的力气。她挣扎着睁开一只眼睛，看见怀里小小的人瞪大双眼看着她，明显被吓坏了。然后她对着闹闹露出一个淡淡的笑容：“别怕……没事的……”

季凉川挣扎着爬了过去，把手轻轻放在 Betty 的肩头，小声地跟她说话。他不敢动她，怕她会疼：“Betty……你没事的，你会没事的……”

Betty 回过头，凌乱的长发挡住大半张脸，只露出一只神色疲惫的眼睛看向他。忽然，那只眼睛弯起一个小小的弧度，他看出她在笑。

她整个身体都失去了知觉，只剩下一只眼睛在传递信息，然后她慢慢地、轻轻地吐出几个字：“Wind，我保护了你的 baby，感觉好开心。如果我不在了，我不想回美国，你能把我葬在北京吗？”

季凉川心底泛起一股巨大的酸楚，他拨开她的头发，对她笑：“你不会有事的，别说傻话。”

Betty 眯起眼睛，气若游丝地说：“还有那个本子……要带给我……”

然后她那双爱笑的眼睛就闭上了。

半小时后，Betty 被推进了急救室，季凉川和沈檬等在急救室门外。

闹闹哭得浑身都颤抖了，抬头看向沈檬：“妈妈，我是不是做错事了……对不起……对不起……”

沈檬没有说话，只是安静地把他搂在怀里，眼眶里的泪水一直在打转。旁边，季凉川把头埋得很低，没人看得出他的情绪。

在急救室外等了一个多小时，季凉川的手机忽然响起来。他仍旧低着头，不说话，也不动，更没有去接电话。沈檬看他低着头一言不发地坐在那里，心里更是难过得快要窒息，便伸手从他的裤子口袋里翻出手机接听：“喂……”

电话那边是叶念瑾，他立刻察觉出不对劲：“沈檬？你怎么了？出什么事了？”

沈檬说着就哭起来：“Betty……Betty 她……”

“她怎么了？”叶念瑾在那边急得焦头烂额，恨不得赶快从电话线里钻过来。

“她为了救闹闹……”沈檬哭得气结，一句话都说不利索。

这时，季凉川微微抬起头来，接过她手里的电话：“我来吧。”

“念瑾，你说吧。”

叶念瑾赶忙说：“我发现了新的线索，我怀疑嫌疑人身高并不是一米七，而是一米六四左右。”

季凉川心底一寒，早在 Betty 用纯净的双眸望着他的时候，他就已经知道嫌疑人不可能是 Betty，可现在说这些还有什么意义呢？

“怎么说？”

“是我家丫头发现的，嫌疑人脚下穿的那款鞋子有问题。那种木制厚底鞋是今年夏天推出的新款，鞋跟高度一般在六厘米左右。根据嫌疑人整体的身材比例来看，嫌疑人的身高不太像一米七，然后我让可欣用人体比例分析的统计图进行了测量和身高模拟，再加上对鞋跟高度的猜测，推断出嫌疑人身高在一米六四左右。Betty 净身高一米七，不可能是嫌疑人。而嫌疑人之所以穿着波西米亚长裙，也是为了盖住高跟鞋，从而让我们把视线转移到一米七左右的女人身上。再根据嫌疑人戴着草帽和墨镜来遮掩面容，可以推断出嫌疑人有相当高的反侦查能力，这样一来就能推断出嫌疑人绑架闹闹不是一时兴起，而是策划已久的。你们一定要小心再小心！闹闹随时可能还会被坏人盯上！”叶念瑾迫切地把所有的线索一股脑说给季凉川听。

季凉川听完后无力地说：“她刚才已经再次实施犯罪了。”

叶念瑾一愣，在电话里听季凉川把刚刚发生的事情叙述了一遍，心底顿生寒意：“我马上联系可欣去现场调查。”

挂断电话后，季源康和季母匆匆走了过来，季源康整张脸都是惨白的，他喘着粗气问季凉川：“怎么样了？”

季凉川坐在那里无力地摇头。

这时，手术室的灯灭了，主刀医师从里面缓缓走了出来，一家人立刻围了上去。还没等沈檬开口问，医生便叹了口气说：“硬物从病人的后背压过来，导致胸腔肋骨断裂，肋骨插进了肺部……你们联系一下她的家人吧。”

沈檬觉得一时间天旋地转，眼前的世界都变得昏暗，她搂紧怀里的闹闹，紧紧地闭上双眼，大口呼吸着污浊的空气。

季源康坐在旁边的长椅上，沉默了。

午夜两点，Betty 因为肺部大出血，重伤不治，在医院长眠。

半个月后。

季凉川拉着沈檬的手，带着闹闹去北京看 Betty。沈檬带了很多女孩子喜欢吃的东西，还买了很多北京特产，全放在 Betty 的墓前。季凉川穿着一身黑色西装，戴着墨镜，指着照片上笑容爽朗的女孩，对怀里的闹闹说：“闹闹，以后你长大懂事了，每年都要来这里看姐姐，知道吗？”

闹闹乖乖地点了点头：“爸爸，姐姐去哪儿了？怎么不见她的人呢？她每年都会在这里等我吗？”

季凉川摸摸他的头：“姐姐去天堂了，可是你不能忘了姐姐，因为她是你的救命恩人，我们都不能忘记姐姐。”

闹闹委屈地点点头，眼圈有点红：“爸爸……你跟妈妈是不是还在生我的气……我以后再也不调皮了，我会好好听话……”

季凉川怎么会去怪罪一个三岁的孩子，他淡淡地勾了勾嘴角哄他：

“怎么会呢？你还小，爸爸可以原谅你所有的错误，不过你一定要记住自己的错误，懂吗？”

“记住了，爸爸，你别生我的气，我把好吃的东西都让给姐姐。”闹闹道。

季凉川摸摸他的脸：“乖。”

沈檬忽然难过起来，蹲在那里看着 Betty 的照片，幽幽地说：“是我不好，因为一时醋意就戴着有色眼镜看你，对不起，还有……谢谢你，救了我的宝贝……”

季凉川拍拍她，示意她别再哭了。这半个月，沈檬被自责、歉意、内疚等各种心情折磨得不能自已，季凉川不想再看她自我纠结下去了。

临走前，季凉川偷偷把那本包着小碎花书皮的笔记本放在 Betty 的墓碑下，在她视线所及的地方。

接下来的很长一段时间里，沈檬都不能从悲伤中走出来。她总在想，如果一开始她没有那么排斥 Betty，现在会不会不那么痛心？可如今连说一句“对不起”的机会都不复存在。

她一直在办公室发呆，连池骋敲门进来都没发现。池骋拍拍她的肩膀问：“你还好吗？”

沈檬一愣，有气无力地说：“不好。”

池骋叹了口气，摸摸她的头：“人死不能复生，别太难过了。”

沈檬微微振作起来，抬头看他：“怎么了，找我有事？”

池骋皱着眉头，神色严肃地说：“我打听到警方内部的消息了，陆振虎的死不是意外，应该是恶意谋杀。”

沈檬睁大眼：“是谁？查出来了吗？”

池骋摇头：“陆振虎已经没有亲人了，从相关人物下手调查行不通，警方就调查了陆振虎的前科。以前他被人冤枉强奸时，你是他的辩护律师，他的死有没有可能跟那件案子有关？”

“那案子已经很久了，我把资料找出来再看看。”

说着，她按照大概的年份在旁边的资料柜里找到了陆振虎的案子。她和池骋在办公室翻看着旧案子，开始细细回忆陆振虎当时找她的场景。

那时沈檬还在贺总的翔日律师事务所工作，公司里一些大的经济纠纷案都让经验丰富的律师们挖走了，就剩下她刚好手上没有案子。她倒觉得无所谓，反正她也没有特别看重那些大案子带来的昂贵律师费。后来陆振虎来翔日找代理律师的时候，贺总就推荐了她。

沈檬在咨询室里第一次看到陆振虎的时候，他的精神状态非常不好。其实他长得还算端正，只不过头发乱糟糟的，眼神迷离，面容憔悴，再加上衣衫不整，就显得他非常邋遢糟糕。他一见沈檬，先是愣了一下，坐在那里好几秒都没有说话。沈檬觉得他看她的眼神很奇怪，就问："怎么？我的脸上有什么奇怪的东西吗？"

感觉到声音差了许多后，陆振虎才惊醒过来，恢复了颓靡的样子，耷拉着脑袋说："对不起，你长得太像我认识的一个人了。"

沈檬坐在他对面说："说吧，你有什么需求？"

陆振虎低着头，闷声说起来："我背景不算干净，给黑社会的人做过事。大概是在几个月以前，我在外面办事时遇到了一个女孩子，她叫宋梦萱……我对她一见钟情，想认识她，然后就开始跟踪她。有一天，我在酒吧喝多了，整个人感觉恍恍惚惚的，正准备离开，就看到那个女孩在旁边的一桌独自喝酒，好像还在哭。当时……我鬼迷心窍了，我就是很想跟她说说话而已。于是我走过去跟她聊，聊了一会儿才知道她跟男朋友吵架了，可是，我当时喝醉了，我……我在她的酒里下了药，然后把她带到了附近的宾馆……"

沈檬越听越来气："你这叫犯罪知道吗？我不帮本来就有罪的人辩护，你请回吧！"

她刚要走，陆振虎一把拉住她，可怜得近乎请求："求你……听我说完……"

沈檬看他一副快要哭出来的样子，只好甩开他的手，重新坐回去继续听。

"我把她带到宾馆后，几乎已经失去理智了，可是在关键时刻，她忽然清醒过来。她看到我后狠狠地抽了我一巴掌，然后哭着挣扎。我一看见她哭就慌了神，连忙安慰她，跟她说我只是喜欢她而已……她不听，用包狠狠地砸我，当时我的酒劲儿就醒过来了。我看见她全身颤抖地抓着衣服躲在角落里哭，忽然感觉特别心疼，然后我就放她走了。"陆振虎低下头，抓着自己的头发道。

沈檬翻白眼：“算你还有点人性。”

陆振虎继续说：“我……我不知道该怎么接近她，只好天天跟踪她。在那之后，我跟踪她好久才知道她上高中的时候差点被人强奸过，自那以后心理上落下了毛病，然后又被我……我真的很后悔！我那时只是喝多了、不理智了、失控了，我看见她每天往心理医生那里跑，真的很心疼……”

“所以，你今天来的目的是？”沈檬耐着性子问。

“上个月我去找她，在她家门口等着她，可能是因为太晚了，她下了夜班刚回到家，看到我立刻吓了一跳就想跑。我跑过去拦住她，只是想跟她道个歉，可她根本就不听我的，叫嚷着一边打我一边往回跑。我在后面追她，一直追到楼道里，怕吵醒邻居就没敢再追，只好回家了。我给她发短信，说我只是想跟她道个歉，她也没回复我，然后就在前几天……”

说到这里，陆振虎忽然哭出声来，声嘶力竭地捂住脸，整个人都在颤抖。沈檬愣在那里，不知该如何是好，只听他哭着说：“她自杀了，她开了炉灶的火，点燃了窗帘。她还吃了两粒安眠药，躺在卧室里，然后就被活活烧死了……”

沈檬屏住一秒的呼吸，声音不由得低沉下来：“她为什么要自杀？因为精神失常还是什么？”

陆振虎捂住脸摇头：“梦萱开炉火之前写了遗书，她说她的身子已经不纯洁了，不想再肮脏地活下去……可是，我真的没有做！我那天的确回家了。我现在被他们宋家告上了法庭，你一定要替我洗清罪孽，我是被冤枉的！”

沈檬感觉自己指尖冰凉，她看着他，语气严肃：“如果你是被冤枉的，宋家又为什么非要告你？”

“宋家整理梦萱的遗物的时候发现了一个日记本，里面把那天我拉她到酒店的事情也记录了下来，所以我就成了强奸梦萱并害她自杀的第一嫌疑人……现在我连怎么证明自己的清白都不知道……沈律师，你一定要帮帮我……”

沈檬边回忆边慢慢地跟池骋说着，池骋问她：“那你怎么看？陆振虎真的是清白的？”

沈檬说：“这件事情我彻彻底底地调查过，根本找不到陆振虎强奸宋梦萱、害宋梦萱自杀的证据。陆振虎被扣押了一个月后，因为证据不足被释放了。当时……我确实被宋家的人泼过一次水，幸好不是硫酸……”沈檬想起这件事情，不自觉也有点害怕。

池骋的脑子转得飞快，他警觉地说：“沈檬！是宋家人绑架的闹闹！目的还不明显吗？你害得他们的女儿没能沉冤得雪，他们就要伤害你的儿子！”

听他这么一说，沈檬立刻瞪大了眼睛：“你说什么？”

池骋情绪急躁起来：“我现在就去查宋家的人，咱们还是报警吧，我怕你真的会出事！”

沈檬稳住他说：“等一下，当时我和警察一起调查过事情的真相。我们去宋梦萱独居的小区里问过邻居，他们都说有个乞丐天天在小区门口要饭，每次有女人从小区门口经过，那乞丐都一副很饥渴的样子。我们还在宋梦萱的后脑勺发现了瘀血，虽然法医没有在宋梦萱的体内提取出精液，但可以确定宋梦萱的后脑勺在死前遭受过撞击，而这个硬度很可能导致当事人昏迷，所以……”

池骋皱着眉头猜测：“你的意思是，那天陆振虎追赶宋梦萱，宋梦萱因为害怕拼命往小区里跑，却不小心摔到了头部，而那个对女人很饥渴的乞丐发现昏迷不醒的宋梦萱，就把她给强奸了？”

沈檬点点头：“因为宋梦萱住的是20世纪70年代建的老小区，没有监控设备，当时环境漆黑，既没有目击证人，又没有足够的证据指控陆振虎是罪犯，所以一直到现在，这案子还没有水落石出。”

池骋点了点头，又严肃地看着沈檬说：“不行，我还是担心你。如果宋家的人真是杀害陆振虎的凶手，又绑架了闹闹，那么下一个要害的人肯定就是你！”

沈檬听着一阵后怕，脸色苍白地点点头，忽然抓住池骋说：“对了，你先别跟我家里人说。”

池骋气得不行，站起来指责她：“为什么不能说？让你老公知道了还能保护着你，你是不是傻啊？”

沈檬摇头：“你不懂，Betty刚过世不久，他承受不了这么多。我想找我的一个朋友暗地里把这件事情给解决掉，我不想再让他每天晚上都失眠了……”

池骋叹了口气，懊恼地抓了抓自己的头发，双手掐住她的肩膀，眼圈都红了：“沈檬，算我求求你，你多为自己想想行吗？”

看得出来他是真的担心她，沈檬狠狠地点头：“别担心，我会没事的，我朋友很厉害的，相信我，我和他会在最短的时间内把宋家人给找出来。”

池骋叹了口气。

下班后，见人都走光了，沈檬立刻打电话给叶念瑾，把她今天和池骋分析的案子彻头彻尾地跟他说了一遍。

叶念瑾在那边听得认真，思索一阵后说：“我觉得你同事说得很有道理，你现在很危险，赶紧回家好好休息，我马上联系可欣，让她把你说的这起刑事案件的资料档案调出来分析，然后查出宋家人的下落。”

“好，麻烦你了。”

挂断电话后，沈檬忽然觉得心里慌慌的，想给季凉川打个电话听听他的声音，却发现手机快没电了。她一阵烦躁，拎起包关了灯就出了办公室的门。

她有点精神恍惚，到了地下停车场时，前面一辆车的车灯忽然打开，晃得她眼睛刺痛。她看不清前方，只感觉一辆车猛地朝自己的方向开过来，顿时感到一阵恐慌，赶忙躲在一辆车的车后。随后那辆车从她刚刚停留的地方冲了过去，她在后面看到了那辆车的车牌号，脑子顿时“嗡”的一声响，整个人僵住。

她没开车回家，而是想回公司看看电脑上叶念瑾传给她的那段绑架闹闹时的视频，再次确认一下那个女人到底是谁。

她一路慌慌张张地往回跑，刚跑出停车场，扭头就撞上一个人。那人被她撞得往后一趔趄，她吓了一跳，不自觉地喊了出来。再一看来人是裴子清，她摸了摸胸口，深呼一口气：“是你啊。”

裴子清莫名其妙地看着她：“沈主任，你的脸色怎么这么差？”

沈檬像是看到救星一般，一把拉住裴子清，哀求一般仰着头盯着他的眼睛，语气焦急：“柳萌萌有问题！她很可能是宋家的人！”

裴子清挠头：“什么意思？柳萌萌怎么了？”

沈檬一时半会儿也说不清楚，只好先拉着他往公司走：“有个案子我要跟你说一下，总之你最近一段时间先提防着点柳萌萌，刚刚她的车子差点撞到我！”

裴子清吓了一跳，不可思议地看着沈檬说：“不会吧，是不是你看错了？”

沈檬闷头在前面走，摇了摇头，异常肯定地说：“不可能，车牌号可能记错，但车型不会记错的。”

裴子清恢复冷静，淡淡地说：“好吧，你想让我怎么做？”

沈檬想着得把她原来经历的那件案子先告诉裴子清，让他配合自己尽快解决，就率先进了自己的办公室说：“我先告诉你原来的一件案子，然后……”

她一只脚刚刚踏入办公室，就闻到了一股熟悉的味道，然后她就感觉脑袋昏昏沉沉的，逐渐失去了意识。

晚上八点，季凉川陪闹闹吃完饭，沈檬还是没回来。他已经打了十几通电话过去，但始终没人接，最后他终于坐不住了，叫了秘书开车来接他，然后拄着拐杖就要出门。

秀云很担心：“少爷！你的脚还没好，不能总是走来走去的啊，不然我去事务所找少奶奶吧？”

季凉川一口回绝：“不用了，你在家好好照顾闹闹，我自己去。”

这时，叶念瑾的电话打了过来：“凉川，沈檬的电话打不通，你跟她说一下，让她小心她事务所的那个柳萌萌，我觉得她有问题。”

季凉川一愣，赶忙问：“什么意思？柳萌萌不是她的员工吗？”

“刚刚沈檬给我打电话说起以前的一件案子，然后让我查了查宋家的人。宋家人很久以前就移民了，近年来也没有出入境记录，我就调查了一下宋梦萱原先工作的大兴商贸公司，以及这家公司所有员工的名字。”

季凉川立刻想到了什么，对他说：“大兴商贸公司？我兄弟正在那里工作。”

“什么？你兄弟叫什么？”

“于小旭。”

叶念瑾赶紧翻了翻他手里刚拿到的员工名单，果然在市场部看到了于小旭的名字，他点点头说：“他应该没有嫌疑。绑架闹闹的是个女人，根据沈檬刚刚跟我说的那件案子，和宋梦萱有联系、身高在一米六四左右，又在沈檬身边的女性，就只有柳萌萌符合所有条件了。”

季凉川耐心地听下去，又听叶念瑾将陆振虎的那件案子念叨了一遍，突然整个人愣在原地，他抬头看了一眼墙上的时钟，低头吼了一声：“檬檬出事了！”

说完，他迅速拄起拐杖，上了早已恭候多时的车。他的表情狰狞得吓人，眼睛瞪得通红，整张脸苍白得毫无血色，嘴唇的颜色都开始发紫：“快！开车去我老婆的公司！”

秘书颤巍巍地说：“好，好！”

昏暗的办公室里，沈檬渐渐睁开眼睛，但她还是觉得头昏昏沉沉的。她刚想动一动僵硬的身体，就发现自己被绑在一张椅子上，无论她怎么挣扎都挣脱不开。

“别挣扎了，我绑了好久呢。”耳边忽然响起一个轻快、略带嘲笑的声音。

沈檬一惊，猛地抬头一看，柳萌萌正趴在对面的一张椅子的椅背上坏笑着看她。她心底冰凉如水，冷冷地看着柳萌萌，无力地说：“刚才果然是你。”

柳萌萌还在笑：“沈主任，你可千万别误会，我刚才真的只是想离开公司去跟我表哥吃饭呢，你非要在那个时候出现在路中间，这能怪我吗？”

“那你现在绑着我又是什么意思？”沈檬挑着眉毛看她。

柳萌萌一愣，连忙吐了吐舌头装可爱：“也对，算啦算啦，既然露馅了，我就不玩啦！不过你儿子真的好白痴啊，我在网上随便下载了几张猫咪图片给他看，他就真的跟我走了。”

听到这里，沈檬忽然将脚上的高跟鞋甩到柳萌萌的脸上：“你再说一遍！”

柳萌萌一阵吃痛，捂住鼻子站直身体，走过去甩手就是一巴掌：“你还嚣张什么啊。”

沈檬忍着脸上火辣辣的痛，扭过头来，眼神凶狠地看着她：“你诱拐我儿子有什么目的？”

柳萌萌扭身从包里掏出一瓶指甲油，坐在转椅上慢慢涂起来，幽幽地说："好玩呗，看着你们一家子人着急，我心里别提多爽快了！不过我没虐待你儿子啊，只是弄了点乙醚让他睡一觉，还好心地把他送回家了。他醒来后，没到处乱跑吧？"

沈檬恨得牙痒痒的，看着柳萌萌笑得贱兮兮的一张脸，恨不得冲过去扇她几巴掌："畜生不如，他还那么小！你怎么忍心？"

"他又不是我儿子！"柳萌萌抬起头，冲沈檬翻了个白眼。

"你现在把我绑在这里又是干什么？"沈檬瞪着她问道。

柳萌萌摇头："我也不知道，我只是听我表哥的吩咐。什么乔装打扮一下啊，穿长裙子盖一下高跟鞋迷惑身高啊，都是我表哥的主意哦！"

"你表哥是谁？"

说着，办公室的门被人推开，来人进来后，手里拿着陆振虎的相关资料淡淡一笑："沈主任，辛苦了，你都查到这个份儿上了。"

沈檬的一颗心像一下子沉入海底，一瞬间，她感觉自己连呼吸都困难起来。她看着裴子清冷峻的脸，难以置信地摇了摇头。

柳萌萌从座椅上跳起来，跑过去一把拉住裴子清的胳膊："表哥，你回来了啊？刚才干什么去了？"

裴子清从怀里掏出一支烟，又掏出一个打火机点上，幽幽地说："买了包烟，洗了个手，身上还是有乙醚的味道。"

"都跟你说了要戴手套！"柳萌萌娇嗔道。

裴子清轻轻一笑："这不是看到沈主任，我太激动了，一时间忘记了吗？"

沈檬低下头，心灰意懒地说："你们到底想干什么？"

裴子清慢慢地走过去，用食指抬起她的下巴，表情魅惑："沈主任平时聪明过人，不会分析不出来吧？"

沈檬看着他，眼里迸发出愤怒的火花："为了报仇吗？宋梦萱跟你是什么关系？"

裴子清一笑："我有没有跟你说过你跟我女朋友长得很像？"

沈檬瞬间就明白过来，原来陆振虎第一次见到她的时候也把她看成了一个他认识的人，如果那个人是宋梦萱的话，那么裴子清的女朋友就是宋梦萱了？

“几年前，我接了大兴商贸的一件经济纠纷案，也是在那个时候认识了梦萱，为了梦萱，我还和他们公司的一个臭小子打过一架。梦萱太美了，在我心里她就是女神，只不过我的女神太脆弱，高中的时候就被几个兔崽子欺负过。认识她以后，我有空就会陪她去看心理医生。就在梦萱的心理疾病快治好的时候，陆振虎出现了。我和她努力了那么久，终究功亏一篑，你能明白那种心情吗？她的病情更严重了，就连我都不敢碰她！为了保护她，为了等她的病治好，我和她在一起那么久，甚至都没有和她接过吻。”

裴子清忽然嘲弄般低头闷声笑起来，这笑声阴森恐怖，让沈檬觉得无比惧怕、浑身发冷。

她正想着，裴子清抬起头来，一把揪住她的下巴，低头吻了下去。沈檬瞪大眼睛使劲挣扎，猛地侧过头甩开他贴上来的唇，觉得恶心得不行。

裴子清也没生气，闭上眼睛，一副享受的样子，慢慢悠悠地说：“原来和梦萱接吻的感觉是这样，真好……”

“变态！”

裴子清不以为意地说：“呵呵，我就是变态，不然怎么会在杀了陆振虎之后面不改色心不跳，还在你身边问你要不要我帮忙呢？”

沈檬瞪大眼：“陆振虎是你杀的？”

裴子清站起来说：“当然，那种强奸犯何必留在世上，我这是在为民除害啊！还有你，沈律师，那种人你又何必去帮呢？为了一点律师费？呵呵，你还真是个庸俗的女人，这点我家梦萱可比你强多了。”

沈檬无力地闭上眼睛说：“我没收陆振虎一分钱，他的条件很困难。”

裴子清表情一僵，冷冷一哼：“你现在说这种话是为了让我改变主意吗？”

“信不信由你，你可以自己去查。陆振虎无父无母，一直是一个人生活，原先给黑社会干过，后来不干了，就靠以前存的一点积蓄过日子，他根本就交不起律师费，我也没要。”

裴子清看看她没说话，柳萌萌忽然插话说：“喂，表哥，你可别因为她长得像梦萱嫂嫂就动摇啊！”

裴子清皱着眉头瞪了她一眼：“这里没你说话的份儿！”

柳萌萌噘噘嘴，不再说话。

“那你又何必给他打官司呢？”裴子清忽然道。

“为了这个世界少一点冤枉，多一点清白。”

“哈哈！我的沈主任啊，我都快爱上你了，你怎么这么单纯呢？陆振虎说的话怎么能信呢？他给梦萱下过迷药，还把她带到酒店，现在你还为这样的人辩白？”裴子清一脸嘲弄地看着她。

“那件案子疑点很多，比如梦萱后脑勺的瘀血、死前的遗书，如果真的是陆振虎干的，她为什么不在遗书上写陆振虎的名字，好把陆振虎送到牢里去？这证明当时她是摔倒后失去意识，醒来才发现自己失贞的。从另一个方面来说，她非常善良，因为她不确定是不是陆振虎强奸了自己，所以最后没有在遗书上提及是陆振虎强奸了她，只写了自己对生活的绝望和感受，然后选择离开人世！”沈檬分析道。

“够了！如果你再袒护陆振虎，我现在就强奸了你！你信不信？”裴子清表情狰狞地凑到沈檬面前，凶狠地道。

沈檬咬了咬下唇，不再说话。裴子清忽然表情一变，目光异常温柔地看着她说：“你又聪明又美丽，让男人看了实在是喜欢……这样吧，你和你老公离婚，跟我在一起，我今天就放过你，也不会再打你儿子的主意，怎么样？”

柳萌萌欢呼：“那季凉川是不是可以归我啦？”

沈檬瞪了一眼柳萌萌，嘲笑道：“别逗了，虽然我们的名字发音一样，不过你跟我比可差远了，他死都不会看上你的。”

柳萌萌气极，走过来就要再给沈檬一巴掌。裴子清拦住她的手，命令道：“你就别掺和了行不行？一边去！”

柳萌萌冷哼一声，缩了回去。

裴子清继续看她：“怎么样？要不要给你考虑的时间？”

沈檬冷冷一笑：“你的目的就是想让陆振虎和我像宋梦萱那样被火烧死，感受她当时的痛苦，对吧？在你眼里，陆振虎是凶手，我是替他开脱罪名的帮凶，所以你要报仇，烧死我们俩。我之所以能在陆振虎死后还活这么长时间，是因为我和宋梦萱长得像，你总是舍不得。你绑架我儿子，看着我担心焦急的样子觉得好玩，等你玩够了，时机差不多了，柳萌萌绑架我儿子的事情也快暴露了，才会有今天的绑架，对吧？”

裴子清一笑：“你果然聪明。也许你比梦萱好，只可惜我先遇上了她。

如果我先遇到的是你，那么这一系列事情就都不会发生了，我也不会变成一个变态杀手。”

沈檬笑了笑：“你错了，就算你先遇到我，你也会因为得不到我而疯狂，伤害我身边所有的人。因为你骨子里就是这样不可救药、没有善良之心的变态！”

裴子清不以为意：“怎么会？我可是很会追女孩子的，你不会拒绝我的。”

沈檬懒得理他，干脆扭过头一言不发。裴子清强行把她的头扭过来，表情冷漠地盯着她：“你还没给我你的答复，我可是个说到做到的人。”

沈檬凄凉一笑：“反正我今天是逃不掉了，你要烧就烧吧，临死前我只想拜托你最后一件事情。”

裴子清冷哼一声说：“你有什么资格跟我谈条件？我可是什么都豁出去的人，杀了你和陆振虎，这辈子我也不图什么了。”

沈檬嘲讽他：“我都快死了，不过一件小事，你要是个男人，就有点男人的样子。”

裴子清沉默了一秒，冷哼：“说吧，最后的愿望是什么？”

“让我和我老公开视频电话，我想看他最后一眼。”沈檬低着头，绝望地道。

裴子清失声一笑：“我当是什么事呢！当然可以。萌萌，把手机拿来。”

沈檬的视线有些模糊，但她还是使劲盯着手机屏幕，仿佛要用尽一生的力气。

接到沈檬的电话时，季凉川正坐在车里，太阳穴和右眼跳得厉害。就在这时，电话响了，他看都没看就接起来，仔细一看才发现是视频电话。他看到沈檬被绑在一张椅子上，整个人仿佛失去了生命力，面容憔悴，却双目有神地盯着自己。他几乎要把手机给捏碎了，低吼道：“檬檬！你在哪儿？”

沈檬在手机屏幕里看到季凉川的那一刹那，忽然就流着眼泪笑了出来，扯着嗓子喊：“老公！快来救我！我在公司……”

柳萌萌匆忙跑过去扇了沈檬一巴掌：“是让你们告别，可不是让你通风报信的！”

季凉川霎时就红了眼，露出从未有过的凶狠表情，大吼道：“你给我住手！你是不是活腻了？”

柳萌萌吓了一跳：“凶什么凶？枉我打算放弃池骋，转过来追你！”

季凉川冷笑：“恶心，瞧你那副德行。”

“你！”柳萌萌被气到内伤，坐到一旁不说话了。

沈檬感觉自己的力气开始慢慢流失，乙醚的作用本就没有完全消散，又被绑了这么久，她现在把浑身的力气都用在了那双眼睛上。她只想在生命的最后一刻看看他。

“老公，闹闹今天好好吃晚饭了吗？”沈檬哭着问。

季凉川看着屏幕里憔悴的沈檬，再坚强也支撑不住了，颤抖着声音说：“老婆，我马上就来救你，你会没事的。闹闹今天很乖，吃了很多蔬菜。”

沈檬幸福地眯起眼睛笑笑：“宝宝不挑食了真好。老公，你真的很会教育孩子，我决定以后把家里的财政大权和教育大权都交给你，好不好？被我欺压太久，你是不是忽然觉得放松了？”

季凉川红了眼眶：“说什么傻话呢？你哪里欺压我了？你不过偶尔凶一凶，纸老虎一个，遇到大事还不都是乖乖听我的？”

沈檬一笑：“被发现啦？不好玩！以后没有纸老虎陪着你，你要好好照顾闹闹，把他养育成人。我希望他以后可以过得快乐一点，哪怕不像你一样是个大总裁，也能有自己热衷的一番事业，然后再找一个不像我这么凶巴巴的老婆过日子……”

“别说傻话，我已经报警了，我和念瑾马上就赶来救你。”季凉川捏着手机，心痛地看着她渐渐失去血色的面孔。

“老公，我还想陪你好几十年呢，还想陪闹闹长大，还想给你生个女儿……我不想死……”沈檬哭得更厉害了，冲着屏幕喊道。

“老婆……”话音未落，季凉川的脸忽然消失了。

裴子清看得正热闹，把手机拿过来一看，悠悠地道：“没电了，这不能怪我吧？”

沈檬看到屏幕黑下来的那一刻，彻底死心了，低着头嘤嘤地哭起来。

柳萌萌有点不耐烦了，催促道：“快点吧。”

裴子清看看她，没动。柳萌萌抢过他怀里的打火机，把能点燃的东西都点燃了，拉着裴子清的胳膊说：“看什么啊？人家不喜欢你啦！”

沈檬低着头，毫无生机，连哭声都消失了。裴子清冷哼道：“这是你自找的，我给了你活路，是你不选。”

两个人迅速离开了。

沈檬只想在还能思考的时间里好好想想季凉川的脸、闹闹的脸，他们是她生命中最重要的两个男人，她一定要在最后一刻好好温习一遍他们的面容。

她用最后的时间去回忆了很多很多东西，想起了她在酒吧第一次遇见季凉川，那时候只记住了他浑厚而带着点磁性的声音。然后是大学时光，他们在一起了，经历了各种各样有趣好玩的事情。再后来他们结婚了，尽管一开始各自心怀鬼胎，可命运还是让他们真正走到了一起。她为了季凉川的事业离开过他，他痛不欲生，在思念的旋涡里挣扎了许久，直到他们重归于好，再次厮守在一起。

他们很快就有了闹闹，幸福来得太突然。她觉得身体不舒服，时不时觉得恶心想吐，还很嗜睡，总是一觉睡到中午。季凉川细心地陪着她到医院做检查，等到孕检单子下来后，两个人被喜悦冲昏了头脑。当天晚上两个人一夜没睡，为了宝宝的小名和大名争论不休，最后累得不行的两个人相互依偎在沙发上睡着了，脸上挂着还未消散的笑容。

那时她十月怀胎，为了方便就剪掉了一头柔顺的长发。她开始时不时地闹情绪，爱哭、爱发火，因为没了美丽的头发伤心地哭泣了三天。季凉川寸步不离地守着她，跟她说，短发的她也是如此美丽。她乖乖躺在他怀里睡着，半夜又是孕吐又是被闹闹踢肚子，彻夜无法入睡。季凉川就陪着她一起不睡觉，跟她聊天，给她讲笑话，她觉得那种痛苦忽然就消失了。她在怀孕的路上并不孤单，因为她有一个很好很好的老公。

再到后来，小家伙终于出世了。季家排字，到了闹闹这代，中间是慕字，沈檬刚好特别喜欢这个字，当时就决定下来。至于最后一个字，沈檬联合全家人，集思广益，挑来挑去还是不满意，不是太俗气就是少了点霸气。而季凉川每天晚上都把工作搁置在一旁不管，专门挑字给沈檬看。挑了许久，沈檬选中一个“辰”字，她偏头问他这个字好不好，他表示同意，还说有龙的意思，男子气概十足，然后两个人终于愉快地定下了宝宝的名字——季慕辰。

沈檬慢慢回忆着这些往事，笑容渐渐在嘴角浮现。她还想继续回忆闹闹从一岁到三岁之间的事情，却闻到了一股呛人的味道。她抬头看见火势渐渐猛烈起来，黑色的烟雾充斥在整间办公室里，让她的视线开始变得模糊。在意识慢慢消失的时候，她仿佛产生了一种幻觉，有人喊她檬檬，真好。这世间最动听的声音就是季凉川喊她的名字，上天能在最后的时候让她听到，真好。

沈檬在意识模糊的时候，竟然看到季凉川的脸在火光之中熠熠生辉。她一下子就醒了过来，看到季凉川正在给她松绑，她喊道："凉川！凉川！你快走！火太大了！你怎么能进来啊？"

季凉川额头上都是汗，他的拐杖早已在进来的时候就被他扔在一旁，立马被熊熊烈火吞没了。他不顾自己的脚伤蹿到她的办公室，找到她给她松绑，解开她的绳索的瞬间把她拉起来，拽着她就往外走，伤口的疼痛在那一刻像一条毒蛇一般钻进了他的心间。他一阵吃痛，半跪在地上。

沈檬吓了一跳，赶忙蹲下去要扶他起来，她已经哭得肝脏都疼起来了。她固执地拉着季凉川的胳膊想把他拉起来。

季凉川闭上双眼，深吸了一口气。他很想努力站起来，但右脚怎么都使不上力气，然后他睁开一只眼睛看着她的小花脸一笑："檬檬……我可能走不了了……"

沈檬早就没了任何力气，可她还是固执地拉住季凉川，嘴里哭喊着："不行啊！凉川，加油，我们站起来走出这里！我回家……做好吃的给你……"

这时，被烧焦的书柜的其中一角忽然带着火苗坍塌下来，倒在他们身边，眼看就要堵住办公室的门。季凉川一只手揽过她的腰身，低头狠狠地吻住她，然而只是一下，他立刻松开她，使出浑身的力气把她推出了办公室。

沈檬一阵吃痛，倒在办公室外面的地上。她立刻奋力站起来想冲回去，可整个书柜忽然倒塌下来，横在办公室门口。她惊呼一声，不管不顾地冲过去，不顾火焰灼烧人的疼痛，徒手就要把那书柜给挪走。季凉川脱下西装外套盖在自己的头顶，颓靡地倒在地上，右脚的疼痛让他再也支撑不住。

渐渐地，他觉得意识有些模糊。隔着一片汹涌的火海，他看着自己此生最爱的女孩在另一端哭得像个孩子。他无力地坐在一片火海里，很想过去替她擦干那些眼泪，可他实在是站不起来了，鼻腔里早已经吸入大量烟雾，耳朵也开始出现耳鸣。他以为沈檬听不到他说话了，便用唇语对她说了一句话。

沈檬被灼热的火烫得一下子弹开，她瘫坐在另一边，看着季凉川半睁着眼，显得很疲惫，似乎就要昏昏欲睡，然后他忽然笑笑，用唇语对她说：我爱你。

刹那间，一片烈火腾空升起，阻隔了他们的视线。沈檬的瞳孔开始放大，她撕心裂肺地哭喊着他的名字，一遍又一遍……

公司的大门忽然被人撞开，叶念瑾捏着鼻子，浑身湿答答地闯了进来。他看到沈檬倒在火势最猛的一间房间外，二话不说冲上去，一把将她抱起来就要往外跑。沈檬忽然扯着他的袖子大叫："放开我！放开我！凉川还在里面！他死，我要陪他一起死！"

叶念瑾根本不管她，硬是抱着她往外走，谁知沈檬一口咬住他的胳膊，他吃痛，干脆控制好力度，一掌打向她的后脑勺，沈檬一下子昏了过去。

沈檬感觉自己好像身处一片纯白的世界里，周围是白得近乎透明的羽毛，它们不停地在她身边盘旋。远处一个高大的身影渐渐向她走过来，她看不清那个人的样子，只想慢慢走过去。然后纯白的世界忽然变得清晰起来，那个人拥有着世间最美好的笑容和最好听的声音，她听见他喊："檬檬。"

她高兴起来，向着那个身影飞奔而去，然而季凉川的脸忽然消失了。她愣在原地，看着空无一物的世界，忽然变得孤单。心底蹿升的酸楚感几乎把她淹没，她找不到呼吸的方法，感到一阵窒息的痛苦，颓然倒地。然后她忽然从梦里惊醒，用极快的速度回忆起种种，无法抑制地哭了，哭得整个胸腔都像被掏空了。

叶念瑾一把搂住她，安慰她说："没事了，凉川没事，我把他救出来了。"

沈檬一愣，而后抬起头揪住他的衣领，眼泪早就没了："你说什么？凉川被救出来了吗？"

叶念瑾拍拍她的肩膀，把她从怀里扶起来，给她指了指旁边一辆行驶着的救护车说："他在里面呢，吸了太多一氧化碳，暂时昏迷，不过没有烧伤。冲进去救你的时候他几乎是全湿状态，所以没什么大碍。"

沈檬愣了几秒，消化了一下叶念瑾说的话，兴奋地捂住嘴巴，眼泪串成珠子般流出来，而后砸到自己的手背上。她抓着叶念瑾的胳膊，话都快说不出来了，刚想感谢他，却发现他浑身的衣服都被烧得残破不堪，便内疚地抬头问：“你……没事吗？”

叶念瑾哭笑不得：“火烧倒没事，你咬我那一口可是真疼啊！”

沈檬笑起来：“对不起，我太着急了……凉川没事，谢天谢地，谢谢你。”

叶念瑾摇头：“你们俩没事就好。”

沈檬欣慰地点点头，看着旁边同时疾驰的那辆救护车，心里顿时放下了一个沉重的担子，然后微微一笑，又昏了过去。

第十二章 七月宝宝的来临

叶念瑾联系了周可欣和刑侦组的组长后，第一时间赶到了案发现场，哪等得了消防车过来再救人，直接从车里拿出矿泉水往自己身上浇，然后二话不说就闯了进去。他看见沈檬瘫坐在那里，望向火势最凶的那个房间哭得撕心裂肺，赶忙冲过去把她救了出来，来不及安顿她又火速飞奔回去。他在办公室的外面把地上的毛毯迅速拽起来，扑灭办公室门口的火，然后一脚跨进去，看见季凉川闭着眼、捂住鼻子，用西装盖住自己的头瘫在那里，顿时急得大吼："拉着我的手，我拽你出来！"

季凉川睁开眼睛，表情恐慌地看着叶念瑾，吼道："别救我！去救檬檬！"

叶念瑾干脆整个人跳了进去，一把把他拉起来："她没事！她已经获救了！"

季凉川听完才安心地点了点头，整个人压在叶念瑾身上，对叶念瑾说："我右脚一点力气都没有了，如果你拖不出去就自己跑，别管我。"

叶念瑾懒得理他，使出浑身的力气，一下子就把他拽了出去。等他把季凉川从办公室拉到安全区域后，季凉川竭力睁开双眼，看了一眼躺在旁边的沈檬，声音低沉："她没事吧……"

"没事，放心吧。你这脚摔得还真是时候！多耽误事儿啊！"叶念瑾说着扭头看过去，才发现季凉川已经晕倒在原地。他喘着粗气，一个人在马路边看着这对夫妻，旁边有一大群围观的人，却没一个上前帮忙的。叶念瑾冷冷一笑，冲他们吼道："看够了吗？"

叶念瑾没等几分钟就看见远方呼啸而来的消防车和救护车，季凉川昏迷程度最严重，第一时间被抬上了救护车。叶念瑾则陪着沈檬进了另外一辆救护车，他知道女人一醒来先得哭一通，没他在旁边告诉她她老公没事，估计她能把救护车给拆了。

此时，红豆在家里睡得正香，伸出小手想摸摸自己老公坚实的腹肌，却发现床上空了。她迷迷糊糊地想了一会儿，忽然睁开眼睛一看，发现叶念瑾根本不在床上，一下子睡意全无。她掀开被子满屋子找他，连马桶里面都看了，她还真想过叶念瑾被马桶水冲走了。后来她跟叶念瑾念叨这事儿的时候，叶念瑾一巴掌拍向她的脑袋：“你能再恶心点吗？智商再低也得有个底线吧？”

红豆瞪眼：“我还没说别的呢！我从马桶那儿回来后的下一秒，就觉得你可能半夜私会小蜜去了！”

叶念瑾扯扯嘴角：“你猜对了，我就是被马桶水冲走了。”

红豆匆匆忙忙赶到医院，见叶念瑾和周可欣表情严肃地站在病房门口，正跟刑警大队的队长谈话，她有点不好意思地跑过去说：“怎么出了这么大的事，你也不叫上我啊？沈檬和季王子没事了吧？”

叶念瑾拧着眉毛看她：“不是你今天跟头猪一样喊困，吃完晚饭倒头就睡了吗？我哪有时间把你叫起来，等叫醒你的工夫，人家夫妻俩都变 BBQ 了！”

红豆噘嘴，发现旁边的护士在往她这儿看，还在偷笑，更何况还有刑警队长和周可欣在，便忍了忍，给足叶念瑾面子：“老公，我错啦！谢谢你今天的英勇！你太帅了！”

叶念瑾果然很受用，挑挑一边的嘴角，神色妖媚地看着她，那眼神她都能读出来：今天表现不错。

她干笑两声，立即跑过去看季凉川和沈檬。

红豆走后，刑警队长表情严肃地说：“念瑾，我现在带着可欣彻夜追捕嫌疑人裴子清和柳萌萌，不过这牵扯到以前的一起强奸自杀案，要调查的事情会很多。其实我希望你能协助我，局里的人都放不下你，你知道的，以前高层领导最看好你……”

叶念瑾知道他想说什么，摇摇头微微一笑：“队长，您知道的，我最近刚成家，我不能对自己的生命不负责任，那就是对我老婆不负责。刚刚您也看到我老婆了，她傻乎乎的，如果有一天我不在，我可放心不下她一个人。一线的工作我是肯定不会再去做了，不过只要是局里的事情，我愿意无条件协助。”

刑警队长欣慰地点点头：“好，好男人！念瑾，等这次案子结束了，我就去向上级领导申请，任命你为最高级别犯罪调查顾问。”

叶念瑾笑笑，没说话。

红豆推门进去的时候，沈檬刚好醒过来，她一看见红豆，鼻子就是一酸。

红豆看沈檬一副憔悴的样子，整颗心都碎了，赶紧过去搂住她："没事了没事了，你老公也没事啊。我刚刚去看了，他就是吸入太多有毒气体了，可能要昏睡一会儿。"

沈檬哭的却不是这个，她搂住红豆的腰身，语气娇滴滴的："为什么每次我生病住院，醒过来之后都能看到你陪在我身边啊……"

这话说得红豆一愣，她有点不好意思了，恶狠狠地推开沈檬："傻瓜！就你这脾气，你能交到几个知心朋友？也就我智商低，才选了这条跟你做朋友的不归路！"

两个女孩凑在一起聊了好久好久，她们从未想过，她们友情的开始是近乎荒唐的，现在却是那么珍贵。

第二天早上，沈檬没敢惊动自己家里人和季家，毕竟这一切都是她当年那场官司引起的，她怕引起不必要的麻烦，就一个字没提。她从前一天晚上就把自己的病床挪到了季凉川的病房，早上她醒来后，吃了早饭就开始在床边静静地看着季凉川，他的脸依旧英俊得一塌糊涂。她摸了摸他的脸颊，忽然觉得好幸福，他就在她视线所及的地方，还和她呼吸着同样的空气。

她永远都忘不了，那一刻，他在汹涌的火海之中对她用唇语说：我爱你。

"沈檬！你没事吧？"病房门忽然被推开，池骋顶着个鸡窝头闯了进来。

沈檬立刻冲池骋比了一个噤声的手势。他见她没什么事，表情也平稳下来，走过去小声对她说："事情我都知道了，你说咱们俩是不是瞎了眼啊？瞧瞧招进来两个什么狗屁东西！"

沈檬摇摇头："人一旦有了报复心，什么都能做到，就算我没离开翔日，没跟你创立神驰公司，裴子清也会想办法接近我的。"

池骋气得吹胡子瞪眼："那柳萌萌又是怎么回事儿？我都奇了怪了，她那阵还跟我表白来着，现在想想，幸好我意志没动摇，真要把我恶心坏了！"

“我只知道柳萌萌是裴子清的表妹，她具体为什么会这么做，还不清楚，等警方的消息吧。”

池骋叹了口气，颓废地坐在一旁说：“沈檬，我刚刚回去看了咱们的事务所，烧得什么都没了。咱们的事务所刚开没多久……现在已经成一片废墟了……”

沈檬扭过头，陷入了沉默，她没有去看事务所就是怕看了会感伤，两个人费了很大努力才渐渐经营起来的公司，一夜之间就变成一片废墟。

“我这几天先想办法找个别的地方租下来，然后我们重新装修神驰吧？”池骋忽然抬头道。

沈檬点了点头。

池骋走后，沈檬偷偷抱着头哭，那种梦想实现后又被人踩在脚底下踉得粉碎的心情有谁能理解？

“老婆。”

旁边一个声音忽然响起，柔柔的，沈檬立刻抬起头来，粗鲁地抹了两下脸颊，凑过去紧紧抓住季凉川的手，笑着低头看他：“老公，老公，我在，你感觉怎么样？有没有哪里不舒服？”

季凉川半睁着眼睛，身体还是有些虚弱，他轻轻地摇了摇头：“跟你的那个合伙人说，让他暂时来我公司办公，我公司有的是地方可以免费借给他。”

“你都听到了啊！先不说公司的事，我没事，不就是个破办公室吗？再装修就好啦！你没事才最重要。”沈檬笑着看他，双手紧紧握住他宽厚温暖的大手。

季凉川分明听到了沈檬刚刚偷偷哭泣的声音，心里一酸，抬头抹抹她的泪痕：“傻丫头，在我面前有什么好掩饰的？我能明白你的心情。马上就到你的生日了，老公送你一份大礼好不好？只要你答应我别再在我看不到的地方，一个人偷偷哭泣……”

沈檬又红了眼圈，狠狠地点头：“你这个傻瓜，我警告你，以后不许丢下我一个人。你竟然把我扔了出去，你怎么办？你有没有想过如果没有你，我怎么办？”

“当我看见你在视频里的样子……我已经失去理智了，那个女人打得你疼吗？”说着，季凉川伸出大手摸了摸沈檬被打的那一侧脸颊。

沈檬摇头："那根本就不算什么。经历过这么多的事情，我变得坚强了好多。因为我知道，只要不是失去你，所有的苦难我都承受得来。"

季凉川的瞳孔里闪烁着异常明亮的光泽，他浅浅地笑起来，想起身吻她，身体却使不上劲儿，便皱皱眉："我想吻你……"

沈檬一笑，低下头吻住他薄凉的唇。两个人正唇齿缠绵着，医生忽然推门进来。沈檬赶快撤离，那医生推推眼镜，表情严肃地说："你先生的脚面骨头完全没有愈合的迹象，说了骨头长好之前禁止夫妻生活，你们俩肯定没听话吧？"

也不奇怪，他刚推门就见两人正在亲热，难怪会这么想……沈檬臊得慌，季凉川抿抿嘴，不以为意。

"还有，不能频繁地拄拐来回走动，好好躺着静养，不然骨头就别想长好了。"说完，医生气冲冲地走了。

沈檬噘嘴看季凉川："怎么办？禁止吧？"

季凉川很坚持："不行。"

沈檬："……"

一个月后，裴子清和柳萌萌被捉拿归案。

叶念瑾被警局特别封为刑事侦查高级顾问，一个月来，他将凯旋的工作暂时交给叶念薰打理，自己亲自带着周可欣调查整个案件。为了证实沈檬当年的猜测，叶念瑾带着警署分给他的临时小队，重新回到了宋梦萱事件的案发地点。事件发生的时间有些久远，他们只好试着利用鲁米诺反应将宋梦萱的血迹在现场检测出来，谁知竟在血迹之中发现了少量的唾液，正是这一点点唾液给了叶念瑾一个重大的突破。叶念瑾把所有证物带回警署，连夜和证物科的人做鉴定，终于捋清了整个案件。

第二天，叶念瑾以高级顾问的身份陪同刑警队长一起坐在侦讯室里，面对着一脸沉着、从容不迫的裴子清。

裴子清双手被铐起来后一脸不屑地抬头："有什么想问的就问，我都告诉你们，我很大方的。"

叶念瑾冷冷一笑："你跟柳萌萌是什么关系？她为什么肯为你卖命？"

裴子清对此直言不讳："萌萌的父母死得早，我父母可怜她就把她接过来当亲女儿养。可惜我父母在我读高一的时候也归西了，就剩下我和萌萌，是我一直把她照顾到现在的。”

“所以你唆使她成为你的帮凶，杀害了陆振虎，绑架季慕辰，又企图杀害季慕辰来报复当年帮陆振虎辩护的律师沈檬？”叶念瑾继续问。

裴子清摇头：“错了，我没想杀他们家儿子，当天在工地，我本来是要杀她老公的，谁知道忽然蹿出来一个小鬼！我一慌，剪错了绳子，其实应该剪掉旁边那根的，这样按照我的计划，那块钢筋混凝土应该直接飞向她老公的脑袋才对，谁让他娶了一个不错的老婆！我虽然恨她，不过有的时候也挺想追她的，原来我真的是人格分裂？”

见裴子清用一副精神分裂又无所谓的样子说出这么可怕的事情，叶念瑾气不打一处来。他冷静了一下，又说：“你怎么就那么肯定沈檬的判断是错误的呢？”

裴子清哼了哼，问了句：“沈檬死了吗？”

叶念瑾目光阴冷：“没有，活得好好的。”

裴子清却是一笑：“挺好，我还想过她要是死了，我也挺难过的。”

“火不是你放的吗？你还有脸说这种话？”叶念瑾瞪大眼睛看着这个精神失常、不可理喻的人。

说着，叶念瑾翻出陆振虎的存折记录、消费记录和银行卡信息，以及翔日财务汇款记录，全部摊在他的面前给他看：“你不懂，我就慢慢跟你讲。这张单子是陆振虎近三年来的收入记录，上面显示他这三年没有任何收入，存折上的钱都是以前积攒下来的。你看看，这些钱养一个大活人三年已经不容易了，他还拿什么交律师费？还有，这张单子是翔日律师事务所一年前的财务汇款记录，也就是宋家人把陆振虎告上法庭的那段时间，你给我找，看看有没有从陆振虎的账号汇款到翔日律师事务所的记录。”

裴子清看了一会儿，脸色铁青。

“没找到是吧？这足以证明一年前沈檬是无条件代理陆振虎案件的，也就是说，她并不是帮陆振虎洗白，更不是为律师费出卖自己的良心，她是为了查清真相。”叶念瑾皱着眉头，严肃地看着裴子清。

“哼，也许她是为了面子呢，打不赢官司会影响声誉的吧？”裴子清死性不改地问。

叶念瑾冷笑一声，又拿出资料说："行，那我继续给你分析案子。你的女朋友宋梦萱，一年前的四月五号遭到陆振虎的骚扰，强奸未遂，事后，她又在五月十一号当晚回家的时候遇到陆振虎，并以为他企图强奸她，然后她拼命逃跑，途中却不小心摔倒在小区里，证据就是这张当年的尸检报告。你总不能连法医也否定吧？"

裴子清看了一眼那份报告，狠狠地闭上眼，不愿面对似的扭过头。

"这几天我们去了现场，用鲁米诺还原血迹的时候发现了少量唾液，然后根据唾液的 DNA 比对罪犯库，锁定了这个人。"说着，叶念瑾拿出一张照片，"这个人就是当时沈檬和法医怀疑的那个乞丐，他有过强奸前科，被关了七年，出来后没有任何收入，只能在小区门口要饭。为什么唾液会留在那种地方，导致警方当时没能调查清楚，还用我跟你说吗？"叶念瑾挑衅地问。

裴子清瞪眼看着叶念瑾，示意他说下去。

叶念瑾沉默了一会儿，说："宋梦萱醒来后，先是发现自己被强奸了，用手摸了摸自己的身体，然后她起身的时候觉得惊恐和疼痛，又摸了摸后脑勺和地上的血迹……"

裴子清忽然凶狠地看向叶念瑾。

叶念瑾干脆地说："因为宋梦萱摸自己身体的时候沾到了那个乞丐的唾液，那是他强奸她时留下的。"

"够了！"裴子清痛苦地闭上双眼，恨得牙根都在颤抖，"你闭嘴！我没杀错人！我没杀错人！是陆振虎！是陆振虎该死，他玷污了我的女神！还有沈檬，她帮着魔鬼一起玷污我的女神！"

这时，询问室的门被敲响，迎面走来的是池骋。他愤怒地看了一眼裴子清后，侧了侧身子站在一边，后面跟进来一个英姿挺拔的身影。

叶念瑾问："东西带来了吗？"

那人款款走来，把一个 U 盘放在桌子上，看了一眼池骋后，开口道："以后少把我往这里带。"

叶念瑾点点头，对那人说："连先生，谢谢你的合作。"

连少皱着眉头说："警察先生，我现在能走了吧？"

池骋看出连少有点不爽，赶紧拉着他出去喝酒了。

叶念瑾给裴子清放了一段录像，时间正好是宋梦萱遇害当晚，陆振虎在喝得一塌糊涂之后给连少打了一通电话，然后一个人跑到连少住所的门口，跪在地上哭。当时这一幕被门口的监控摄像头拍了下来，成了有力的不在场证明。

看完视频后，裴子清整个人颓废地倒在椅子上，低下头，再也说不出一个字来。

另一边的侦讯室里，周可欣在盘问柳萌萌："就因为你跟裴子清相依为命，你就愿意帮他犯罪？你是从犯，你也是有罪的，会被判刑的，懂吗？"

柳萌萌不屑地看了周可欣一眼："也不全是为了帮他。我刚进公司的时候就喜欢上池骋了，可谁知池骋居然喜欢沈檬！沈檬都结婚生子了，你说他傻不傻？再说了，这女人有什么好的？后来她老公来公司的那天，我简直气不过了，她得有多好命，才能嫁一个这么帅的男人，还有池骋这样的帅哥痴痴暗恋她。我就不明白了，为什么仿佛全世界的男人都喜欢她？"

周可欣冷笑："是你的嫉妒心引发了你的犯罪之心，你真可悲。"

听到这话，柳萌萌轻蔑一笑："还说我呢，你喜欢那个顾问帅哥吧？不过听说顾问帅哥已经结婚了哦，呵呵。"

周可欣脸色一沉，而后笑了笑："我不觉得我可悲，我只是得不到我喜欢的人而已。而你，不仅得不到你喜欢的人，连人格都丧失了，比起你来，我至少还存着理智。"

柳萌萌冷冷一哼，不屑一顾地别过头去。

法院的判决书下来了，裴子清的故意杀人罪名成立，教唆绑架罪名成立，杀人未遂罪成立，绑架杀人未遂罪名成立，判处死刑，不可缓刑。柳萌萌，诱拐未成年罪名成立，绑架杀人未遂罪名成立，协助他人犯罪罪名成立，判处有期徒刑十五年，不可缓刑。

两个人，一个二十八岁，一个二十六岁，在风华正茂的年龄做错了选择，就要这么在暗无天日的牢狱里度过本该是人生中最绚烂的一段时光。

之后，沈檬不敢告诉季凉川自己偷偷去过已经变成一片废墟的办公室。她在角落里捡起一块未被全部烧毁的玻璃碎片，忽然难过得想哭。

那是她在办公室里用来喝水的杯子，还有那个烧得看不出原形的跑步机，以及她费尽心力在网上选购的其他健身设备。那时她生怕员工太操劳，便准备了一间可以运动的休息室，希望能缓解大家的压力，

闹闹被诱拐的第二天，她憔悴地走入这里，还享受着裴子清和柳萌萌对她假惺惺的关心，现在想来简直是讽刺，她感觉第一次创业是彻彻底底失败了。

她委屈地蹲在那里哭了一会儿，忽然有人拍她的肩膀，她一愣，扭过头一看，池骋高大的身影在阳光的照射下显得异常伟岸。他的半边脸有阳光的阴影面，又让他的表情染上了些许阴郁，然后他从身后拿出一个盒子递给她，也是紫色的小礼盒，包装精美。

沈檬有些莫名："怎么忽然送我东西？"

"快到你生日了嘛，提前当生日礼物啊，打开看看吧。"池骋道。

沈檬打开小礼盒，吃惊地盯着里面的东西说不出话来。

池骋看着她像小女孩收到糖果一般开心的笑脸，忽然也跟着笑起来："你忘啦，咱们俩去家具城买办公室用品的时候，你非要买那个限量版粉色的、有米妮头像的杯子，我当时还说'你一个律师，买个有这么幼稚图案的杯子，不怕员工笑话吗'，你还跟我翻白眼呢。然后服务员以为咱们俩是情侣，趁你买完杯子去看其他东西的时候，硬要我把那个蓝色米奇头像的杯子给买了。我一个大老爷们儿被说到那个份上，如果不买就说不过去了，人家还以为我吝啬那几个钱呢。喏，幸好当时买了，这个米奇杯子送你。"

沈檬把蓝色款米奇杯子紧紧搂在怀里，温和地微笑："谢谢。"

池骋低头看着她的笑，也跟着舒心地笑起来。

事后，季凉川约了于小旭出来喝酒，把整件事情说给他听。

于小旭听着听着就哭了出来，一个人低着头喝闷酒，小声地抽泣着："梦萱……太可怜了……"

季凉川拍拍他的肩膀："那个乞丐已经被警察抓到了，法院判决书很快就会下来，你喜欢的那个女孩子也算是沉冤得雪了。"

于小旭点点头，没再说话，那种钻心的痛早已封住了他的喉咙。

十月中旬，天气渐渐转凉。

沈檬生日这天，季凉川大手笔地包下了市中心一家高级酒楼的独间，把叶念瑾和红豆也请了过来。宴席上，就数闹闹最闹，一会儿往沈檬的怀里钻，一会儿往季凉川的怀里钻，钻完了还不满意，又跑过去往叶念瑾和红豆的怀里钻。

沈檬这一晚上啥都没吃，光顾着四处抓自己儿子了，气得不行，干脆瞪眼："季慕辰，你再打扰干爹干妈吃饭，妈妈就不理你了。"

闹闹就怕季凉川和沈檬喊他的大名，这通常没有什么好事发生。然后他一下子就老实了，但可气的是，他马上又钻到红豆怀里假哭："干妈！妈妈凶我！"

红豆一下子被这小家伙弄得心里软绵绵的，瞪过去："你干什么啊？你是不是嫉妒你儿子跟我比跟你好啊？"

沈檬瞪她："你别瞎掺和！"

叶念瑾一笑，把闹闹搂过来说："没事，干爹喂你吃饭饭。"

季凉川看着他们俩，笑着说："闹闹，你长大后可就忙了，不仅要孝敬你亲爹亲妈，还要孝敬你干爹干妈，尤其是干爹，他可救了爸爸妈妈，知道吗？"

叶念瑾不好意思地刮刮脸："我说你这话怎么说得这么见外？一会儿是你买单吧？老婆，我们再要瓶法国名酒吧？"

一群人忽然哈哈一笑。

晚饭过后，沈檬开始收礼物。

叶念瑾送了她凯旋公司自己品牌的最新款女士背包，价格不菲。

"这包是我姐亲自设计的，是我们公司今年的主打项目，都还没上市呢，一共两款颜色，你跟我老婆一人一个，这个颜色你要是不喜欢就跟她换。"叶念瑾把礼物递过去道。

红豆忽然不乐意了，扭头问他："不对啊！你没给我啊！"

叶念瑾一脸鄙视地看她："我昨天不是发短信告诉你了，让你回家打开衣柜看看有没有惊喜吗？"

红豆一愣："呃，我以为你说的惊喜是指衣柜里放着你要让我洗的脏袜子，我就把那条短信无视了。"

叶念瑾伸手掐上了她的脸："你到底是不是白痴啊？我的脏袜子什

么时候往衣柜里放过啊？你就真的不能不恶心我吗？啊？”

红豆拍开他的手：“我说我的脸最近怎么越来越大了呢！”

叶念瑾斜眼看她：“你的意思好像是我给你掐大的？”

红豆瞪眼：“不然呢？没认识你以前，我可是瓜子脸呢！”

叶念瑾冷笑：“我信了好吗？”

“喂喂，你！”

沈檬跟季凉川在一旁笑得快背过气了。

红豆的礼物跟叶念瑾的相比就显得比较寒酸了，她总不能给自己的闺密买个礼物还找自己的老公拿钱吧，那还不得让毒舌的叶念瑾拿着这事儿念叨她一辈子啊！想想就恐怖！于是，红豆索性自掏腰包给沈檬买了几本畅销的韩剧经典小说。

沈檬头顶“黑线”，讽刺道：“大姐，你喜欢狗血剧，不代表别人也喜欢好吗？”

“看吧看吧，相信我不会错的！我可是每本都看哭的！”红豆强力推荐。

沈檬无奈地笑笑，还是很开心地收下了。

接着，闹闹从自己的小包包里翻出一个塑料和木头制作的小飞机，递到沈檬面前说：“妈妈！最近我参加航模兴趣小组了，这是我做得最好的一架小飞机，送给你。妈妈，你别弄坏了……”

沈檬眼睛里闪着点点泪光，接过自己宝贝儿子懂事后送给自己的第一份礼物，心里被汹涌的热潮填充得满满的。她搂着闹闹亲了一口：“谢谢宝宝。”

这时，红豆的八卦之心忽然生出，她挤眉弄眼地看着季凉川说：“是不是该轮到某人的重头戏上场了啊？需不需要我和我老公回避一下，还有闹闹？”

季凉川低头浅笑了一下，从文件包里翻出一个很古典的木制盒子，看不出里面是什么东西，沈檬和其他人都很期待这个盒子里装的是什么。季凉川捧着盒子，抬头对上沈檬的双眸：“老婆，生日快乐！以前每年的生日礼物都是衣服、首饰、包包之类的，今年可能有些不一样，希望你不要嫌弃。”

沈檬抿嘴，羞涩地笑着摇头：“你送的我都喜欢，不管是什么。”

红豆在一旁起哄：“噘，鸡皮疙瘩都起来啦！”

叶念瑾拧她的脸，低声说：“别打扰人家。”

季凉川继续看着沈檬的眼睛，嘴角带着一丝笑：“你还记不记得我们去日本度蜜月的时候？”

沈檬赶忙点头：“当然，和你共同经历的所有事情我都记得。”

“当时我跟你说我小的时候在日本待过几年，你还记得吗？”

沈檬仍旧微笑着点头。

“那个时候，因为我爸想拓展公司的建筑设计业务，所以把我送到日本去学设计，室内室外都逼着我学。我当时很痛苦，不知道我为什么才十几岁就要学那些没用的东西。但经过这么多年，现在我终于找到了它的价值。”

季凉川柔情地道，并用眼神示意沈檬打开盒子。

沈檬看了他一眼，低头慢慢把盒子打开，发现里面是一张卷起来的纸，中间还用红色的丝带绑了个可爱的蝴蝶结。她拆开丝带，慢慢铺平整张纸，然后她捂住脸，再也忍不住了，两行眼泪瞬间滑落下来，毫无征兆。

季凉川仍旧看着她的眼睛说：“神驰公司是我老婆人生中第一次创业，只可惜变成了一片废墟。从那之后，每天晚上我都在书房里偷偷设计你的新办公室，然后渐渐把它画出来，画成你和我都喜欢的样子。我画了你最喜欢的飘窗，以后你累的时候可以坐在上面一边欣赏风景一边喝咖啡；我还设计了一款最新颖的简易书柜，这样你找东西、找资料会更方便。里面有一张舒适的软皮沙发，午休时间你可以在上面小睡一会儿；还有宽敞的电脑桌，旁边有我设计的格子间，能放你喜欢的小东西。我从来没有给任何人和公司画过图，这次是我第一次画图，为了你。可能我的技术不太好，你不要笑好吗？”

沈檬再也听不下去，扑过去狠狠地吻上他的唇。她的眼泪流在他的唇上，然后她躲进他的怀里，再多的语言都失去了表达的力量，这一刻她只想紧紧地抱住他。

季凉川搂住怀里的她，说：“别一个人承受那种失落的感觉，办公室毁了，你不开心，我也不开心，不过我会尽我所有的力量来完成你的心愿。以后你的梦想就是我的梦想，在梦想的路上，如果你走得累了，有老公陪你一起走。”

那天晚上，沈檬不知道流了多少眼泪，她只知道她人生中最幸福的一次生日就是那天，因为她收到了最好的生日礼物。

之后没多久，神驰公司的装修正式启动，采用了天域总经理亲手设计的方案。当时员工听说装修方案是高高在上的季总亲自设计的，都开始打听渠道，想把那设计方案拿过来欣赏和参考一下，只不过都没有成功得手。主要是总经理太低调了，设计图纸除了季太太手里唯一的那份之外，连个电子版都没有。众人遗憾地决定，还是等神驰公司重新建好以后再去现场瞻仰观摩吧！

又过了一个月后，医院里，骨科大夫拿着季凉川右脚的X光片看了半天，然后慢悠悠地说："我说你这骨头长是长了，不过怎么长得这么慢啊？这都摔多久了，全身散架也应该长得差不多齐了啊！"

沈檬立马不乐意了："大夫，你说话好听点行吗？谁全身散架了啊？"

那大夫没理她，转而说："你们俩是不是现在还在进行夫妻生活啊？什么频率啊？天天折腾的话能长得快吗？"

沈檬脸一红，立刻理直气壮地说："没……没有啊，就……就偶尔一次。"

骨科大夫叹了口气："也不排除平时不注意饮食，吃了容易造成钙流失的食物，不过我怀疑你们俩折腾的嫌疑最大。"

这骨科大夫怎么这么闲啊？

从医院出来，沈檬气呼呼地闷头往前走，可能是走得太猛，当下就觉得头晕。她赶忙扶住旁边的一棵树站好，季凉川拄着拐跟上来扶她："怎么了？不舒服？"

沈檬摇头："可能是最近太累了，我有点困。"

季凉川赶紧扶着她上车回了家。

没过几天，沈檬就觉得越来越奇怪，最近她快来月事了，肚子本该开始有微微的胀痛感，这次却一点也没感觉到，然后本应该来月事的日子它就真的没来！沈檬一下子慌了神，赶忙从药店买了验孕纸，回家进了卫生间，关门验孕。

这边，季凉川还在养脚伤，不能随便下床瞎走，正躺在床上看杂志，就见沈檬气冲冲地从卫生间走了出来，把验孕纸甩在他的肚子上，叉着腰质问他："季凉川，你这个阴险狡猾、卑鄙无耻的臭流氓！你看看你都干了什么？”

季凉川拿起验孕纸一看，上面是两条杠杠，立刻眯起眼睛对沈檬说：“老婆，你有了！”

沈檬再怎么说也跟这臭流氓生活好几年了，光是看他的眼神她就怒了：“别跟我来这套！是不是自从前几次看见我头晕嗜睡，你心里就有谱了啊？你现在这副震惊的样子装给谁看呢！我会不会怀孕，还有人比你更清楚吗？”

季凉川怕她气坏了身子，赶忙拉下她的胳膊服软：“别生气，别生气，对宝宝不好……”

沈檬拉开他，怒吼道：“我真服了你啊，脚都伤成这样了，还这么战斗力爆表，还能让我怀孕！”

季凉川一脸委屈：“我这不是身残志坚嘛……”

“别给我瞎用成语！你老实说，你搞什么鬼了？是不是给避孕套扎洞洞了？”

季凉川忽然像看流氓一样看沈檬：“大白天的，你说什么呢，也不害臊！我可不懂，你这话什么意思？”

“老大，你别闹了啊，我这二胎都有了，你跟我装什么清纯大尾巴狼啊！”沈檬快要被他逼疯了。

看她气得不行，季凉川只得宣布投降：“好好，都是我的错，你别气了，你现在还没度过稳定期，生气真的对宝宝不好。”

沈檬看他一脸真诚的歉意，噘嘴说：“你都不跟我商量，闹闹还那么小，现在多个宝宝，照顾不过来可怎么办？”

季凉川拍拍她的脸：“好了，这本来是应该高兴的事情，你何必把自己气成这样呢？有我在，怎么会照顾不过来？还有我爸妈、你爸妈呢，对吧？”

沈檬钻进他的怀里：“你就这么喜欢小孩啊？”

季凉川搂住她：“是啊，很喜欢！你这次感觉怎么样？和怀闹闹的时候感觉一样吗？”

沈檬立刻摇头：“不一样，可我又说不出来哪里不一样，可能是妈妈的感觉吧，我觉得应该是女孩，虽然还没显怀，但我就是有预感。”

季凉川立刻两眼放光地低头看她：“真的假的？我要有女儿了？”

“瞧你那副盼女儿盼得如饥似渴的表情……你别动，我去找部录像机给你录下来，以后放给你闺女看，看她爹当年期盼她的小表情，简直‘风骚数百年’。”沈檬说着就跑出去拿摄像机。

然后季凉川这个厚脸皮的就真不要脸地对着镜头说：“嘿！小七月，我是爸爸！你是我的小公主！”

沈檬一愣，脑袋从摄像机后面探出来：“什么‘小七月’？”

季凉川淡定地看着她：“我已经把你的预产期算出来了，大概是明年七月份，要真的是，女儿小名就叫七月吧，多可爱啊，想想就觉得萌萌的。”

“季凉川，你的计划是不是太快了？我是孩子她妈啊！你别自己一个人走得这么快啊！你好歹拉上我啊！我这刚知道自己怀孕，你就连娃的预产期都算好了，小名也起好了，你还跟我说你没有计划让我怀孕！”

季凉川赶忙冲她挥挥手：“把摄像机关了再说，让小七月听了影响多不好，我准备让她十四岁再接受性知识教育。”

“季凉川！你就是个变态！”

第三册 · 完

番外一 池骋篇

望着一片浅绿色的灌木丛和无限延伸的蔚蓝天空，十八岁的我踏入了 S 大的校园。我天性内向，却选择了注定无法保持内向的法律专业。

刚进大一，系里就组织了辩论大赛，老师给出一个题目，让持有两个不同观点的学生用学过的法律知识进行辩论。我不太爱说话，更怕到了现场会因为性格怯场，导致一句话都说不出口，便不打算参加。可班里的人都报名了，也包括那个一直备受瞩目的“话题女王”沈檬，最后我也只好把申请表格递了上去。

我知道，沈檬可能到了大一期中的时候还不能叫出全班同学的名字，可她的名字全班同学都知道。刚开学时，班里就有好多男孩子明目张胆地追求她，不过她没怎么关注班里的男孩子，上课会认真听讲，下课后还会去找老师请教。

班导老师是个年轻的女老师，可能是在带大学生之前带过高三的学生，她居然连考试排名这种东西都要在班里大声念出来。我们又不是小孩子了，都读大学了，她还有必要来这套吗？我这么想着、抱怨着，终归还是毫无悬念地拿了第一。那时候的我，除了学习什么都不会，在听到班导按顺序第一个念到我的名字时，我忍不住得意地扬了扬嘴角。等到班导念出第二名的时候，我愣住了，是她。

我不经意地扭过头去看坐在遥远的那一边的沈檬，发现她竟然正对我虎视眈眈。这还是我们真正意义上第一次的视线交流，她那表情所代表的情绪暴露无遗：下次考试一定超过你！你有啥了不起的？那种小老虎一样的视线竟让我忍不住笑了一下，这个笑容却让沈檬误会了——啥？鄙视我？你等着瞧！我愣了，因为沈檬又恶狠狠地瞪了我一眼。我不怎么了解女孩子的心思，当下就有些不知所措了，甚至有些惶恐。

下课后，我慢悠悠地走在她的身后，看着她高傲的背影在前方潇洒前行。不论周围的女生向她投来多么嫉妒的眼神，她都无所谓一般，直直地往前走。我很想走上去跟她搭话，可终究还是看着她的背影消失在人群中。在魄力和胆识上，我比不过这个女孩子，她可以用赤裸裸的眼神暴露自己不爽的情绪给一个近乎陌生的人，她可以用一颗顽强的心抵御所有企图侵袭她内心堡垒的敌意视线，我却连和她说话的勇气都没有。忽然间，我变得很失落，甚至觉得自己是可悲的。

大一期末，考试成绩出来了，“话题女王”成为第一名。她露出一个浅浅的笑，还向我看过来。我的内心忽然因为这个看向我的笑容而颠覆了，那感觉就像一艘漂浮在海上的独木舟遇到了海啸一般。海风将我的思绪、理智和平稳全部带走，最后再以疯狂的力量将所有海水灌进我单薄的船身。我根本不知道自己从小时候起就向往而憧憬的爱情，竟是以一个微笑开始的。

我想我适合学习法律，因为我可以用自己的双眼去细心地观察别人的表情，从而深入他们的灵魂世界。虽然班里的女生曾经为了吸引我的视线，在我面前说了很多沈檬的坏话，但我是一个要当律师的人，我会用自己的眼睛和心去看、去感受，我要保持属于自己的理性。就是在那一天我才知道，“话题女王”是一个倔强不服输、自尊心很强的女孩子，她不知道她眼睛里透露出的顽强有多么光彩照人，她也不知道就是这一点让我头一次陷入了无法自拔的爱情旋涡里。

后来的几次小考试，第一二名几乎被我们俩牢牢占据着，但我还是没有迈出主动跟她搭话的那一步。

有一次，同寝室唯一一个还算聊得来的哥们儿拉我出去喝酒，当时我因为讨厌懦弱的自己而心烦着，二话不说就跟他去了，结果醉得一塌糊涂地回到学校。我甩开扶住我的哥们儿，忽然像疯了一样跑向法律系的女生宿舍。我站定在一栋楼下面后，抬头往上不停地看。我不知道她住在哪个寝室，就想着她会不会忽然探出头来。然而戏剧性的一幕发生了，一条内裤从天而降，落到我的头顶。我有点迷迷糊糊的，完全不知道发生了什么事情。紧接着，宿管大妈正好从里面看到我一个大男人顶着一条女生内裤站在女生宿舍楼下。当下大妈就拿了扫帚向我冲过来，无论我怎么解释她都不听。我活活被她围着操场追了两圈，最后她累了，终于懒得再理我，气冲冲地走了。

后来我旁敲侧击地向班里的女同学打听沈檬住在哪个寝室，其实也是有意想让那些平日喜欢八卦的女生告诉她——有个男孩在默默关注着她。然而她们用一种不屑的神情对我说：“她啊，不住校。有钱人家的大小姐住什么宿舍啊，环境那么差，人家看得上吗？”

也是在事后我才渐渐发现，那些女孩子巴不得没有人再追沈檬，又怎么会告诉她我在打听她的事呢？

再后来，学校有了一个去澳洲学习国际法律的项目，每个学生都可以申请，但最后的决定权掌握在系主任手里。系主任当然会根据每学期的考试成绩来决定谁去，这关系到 S 大的学生素质问题。据我所知，当时年级里成绩比较稳定的除了我和沈檬，其实没有多少人了。我想改掉自己的性格，走出这片小小的天空，去寻找更多我想要的资源。也许出了国我的性格就会开朗了，所以我毫不犹豫地递交了申请书，内心还有一点小小的私心——如果沈檬也去的话，我们之间的距离会极大限度地拉近。

可是后来，我没有在申请的表格里看到她的名字，也没有勇气去问那么优秀的她为何放弃这么好的机会。终究，我还是带着我所有未完成的遗憾，离开了国土。

在澳洲，我认识了连曦，也因为他而变得开朗许多，我很感激一生能有一个这么好的朋友。之后，我马不停蹄地回了国，毕了业，就了职，耳边却再也没有传来关于我暗恋三年的那个女孩子的消息。

直到公司把一个离婚官司交到我的手上，我和沈檬才重逢。

看到她的那一瞬间，我整个人是颤抖的，可是我一遍又一遍地告诉自己，我已经长大了，成熟了，不再是那个内向得不敢跟她搭话的池骋了，所以我很自然地冲她笑着，和她说起话来。

在姜一菲和周秉颜的离婚案子里，她的一审赢得非常漂亮，我感觉我对她的喜欢非但没停止，反而上升到一个更高的高度，以至于以后的日子里，我其实是不敢看她的。每当看到她闪着光芒的眼睛，我都会贪婪地盯视片刻，然后立刻挪开自己的视线。我知道她聪明伶俐，我怕在没有心理准备的情况下被她猜到我那点痴痴暗恋的小心思。

之后，我们成立了神驰事务所，这是我和她共同的梦想。我很庆幸在那么长的一条相识相知的路上，我们终于有了一个共通点来维系我们的关系，我们新的关系叫合伙人。

我们一起去买办公用品的时候，沈檬居然看上了一张小学生用的橙色课桌，我简直要笑喷了。当然，她最后没有买，还是听从我的意见。之后她又看上了一个限量版的米妮水杯，我笑她幼稚，她就冲我瞪眼。

我好脾气地让她尽管买个够，还说要给她报销，她却拒绝了。有的时候，她顽劣得可爱。临走时，服务员叫住我，问我要不要买那款蓝色的米奇水杯。我看了看那个卡通图案，低头一笑，让服务员打包，那感觉就好像我们成了情侣。

再之后，我发现了她左手无名指上的戒指。当时我不知自己为何会那么冷静，后来我才明白，在与她重逢的那一刻，我潜意识是害怕她已经嫁为人妇的，毕竟她美丽聪明，追她的男孩子一定很多。我就像一只缩在壳里的蜗牛不敢面对现实，所以我选择视而不见。我屏蔽了所有关于她情感方面的信息，不去打听她的婚恋状况，不去打听她晚上的约会，自我固执地认为她还是单身。然而现实残忍地将我脆弱的壳打碎，逼着我从壳里走了出来，面对现实。

我知道，盲目追求是没有意义的，这回不是我再一次失去勇气，而是我更加懂得了爱情。我害怕她因为我的关系在办公室里觉得尴尬，甚至离开神驰事务所，所以我想当一个最缄默的表白者——陪着你完成你的梦想就是我对你最大的爱的宣言，希望你这辈子都不要知道，好吗？

最后的最后，因为裴子清的复仇，神驰被毁，成为一片废墟。我看着她一个人蹲在阳光下哭得像个孩子，忽然心痛得无以复加。我把那个再也买不到的限量版米奇水杯送给了她。忽然间，她就笑了，暖暖的、浅浅的，那个笑容又让我想起了大一时她对我的那次笑，让我沉沦的笑。

神驰公司重建后，我们又每天待在一起工作，她遇上不能单独解决的案子时，我都会无条件地帮助她，她也把我当成最好的异性朋友，和我无所不谈。我开始沉浸在这段美好的日子里，无法自拔。

真好，我们最后终于可以以合伙人的关系，永远在一起了。

番外二

姜承禹篇

姜铭死前留给我一套在加拿大的别墅，我在里面一待就是一个月，忽然间，我一个人在不开灯的房间里想起了很多以前的事情。

在我十几岁的时候，姜铭死性不改地到处拈花惹草，妈妈终于病倒了，不久后离开人世。我早就忘了什么是哭泣的感觉，只觉得那一瞬间我生命里所有的颜色都消失了。我开始把自己封闭在一个狭窄的世界里，不愿出来。

然后我遇到了人生中第一个，也是唯一一个敢动手打我的女人。当时与其说是震怒，倒不如说是蒙了，我完全不知道面前的女人是谁。她凭什么打我？她知道我是谁吗？后来知道她打我的原因后，我才发现这个世界上单纯到无可救药的傻子原来是存在的。那段时间，我看红豆就跟看个白痴没有什么太大的区别，我甚至不能理解她的大脑构造，她真的是正常人吗？正常人会为了维护自己的情敌去惹怒一个黑社会老大吗？再后来，我绑架了陈雅洁和她，她这个蠢到毫无天理的女人竟然为了保护情敌差点被人乱刀砍死。也不知道她从哪里冒出来的勇气，我上前护住了她，自己却被砍了一刀。这女人也是奇了怪了，前一天还偷偷在房间里骂我是变态，现在看见我受伤又快哭成霜冻白菜，我实在不知道这女人一天到晚到底在想些什么。

晚上，我回到家，贴身保镖给我缠绷带的时候一个劲儿地抬头看我，欲言又止，我不耐烦地瞪他：“有话快说，看什么看？”

“头儿，你的伤不浅啊，要去医院吗？不过你为了那个丫头片子也太不值了，莫非……”这家伙说话就跟挤牙膏一样，还是一支快用完的牙膏。

我急了，吼道：“你有话给我痛快说！”

“你动真格的了老大！有一种叫‘爱情’的情感限制了你的思维，影响了你的行为！所以你今儿才会受这么重的伤！”他头头是道地分析。

“什么？爱情？”我瞬间愣了，大脑几乎一片空白。

“这个说来话长，就是我们青春期的男男女女在碰到异性……”

“你给我闭嘴，我懂，你当我白痴吗？”我不爽地骂了他一通。

仿佛被他惊醒了一般，从那天后，我整个人的思维是混乱的，一边不自觉地分析红豆的种种非正常人的行为，一边又在分析自己。我犯不着为了她让自己受伤才对，纠结了半天，我还是把那个保镖喊来了。

他有点害怕，以为我要弄死他，“扑通”一声就跪下了：“老大，我错了，那天是我瞎猜的，我上有老，下有小……”

“行了，这话我从十二岁听到现在，你也差不多得了。我问你，如果我每天做梦梦到同一个女人，这是什么意思？”我有点不耐烦，也有点不好意思。

他吸吸鼻子：“我说你喜欢她，你又不承认。我不说，你又骂我。我说了，你更骂我……”

我皱皱眉：“好了好了，你出去吧。”

没想到我竟然喜欢上了一个白痴，那我是什么？没眼光的大白痴？

耳边有门铃响，让我从回忆里惊醒。片刻后，保镖推门走了进来。我把房间里的灯打开，看着他问：“查到她最近的活动了吗？”

姜铭死后，我出国了，忙着公司和加拿大这边的合作的同时也在给自己放松和休假，我觉得我的人生又被一片深色的灰弄得毫无光彩。面对姜铭的死，我并不像我原先想象的那样冷静、漠然，我的心其实很痛。

“头儿，我说了你别不开心……红豆小姐准备和叶念瑾结婚了……”说完，他畏惧地往后一缩。

我没有失落也没有震惊，我相信嫁给那小子才是她最大的幸福。如果我给不起的幸福能有别人来代替我无条件地给她，我可以拱手相让。直到现在，我每天都会在姜铭被枪击的场景中惊醒过来，还时不时被姜铭死前的一屁股经济债、感情债、工作债缠上，我不希望我爱的女人和我在这摇摆不定的风雨里共同生存下去。所以，此时的我反而感到一阵前所未有的平静。我闭上眼睛，仰躺在沙发上，继续问：“还有呢？”

“哦，红豆小姐最近工作挺努力的，方世凯很看重她，昨天还说要给她升职加薪。她高兴坏了，不小心就摔了一跤……”

她真是蠢哭我了。

“她能再白痴一点吗？”我大怒，转而语气柔和下来，“伤着哪儿了？

脑子吗？那岂不是没救了？”

他摇头：“没，就是脚脖子扭到了，没有大碍。”

我放下心来，重新坐回去：“继续汇报。”

“还有，红豆小姐最近迷上一款新的网络游戏，选了个女战士的角色，玩得挺烂的。”

我轻轻一笑，打开手边的电脑让他立刻给我下载一个。几个小时后，我进入游戏，随便选了个男法师，然后加了她的 ID 为好友，她的 ID 叫：闪电飞兔。

我觉得她真是把“愚蠢”这两个字近乎完美化了。

没想到她很快加了我为好友，彼时我们正在某个龙穴里刷副本，我跟她打招呼，带着一种激动的心情：“你好，我随便加的，你带我升级吧。”

她很快回复：“好啊，不过我玩得特别烂啊。我看你才一级，万一我保护不了你，你马上跑啊，死了会掉装备的！”

我情不自禁地笑起来，即使是在游戏里，她也喜欢充当别人的保护伞。

如果上天可以给我一种身份，让我保护你一辈子该有多好。

我很快找到她，她这个游戏白痴穿着一身廉价装备，强化宝石都不装就敢往 Boss 副本里进。我根本没心情玩什么破游戏，只是想在这个虚拟的世界里和她多待一会儿，用另外一种身份，不限距离地接近她。

她跟我组队，带着我进了龙穴里，刚进去她就让我站在门口等着就好，她自己却进去胡乱放技能，惹来一大片怪只打她一个。她身为一个职业里最扛揍的女战士，不到三十秒就挂了……我点了传送口出来，看见她重生后出现在传送口，然后我打字说：“这副本这么难，你一个战士没有输出怎么打？再说了，你放个群技能，怪都打你一个了，就不能放单体技能一个个打？”

她大悟：“对哦！你说得好有道理啊！”

我晕！

之后我玩了两个多月，级别和装备就超过她了，她还有点不服气地对我说：“雷鸣猎豹，假以时日让为师多栽培你一下，你一定会超过为师啊！”

我都懒得理她，直接无视她，自己打副本去了，她屁颠屁颠地就跟了过来……

那个时候我们已经很熟了，她问我真名叫什么，我随便编了一个。她还问了我很多私人问题，我都是随便编的。最后她在屏幕上打出一行字，那行字像炽热的光直射进我的眼底，烫得我的眼睛发酸：“对啦，雷鸣猎豹，我马上就要结婚了，你在哪座城市？要不要来参加我的婚礼呀？”

我坐在电脑前静静地看着那一行字，僵硬的手指像是数九寒天的冰雕。渐渐地，我找回力量打字回复：“我跟你在同一座城市，但我工作很忙。如果有时间的话，我就去参加你的结婚典礼。”

“好呀！这算不算闪电飞兔和雷鸣猎豹的约定呀？”

我低头一笑：“不算，我是说工作不忙的时候。”

她发了个难过的表情：“哦。”

后来我们没再提过这件事情，也许她觉得我只是说了一句客气话，或许根本就是在委婉拒绝，可我是认真的。至少，那能让我见证她最幸福的时刻。

为了参加她的婚礼，我从加拿大订了最快回国的机票。

可是我没想到，刚回公司就碰到了达业集团的侵权事件。前段时间手下的人也跟我提过红豆的闺密沈檬成立事务所的事情，为了给她闺密一个面子，我选择了神驰打这场官司，我手下的黄毛却对沈律师做了那种事。我急火攻心地到警局就碰到了久违的红豆，那种心情，不能言语。我尽量克制住自己的心狂跳的频率，我想让它恢复正常，很想很想。

出来的时候，我终于还是没忍住，低头吻了她。我觉得这是我最难克服的一种欲望，我很想吻她，一直以来都是。

之后，我们聊了许多许多，包括我离开这儿去加拿大后她的事、我的事，但都无关情感，彼此都敏感地、不约而同地没有提及另一半的事情。事实上，我又有什么好提及的呢？我一直是那么孤单的一个人。

8 月 10 号，我穿着西装，在人群中远远地看着她和姓叶的小子在牧师面前接吻、宣誓，直到后来他们幸福地离场，我才离开。当时我很想给她的手机发条短信：“闪电飞兔和雷鸣猎豹的约定，我没有失约。”

可后来我还是放弃了，因为我想在另外一个世界里当她的男主角。

接下来的很长一段时间，她没有再上游戏，我知道她去度蜜月了，我一直等到她度蜜月回来后才继续玩游戏。几天后，她的头像重新亮起来，我很开心地询问她的近况，她没提我到底去没去参加她的婚礼的事情，只是聊了聊马尔代夫的风景有多么迷人。

然后，我们又开始每天约定在一起组队，一起刷副本。也是巧了，那款游戏正好在那个时间推出了一个新的结婚系统，我笑着给她发信息："正好，我也不认识别的人，就咱们俩结婚吧，夫妻一起刷副本能涨百分之五十的经验。"

这个没心眼的家伙当下就拍手叫好："好啊！你看咱们俩都不用改情侣名儿了，真是太巧了！"

呵呵，她有一种蠢，无人能及。

"我去买结婚用的白马坐骑，还有发给帮会玩家的喜糖！"她敲字道。

"不用了，这是男人该做的事。"我打完字后，当下充了三千块人民币进去，给她买了几套极品新娘服、一个满级坐骑，还有几盒喜糖。

她美得跟个神经病一样，不停地发小桃心的表情给我，我有点自欺欺人地跟她说："叫声老公听听，不然买的东西收回。"

她有点不好意思，总觉得这是背叛叶念瑾，我也就没再勉强她。

跟她"结婚"后，我在游戏的世界里看着ID前的"夫妻"二字，感觉自己像是一个沉浸在美梦里不愿醒来的孩子。什么时候我因为一段爱情变得这样幼稚、不可理喻，我自己也不清楚。我只知道，能在某一个空间和时间或者次元里和她"喜结连理"，再幼稚又能怎样呢？

我忽然想起以前自己的一个心愿：如果上天可以给我一种身份，让我保护她一辈子该有多好。

那一刻，我找到了这个身份。

真好，我们最后终于可以在另外一个世界里，永远在一起了。

番外三 连曦篇

“我再说最后一次，我不需要你们，那个人雇你们花了多少钱？我花双倍请你们滚。”

张美依正在客厅看电视，忽然听见门外传来吵闹声，模模糊糊的声音听不清楚，偶尔有尖锐的嗓音钻入耳间。好歹对门的“土豪”帮她付了一年的房租，她决定还是出去看一下。

大门一开，她就听见连曦在和他家的两个保镖对话。

“少爷，你这样，我们不好跟老爷交差。”其中一个保镖一脸难色。

连曦眼底寒光凛冽，他语气冷硬地道：“我再跟你说最后一次，我和他没有任何关系，我也不是你家少爷。”

“可是……”

“滚。”他最后一次警告。

“咯咯……”张美依不知所措地站在那里。

连曦听到她的声音，侧头看了她一眼，没说话，转身刚要进屋，张美依拦住他：“哎，正好我有事找你。”

“少爷，这样吧，我们回去跟老爷汇报一下再来。”

连曦一脸不悦地看着他俩，还没开口，那俩人就走了。

俩人一走，连曦扭过头来居高临下地问：“什么事？又是还钱？”

“是这样的，我最近找到了一份翻译工作，还在实习期，薪水不是很高，所以只凑了三个月的房租给你，如果你不嫌弃的话先拿着。”张美依说着就要转头进房间给他拿银行卡。

“慢着。”他喊住她。

她扭头不明所以地看着他。

“你是学什么语言的？”他面无表情地问。

“英语。”她道。

“有留学经历？”他挑眉。

“我在美国进修过一年。”

“来给我兼职翻译，钱不用还了。”他的语气依旧冷漠。

“啥？”张美依愣住了，怎么好端端的就多了份兼职？

“你考虑一下，考虑好了答复我。”说完，他扭身关上了大门。

“……”张美依有点没反应过来，这人怎么说风就是雨啊？

自从跟张显赫大吵一架，闹决裂离家后，她就搬到这里，一个人找工作、生活。攒房租确实有点辛苦，她原本就打算找几份力所能及的兼职，想尽早攒好房租还给连曦，这么想着，她就有些心动了。

由于她在商贸公司翻译部是新人，所以初入职场的那些困难她多多少少遇到过。同一个组的安迪靠着自己的语言天赋、四年英语专业的学习以及各种英语证书，成了翻译组的组长。张美依知道自己的学习之路还很长，尽管她在美国待过一年，但是仍然不如安迪有经验。她不是无理取闹的人，碰到比自己更有实力的，她愿意虚心接受批评，努力提升自己。

她正在自己的工位上翻译着公务文件，安迪拿着几份资料走过来，态度并不友好：“张美依。”

张美依起身：“安迪。”

安迪把文件摔在她身上：“我圈出来的单词，你都翻译错了，亏你还在美国待了一年。”

张美依赶忙捡起地上的文件仔细看，原来是几个专业术语没有翻译准确，但也不至于到翻错的地步，她忙解释：“这个词也可以翻译成这个意思。”

“你这是在跟我顶嘴吗？”安迪挑起秀眉，不可思议地问。

张美依知道新人在职场不容易混，为了早日转正，她只好忍耐：“我重新翻译，你可不可以教我一下，这几个英文单词用哪个中文词语表达比较好？”

安迪翻了个白眼：“这里是发挥你个人价值的地方，不是学校！自己查字典去！”

后来张美依在茶水间听到了一些八卦，安迪因为家庭经济问题，一直想去美国留学却没能实现，而张美依是组里唯一一个有留美背景的人，所以安迪对她心生妒意，又喜欢在她面前表现自己的专业能力，想用这种方式弥补心里的那份缺憾。张美依在心底冷冷一笑，这样的人又何尝不是大有人在。

之后，上层管理把他们翻译部分化成两个组，一个是笔译组，一个是口译组，笔译组更多的是翻译公司文件，而口译组就不一样了，经常要陪同老总去国外出差，或者接待国外来宾，衣食住行等各方面待遇都不错。张美依倒不是为了这些待遇，主要她知道自己的优势，她的口语更好一些，所以分组的时候，她在意向申请书里填的是口译组，没想到这份申请书转天就被上面驳回了。

她拿着申请书找到安迪问话："我申请的是口译组，怎么给我分到笔译组了？"

安迪头都没抬："这是上级领导安排的，我不知道。"

张美依气不过，拿着申请书又去找部长，部长蹙着眉头："翻译部归安迪管，有事找她。"

踢皮球是吧？张美依气得够呛，一整天在办公室都没好气，后来又从跟她关系还不错的同事那里打听到了八卦，那同事说："美依，这种事儿你气也没用，安迪因为没出过国，学的都是哑巴英语，自己口语本来就是短板，她能看着比她口语强的新人在口译组顺风顺水？动不动就出国陪玩？"

张美依深呼吸一口气，尽量忍住自己的脾气："所以，是她故意驳回我的申请书了？"

"这种事情，你装不知道，别去计较最好。"同事劝她。

当晚，张美依气得晚饭都没吃，回家就打算洗个澡倒头大睡。

电梯门刚开，她就听见走廊里传来女人的嬉笑声，她一愣，好奇地走过去一看，当场惊愕。

一个穿着皮衣皮裙的长发女人正双手搂着连曦的脖子，把他抵在墙边，企图吻他。连曦皱着眉，毫不留情地一把将她拽下。女人没站稳摔在了地上，嘴里"哎呀"一声，刚要抱怨他不懂得怜香惜玉，就听见他问："徐立浩到底在哪儿？"

女人冷静了几秒，满不在意地起身，掸了掸裙子上的尘土，调笑道："我们要是知道徐立浩在哪儿还犯得着找上你？姑奶奶我要不是看你有几分帅气，你当我稀罕理你？"

连曦瞳孔如深水寒潭，居高临下地看着她："如果徐立浩真的在担保人那一栏填了我的名字，你们就拿着有我签名的担保书过来找我要钱，否则，别再来烦我。”

张美依在电梯门口没听清他们的对话，还以为又是麻烦的情债，她习惯了帮人解决，干脆热心肠地上前道：“喂喂，大姐，你有事吗？”

那女人一听这话，立马面露凶光地扭头看她：“你管谁叫大姐？”

张美依打量了她一下，确实看上去比自己大啊。

“不管你是谁，离我朋友远点，他很明显不喜欢你，你何必执迷不悟？”张美依道。

再说了，据她了解，她对门的这位冷面大哥好像是个 gay……

“朋友？邻居小姐，我认识你吗？”连曦突然发出一声冷笑。

张美依瞪大眼，指着他：“你昨天还……”

没等她说完，连曦鄙视地看了她一眼：“自作多情。”

说完，他“咣”的一声就把门摔上了，只剩门外的两个女人大眼瞪小眼。

这男人怎么莫名其妙的？昨天不是他要聘请她当兼职翻译的？他们俩到底谁失忆了？

她今天简直是事事不顺，早知道就不多管闲事了。张美依气冲冲地回了对门自己家，那女人也气冲冲地走了。

连曦一个人在不开灯的房间里翻出了一张照片，那张照片是少年足球队获得冠军的合影，那个时候他只有九岁，站在前排中间，身边的一个小男孩搂着他的脖子，露出灿烂的笑容。

一晃，十八年过去了。

这漫长的时光，让事情变得更讽刺。

他与徐立浩是从小一起长大的朋友，他无条件地相信徐立浩，也了解他的为人，可是一夜之间，他们兄弟之间再无信任可言。

十八岁以后，他和自己的父亲连海旭断绝了父子关系，在舅舅的帮忙下去了澳洲念书，而徐立浩选择了去警校。

从那一刻起，他的心里似乎埋了一颗毒瘤，隐隐约约感到了它的发芽和成长。

尽管他和连海旭断绝了父子关系，但是连海旭私下里做的那些苟且之事，他仍旧略知一二，只是他不想管，也不愿意管。

徐立浩找到他的那天，他正坐在一处墓碑前，把一个蛋糕盒慢慢拆开。将蛋糕摆好后，他又伸出手，用拇指擦拭着墓碑上的照片。

徐立浩站在他身后，面容冷静，语气严肃："连海旭是你的父亲？"

这个话头一提，连曦僵了手指，他没回头，继续慢慢擦拭着照片，等待着徐立浩把话说完。

"连曦，你让我怎么做？"徐立浩的声调有了起伏。

连曦的声音很沉："他干什么了？"

"现在有人举报你父亲送……送了女人给政府官员！你知道这意味着什么吗？"徐立浩愤愤地道。

连曦一惊，起身面对着他："是谁举报的？"

徐立浩挪开视线："涉及举报人的安危，我不能告诉你。"

连曦了然，没说话，内心的纠结和苦楚横生，他转身看了看墓碑上的照片，心里一阵酸楚，冷语道："我和连海旭已经没有父子关系了，你想怎么做是你的事。"

徐立浩哪会不懂他，可是他一旦放纵，会不会就是对不起自己身上的这套警服？一时间，他的痛苦比连曦更甚。

事情过了一个月，连曦还是忍不住打了电话给徐立浩："他……怎么样了？"

徐立浩知道他说的是连海旭，淡淡道："没事了，你不用管。"

连曦愣住，握紧电话低吼："徐立浩！你做了什么？我不用你多管闲事！"

"这是我的选择，与你无关。"徐立浩匆忙挂了电话。

电话的忙音在连曦的脑海里盘旋，连他自己都说不清自己到底希望连海旭怎样。他恨那个人的同时，也不希望那个人真的出事，毕竟那人是自己的亲生父亲，可是因此赔上自己兄弟的信仰，这值得吗？

有很长一段时间，两个人没有再来往，彼此的身份太过尴尬。

他们再联系的时候，是徐立浩打来了一通电话："连曦，我要去趟澳门。"

连曦忙问："干什么去？工作？"

"我们一直在查的一个人去澳门了，我要想办法混入他的团队里。"徐立浩淡淡道。

一时间，有两个字在连曦的脑海里生成，这让他不寒而栗，忙蹙起眉头追问："你要去当卧底？！"

徐立浩转移话题道："我妈身体不好……她年轻的时候受了很多苦，把我带大不容易……要是我没能回来，你替我尽尽孝道，算兄弟我求你的最后一件事。"

连曦心里的大石轰然坠落。

"徐立浩！你自己的妈，你自己赡养！"连曦对着电话吼道。

电话被猝然挂断。

又是一个多月后，连曦再次接到了徐立浩的电话，并从他的声音里听出了几分异样。

"连曦，你……有钱吗？能借我点吗？"

连曦皱着眉问："你出什么事了？需要多少？"

电话那边的徐立浩沉默了几秒，而后道："不是我的事，是我妈病了，医生说要做手术，大概……三十万。"

"好，给我卡号，我打给你。"连曦痛快地道。

放下电话后，他就给徐立浩转了三十万。

当时正赶上他从澳洲回国创业，自从和连海旭断绝父子关系后，所有的经济来源都要靠他自己，虽然舅舅在初期帮助了他很多，但是他知道这些钱都是要还的。

他和另外一个朋友在国内开了一家进出口贸易公司，创业初期公司非常艰难，资金紧张不说，公司内斗也很严重，各怀鬼胎地要回扣、要分成、要股份，简直乱成一团。他忙于经营已是劳累，还要把所有的存款都投资到公司里，当时的三十万对于他来说并不是一笔小数目，可是，他丝毫没有犹豫。他对徐立浩虽然没有表达过任何谢意，但是那件事他仍铭记在心，不敢忘怀，所以，只要是徐立浩有难，他在所不辞。

在他和合伙人的经营下，公司有所好转，度过了创业艰难期。

就在这时，许久不见的徐立浩又打了通电话给他："连曦……"

连曦忙问："这都一年了，你的卧底工作还没结束？什么时候回来？"

徐立浩却没回答，只是问："你还有钱吗？"

连曦微微一怔："伯母的病又加重了？"

徐立浩又沉默了几秒，轻轻应了一声。

"需要多少？"

"五……五十万。"

“好，我最近忙，等我忙完后，会抽空去你家看望伯母。”

“不用了，不用了，我请了 24 小时护工，你忙你的公司吧。”说完，徐立浩就把电话挂了。

当时连曦也没多想，毕竟公司的事情太多，他实在是没有过多的精力去操心其他。

再后来的一个晚上，他刚陪客户吃完饭，半夜回到家，就看见门口立着一个人影。他第一时间就认出是徐立浩，忙大步走过去拍了他的肩膀一下：“你回来了？”

徐立浩吓了一跳，不自然地抓了抓袖子，往后退了几步，露出一丝干笑：“回来了。”

连曦第一时间就看出了他的不对劲，他头发凌乱，牛仔裤和鞋上都是尘土，穿着一件格子衫，袖子很长，一直盖过手腕，而且他是警察，平时的习惯是笔直站立，绝对不是现在这副佝偻着背、低着头的样子。

“你到底怎么了？”连曦锐利的目光射向他。

徐立浩心虚地把右手往后拉了拉，连曦一把抓住他的右手，掀开了他的袖子，就这一眼，他惊愕住，徐立浩的小拇指没了！

“你的手指呢？！我爸的人？还是谁？”连曦大吼。

徐立浩却“扑通”一声跪在地上，哭了起来：“连曦，我对不起我的制服，我不配做个警察！”

连曦揪起他的衣领，追问：“我问你，你的手指呢？！”

这时，徐立浩双手捂着脸，整个人跪坐在地上哭着道：“他们让我跟去赌场，要是我不去，他们就会怀疑我是警察，我只能去，还跟他们一起玩，可是……去的次数多了，我想把我妈买给我的那块表赎回来……我……”

他哭得泣不成声，连曦火冒三丈地问他：“你上瘾了？”

“我不想的……我不想的……一开始我没钱当筹码，只能把表交给赌场的人，可是后来我一直赌，一直赌，我就想要回那块表……”

连曦只觉得心底一寒，冷静下来问他：“我借给你的八十万不是给你妈看病，是被你拿去赌博了？”

徐立浩抬头看着他，哽咽着点了点头，甩手给了自己一巴掌：“是我自己没用！我对不起你，对不起我妈！”

连曦沉默地看着他，一句话都不想说。

这时，徐立浩突然站起身抓着他的肩膀，面容狰狞，似走火入魔般道：“连曦，你信我最后一次，这次我找了个人帮我，逢赌必赢的！你再借给我点，这是最后一次，我连本带息一起还给你！”

连曦抬手就是一拳，徐立浩没心理准备被打了个正着，一下子就跪倒在地。

“无可救药了你！你看看你，现在像什么样子！你有什么资格当警察？”连曦瞪着他问。

徐立浩低着头，隔了一会儿突然笑出声：“我成了什么样子？一年前我为了帮你爸洗脱罪名的时候，我就不配当这个警察了，连曦，我变成这样都是你害的，知道吗！”

连曦被戳到内心的软肋，咬牙切齿地看着徐立浩，冷静下来道：“徐立浩，你我兄弟近二十年，你的人情那八十万当我还了，从此以后，你跟我再也不是兄弟！”

徐立浩的面容也沉静下来，他冷冷笑着：“人啊，一旦犯过一次错误，后来的所有错误都会变得更容易让自己释怀，你懂吗？”

连曦沉默。

徐立浩也没再说话，起身离开了。

自那之后的好几个月，徐立浩再也没打过电话，也没来找过他。

一夜之间，二十年的友情崩塌碎裂，无声无息。

可是，事情并没有结束——徐立浩去借了高利贷，并且在保证人那一栏填了连曦的个人信息，高利贷公司老总的女儿阿盈见过徐立浩提供的保证人照片，一时间来了兴趣，这就亲自来要账了。

连曦从来没想过有一天，他和徐立浩会反目成仇，从来没有。

他捏紧手里那张泛黄的照片，最后看了一眼那年九岁的他们，然后从抽屉里翻出一个打火机，将照片点着。

他将燃烧着的照片扔到厨房的水池里，就在这时，门铃响了。

他开门就看到了对门的短发女孩，她正一脸愤怒地看着他。

“不好意思，高冷的邻居先生，我只是想再确认一下，昨天你说的兼职一事是否耍弄我的？”张美依压着怒火问。

连曦静静地看了她一会儿，吐出两个字：“进来。”

然后，他让开空间，自己先进去了。

这回张美依又蒙了，这人到底唱哪一出啊？

她小心翼翼地站在门口，带着怀疑的神色看着他的背影，这时，连曦回过头来，拧着眉毛道：“害怕的话，就走吧。”

她一拍脑门，才想起来这人是gay，那还怕什么……

他招呼她在客厅坐下，然后从卧室里翻出一份资料递给她：“边看边用中文翻译出来。”

说完，连曦靠在沙发上，盘着腿，单手支着半边脸，看着她。

“这算入职考试？”张美依问。

连曦微微点头。

张美依也没想太多，边看文件边说中文，这和她平常做的工作差不多，所以对她来说不是很难。

连曦闭着眼听着，等她说完，睁开眼道：“错了一个词，不过还可以了。”

张美依愣住：“你懂英文，还请翻译？”

“难道公司里的所有文件都要我亲自翻译？”连曦挑眉。

张美依撇撇嘴：“我能了解一下你的公司吗？”

“明天我会叫助理把公司详情发到你的邮箱，因为是兼职，所以就不签署劳务合同了，有需要的工作我会喊你，当天现金结算，有问题吗？”连曦问。

张美依摇头：“没问题，不过我欠你的房租你要先从这里扣掉。”

“好。”

然后连曦又拿出一张白纸和一支笔，放在她面前：“写上你的姓名、联系电话、邮箱，以及可以工作的时间。”

张美依“唰唰”写着，写好后递给他，又问：“你刚才为什么装不认识我啊？再怎么说，我的闺密和你的兄弟是合伙人，你又帮我交了一年的房租，那咱俩也算是朋友了吧？”

连曦眉心微敛：“下次那个女人再来，你装作不认识我。”

“为什么？”

“你这女人问题怎么这么多？好了，有工作我会发短信给你。”他略显不耐。

听见人家下了逐客令，张美依也不再逗留。

她的第一份兼职工作很快到来：周六早上陪连曦和某外企总裁去参观公司，之后午餐，然后安排入住酒店休息，晚上再进行晚餐和其他娱乐活动。

她起了个大早，化了个淡妆，精心打扮了一番，精神抖擞地敲响对门的门，门打开的那一刹那，她倒是愣住了。她还是第一次见连曦穿正装出门，儒雅的深灰色西装，搭配黑色暗纹的领带，显得低调沉稳。

“走吧。”他的脸上仍旧没什么表情。

阔步向前走到电梯口，他通过电梯门映出来的映像悄悄看了她一眼，修身得体的女士西装，白皙的长腿，黑色高跟鞋，头发理得很短，却更有一番风味，他还是第一次见女人留短发让人觉得赏心悦目的。

司机开了商务车等在门口，张美依见那司机年纪不大，五官也周正，对连曦百般殷勤，一时间就想歪了……

一路上，她坐在后面一直悄悄观察着坐在驾驶座和副驾驶座上的两个人，脑洞一大，顿时深吸一口气，太可怕了！

她正想着，连曦从后视镜里看了她一眼，冷不丁地问：“你那是什么奇怪的表情？”

张美依吓了一跳，忙摇头：“没事，没事。”

“这是外企总裁詹姆斯的个人资料，你看一下。”连曦从前座拿出一份资料递给她。

张美依赶忙接过来仔细看，边看边默默牢记于心。

这时，连曦突然用英文开口对她道：“从现在开始用英语跟我交流，看看你的口语能力。”

张美依自信一笑，用流利的英语回答：“我的口语稍微好一些，我有信心，放心吧。”

连曦又从后视镜里扫了她一眼，满意地点了点头，又道：“詹姆斯的下属韦德是这次的项目负责人，待会儿我接待詹姆斯，你负责接待韦德，有问题吗？”

张美依道：“如果韦德问我项目细则的问题，我该怎么回答？”

“那你就说你不是法务部的，如果想要了解具体细则，可以直接问我，总之，你不知道的事情都推到我身上。让他问我。”

“好的。”

见她对答如流，他心里略有欣赏。

这年头还有不是脑袋空空的美女，也是罕见。

到了机场以后，她一好奇就偷偷问连曦：“你的贸易公司没有翻译吗？”

连曦回答：“之前聘请的翻译心术不正，跟我的客户有不正当关系或者接了私活，私下抢走了公司的生意。”

“那你怎么就知道我不是那种人？”张美依继续问。

连曦瞥了她一眼：“一看见我就嚷嚷着要还钱的女人，我觉得不会是那种人。”

张美依浅浅一笑。

“你在这边兼职，你的公司不会说你接私活？”连曦挑眉问。

张美依摇头：“公司没有明确规定过，所以我也不算违反。”

“那就好。”

没一会儿两人就接到了客户，詹姆斯看上去英俊爽朗、纯良无害，只是那个韦德就不一样了，刚看见她就急忙伸出手来握住她的手，笑容猥琐。张美依一阵恶寒，但还是忍住了，笑着用英语跟他打招呼。

他们一起参观了连曦的公司，聊了聊公事，中午用餐，下午接他们俩到酒店休息，都没出什么状况，晚上吃饭的时候也都正常。

一直到大家决定去酒吧喝酒看歌舞表演时，那个韦德故意坐在她身边给她的杯子里倒酒，要跟她喝个痛快。她碍于连曦就在旁边，不好意思回绝，只能陪喝。

连曦一直在和詹姆斯聊天，侧目见身边的女人一直在喝酒，等到第三杯的时候，他蹙了蹙眉头，一把夺过她手里的酒杯，转而对另一边的韦德道：“我的助理酒量不好，我来陪你喝。”

韦德微微露出一丝不耐，但很快用一个伪善的笑容取代，隔了一会儿他也没再喝，看见舞池里有人正在跳舞，打了声招呼便过去和那些人跳了起来。

连曦见他一走，起身对张美依道：“跟我换个位子。”

张美依感激地仰头看了他一眼，正好撞上他如墨的瞳孔，她发现他的眼睛深邃且充满故事。

“谢谢。”她小声道。

连曦道：“我去趟洗手间，你陪詹姆斯聊一会儿。”

“好。”

然后他起身就走了。

韦德在舞池里跳了一会儿，瞄到连曦离开座位后，他便折返回来，又坐在了张美依的旁边，话还没说，一只手先搂上了她的肩膀。张美依心里一阵恶寒，强忍着心中的不快，干笑着应付。

“连是你的男朋友吗？”韦德问。

张美依忙摇头：“不是的，他只是我的上司。”

“哦，那你觉得我怎么样？你接受异国恋吗？”韦德一脸猥琐笑容。

张美依浑身战栗，不好意思地笑笑：“韦德先生真会开玩笑，哈哈！”

“不不，我可不是开玩笑，我很喜欢中国女孩的！”说着他又离她近了一点。

张美依正不知所措，耳听一声低吼，连曦两步跨过来，一把揪起了韦德的领子，目光冰冷，面露凶意：“你干什么？”

詹姆斯吓了一跳，忙凑过来劝架：“嘿，韦德只是喜欢你的助理小姐，别这么粗鲁！”

韦德瞪大眼睛，愤怒地甩开连曦的手：“你这是什么态度！”

张美依一脸无奈，完了，这生意算是谈不成了。

“她不喜欢你，你还一直骚扰她，我忍你很久了！”连曦根本不在乎，态度依旧冷硬。

詹姆斯觉得脸上无光，摊开手，对连曦严肃道：“连，我想我们的合作，我还需要再考虑一下。”

说完，詹姆斯用眼神示意韦德离开，韦德临走还吐了口水在连曦身上。张美依的怒点终于被点燃，欺负她，她还可以忍，至于动她朋友？对不起，不能忍。

她二话不说，抄起身边的手包，冷冷地冲着韦德的背影喊了一声：“嘿！”

韦德一扭头就看见一个女人冲上来，拿着包对着他的脑袋就是一顿暴揍。

这回，换连曦愣了。

张美依边打边骂他："臭流氓，老不正经的东西，敢欺负我朋友，我打死你！"

连曦赶忙把她拉走了，低声吼她："行了，打两下就完了！"

张美依适当停止，末了，见韦德站起身，她又冲他的屁股踹了一脚，让他摔了个狗啃泥。

詹姆斯气得脸都红了："我要报警！我要报警！"

"你去吧！前提是你会说中文！"张美依喊道。

反正生意也谈不成了，她干脆过过瘾。

那两个人气得赶紧走了。

连曦见这女人一副过了瘾、解了气的样子，再往下一瞟，她的短裙因为刚才打架，此时向上掀开了一角……

他连忙别过头，小声提醒她："裙子。"

张美依背上包，大大咧咧地道："没事，便宜货，不怕脏。"

他无奈，抓着她的手往后一摸："自己整理！"

她的脸"唰"地一红，赶忙整理好裙子。

回去的路上，连曦还在想着张美依打架的场景，这都什么女人……看着挺文静的，实际差距这么大？

张美依觉得合作泡汤一事自己有责任，小声道："我第一天打工就让你丢了单子，你要不还是开了我吧。"

连曦却道："算了，无所谓。"

听见这话，她心里更自责了。

一直到周一早上上班，张美依都无精打采的，也不知道该做些什么补偿，连安迪在背后叫她她都没听见。

安迪气不过，把一堆文件拍在她的桌前大吼："张美依！"

张美依吓了一跳，回过神来见安迪满脸怒容。安迪继续吼道："上班不专心，翻译不准确，你的考核没通过，做到月底就走人吧！"

"考核是否通过是人事总监决定的，你没有权力开除我。"张美依站起身，冷静地道。

"但是你的评估报告是我写的。"安迪冷冷一笑。

“你！”

算了，人家有心刁难你，就算你做得再好也没有意义，真是欲加之罪，何患无辞。

当晚，她拖着疲惫的身子回到家，心里的郁结还没释怀，迎面就看见小区门口站着两个男人。那两个男人见了她，立马不怀好意地靠过来，她感觉来人不善，连忙往后退：“你们是谁？想干什么？”

“你是连曦的朋友？既然他不在家，那两百万就由你来还吧！”那两人凶道。

“什，什么两百万？！”

“徐立浩找我们借了一百五十万，现在利滚利怎么也要两百万了！”

张美依一头雾水：“徐立浩是谁？我根本不认识！”

“还装傻？大姐头说你是连曦的朋友，徐立浩跑了，连曦是他的保证人，我们找不到连曦，当然就找你了！”

张美依这时才明白过来一切，原来那天连曦冷漠地装作不认识她是怕她受到牵连。

她见情况不妙，掉头就跑，谁知刚跑一步，头上一阵吃痛，竟被那两个人抓住头发了。

三个人正纠缠成一团，身边一声响，伴随着叫喊声，那两个人顷刻倒地不起。张美依还没从混乱中醒过味来，就被人一拉，落入了一个怀抱。

她抬头一看，连曦正单手将她拥在怀里，倨傲地低头看她。

那两个人捂着脸上的伤，站起身低吼道：“姓连的！欠债还钱！”

“欠你们钱的人是徐立浩，要是你们再来骚扰我，我就报警了。”连曦冷语道。

那两个人见今儿是讨不到钱了，互相看了一眼，又不怀好意地看了一眼张美依，闷头就走。

两人一走，连曦一眼瞥见张美依胳膊上被刮伤了，微微蹙眉道：“去我家，帮你处理伤口。”

说完，连曦率先走到前面。张美依这时才感到手臂上擦伤的疼，她看着他的背影，心里一暖，跟了上去。

他的家很干净整洁，虽然没有太多装饰，但是有别具一格的温馨。

他拎着一个小医药箱，站在飘窗前道：“过来。”

张美依走过去问他："徐立浩是你的朋友？"

连曦给她上药的手一顿，种种往事浮现在脑海，二十年的情谊如过眼云烟般消逝退却。

"曾经是。"

张美依觉得自己很失礼，但还是情不自禁地脱口而出："男……男朋友？"

连曦眼睛一瞪，甩开她的胳膊："你有病？"

"别生气啊，我就随便问问啊！"张美依忙摆手。

"我性取向很正常，用不着你操心。"他冷言冷语。

完了，丢人丢大了！

张美依赶紧道歉："对不起，对不起，我上次听池骋说的……原来他只是调侃你……"

连曦一脸不满地把药递给她："你自己拿回家涂吧。"

真的生气了……

张美依挪到门口，连曦却突然对她道："你搬走吧。"

张美依一愣，扭头问："为什么？"

"你也看到了，经常有人来找我麻烦，他们已经认识你了，说不定还会找上你。"连曦解释道。

她本来就失业，这个节骨眼再搬家的话劳神伤钱，张美依摇了摇头："我不怕。"

连曦盯着她，气得胸膛起伏："你这女人不懂得保护自己吗？还有上次，谁让你动手打韦德了？"

"可是他很没素质哎！居然吐你口水，你不生气？"张美依拧着眉毛问他。

连曦冷笑着别过头："那也是我的事。"

"我不管，反正我当你是朋友了，为朋友出气我觉得没错。"张美依理直气壮。

连曦微微怔住，朋友这个词他不敢再触碰了，他沉默了一会儿道："我不需要朋友。"

"池骋是你的朋友，我怎么就不行？难道你不喜欢交异性朋友？"张美依问。

“好了，你话是真的多，回去休息。”连曦命令道。

“喊。”

到了月底，张美依的考核果然没通过，她在心里悲凉地自嘲，这不是一个靠实力生存的社会。

刚抱着自己的东西出了公司，她就给连曦打了通电话：“你们公司还招全职翻译吗？我……我想应聘，不知道行不行？”

“你辞职了？”连曦问。

“确切地说，是被炒了鱿鱼。”

“理由？”

“被人嫉妒。”

“现在过来面试。”

这人倒是痛快……

不到一个小时，她就赶到了连曦的公司，连曦的助理把她带到了面试室，人事主管按常规问了一些问题之后，还不到一个小时，她就被主管通知明天上班的消息，也不知道是不是连曦跟主管打过招呼。

她连忙发了短信过去：“谢谢。”

连曦回复：“明天十点来公司报到，会有人交接工作给你。”

“作为报答，我请你吃饭，就今晚。”张美依心里很高兴。

“不需要。”

果然，这人极其冷淡。

张美依坚持道：“反正晚上七点，我在小区门口等你。”

晚上，张美依兴致勃勃地在门口等着连曦回来，等来的却是一场劫难。

果然被连曦猜中了，那个阿盈的手下又来了，只不过这次他们根本连话都没让张美依说，直接将她打晕后抬上了一辆车。

张美依醒过来之后，感觉胳膊酸痛，迷迷糊糊地睁开眼，发现自己被绑在一把椅子上。她环顾四周，这里似乎是间废弃工厂，而站在对面的那两个男人正一脸奸笑地对着她道：“小妞，你是姓连的那小子的女人吧？”

张美依恨得咬牙切齿：“你们这些放高利贷的人，找不到借贷人，就找他朋友的麻烦？没有保证人签字的合约书也好意思来要债？你们是法盲吗？”

其中一个人脾气暴躁，抬手就给了她一巴掌：“死到临头了还唠唠叨叨的！”

“别，留着活口。”另外一个人拉住他，又对张美依道，“我们不为难你，刚才我们已经给姓连的小子打电话了，让他带着两百万现金来赎你。不过，要是他不来的话……那就对不住了。”

张美依觉得好笑，情不自禁笑出声：“不好意思，我只是他的邻居，你们的如意算盘打错了。”

说完，她就后悔了，这岂不是把自己往死亡边缘推吗？应该谎称自己是连曦的女朋友，让他们留着她的命才对。

那两个人正半信半疑，工厂大门忽然被人一脚踢开，张美依愣住了，看到站在门口的连曦——他身姿挺拔、目光冷峻，手里拎着一个行李袋。一时间，她心底的热潮奔腾狂涌，她只是他的邻居啊……两百万啊……

“把人放了。”他慢慢走过来，边说边把那个行李袋扔在地上。

其中一个男人走过去检查行李袋里的钱，发现没问题后，回头向另外一个男人示意。

那男人猥琐一笑：“这样不就简单了嘛！行了，现在人钱两清，人你带走吧！”

连曦赶忙帮张美依松绑，张美依扣住他的大手，他顿住，一时间竟读懂了她眼睛里的意思，他淡淡道：“没事。”

她的鼻头竟是一酸。

他拉着她走出废弃工厂之后，张美依才发现事情并没有结束。

门外密密麻麻站了不少人，手里还拿着铁棍，一见他俩出来，那些人就面露凶光地冲进了工厂里，紧接着就是一阵打骂叫喊声传来。

张美依吓了一跳，忙问：“什，什么情况？”

还没等她弄明白，门口停着的一辆黑色轿车里走下来一个器宇轩昂的中年男人，那男人年纪虽已逾五十，但仍能见得眉宇间的英俊，他微微笑着对连曦道：“遇到事儿了，还不是得找你老子摆平！”

张美依愣了，这人是连曦的爸爸？！

十分钟不到，刚才冲进去的那伙人就拎着那两个绑匪和行李袋出来了，那两个人被打得鼻青脸肿，话都说不利索了：“对，对不起，我们不知道他是连先生的儿子……钱我们不会再要了……”

“回去告诉你们主子，徐立浩这个人以及我儿子，如果你们谁再敢来骚扰，别怪我无情！”连海旭笑了笑，那笑容却透着寒意。

“明，明白了！”

见连海旭把那两个人放走，连曦悬着的心终是一松，他再也不想看见任何死亡了。如果不是公司的财务没办法在一天之内提两百万现金出来，他是绝对不会找连海旭的。

他把装着两百万的行李袋扔在连海旭面前，态度冷淡：“如果不是万不得已，我是不会来找你的。”

连海旭这会儿又换上了慈祥的笑容：“连曦，回来吧，当年的事就算我错了还不行吗？”

连曦的双手攥成拳，微微颤抖着，他深呼吸一口气，目光像透着寒光的刀片直直射向他的父亲：“别再提当年，我只知道小舟再也不会回来了。”

说完这句话，他便伸手拉住张美依的手腕离开。

连曦的车子在经过一家蛋糕店的时候停下，一路上张美依都很自责，她知道自己闯了祸，可是又不知道该怎么道歉，车子一停，她心里微微一慌。

“我去买点东西。”连曦淡淡说完就下了车。

张美依抬头一看，这家蛋糕店不就是沈檬的朋友韩佳莉开的那家？他好像经常光临这家店。

她下车跟了进去。

韩佳莉正准备打烊，见连曦走进来，她整个人愣了两秒，忙问：“您好！还是老样子，双层芝士蛋糕？”

正问着，见张美依一起走了进来，韩佳莉更惊愕了。

连曦点了点头，问：“要现做？”

“不用！有现成的，我现在给您包装！”韩佳莉欢快地跑去里间了。

张美依想了想，还是决定问出口：“连曦，要是你父亲和他的手下没来……你还会用两百万来赎我吗？”

连曦扭头看了她一眼：“在你看来，人命还不如两百万重要？”

张美依忙摇头："我不是那个意思，我只是你的邻居……"

连曦凝视着她："我再警告你一次，女孩子要学会保护自己，没有谁的命是不值钱的，这个问题你不该问。"

她隐隐得到了他的答案，心里很暖。

"你跟你父亲怎么了？"她知道自己又多嘴了。

这个时候，连曦的神色沉了下来，而韩佳莉也刚好包装完那个蛋糕送了出来。

张美依尴尬地跟她打了声招呼："你好啊。"

韩佳莉微微一笑："我知道你俩是好邻居。"

连曦一愣："你俩认识？"

这个时候，两个女孩子莫名地看了对方一眼，神色尴尬，她们都宁愿彼此不认识。

"我要打烊啦，美依有时间再来玩，我请你吃蛋糕。"韩佳莉笑了笑，只是笑容很勉强。

张美依点了点头。

目送他俩离开后，韩佳莉叹了口气，刚才她无意间听到他们之间的对话了，她喜欢的人用两百万赎了张美依……她在想，是不是因为她不够勇敢，她又错过了一段缘分……其实她认识连曦很久了，因为他是常客，来店里只点一种口味的蛋糕，所以她每天都会提前做好一份双层芝士蛋糕，就好像每天都会等到他来店里一般，这是一份期许。

只是，每次到嘴边的热络与关怀又被她生生吞进了肚子里，她后悔不已，如今只落得他们之间仍旧陌生。她想，她不如张美依的正是她缺少了一份勇敢吧……

连曦没有带张美依回家，而是去了附近的一家酒吧，今晚，他的心情很差，需要有人陪他喝点酒。

两个人坐在酒吧的角落里，一边喝酒一边吃蛋糕。

张美依见他已微醉，这才斗胆问："你……能说说你以前的事情吗？我有点好奇。但如果你不想说，就算了。"

连曦看着眼前的一角芝士蛋糕，凝神许久之后才开口道："我妹妹……小舟，她曾经最大的梦想不是洋娃娃，不是学跳舞，也不是学钢琴，而是……活着。"

张美依一愣，她刚刚的确听到他对他父亲说小舟再也不会回来了，难道他的妹妹已经过世了？

“以前家里的保姆在刚才那家蛋糕店买过一次蛋糕给她吃，那天她跟我说‘这家蛋糕店的双层芝士蛋糕真好吃’，还问我以后能不能经常买给她，我答应了，只要有空就买一份带给她。”连曦低垂着眼眸说着。

张美依心里一酸：“对不起，我们聊点别的吧。”

连曦却摇头：“没事，过去很久了。”

她继续静静听着关于他的故事，竟然倍感疼惜。

十年前，连曦的母亲早逝，后来连海旭和另外一个女人在一起了，只不过连海旭一直没能给那女人名分。连海旭是要脸面的人，他绝不允许自己有私生子的传闻传出去，所以那女人怀孕的时候，他勃然大怒，对那女人道：“不管是现在还是以后，我连海旭都只有一个儿子，明白吗！”

最后，不管连海旭给那个女人多少钱，她都坚持把孩子生下，并起名连舟。连海旭一次都没有见过连舟，他根本不承认这个女儿。

等到连舟长到七岁的时候，女人带着连舟找到了连曦，她竟然见面就给他跪下了。连曦虽对父亲外面的女人没有好感，但也觉得惊愕，不知所措地问：“你，你干什么？”

“小曦，算阿姨求求你！小舟是你的亲妹妹，你爸不肯认她，你能不能把她接回连家抚养？你爸最疼你了，有你说话，他不会不同意的！”那女人哭得撕心裂肺，抱着他的腿一直乞求。

连曦看着旁边长得异常漂亮却红着眼圈强忍着眼泪不哭的女孩，心里竟没来由地一疼。

“小曦，我知道你不喜欢阿姨，阿姨保证不会夺走你妈妈在你爸爸心里的位置，只要你肯接受小舟，阿姨这就离开，保证再也不与连家有任何关系！”女人继续哭着。

连曦没再多想：“好。”

那女人哭着哭着突然就笑了，情不自禁地搂住连曦道：“谢谢，谢谢！阿姨真的谢谢你，小曦……其实，是小舟生病了，阿姨真的没有能力将她的病治好，求求你救救她吧……”

七岁的连舟，被诊查出了白血病。

对于女人来说，她唯一的精神支柱也丧失了，当年是她错爱连海旭，并任性地生下了他们的孩子，到现在她才明白自己酿成了多么大的错误。她不应该把连舟带到这个世界上，让连舟在本应该快乐的年纪承受痛苦。

女人遵守约定，再也没联系过连家人。

连海旭得知连曦擅自把女人的孩子带到家里来住，对连曦大发雷霆，可是，连曦毕竟是连家唯一承认的骨肉，气了打了骂了之后，连海旭也就由他去了。

连舟在连家生活条件异常苛刻，连海旭不允许她用主卧，不允许她和他们在一起用餐，更不允许她随心所欲地做任何事。

连舟的世界里只有妈妈和哥哥，爸爸是什么？她不知道。

连曦本以为自己会排斥这个妹妹，可是他发现从她来连家的第一天，他就忍不住要关心她。她不争不抢，总是乖巧地在自己的房间里玩洋娃娃，她甚至不想给任何人添麻烦，肚子饿的时候也不主动去叫人，如果没人叫她吃饭，她就一直忍着。也许是天生的懂事让连曦对她不由得心生疼爱。而这份兄妹情，连舟自是能感觉到，渐渐地，她也越来越依赖他。

只是，当连曦要找连海旭借钱给连舟治病的时候，连海旭终于忍无可忍："我是不会管她的！你要给她治病，就自己去赚钱！"

那年他知道了自己父亲的冷酷，怨恨就是从那一刻开始的，他不懂为什么有人能对自己的亲生骨肉不闻不问。

而当时的连曦还不满十八岁，他不好意思向舅舅借钱，毕竟连舟和舅舅没有血缘关系。他只能自己想办法弄钱。

他想去餐厅打工，找了很多家餐厅，可是没人敢收未成年人。他正不知该如何是好的时候，当年的一个狐朋狗友介绍他去地下娱乐城打工，说是来钱快，也没人看身份证。

他听信了，不管前路凶险与否，他都要试一试，而且他也别无选择。

原来这地方有个拳击俱乐部，有钱人喜欢来这里赌拳击，更多的是利用打假拳来赚钱，他几乎第一时间就明白了这所谓的"来钱快"。

经理对他道："小伙子，我看你还挺清瘦的，扛得住吗？"

连曦面无表情地问："需要我做什么？"

"也没什么，从今天起你就在这里打拳，如果客人买你的多，你就输，买你的少，你就赢，我们捞的好处分一半给你，你觉得怎么样？"

"好。"他一口答应。

当天晚上，他浑身带着伤回到家，连海旭日夜忙自己的事，顾不上管他，也没注意到他身体上的伤，可是他的伤被连舟发现了。

他在回来的路上买了些零食带给她，刚到她的卧室，连舟就惊了：“哥哥！你干什么去啦？”

他浅浅一笑：“陪同学过生日。”

“你骗人！”连舟匆匆跑过去，小手指着他手臂上的擦伤质问，“你跟同学打架了？”

他随口道：“不小心摔的。你今天吃饭了没？”

连舟点点头，狐疑地看了他一眼，突然她的小手把他的校服往上一拉，健硕的腹部四周竟然都是瘀青！

“谁欺负你？我去揍他！”连舟说完就要跑出房间。

连曦忙拉住她：“小屁孩，你还要揍人？你才多大点！”

连舟再扭过头来的时候，眼圈都红了，可是她忍着没哭：“哥哥，是不是有人说我的坏话，你气不过就跟人吵起来了？以前妈妈就是这样受的伤。”

他心里一疼，把她轻轻搂进怀里：“不是，没人说你。”

连舟抓着他的校服，声音很低：“哥哥，别给我治病了，上次我听妈妈打电话时就知道了，我这个病不好治，还要花很多钱，你留着钱上学吧。”

一句话竟让连曦的眼眶感到一阵酸涩，他搂紧她：“没事的，只是小病，你会好起来的。”

可是，上天并没有垂怜这个小生命，没多久，连舟就住进了医院，连曦把所有赚的钱都交给了医生，让医生务必把她治好。

而他仍旧每天晚上去打拳，最严重的一次是直接昏过去，被送进了医院。他全身上下全是伤，几乎没有一块肌肤是完好的，连海旭去医院看他的时候，又疼又恨地对他吼：“从明天开始你就禁足！我会请最好的辅导老师在家给你上课！你别想再去打假拳赚钱给她治病！”

连曦刚在医院醒来就被连家的保镖送回了家，连海旭请了私人医生定期给他看病，还有各种辅导老师、营养师。同样是命，同样姓连，他的妹妹却在医院里无人照料，只能静静地等待死亡。

当时，他近乎疯狂地与连海旭对抗，可是并没有用，连舟还是走了。

因为连舟的死，他发誓要和连海旭断绝父子关系，他没有这么绝情的父亲。

后来，他出国留学，努力学习，取得双硕士学位，经历了很多波折，认识了几个朋友，也经历过爱情，但并不长久。

再然后就是面对创业的艰辛、内部斗争，以及徐立浩的背叛，他虽不到三十岁，却仿佛经历了种种，上天把太多的挫折和磨难分给了他，他根本来不及消化。

生活永远不会等到你有所准备再来攻击你。

连曦对张美依讲完这些后，因为喝多了一些，趴在桌子上睡着了。

张美依拜托出租车师傅陪她一起把连曦扛回了家，她在洗手间里找到一条毛巾，看着静静躺在床上睡着的人，心里一酸。

她慢慢给他擦脸的时候，连曦翻了个身，大手扣住了她的指尖，那一刹那，她的心间开出一朵花，艳丽夺目。

也许她比他幸运一些，没有面临过亲人离世，没有面临过好友背叛，但是她能体会到他的心情。她想，从这一刻开始，从他敞开心扉对她开始，她想试图让他也多了解自己一些。她不知道这意味着什么，或许，有些感情来得莫名其妙，也毫无防备，或许，这才是爱情真正的样子。

转天醒过来，连曦觉得自己喝断片了，他坐在床上愣了半天，才想起昨天发生的事情。他看了眼手机，上午九点，忙起身洗漱穿衣，赶往公司。

开门的时候，他静静地看着对面的房门，走过去敲了敲，无人应。

等到了公司，他才发现张美依早就身穿一身职业装在工位上办公了。她见他来了，忙起身甜甜一笑："连总早！"

连曦愣了一下，表情露出一丝不自然，轻轻点头道："早。工作交接好了？"

"嗯！"她看着他，目光灼灼。

那是什么眼神……他觉得有点虚……

他刚要走，张美依又问："连总，晚上有空吗？我请你吃饭好不好？"

连曦顿住脚步，试探性地问："因为工作？我说了不需要。"

"有很多原因，工作、赎金以及坦诚。"她继续笑。

虽然昨天他喝多了，但是依稀记得自己说过的话，他轻咳一声："好吧，下班等我。”

好巧不巧，临下班，有个麻烦的客户突然约连曦去吃日料，张美依气炸了，怎么跟他吃个饭就那么难啊？

实际上是那个客户打听到了连曦公司新引进的进口商品要做包装、准备在国内市场上市的消息，急忙联系到了几个中间人，希望能和连曦吃顿饭，商量一下合作的事情。

张美依气不过，直接跑去了连曦的办公室，主动请缨道：“连总，让我跟你一起去吧！”

连曦看了看她，没拒绝：“那你准备一下，现在出发。”

“好！”

两个人准时到了约定的地点，只是双方刚一见面，张美依就愣住了：竟然是她原公司的市场部部长，以及翻译部的安迪！

这世界是真的小。

那两个人见张美依是连曦的翻译特助，更是惊得下巴都要掉了，在餐桌上急忙攀关系，又是主动告诉连曦张美依曾在他们公司就职，又是说他们私下关系不错，中途还夹菜给她。张美依只觉得这两个人虚伪得可怕。

她偷偷发短信给连曦：“我就是被你对面的安迪从原公司给排挤掉的！”

连曦倒是没想到，回复短信：“你希望我怎么做？”

她看到短信很开心，至少他还挺护犊子？不对……可以这么说吗？

她想了想，回复道：“要是他们真能给你的公司带来利益，就合作；如果无所谓，果断拒绝！”

连曦扫了眼短信，又抬头看了她一眼，那眼神意味颇深。

中途，张美依去了趟洗手间，出来的时候就碰到了安迪。安迪温柔地笑了笑：“美依，没想到你到连总的公司了，这可太巧了。”

张美依干笑：“所以呢？”

“以前有对不住的，你别太往心里去，毕竟大家同事一场。”

“哦。”张美依冷淡回应，刚要走又被安迪拉住了。

“美依，你帮我多跟连总说说好话，单子拿不下来，我和部长脸面都说不过去。”

“嗯，我尽量。”张美依假笑。

“谢谢！”

哼！她偏不！

她刚回到座位就给连曦发了短信过去：“我就是不喜欢那个安迪。”

这条短信连曦还没来得及看，就被从后面走过来的安迪先看到了，安迪当场就发火了：“好你个张美依，刚才在卫生间里还说帮我，现在又私底下捣乱！”

三个人一惊，张美依哪能想到，这人从背后偷偷看她的短信！

干脆这戏也别演了，她爽快道：“安迪，我在实习的时候，你百般刁难我，现在有求于我又假惺惺地跟我要好，你不觉得自己虚伪了点吗？”

安迪气得脸色发白：“那是你自己水平不够、工作不认真，你考核没通过，居然把锅甩给我？”

“那我问你，为什么我申请去口译部，却被你驳回了？”张美依瞪眼。

“我……”安迪说不出合理的理由。

“说不出来了？你不就是嫉妒我出过国吗？如果你真的那么想去美国留学，你可以申请带薪休假去美国进修，不需要通过踩别人来释怀自己的郁结，很没水平知道吗？”张美依言之凿凿。

“你你你！”安迪气不过，失去了理智，抬手就把手边的果汁泼了张美依一脸。

这一泼，连曦彻底怒了，起身把张美依拉进怀里，眉头一蹙，对着安迪吼：“你干什么！”

那部长吓了一跳，忙起身打圆场：“安迪！你这是做什么！”

旁桌的客人纷纷好奇地探头看看到底发生了什么，周围正热闹着，张美依淡定地抹干净自己的脸，转手抄起连曦手边的冰水，冲着安迪的脸就是一泼。

连曦瞬间愣住了，这女人……

一个小时以后，两个人坐在一处洒满月光的马路边。张美依看着旁边沉默得可怕的连曦，小声问：“我说，咱们能回去了吗？晒月亮？那么有雅兴？”

“等你清醒够了，我们就回去。”连曦冷语道。

她知道自己脾气冲，但她的原则是：人不犯我，我不犯人；人要犯我，我必诛之！

见她沉默地低头，连曦冷笑："你多大了？快三十了吧？不觉得自己的行为幼稚可笑吗？"

"谁快三十了？我比你小！"张美依瞪着一双美目低吼。

"几次了，上次打韦德，后来跟放高利贷的人打架，这次跟女人互相泼水玩，张美依，你有点女人样吗？"连曦斥责她。

张美依心里一酸，这酸楚不知从何而来，她起身，自暴自弃地道："我知道，我没有女人味，给你的公司带来了不好的影响，我明天主动辞职。"

"站住。"连曦吼停她的背影。

夜风习习，月光旖旎，他起身，慢慢走过去把西装外套披在她的身上，语气变得温柔："昨天我跟你说了那么多，不过是想告诉你，这世上有很多人想好好活着却办不到，你这个脾气不改会给自己惹祸的。"

她拉紧他的外套，心里一阵暖流淌过，她回头，脸红扑扑的："连曦，曾经我很喜欢我的初恋男友，也因为他而迷茫过，错失了青春里所有该享受的快乐。之后，我又谈了一场失败的恋爱，越是经历种种越是明白自己想要的是什么。我很感谢你这些日子以来对我做过的每一件事，每一件都如此温暖，所以，我想……开始新的恋爱。"

听见这话，连曦愣住了，他完全没有心理准备，这这这女人……在跟他表白？

见他愣了，张美依"扑哧"一笑："我知道你不喜欢我这样的，但是我可以为了你适当收敛点。"

适当……能不能有点诚意……

连曦双手插进口袋里，侧目看向旁边的街景，佯装不在意，语气也淡漠了一些："很多女孩追过我，我并不相信爱情。"

"正常啊，虽然不想提及你的往事，但我懂你。小舟的事情、你父亲的冷漠，让你觉得亲情不可靠；徐立浩的事情，让你觉得友情也不可靠。至于爱情，你虽然没有跟我说过，但我知道你经历过，也自然觉得不可靠。"张美依总结道。

连曦将视线转移到她身上，看着她诚挚勇敢的目光，心里竟一阵安慰。

这世上竟有人能了解他的心情。

见他沉默，张美依又道："这个世界也不都是你想象的那样灰暗，至少我身边的挚友都很好。虽然我遇到过很多坏人，但是我仍然觉得世上还是好人多，相信我，这个世界是美好的！"

她的眼睛发出胜似星光的光泽，引得连曦露出了一个浅笑。

张美依立刻调皮地凑近他："哎呀？你笑啦？"

连曦瞬间恢复冰块脸，淡淡道："时候不早了，我送你回家。"

"那……我刚刚说的事……"她本是坦荡豪爽的人，这个节骨眼竟然有点娇羞。

连曦别过脸，有点傲娇："你太没女人味了。"

"你是不喜欢我的性格还是不喜欢我的长相？"张美依追问。

连曦严肃地看着她，然后说了一句："我也没说我不喜欢。"

张美依笑逐颜开："那……"

"再说。"连曦冷淡道。

这大哥到底几个意思……

回家后，张美依洗了个澡，躺在床上翻来覆去睡不着。说真的，这还是她有史以来第一次倒追男人……竟然觉得有一丝丝过瘾……什么情况，她是不是太爷们儿了？

半夜三点钟。

她的手机屏幕亮了，是一条来自连曦的短信："你说的那个美好世界，我愿意陪你去看一看。"